金辉玉洁

————

沉思翰藻

————

文思如泉

————

言辞凿凿

广州大学人文学院2018级汉语言文学专业本科生优秀作品集

岭南文心

LING NAN WEN XIN

薛平　龙其林　主编

我们或许永远不会知道，
哪一本看似不经意读过的书籍，
正在影响或决定着学生的精神追求和人生方向。

百花洲文艺出版社

图书在版编目(CIP)数据

岭南文心 : 广州大学人文学院 2018 级汉语言文学专业本科生优秀作品集 / 龙其林　薛平主编. -- 南昌 : 百花洲文艺出版社，2021.3

ISBN 978-7-5500-4121-9

Ⅰ.①岭… Ⅱ.①龙… ②薛… Ⅲ.①中国文学-当代文学-作品综合集 Ⅳ.①I217.1

中国版本图书馆 CIP 数据核字(2021)第 010279 号

岭南文心——广州大学人文学院 2018 级汉语言文学专业本科生优秀作品集

龙其林　薛平　主编

责任编辑　杨　旭
特约编辑　张立云
装帧设计　潇湘悦读
出　版　者　百花洲文艺出版社
社　　　址　南昌市红谷滩新区世贸路 898 号博能中心一期 A 座 20 楼
电　　　话　0791-86895108(发行热线)0791-86894717(编辑热线)
邮　　　编　330038
经　　　销　全国新华书店
印　　　刷　长沙市精宏印务有限公司
开　　　本　889 毫米×1194 毫米　　1/16
印　　　张　18
版　　　次　2021 年 3 月第 1 版第 1 次印刷
字　　　数　300 千字
书　　　号　ISBN 978-7-5500-4121-9
定　　　价　88.00 元

赣版权登字　05-2021-45

网　　　址　http://www.bhzwy.com
图书若有印装错误,影响阅读,可向承印厂联系调换

序　书籍：人生的导航仪

◎ 龙其林

　　无论时代如何变迁，阅读优秀的书籍始终是一种难得的享受，也许还是人间至善至美的事情，所以俄国文学评论家别林斯基才会充满深情地歌颂——"好的书籍是最贵重的珍宝"。在我看来，优秀的书籍对于青年人而言与其说像珍宝，倒不如说像导航仪更为贴切。它能在关键时刻引导我们的人生方向，激励旅途中的人们风雨兼程，给青年人以未来的憧憬和灵魂的慰藉。

　　新世纪伊始，我在湖南师范大学开始了大学生涯。进入大学前，我对大学生活充满了想象与期待。但入校以后我才发现，师长们描绘的大学蓝图在现实生活中踪迹难觅。当年我将所有志愿都填报了中文专业，只因为我相信大学中文系是阅读经典名著、交流写作技巧、培养作家创作的天堂。后来我才发现，中文系的许多老师原来是不从事创作的，他们更喜欢研究理论、发表论文、申报课题、竞争职称。面对一大堆了无趣味的公共必修课，应付着纷至沓来的课外作业，我对中文专业的理想被碾得粉碎。就这样没有波澜地度过一年半的时候，一本书的出现改变了我的人生轨迹。

　　湖南师范大学文学院的一位硕士研究生梁振华，出版了一本随笔集《枫林冷雨》，在当时校园中风行一时。一个偶然机会，我从宿舍同学的书桌上读到它，立刻被作者的激情妙思和敏锐感悟吸引，其中充盈的灵性与才气正是我理想中的中文学子的典范。那一刻，我似乎突然苏醒过来，原来大学的生活可以如此肆意地读书、畅快地作文。我才知道自己原来对中文系的期待，实质上是对中国现当代文学专业的喜爱。我的眼前顿时敞开了一条宽阔的大道，冥冥中引导着我重新规划自己的人生。

　　从那时起，我便矢志以现当代文学为志业，希望有朝一日也可以出版如《枫林冷雨》一样的著作。此后经历虽然多有曲折，但总体上是依照着这个目标在持续挺进。博士毕业之后，我来到广州大学人文学院任教。工作近5年以来，我再次验证了一个简单而复杂的道理，那就是优秀的书籍之于学生成长的重要性。

2011年下半年，我给人文学院2009级本科学生开设了一门课。在第一次上课时我告诉同学们，这门课程需要交3篇评论作业，我会给这3次评论作业写得好的同学每人赠送一本美国作家亨利·戴维·梭罗的名作《瓦尔登湖》。不久，我收到一位女同学发来的E-mail，告诉我她已从网上查看了关于《瓦尔登湖》的介绍，很有兴趣读读这本书，希望可以得到老师的赠书。课程中学生陆续交来了前两次作业，这位女生的评论写得并不出众，很显然她对作品的文本细读还极不熟悉。前两次作业较好的学生名单公布了，我给每人赠送了一本《瓦尔登湖》。那位女生有些着急，好几次在E-mail中向我请教文学评论的写法，并要去了那些写得较好的同学作业。后来了解到，那位女生性格比较内向，大学前两年成绩平平。她家在韶关，条件不算好，最大的希望就是本科毕业后能够找个地方打工养家。第三次交来作业时，那位女生的作业比此前已有进步，但难言出色。为此，第三次奖励学生前我特意订购了11本《瓦尔登湖》，其中10本送给第三次作业写得好的同学，另外一本送给了那位女生。在给她的书籍上，我写了一句赠语："有花自有香，不必大风扬。"再后来我忙着自己的博士后研究，忙着评职称，忙着写书稿，2009级的学生也忙着找工作和写毕业论文，联系渐渐少了。2013年8月酷暑时，我正在澳门大学老校区编选报刊史料，突然接到一条短信："龙老师：我已经通过韶关市教育局的公办教师考试，成为一名正式老师了。谢谢您送给我的那本《瓦尔登湖》，我非常喜欢。每次觉得生活难以忍受时，我都会拿出来读一遍，然后就觉得世界一下宁静了。"

我们或许永远不会知道，哪一本看似不经意读过的书籍，正在影响或决定着学生的精神追求和人生方向。

博士毕业多年了，我依然过着朴素、简单而异常繁忙的教书匠生活，痛苦并快乐地挣扎着，但我并不后悔当初的选择。大学教师生活中最让我怦然心动的地方在于，无论是承担的教学任务或课外的学术研究，始终都与书籍长相厮守。当年，一本《枫林冷雨》使我认清了自己的内心渴望；后来，一本《瓦尔登湖》帮助学生获得了内心的宁静。俄国哲学家赫尔岑说得好："书籍是最有耐心、最能忍耐和最令人愉快的伙伴。在任何艰难困苦的时刻，它都不会抛弃你。"

（原文刊发于《光明日报》2015年5月1日第8版）

目　录

序

第一辑　金辉玉洁

第二辑　沉思翰藻

第三辑　文思如泉

第四辑　言辞凿凿

第一辑

金辉玉洁

现代诗两首

青娃娃

酣睡，似海风呼过
绿色的海风打湿了它的脚丫
小小的脚丫踩进空气里
我替青娃娃掖了掖被子

悄悄地，我躲在一旁
捧起它落下的泪珠
去浇灌初生的花朵

忽地，一声咿呀
海鸥吵醒了熟睡的它
那稚儿的迷茫呵
化作一道惊雷，刹那间
倾盆雨下

悠悠的摇篮曲响起
我哄着青娃娃
又睡下

你将死去

法老的金字塔尖
死神审视着

犯罪的死囚被抬上了绞刑台
呼吸离开地面的那一刻
死神勾了勾嘴角
冷颤着
邪恶俯首称臣

罪恶已灭
留下圣洁的尸体
空气是火热的
大地向塔尖膜拜
人们为圣洁而歌，向死亡敬畏
死神审视着
记住，你将死去

扭曲畸变者的崩塌

◎ 陈宣妍

筋骨冻结开始僵硬
脑海迷离陷入窒息
身后不知何时出现黑影
昭示神明谬笑宣告罪名

独自行走荒废阴森乐园
摩天轮睁开罪恶的双眼
断脚偶人咧笑操控金线
刀尖舐蜜公主陷入永眠

是现实，是虚妄
是谎言，是真相

无法呼喊的声音接近嘶哑
乞求救赎的右手竭力伸长

俯仰由人者任凭神明摆布
路人机械定格放缓脚步
失语者垂头品尝恐怖
彼世奏响小小音符

扭曲花卉绽放日常
记忆奇点模糊重启遗忘
脚下虚化土地逐渐坍塌
世界细缝窥见微光

第三视角 （外一首）

◎ 洪炜

城市架构的钢筋怪兽它
张牙舞爪的姿态却像一只
被困在浅滩上等死的鱼

肚子里显现的几千瓦光亮
从窗口与窗帘的缝隙中透出一角
凝视着你的双眼便化为琥珀

一两个路人以简约的姿态
像一线流水排队跳入缺失井盖
深井里有同样赤裸的灵魂

无家可归的猫咪躲在花坛一角
窥视着每一个路过的鬼魂和心跳
藏着不属于自己的叵测

你听，硬币滚落声响
陨落在陨石坠落的深坑
当城市被席卷的风暴毁灭
终于听见落地的那一根针

他她它响了
在每一个被遗忘的夜里

秋；故事

秋天从一片落叶开始俘获我
我站在树荫底下为了一个拥抱
两手一摊
摊开彩云和夕霞你却不声不响地离开
开往未知目的地遗弃了拾穗人的心

心会被谁遗落在枫叶林中
中间又会藏着多少的哀愁
愁绪飘落在一整个秋季里而你
你却只是冷眼了我的形单影只

只一次遇见便再无相见
见夕沉枫林晚除却你眉眼
眼前只剩回不去的从前
前路只剩一个枯死的晚秋

我看见

◎ 邹艳松

我打着一盏油灯
犹如拄着一束光
掠过时代的残骨
等待生命的凋亡

月光下的影子却将它噬去
痛苦地向我索要死亡
我不语
呻吟的人总会被乌鸦叼去

我看见了这只乌鸦
它在墓碑前哭泣
它仍将我痛苦的幻觉
哄骗成微笑

吐出一口满是带血的烟气
越过茂密的棘林凝望着我

我看见它炯炯发亮的眼睛
犹如红得发亮的火石
燃尽我的心底
火光中折射出，我的
痛苦的肉躯

影子归还大地
墓碑破碎凋零
乌鸦飞去
我发出痛苦的呻吟

旅途

◎ 李夏薇

你从大海走来
带着咸涩的海水气息
白鸥的翅膀在云端闪烁
你在歌唱着什么

滨边的椰树撑开了绿伞
你的影子躲在贝壳里乘凉
寄居蟹绕过山峰一般的礁石
无意间将它扣醒
于是你探出头来
却迎上它落逃的背影

白浪轻抵至你的脚背
引诱般细细舔舐
直至酥软的麻意穿透你的身心
天边的云幔也被黄昏染尽

在落日的画框中
一株硕大的嫩芽破海而出
鲜活又热烈
那是一只浮跃的蓝鲸
摆动着健硕的尾鳍
延续着你的旅途

人生天地间 （外一首）

◎ 黄怡洁

我不要那个人生天地间
我不要那个大抵
我不要那个栏杆，不要那个韵脚
不要那个江水滚滚没个停
我宁愿吞下我最后一口气
跳进那深深的海底
看鱼虾争食我腐烂的尸首
我宁愿跑净我最后一滴血
追上那夜间的末班车
远远地逃开这个世界

少年

少年——
你怎么全身湿透
你怎么握着白袖
袖上许多褶皱
你怎么紧闭着口

你的背影是寒风吹散的云
你的背景苍白没有其他飞絮
眼神躲闪着看向左边
左边也没能留住一点风雨

伸手，圆月转身躲进了夜幕
呼喊，星辰隐去不知何处
在惨白中走路，你抬着头
找不到聚焦的地方，但你抬着头

爱

◎ 钟琪

我如果爱自己
这样一个完整的自己
我会日出而作日落而息
让日子不仅仅是日子
是充盈的开满鲜花的窗台
我会花一整天冥想
我是为了自己而存在
我没有所谓的束缚
我理应享受这样的自由
没有一丝不劳而获的愧疚

我如果爱你
那样一个闪光的你
我会用尽所有华丽的辞藻
让我的心情越出纸张
不远万里拥抱你

我会用大半生等候守望
我情愿被想念冲昏头脑大醉一场
我应该拥有这样感性的时刻
为他写下一整箱情话
不保留一丝的羞怯

我如果爱世界
色彩斑斓光怪陆离的世界
我会昼夜不停地奔走
惶恐人生于宇宙只须臾
我不能穷尽世间美景
我要整理好行囊
把坏情绪打包成一个包裹
放在鲜花盛开的路旁
然后风雨兼程奔赴远方
不留恋沿途的美景

你在远方

◎ 张佳珑

秋叶的风如蛇群蜿蜒
我是冰凉里单薄的热源
任蛇群吐信
从耳后穿过发间
千军万马
共迎一场空旷的盛宴
呲呲

那是一种比爱更宽敞的温暖
在风里丝丝开散
那是一种比自由更辽阔的自在
奔赴千川，而后入海

狂风乍起呼啸
而尘石安定
你在远方为我驱寒

色彩爱你 （外一首）

◎ 梁艺薰

我有一腔浓烈的色彩
无法控制地
奔向吸引着万物的你

当我眼睛里出现你的身影时
我才知道烈火是什么颜色
原来是因为你
山川大地才从水墨画中走出

你是什么宝贝
竟有那样我无法想象的色彩
红的、紫的、蓝的、青的、粉的……
多么嚣张的颜色
什么叫作浑然天成，我此刻才明了

夜深人静时
我不由得想起张扬的你
漫漫的黑夜究竟包裹了多少色彩
原来是黑夜啊
当我闭上眼睛
那漫漫的黑夜中唯一的色彩是你

我失而复得
我乐极生悲
可爱的你牵着我的七魂六魄
那远方的是什么
你为何不告诉我

你为何不回头看一看我
我正看着你熠熠生辉

我大脑兴奋着
它挥舞着画笔
在我眼皮画下深刻的你
你笑容绮丽
你触手可及
我有多渴望你
你就有多么美丽
你不是神明而是我爱的你

我想看着你
我想牵着你
在苍白的拂晓前转圈
在火红的傍晚后紧贴
你的手掌与我的完美贴合
你的体温与我的一样温热
我真想就这样直到万物毁灭
我眼前是你
怀里是你

我的世界就是你
色彩涂满了空气
我们呼吸的都是艳丽
你靠得我很近

引我向未知的诗意
我脑袋疼得要炸裂
我眼睛酸涩得流泪
可如果那是你
我愿意
愿意向着色彩前行

五理

花朵被我踩烂了
你才终于肯向我求救
你跪下来哭的是什么
你抗拒的又是什么
我给了你一片漫山的雪白
是你非要自戕出惹眼的红
当时被诋毁埋没，不屈的你
有没有想过
你终究会向我低下高傲的头颅
直到那名为出众的包袱
顺着你的下巴掉落在肮脏的泥土里

逆流被我阻挡了
你才终于肯向我求救
你跪下来抓的是什么
你渴望的又是什么
我给了你无忧无虑的河道
是你非要焦虑地迎难而上
当时被洪流推搡，不甘的你
有没有想过
你终究会因无力而绝望沉沦
直到你眼里流出清醒的泪水
融入血液顺着污水随波逐流至干涸

白鸽被我射杀了
你才终于肯向我求救

你跪下来喊的是什么
你悲痛的又是什么
我给了你梦幻绮丽的梦境
是你非要挣扎逃离到 1984
当时不断坠落虚无，沉默的你
有没有想过
你终究会因恐惧而失声尖叫
直到我抓破你的胸膛
那所谓自由的重心被我碾得粉碎

思想者被我砸了
你才终于肯向我求救
你跪下来磕的是什么
你哀求的又是什么
我给了你群居共鸣的环境
是你非要振动不和音的声带
当时被一致的狂热，扼住喉咙的你
有没有想过
你终究会听我的话挖出脑子
把变异的思想和主张
亲自捣成毫无自主意识的浓稠血浆

日记被我撕毁了
你才终于肯向我求救
你跪下来喘的是什么
你疯癫的又是什么
我给了你坦诚相待的光明
是你非要遮遮掩掩那点的阴影
当时被曝光彻底，绝望的你
有没有想过
你终究会发狂地扯破衣服
让阳光消灭掉所有叫隐私的黑点
成全一个一眼知底又纯净无瑕的你

从众是个自我救赎的过程
孩子，我祝福你

旁观者

◎ 罗晨

我以为我是旁观者
他看着我
我看着他
眼里闪着警觉的精光

我是旁观者
旁观者呵
他关上了这扇窗

画布中的玫瑰

◎ 杜乐怡

我敢打赌
这世上再也没有比这更美的玫瑰

她袅娜地斜立在这旷野中
那一瓣欲启还羞的红唇
是热火中燃着的羽絮
将人吻得心迷意乱
那一束纤细柔弱的腰肢
是冷风中抽成的细丝
她是与草絮共舞
是与月影争辉的

驻足的人屏着气，怕吹散了她的魂
他们赞叹那画中
风里她飘落下的花瓣
冷峻
惊艳

幽暗的灯光摇曳着
打在你斜侧的脸上
为何你的枝叶在颤抖
是在啜泣着什么吗

你是小王子愿意用一生呵护的
那朵独一无二的玫瑰花吗
你是王尔德笔下承载着痴情的
那朵被染红的那朵玫瑰吗
你是莎翁十四行诗里描写的
在狂风中散落了的玫瑰娇蕊吗
你是将你往昔的根和茎侵入心灵之中的
那不辨死生的耶利哥的玫瑰吗

我是那可以将手轻柔的覆在你脸上
为你拭去泪珠的人吗
我是那前尘月夜下肃穆地祭出鲜血
彻夜吟唱着，染红了你的夜莺吗
我是那默默吮着注满了你苦恋柔情的
甘露
迷乱地在天空中飞舞着
终究竟醉了自己步伐的那只蜜蜂吗

不
我是在那夜华中
悲歌着的
心荡神殇
大雪纷飞的人啊

化作一片秋叶

◎陈曦

我想，沉醉在秋风中
飞舞
盘旋在那金黄的海洋上
去听大豆摇起的铜铃
去看红了脸的高粱

我想，沉醉在秋风中
飞舞
躲藏在那茂密的银河中
去托起沉甸甸的柿子
去品尝月桂的芬芳

威廉古堡

◎ 敬琳

这样破旧残缺、斑驳不堪的古堡
这样矗立在被人遗忘的森林深处
残月暗
哀雁散
阴风寒
茂密的荆棘丛
铺满了遍地的荒芜
如血的蔷薇花
爬满了花园的棺木
啼哭的黑乌鸦
挂满了森林的枯树
无声流淌的河水
托起古堡阴森扭曲的轮廓

当夜寂静了
古堡里的一切即将苏醒
闪着金光的华丽烛台
摇曳不定的幽暗烛火
仍燃着熊熊烈火的壁炉
银光闪闪的精致餐具
还有，挂在长得望不到尽头的
阴暗长廊里的画像
历代祖先的笑容
在冰冷的月光下缓缓绽开

恍恍惚惚

回响着谁沉闷的脚步
隐约传来的叩门声
惊动躲在角落里闪着绿光的魂灵
天花板横梁上倒挂着
瞪大红眼的吸血蝙蝠
伯爵不绝如缕的哀怨声声
何时才有新鲜的血液享用
浓浓的奇异幻香弥漫
是谁
将迷路的羔羊
拖入万劫不复的黑暗深渊

几个世纪过去了
这里从没有一滴新鲜的血液注入
只有被封存了许久许久的
与世隔绝的
陈旧腐烂的刺鼻气息

亲爱的孩子
请踏上这条若隐若现的路
寻着从前猎物的脚步
来到这里
来到我们的怀抱
让我们一起迷失
迷失在古堡里
迷失在没有阳光的森林深处

童真

◎ 刘栩晴

摘一束幽香的花
爬一棵年老的树
听一声缠绵的蝉鸣
唱一首悠扬的童歌

将花瓣藏在衣袖里
将它别在你的头上
看你天真的笑脸
听你银铃般的笑声

昨日打下的石榴
安静地躺在竹篮里

轻飘的清新香气
是一份满嘴香甜的记忆

洁白的蕾丝碎花裙上
染上的夏日痕迹
是那清晨的露水
是那傍晚的余晖

吟一首明月诗
讲一个梦里的故事
弹一曲童话里的歌谣
唱一首悠扬的童歌

清晨记

◎ 许洋洋

我在黑夜未醒之时起床
蹑手蹑脚爬过它垂坠的眼帘
迷糊摸索地整理了着装
把冷清的校道的风灌满肺泡

买下一个热腾腾躁动的包子
肩负起叫醒黑夜的使命
惨白的车站的灯在对我微笑
我坐上追逐白昼的公交

车上的司机与我大眼瞪小眼
两个人的旅途就此开启
不紧不慢的公交车晃晃荡荡
还好我的心也并不着急

天渐渐亮了
洲中白鹭开始展翅
沿途车站开始来人
一阵阵喧闹

隔壁的公交车窗映着我影子
蓦然瞥见另一怅望的人
她在想什么惊世骇俗的事情
为何面容如此凝重深沉

高楼之间忽然出现一片月亮
圆圆的白白的一片月亮
好像被咬了一口的糖心苹果
薄薄的甜甜的一瓣苹果

缓缓飞过去泛着银光的飞机
美丽的银色的一架飞机
满满载着忙碌和现代的气息
平移前进的一块大钢铁

原来天已经大亮了
我收拾了不入世的棱角
在目的地的车站
跳下车去

你不知道的南方（外一首）

◎ 李惠琼

北方的风，翻过高山
来到南方，爬到房檐等雨
北方的雪，越过长河
到了南方，回望遗漏的四季

你低吟的歌声相隔万里
江南在远方流浪
我牧牛从田野上走回
榛子花记不清往年的烟火

古老的歌谣已经走失
原野上的风不再回来

一日长河漫溯
走过南方阴郁的天
看见彩霞悠悠挂着
不知秋天去了何处

"看，它来了"
孩童学会了说话

我埋下了一朵花

在春天里

我埋下了一朵花
但来年
它没能再开出来

花儿躺在大地的怀抱里
听着风的脉搏
记得每天清晨的光影
它开在记忆里

花儿丢失了日子
但它知道上面有虫鸣和鸟叫
四季不停轮转
知道每一年又会有一树花开

农人的锄头掠过风
带着泥土的芳香
掘开了黑暗
掘开了花儿未完的梦
很久很久以后
我去祭拜我可爱的花儿
原来的山头上开满了
一片向日葵
我的花儿，又开在了阳光里

第二辑

沉思翰藻

新疆！新疆！

◎巴格依拉

最开始我根本不想去写我的新疆，因为不懂新疆的人是根本不爱她的，更不会懂我大新疆的美。但是昨天晚上做梦梦到自己回家了，我太想念我的大新疆了，拿起笔，心里却空落落的。

一、我出生的地方

我出生在新疆维吾尔自治区伊犁哈萨克自治州的特克斯县，我知道地名很长，那就短一点吧，八卦城你总听过吧……世界上现存的最完整的八卦图在特克斯，我们是世界上最大、最完整的八卦城。

没听过就得去度娘上看看了，相信我，你会震撼的。

小时候总是觉得特克斯好神奇，小孩子从来不怕迷路，八条路，条条大路通中心。这也是为什么特克斯没有红绿灯也不堵车的原因，之前还嫌弃特克斯居然没有红绿灯，后面我才知道原来根本没有必要去建红绿灯。小时候每一次过十一，我爸就带上我姐和我，来中心。那会儿我们中心还有高高的观光塔，像是上海的东方明珠的缩小版，不豪华，却是我们这一代人的最后的回忆了。还有那些可爱的雕像，有山羊、马、猴子、狮子。中国式复古建筑大门写着八卦城，旁边蹲着两头狮子，狮子气鼓鼓的大眼睛还有大牙齿，一度是我们很多小孩子的噩梦，只要被抱上去拍照的，十个里九个都会哭，还有一个没哭的下来绝对哭……

最精彩的就是坐山羊车了，几乎每一个小孩子都想坐着风光一下。我还记得我们坐在车里我爸让摄影师叔叔拍照，最后爸爸洗出来放在相框里，摆在家里。不光是山羊车，还有最帅的马车。忘了说了，我是哈萨克族，那个马背上的民族就是我了。马是很有灵气的动物。每一匹小马，都要被训过后人才能骑。脾气温和的小马，不用一个月就可以训好，放上马鞍就可以骑着飞奔了，不挑人的。脾气暴躁的闹腾的有血性的小马，是超级难训的，如果你强行放马鞍，它会撕咬你会踢你。大人们有自己的一套，每天去给小马喂草，喂水，然后摸摸它的脖子，给它捋捋头发，不出一个月它肯定习惯你了。坐马车很刺激，马走路昂首挺胸，马蹄声哒哒哒哒哒的，而且很多小孩子都会看。关键是马长得好看，脖子直直的，头抬得高高的，一脚踩下去都是很趾高气扬的，不是说马被训了就没那个骄傲的感觉了，那得看是被怎么训的，训得好的马，走路能让你目不转睛。

特克斯有一条街是不得不说的。这条街叫美食街，一眼过去，有烤羊肉串的，有卖马奶子的，有放在盘子里刚烤出来的烤包子，嫩嫩的薄皮包子一个挤一个，感觉下一秒就会流出油来，还有擀面皮、凉面、麻辣烫、酸奶、大盘鸡、馕包肉、烤全羊、马肠子、纳仁……好吃的东西是说不完的。

我们确实是大口吃肉大口喝酒！家里来客人，我们宰羊。每一个哈萨克族的男孩子都要学会宰羊，而每一个哈萨克族姑娘就要会洗羊肚了。有吃的怎么能少了喝的，新疆的夺命大乌苏，远近闻名啊，不知道多少内地朋友倒在我们乌苏上了。还有卡瓦斯，去吃夜宵，吃羊肉串的时候怎么着也得点一大杯卡瓦斯喝。我映像中第一次喝酒还是被我爸拉出来吃烤肉，我爸给我捌了一大杯乌苏，然后我爸说，孩子这个叫卡瓦斯，不是酒，喝不醉的。天真的我和我爸喝了一杯又一杯，最后被我爸背回家了……新疆的爸爸几乎都特别能喝酒，而且最喜欢喝伊犁特，每一次喝酒，都是喝好几件子。喝酒的时候，如果是在家里喝，那勤快的阿姨会做饭，做又好吃又多肉的蒸面，还有羊排骨，再加上热腾腾的奶茶，真的很惬意。吃完饭，大家唠唠嗑，然后喝酒。大人喝酒聊天，小孩子就会坐在旁边看电视，吃零食，偶尔还会被叔叔塞几块钱去买好吃的……

二、叼羊　赛马　姑娘追

说到叼羊，这是哈萨克族的传统游戏，很刺激！先宰一头羊，不剥皮，就扔到场地里，男孩子们骑上自己的马，准备！口哨一吹响，就开始赛马，哪一个人第一个在马背上捡起地上的羊，就是他的了。一般情况都会有人来抢，然后在马背上两个人比赛看谁能抢到，谁抢到了就是谁的。第一名可以拿着自己的帽子（假如戴了帽子）向围观的长辈要点奖金，大人们也不会吝啬，因为这是第一名应得的奖励。

还有赛马比赛，奖金是很丰厚的，不光是钱还有其他的。有些人可以凭自己的马成名，以后有比赛就可以参加了，可以赢钱。当然很多人不是为了钱，只是为了去切磋切磋一下自己的马儿。骑马的选手参加比赛是要先付钱参加的，而观看的人就可以下注买哪个骑手赢。每一个参加比赛的马，都是很优秀的马，光是在那里站着就很躁动，好像下一秒就会飞出去一样。比赛开始，马儿的嘶鸣声，马蹄声，还有周围人的呐喊声，口哨声，一声又一声，枪声响起，马儿挣脱束缚，飞奔。

哈萨克族的传统游戏中还有姑娘追（以下引用百度资料）。

关于"姑娘追"的起源，哈萨克族民间还流传着不少有趣的传说。其中一则说：很早很早以前，哈萨克族曾有两个部落头人结成儿女亲家。在姑娘过门的那天，来接亲的人当中有一个快嘴的，夸自己头人的儿子坐骑是从许多马里挑选出来的一匹千里马驹。这件事传到了姑娘父亲的耳朵里，姑娘的父亲为了夸耀自己的马和女儿的骑术，便说："我的姑娘骑马向你们接亲去的相反方向跑，如果你们的小伙子追上了我的姑娘，那么今天就过门，否则改日再谈。"来接亲的小伙子迎亲心切，也不甘示弱就答应了这一挑战式条件。两个青年人立即翻身上马，姑娘在前策马奔跑，小伙子在后紧紧追赶。当他追上姑娘并绕到前面时，姑娘提出让小伙子在前面往回跑，自己从后面追，这样由追姑娘变成了姑娘追。后来，此活动相沿成习，一直流传至今。

现在很少有地方会有姑娘追了，一般结婚的时候会有。现在结婚也不是这种方式了，从以前的姑娘追，开启了自由恋爱。互相看对眼的青年男女，可以不受约束，不被管控，自由地去选择自己想爱的人。我想一个民族的思想开放程度决定了这个民族的文化底蕴，也决定了这个民族的发展。我们的姑娘追就是我们的宝藏，不该因为时代的进步而遗忘。

记得一次婚礼，有姑娘追。很多单身男女，骑着马。姑娘们穿着我们的传统服饰，手里拿着马鞭，男孩子也穿着传统服饰拿着马鞭，都意气风发的，虽然不知道自己心爱的姑娘会不会打自己打得太狠，但是为了爱情受一点痛，值得的。男孩子们骑着马飞奔，姑娘们紧紧追着，追到了便是拿鞭子抽，可怜的男孩子忍着痛继续骑，爱之深"恨"之切啊……

三、我的新疆

说到新疆，很多人第一反应就是"你们那边是不是很乱？你们那边街上是不是都没有人走，你们是不是上街还得带刀啊？你们上课的时候会学射击吗？你们是不是每家每户都有枪？"这样的问题，我听了无数个版本，但是我也不能反驳，因为7.5事件，让大家对新疆的映像就是暴乱和死亡。一粒老鼠屎坏了一锅汤。一些暴乱分子，让新疆这两个字，沾满了鲜血。

来过新疆的人都知道，新疆人都热情好客，去哪一家做客。主人都会拿出家里最好的东西去招待客人。而不是像别人说的那样，整个社会都是死气沉沉，人民生活在恐惧之中。我们的大街上热热闹闹的，我们的生活越来越好。一次教训，让新疆人民知道了要团结一心把这些暴恐分子从新疆赶出去。因为暴乱，新疆的经济倒退了 20 年不止。如今新疆的旅游业发展得越来越快，每年来新疆旅游的游客也越来越多，来过新疆的人都会被新疆的风土人情所吸引。我们爱我们脚下的土地，爱我们拥有的一切，爱中国这个母亲。只是我们不想再戴着"暴乱之地"的帽子了。新疆很安全，大街上都有岗亭，有民警有特警，新疆人民很热情，善良，如果没有来过新疆就不要去戴着有色眼镜去看待新疆。

我不想写我的新疆，我对新疆是满满的热爱，我热爱这里的人民，他们善良淳朴，他们大方好客，他们饱受煎熬误会却还是去接受不该接受的误解。在外地上学的我们，最能明白被区别对待的可怕之处，很多次多么想说，我们都一样，新疆也是一样的。新疆安全，新疆不是到处都是暴乱，但是话到嘴边就只能说一句不是那样。我们说的话是起不了多大作用的，除非是亲眼看见新疆，亲身体会新疆的美，感受新疆的热情，新疆的爱，不然，光靠一些人是改变不了众多人的看法的。我希望我可以为消除别人对新疆的误解出一份微不足道的力。我知道我不是一个人，肯定会有和我一样爱新疆的朋友在努力，在改变我们在别人眼里的形象。以前总是怕说自己是新疆人，现在我不会因为我是新疆人而去难过、自卑、害怕了。我自豪，我是新疆人。

儿时

◎ 王炜瑜

滴答，滴答，滴答，滴答，窗外又下起了毛毛细雨，雨滴滴落在窗户发出的滴答声唤回了童年的朦胧映像。

我对童年的印象，不是夏日炎炎下的蝉鸣，不是深秋田野间的蛙叫，而是每次下雨那喳喳的雨声。小时候雨水总会困住我与小伙伴出门游玩的步伐，内心强烈的期待被这毛毛细雨，这微不足道的雨困住，便会感到烦闷。每一次我都会搬着一张凳子坐在屋前，看着雨水从东海龙王的口袋里撒下，长长的线连接着天与地，整个世界就像他织的一块素布，一块难缠的布。

小时候不知道是怎么回事，对天上的事物总是保持着一个十分强烈的好奇心，例如天空上的飞机为什么能飞，天空为什么是蓝色，云能吃吗？而每当下雨我就会问妈妈："妈妈，这水怎么会从天上落下来呢？"妈妈是一个家庭主妇，知识文化水平的低下以及孩童理解能力的有限，我早忘了那时母亲的回答。只知道后来陪着父母一起看《西游记》，看到东海龙王是通过打喷嚏的方式来造雨的时候，突然想到了看雨时滴落在我脸上、眼睛里那黏稠的雨水，肚子便感到一阵搅动，这更加深了我对雨的厌恶，也自然地减少了我等雨看雨的耐心。渐渐地，看到下雨我便会乖乖地收起那迈开的脚，避开窗外那浑浊的雨水，不让它有机会沾染到我。

而对雨的看法的改变具体是什么时候我已经全然忘却，我只知道那是一个冬季。奇怪的是，那一天虽然下了雨，却带给了我一种前所未有的温暖。那时候全家还在小镇上的一处小角落里租房。整个冬季就像是四季里的弃婴，没有春季的嫩绿奋发，没有夏季的火灿明烈，没有秋天的黄硕丰满，留给人们的只有那令人厌恶的寒风冰雨。儿时的冬季，冷风自行分成了两支部队进攻着我的小瓦屋，一支自行压缩着身躯，悄悄地从四面八方的墙缝涌入，另一支则直接从敞开的大门呼啸而进，加上从外面携带进来的雨季那特有的黏稠阴湿的空气，更增添了我对这天气的抱怨。只记得那一天，恰逢是进补时节，爸爸听说羊肉能补中，便冒着阴雨天买了几斤羊肉回家吃火锅。一切准备就绪时，爸爸关起了那敞开的大门，一家子围着火炉吃火锅。由于爸爸是建筑工人，一家子聚着吃饭的机会是少之又少。而当热气扑到脸颊，看着从下往上的烟雾，我突然想到了那从上往下的雨雾。吃完饭后推开门，看着外头淅沥沥的雨滴，嘴里呼出的热气附着在空气中的雨滴上，深呼吸着，空气中泥土的清香和刚吃的羊肉混搅在一起，霎时间感受到了这雨天带给我的片刻温暖。

南方多雨季，这雨陪我走过了多少个儿时的春夏秋冬。春天时的毛毛细雨里，我会趁着父母来接我放学之前，撑着雨伞，穿着雨鞋，在外人不解的眼神里翻弄着泥土，只为找到蜗牛行走的轨迹，那时的雨陪着我一起追寻春天的印记；夏天午后的暴雨，贪玩的我跟小伙伴们躲在某处屋檐下，内心细数着回家后父母的责骂，而雨后热浪携带而来的泥土的清香又使我将一切烦恼扔之脑后，手里拿着冰淇淋，踩踏着一摊摊小水洼，那时的雨给了我夏天的味道；秋季淅沥的雨下，只记得鼻子里都是七里香散发的沁人的清香，这时的雨后，爸爸总会带我到草莓园去摘拿那秋天的硕果，红的绿的，雨洗刷出来的鲜艳的红色总是吸引住每个前进的步伐，那是秋雨给予我的四季硕果；冬季冷入骨髓的雨，随着火炉中的热气一起蒸发，取而代之的是一家人围坐在一起享受美食的温暖，那是冬雨赠予我的冬季的别样温情。

儿时的我们，思绪总是那么单纯而美好，就像眼中的雨，它可能是东海龙王的鼻水，也可能是织女无意中扔进凡间的棉线。它上一秒会是恼人的，下一秒也可能是心中那平静而热烈的温泉。每一段匆匆岁月，都会有雨水的洗礼，儿时的雨水一直滴落着，汇聚着，流入青春，流入晚霞。雨水中夹杂着的情感纵会有千番变化，可是只要我们还记得，儿时我们脚下的、脸上的、眼睛里的沾染着的那雨水的温度和味道，即使是热的辣的，还是冷的涩的，都是儿时那值得缅怀的味道。

雨天

◎ 洪炜

一到雨天，关节自然是要发疼的。

这倒不是因为存在于身体里的某些恶性细菌在暗暗作祟，只是缘于某个雨天里被思念打断的一块骨头。

现在外面的雨声越来越大了。我知道又要换季了。一场秋雨一场寒，总归是要连绵不断的。

雨天有很多种。可能是连绵不断的薄凉阴雨，可能是暖阳下突发的燥热大雨。也有可能是最普通的那一种毫无生气的雨。

我的一生里，或者说人的一生里，总要经历无数场没有意义的大雨。或许是早上起来发现街道上布满了湿漉漉的水珠，水珠将水泥地板染深。可是那与你无关。雨已经下过了，你不知道它什么时候开始，也不知道它什么时候结束。它发生在你听不见的时间里，遗留在你可见的空间里。可是你该知道，不管接下来是阴天还是艳阳天，它都会蒸发的，消失在你到不了的时空里。若干年后，从一生中发生的那么多场雨里，你再也记不起它是哪一场。

也或许是一场跟随着知名台风降临的狂风暴雨。各种暴雨警告布满了各项社交 APP。你知道，虚拟的网络空间是没有边界的，可是随便一条爆款新闻就可以占据你整个网络空间的头条板块。你刷着微信、微博、QQ，所有的信息都是重复落下的雨滴，滴答着表达对这场台风的调侃，对它带来的假期感到无比喜悦。至于它带来的那些灾害、生命死亡、经济损失，于你而言不过是场过眼云烟。你瘫坐在家里，如一潭死水融入这场罪恶的雨涟盛宴。

而有些雨天，注定是无法忘记的。

那些悲伤混入无数颗雨滴，淅淅沥沥，冻结整个世纪。那些故人站在记忆的门口，轻轻叩响关闭了很久的门扉。

雨天是用来怀念的。每个难忘的雨天都承载着一份更难忘的记忆。每当雨滴落下，在潮湿的地面泛起阵阵涟漪，心里就会燃起一团潮湿的火。那是记忆的温度，却不能将你温暖。你知道在你的身体里，有一根骨头早就被思念打断了。一到雨天，思念就会苏醒，折磨着你的身体，所以你知道，那根坏掉的骨头永远都好不了了。永远。

每颗雨滴都藏着一份回忆，不知道在哪个时候，哪颗雨滴就会落在你的身上。回忆像重重一拳，疼痛多强烈，只有你自己知道。回忆像冬天的一碗热汤，温暖了你某一个雨天，却温暖不了伴随身体的刻骨的怀念。

雨天是孤独的，不孤独的雨天只能叫自然降雨。那些雨滴即使淹没整个城市，你的心里依旧是干涸一片。雨天注定是寒冷的。当体内那根骨头隐隐作痛，身体伴随着思念，就会变得格外脆弱，连御寒的能力都丧失了，于是你从骨子里感受到发抖的寒冷。那些幸福的时光即使再温暖，也温暖不了你冰冻的躯体。就连燃烧在你心里的那团火，也是潮湿的。你站在一片潮湿之中，一个拥抱就能给予的温暖，你也感受不到了。

记忆里，她是不喜欢雨的。因为雨天一贯是不舒服的。夏天的雨，太过潮热，且多的是狂风暴雨，一不小心就会被淋湿。那些浑浊的空气沿着被大雨扬起的风尘涌入胸腔，令人难受。冬天的雨，太过阴湿，凛冽的寒风随时让冷冷的冰雨在脸上胡乱地拍。身体承受不了极端的寒冷，一下子就陷入感冒状态。要命的是身边没有一个人给予自己关怀，于是那些难受都卡在咽喉，随热水和感冒药一起下肚，也懒于消化。

每当下雨，撑伞走过放学的街道时，我总是不愿离她太远，却也不敢靠近。只要一个适当的距离，我就可以编织关于我和她的一整座宇宙。若即若离的距离，就刚刚好。被发现了，也不会觉得尴尬。没被发现，也就难免失落。有时偶尔交错的一个眼神，都能让雨落在我心里。

而我期待与她相遇的心，却被一场冷冷的雨打散。

幼时的离别就像一场兵荒马乱，一次转身，就错过了一生。公交车的几个站台，对于年幼的我们而言，就好像到了另一个世界。更别说离开这座山城，去往外面的酒绿灯红。

我站在幼时的窗口，整个世界蜷缩在眼前。一座小小的山城，蜿蜒的山路竟望不到尽头。城外的世界，是一座又一座的山，连绵不绝。如果迷失了方向，整个世界都会陷入混沌。当月亮爬上来，一座座青山便散发出孤寂的湿冷，皓空中一朵长云，没被山峦切断。一束月光，照进这孤独山城，亮了谁的窗，又冷了谁的泪。山城里的人，眷念着谁的人儿，没想到自己有一天也会离开。

雨落下了，打湿了青石板，折了青杨柳。月亮掩去了身影，长云被黑夜淹没。拖着大大小小的行李，路过她的窗前，窗帘映着烛影。也没有什么理由说一句告别。撑着一把油纸伞，走在走了那么多年的青石板上，竟也会忘了路径。路途遥远，要跨越那么多的山路，谁也不舍得回头望。雨滴沿着伞沿滑落，沾湿了衣襟，路上湿滑，不小心就会滑倒。沿途的树簌簌地落下一大串水珠，砸在油纸伞上。耳朵里只剩下雨滴落下的声音。等再回首，雨已经停了，天已是破晓，远方炊烟升起，再也看不见人家。

从此心里住着一座回不去的山城，山城里住着一个不知名的心上人。

一场离别的雨，没让季节发生多少变化。只是每当雨滴落下，就不能不在胸腔泛起分离的潮湿火苗。

山城里的一场雨，冷了青石板，绿了青杨柳。四季轮回，春天看遍了落花，夏天看遍了落雨，秋天看遍了落叶，冬天看遍了落雪。来年又来年，看遍了落日，心里落不下去的也没能落下去。

所以也就一直怀念下去了。

再长大，雨就变了滋味。一场几百米开外的紧急工作会议，却遇见了瓢泼大雨而身上没有带伞的尴尬。为了不丢掉工作，只好身无薄伞地冲进雨里，不顾一切地向目的地狂奔。可再怎么快的狂奔，也只是能勉强在会议开始前的几秒内抵达。而无法避免的是全身湿透的落魄模样，和一封怒气冲冲的解雇信。

台风来了，放假的通知早就下达，却因生活拮据而留下来为加班费努力。偌大的办公厅只有自己一个人，在黑夜笼罩的瞬间，窗外狂风大作、雷雨咆哮，头顶上一束微弱的光线晃晃悠悠。光影杂乱，映得眼前的办公文件时而清楚时而模糊，人影单薄地啃着一包又一包的泡面，显得格外孤独而又脆弱。

打开尘封已久的儿时玩具，看见一排排玩具水手士兵整齐地躲在阴暗角落里。这么多年了，他们还在那里，他们不曾离开，他们在等着自己的船长，等待下一次乘风破浪的征途。可是你漠然地对他们说："船长不会回来了。"他们抬起头，用那种已经很久没有出现在你眼睛里的目光看着你，幼稚地问："为什么？船长死了吗？"

"不，船长长大了。"

一场雨，不再是一场自然气象，也不再是那些文人墨客笔下浪漫的意象。生活的重压，让雨比任何时候都不像它自己，它成了一种阻碍、一种诅咒、一种无法避免的破坏。当生活被琐事拼凑，碰撞把棱角磨破，每个人都在尝试着变得愈来愈成熟。雨不再浪漫，也不再美丽，人们用自己的视角剥夺了雨的所有附加价值。

江南的烟雨又来了，你想的却是怎么躲雨最省钱。

熬过了一生的奔波，镜头在你脸上发现了深深的皱纹。你的步伐开始变得缓慢，一经风雨关节就开始疼痛。岁月催人老，你开始睹物思情，感怀过去。

你想起那一年的雨季，回忆里特别安静。那位住在山城里的姑娘，你曾无数次经过她的窗前。对镜贴花黄，也曾美丽动人，可那么多年过去，珠黄叶落，想必她现在也已经是垂垂老矣。不知道若是再见她一面，你还能不能一眼就认出她。

　　你想起那一年在雨里的狂奔，最后还是丢掉了工作。你开始嘲笑自己当时的所作所为，嘲笑当年的自己竟然为了一个小小的工作而变得那般狼狈。若是时光倒流，你猜你一定会淡然地放弃那场会议，世上多的是路，何必走一条泥泞的雨路呢。

　　你也想起那一年在雨里邂逅的她。她站在公交车站台，用单薄的外套遮雨，没有人愿意递给她一把伞。你大步走了过去，撑伞为她挡住漫天的风雨。你们同在一把伞下，走过了剧场，走过了餐厅，走过了婚姻的殿堂，走过了春花秋月，走过了这几十年来的风风雨雨。

　　突然，你哭了，浑浊的眼泪流下，布满皱纹的脸显得更加苍老。你的儿女们守在床边，你看见仪器上心电图的曲线愈发平静，你的意识开始模糊，你开始听不见儿女的哭喊声，闻不到那刺鼻的药水味。你的眼前冒出一幅几年前的画面，那时的你也是这样守在床边，看着她的呼吸缓缓停止，直到握住的那一双手无力地从你掌间滑落。

　　你哭了，泪水像一场瓢泼大雨，一下又一下地淹没整个城市，所有的回忆像潮水一样涌过来，你最后的意识，也消散了。

　　就像雨下过后，被月光静静地蒸发。

情在诗词歌赋中

◎ 蓝盈盈

"问世间情为何物？直教人生死相许。"大家都知道这句绝美的诗句，也觉得世间最美好的爱情不过如此罢了。

问世间情为何物？现在的小青年可能会说，"情"就是我们在阳光的倾泻下，携手在校园里漫步的罗曼蒂克；是我们头上撑着一件大衣在漫漫细雨中狂奔的激情；是我们早起登山去欣赏那瑰丽的日出美景，晨曦洒在身上的岁月静好……但这些于我而言，未免有些单调和缺乏诗意了，我从来都是一个充满诗意的人，我深信"生活不仅只有眼前的苟且，还有诗和远方"的道理。我觉得"情"亦是如此。我喜欢诗词歌赋，喜欢诗词歌赋的音韵美、格律美，喜欢诗词歌赋的言有尽而意无穷，更加喜欢诗词歌赋里面的喜怒哀乐与爱恨情仇。我们仅仅知道古代父母之命、媒妁之言的爱情婚姻，但却很少知道古代才子佳人那富有诗意的爱、富有诗意的"情"，尽管结局有时候不尽如人意，但我就爱那诗意，"情"的诗意。

问世间情为何物？于我而言，是那诗词歌赋中又名相思子的红豆。

唐有温庭筠的"玲珑骰子安红豆，入骨相思知不知？"有王维的"愿君多采撷，此物最相思。"宋有赵崇嶓的"交织红豆雨中看，为君滴尽相思血。"

中华文化博大精深，用红豆以诉说相思、恋慕之意，此意境岂不美哉。人们常说爱就要说出口，但我却更加欢喜以诗传情，将自己的相思之意，将自己的"情"内敛于诗意般的句子里，既能表达自己的"情"，又能讲其诉写得美轮美奂。红豆美得令人神往，美得令人陶醉，"情"美得令人窒息，古往今来，有多少文人墨客以红豆续写了一首又一首的旷世奇缘，倾城之恋。大家都知道红豆色泽艳丽华美，但却甚少人知道它是有剧毒的。我曾经有想过为什么会赋予一个有剧毒的东西那么美好的意象，过去的我是不懂得的，但是随着自己的长大，对其有了属于自己的见解与想法，也渐渐明白。世人常说越美丽的东西越是有毒，爱情也是一件很美丽的是事情，我想答案是明确的。爱情犹如妖冶的罂粟花，只要尝上一口它的芳香，便让人欲罢不能，沉溺其中，而正是因为它的剧毒，让人不敢轻易尝试，否则就是一辈子的事，便是一生的承诺。将相思这般美好的、曼妙的意境赋予红豆，我们将为其付出自己的一生。红豆的爱情，美得极具诗意，美得令人窒息，此为世间情也。

问世间情为何物？于我而言，是诗词歌赋中的悲壮凄美的爱情绝唱。

南宋著名爱国诗人陆游与表妹唐婉两人青梅竹马，从小就情投意合，两人在一起度过了一段幸福美好的时光，并暗生情愫。在古时候，表哥表妹一家亲，长大以后自然而然就结成的一对恩爱夫妻，伉俪情深，羡煞旁人。出自书香门的唐婉，自小受家里影响，自然也是才华横溢的。她亦擅长诗词。婚后，陆游携唐婉于沈园中饮酒作诗，对酒赏月，互诉衷肠。奈何陆游之母的破坏，认为唐婉破坏了她儿子的前程，便将她驱逐出去。两人后来亦另娶另嫁。经历世间种种磨难，陆游在沈园墙壁上写下一首《钗头凤》以纪念他们逝去的爱情。"……一杯愁绪，几年离索……山盟虽在，锦书难托……"，伤心难以自抑的唐婉亦回了一首《钗头凤》"世情薄，人情恶……人成各，今非昨……怕人寻问，咽泪装欢……"表达自己的心绪。这种可望而不可即，不仅让这两首绝美的诗词流传后世，也成就一段凄美的爱情绝唱，他们至真至诚的爱情至今仍为我们所赞颂。两首《钗头凤》带领我们走进凄婉朦胧的爱情世界里，诗一样的爱情，虽是凄婉，却也美丽难忘。此为世间情也。

中华上下几千年来，有多少这般如诗如画般的爱情颂歌、千古绝唱。

问世间情为何物？谓苏轼之"十年生死两茫茫，不思量，自难忘"的深情不悔；谓欧阳修之"庭院深深深几许"的寂寥思归之情；谓柳永之"执手相看泪眼，竟无语凝噎"的伤离难舍之情；亦谓我之笔下的"柴米油盐酱醋茶，诗词歌赋于其上"……他们将浓浓的深情与眷恋注入自己的笔尖，或浓墨重彩，或浓妆淡抹，或轻描淡写，以我手写我心，无垠的"情"思在文字中激荡开来，撩动我的心弦，久久难以平复。无论是那意境深远的红豆，抑或是悲壮凄美的爱情绝唱，都是诗意的表达，如画的倾泻。这些无不让我感到欢喜与雀跃，无不让我深入到他们的爱恨情仇、悲欢离合，感受他们的喜怒哀乐。

其实，现如今也不缺乏诗意的"情"。我们都知道民国时期著名翻译家朱生豪与他的妻子那唯美的爱情之旅。沉默寡言的朱生豪无法在口头上表达自己的爱慕之情，只将自己的相思之情倾注在笔端，写出了一封又一封的情书，唯美的文字，诗意的爱情，让人心往驰之。"我想念你，似乎我生命中只有这几个字""醒来觉得甚是爱你"无不令人赏心悦目；著名文学研究家钱钟书先生与杨绛这对作家夫妇伉俪情深，相互扶持。钱钟书曾说："在遇见你之前，我从未想过结婚，遇见你之后，结婚这事就没想过和别人。"朴实憨厚的文字直抒胸臆，扰乱着我的心绪，触动着我的心扉；著名作家王小波与李银河的浪漫爱情故事为我们所艳羡，"你要是愿意，我就永远爱你，你要不愿意，我就永远相思"，这种浓郁厚重的恋慕之情扑面而来，那婉约细腻的文字中掩埋着噬人的相思与恋慕，让我为之一怔。

……

诗词歌赋是一朵情花，任何人在情花面前都是一样的，或是羞涩，或是感动，或是憧憬，或是伤悲。天地间的阴晴圆缺，人世间的悲欢离合、爱恨情仇都能在诗词歌赋的笔端下被完美演绎与绽放。一词一句间满是那悲壮凄美的爱情绝唱、满是那感天动地的千古佳话、满是那悲欢离合的离愁别绪。它能让市井百姓也品格风雅，能让高高在上的神祇落入凡尘。不同人的诗词歌赋亦是不同的的情花，代表着不同的爱情观。诗词歌赋或是一朵娇艳欲滴的红玫瑰，所期盼的是富有激情与热恋的情、追求彼此之间是彼此的唯一；或是一朵清新脱俗的并蒂莲，追求永结同心的持久的情，不求热烈，但盼细水长流；或是一朵淡雅宁静的桔梗花，所期盼的是永恒的爱，无怨无悔的情，为你默默的付出与守护；或是一朵纤细挺拔的龙舌兰，所期盼的是至死不渝的情，为爱付出一切的心甘情愿与甘之如饴。

我们常常都在生死离别中寻找感天动地的爱情佳话，为何我们就不能多回头看看我们的诗词歌赋，从诗词歌赋中探寻"情"的真谛。举杯畅饮，抬头望月，去欣赏那一抹又一抹的相思，去聆听那从远方传来的一阵又一阵的捣衣声，去看看那鲤鱼中的尺素书一句又一句的惦念。

问世间情为何物？诗词歌赋中乃是。

不可貌相鬼针草

◎ 陈 欢

说起鬼针草三个字，其实很多人都不知道它是什么，但说起它在乡间的俗名，如"疯娘""粘人草"，就有一些自小长在乡村里的朋友能够将其对号入座了。

鬼针草绝对是学生时代最惹人烦的植物了，说起这个，农村长大的孩子都有共同的回忆。爱捉弄人绝对是鬼针草的习性之一，每次放学后在乡间的小路上田野里玩耍的学生们，总能发现裤脚上和鞋子上不知何时沾满了一根根"小针"。而喜欢捣蛋的调皮孩子们在受小针毒害后偏偏灵机一动，反而把它们当作珍贵的"暗器"，用来捉弄其他人。

被鬼针草小针缠上的同学，除了把它们一根一根地拔下来以外，没有其他办法。但即使是气愤的人们把它们丢在地上，捉弄完人的鬼针草们反而会乐呵呵地在那里安置新家，不用多久就长出更多更多的子孙后代了。

作为一种生存力和繁殖力都极为顽强的植物，又偏偏如此让人心烦无奈，鬼针草的恶名也是众人皆知的。然而恰恰是这样臭名昭著的鬼针草，却偏偏开着如雏菊一般娇小的白色花蕾；恰恰是这般惹人不喜的鬼针草，却偏偏也是一种不可多得的草药。

寒假回家，与朋友相邀出门散步，在一片堤坝上看到一整片的鬼针草，便不约而同地想起小时候，尽管时间过去良久，那些小小的趣事仍历历在目。忍不住想了解一下这童年时的一大"敌人"，便回家问了问年近鲐背之年的祖母，谁知竟看到老人眼中浮现出奇异的怀念之色。

祖母说，鬼针草是好东西。

原来，从前人们一旦上火，喉咙疼痛难忍的时候，一般是不会选择去看医生的，而是自己采些野草药熬水喝。而鬼针草，就是其中一种清热解毒的药草。农村人若有个跌打损伤，也会用鬼针草，它们可是活血消肿的良药。也有一些老人家，会采它们的嫩叶回家做菜吃，老人们说了，这种野菜是没有毒性的，吃多了不但没有副作用，而且是越吃身体越舒服。

我有些意外，忍不住去查了一下，竟不知不觉中长了不少知识。书上说："鬼针草性温，味苦，无毒，全草均可入药，具有清热、解毒、散瘀、消肿等功效，民间常用它治疗肠炎、痢疾等疾病。"

遭那么多人嫌弃的鬼针草，原来，竟是一种祛病健身的中草药之宝。

老人们如此珍爱鬼针草，正是因为它们营养价值高，吃了对身体有许多好处，又是很容易采得到的野生植物。

重游那一片绿地，看着那一大片阳光下摇晃的野草，心中充满了温暖。突然发现，这个世界有很多很多东西，就像鬼针草一样长着刺人的针，但每一根针的下面，却有着完全不同的衷肠。就像父母对做错事的孩子严肃的喝止，就像逆耳的忠言，苦口的良药，误入歧途时打醒你的巴掌……

鬼针草，长在村旁、路边和荒地中，卑微而倔强地生存着，戏弄着过往的人，转过头却又默默地付出一切。它们长着磨人的小针，可以把每一个过路人刺痛刺伤，《本草拾遗》云："子作钗脚，着人衣如针，北人呼为鬼针，南人谓之鬼钗。""鬼"之一字，可见它们神出鬼没，路人避之不及，又可见它们如同机灵鬼一样耍弄人的坏癖好，真是道尽人们对这些小草又爱又恨的感情。

转过头来，也发现了它们让人欲罢不能之处，草素来卑微贱生，它们却如此与众不同，尽管生命脆弱，却绝不任人随意践踏，你既踩我一脚，我便还你满身针，你还得乖乖一根根地把我拔出，为我重寻落根之地，完全一副令人恨得牙痒痒却又无可奈何的鬼脾气。

细思好笑又感怀，天地之大，人也如蜉蝣一般，渺小至极，但偏偏也有那么一些人，不甘平庸于世，不甘屈服于命运，他们有自己的精神，有自己的信仰，生命的长度阻碍不了他们思想的高度、心海的深度，就像那一位受尽苦难饱经屈辱的史学家所说："人固有一死，或重于泰山，或轻于鸿毛。"也是那些傲骨铮铮的人们，让人类的精神不随生命的逝去而终结。

你好，鬼针草，重新认识一下……

指缝间溜走的风和时光

◎ 李思婷

夜骑。晚风。我在暖黄的路灯下悄悄想象。

记忆中的秋天像个羞涩的小姑娘，总是若即若离。指尖微凉，我以为她终于来了，穿上外套准备抱个满怀，却偏偏等啊等啊，等出了一身的汗。秋天好像越来越短了，有时我还未捕捉到她的身影，冬天便悄然而至。我本来是不对她抱太多眷恋的，却偏偏受了风的蛊惑，偏爱她。秋天的风，是最温柔的。

而温柔的风，是最容易吹出情思的，空气里全是氤氲着的柔情。

十一月，按一张一张撕下的日历来看，明明已该是深秋，却依然饱受热气侵扰。到了夜晚，只着一件短袖，骑着单车于狭长的公路上缓缓行进，才能感受到一丝秋的凉意。迎面吹来的风撩起发尾，我轻轻吟唱起"那一年天空很高风很清澈，从头到脚趾都快乐"。

还记得小的时候，家里还没有空调，炎热的夏天似乎也不像如今这般难过。我常在屋子门口的榕树下和小女生们跳皮筋、跳房子，或是约了男孩们打弹珠，旁边的竹椅上坐着笑盈盈的奶奶，手里还摇着大蒲扇。自然的风没有阻挡，一股脑儿涌过来，便能轻易地缓解燥热。风吹稻谷香，绿色的海浪摇曳生姿，放眼望去，满目碧波，于是年幼的我知道，风的颜色是绿色，风的味道是稻香。

如今的夏天，大门敞开的人家也少见了——多半是紧闭门窗，生怕露出了一点儿空调的冷气，叫人难耐酷热。热是难以消散的了，不仅因为气温越来越高，还因为风无法畅通无阻了，撞上一次高楼的墙，风力便要弱上几分，最后到了人身上的，已经不再是夏天的风了啊。至少与记忆中的截然不同了。后来有人再问起风的颜色和味道，我便只说无色无味。

屋前的大榕树还在，只是许多时候是孤零零的。几年前小孩子们的玩物已变成芭比娃娃，遥控汽车，如今更是一部手机便可抵上全部了。竹椅呢？好几年前就瞧不见了罢。蒲扇被风扇替代了，就连人也不复往昔。时光啊，你带走了夏天的风，怎么连一点念想也不愿留给我呢？

忘不了夏日乡村里的傍晚，和平宁静的时光流淌着。约莫五点半，地里干活的大人背着浇水桶回家吃饭，挽起的裤脚一高一低，路上偶遇一泓溪水，踏进去洗去脚上的泥泞，一天的辛劳也在这一刻随溪流而去。玩闹了一天的孩子们在妈妈大声地吆喝中匆匆分手，约定着明天老地方再一起打弹珠。公鸡母鸡被主人"啧啧啧"地引着进了窝。隔壁老伯牵着老牛悠悠走回来，后面跟着的小牛哞哞叫着，邻家的哥哥连忙迎上，将早已准备好地加了水揉成烂泥的番薯放在老牛面前，小牛也凑上来共享美食。待吃饱了，小牛才跟着老牛慵懒地走进牛棚。小巷里，此时才是最热闹的，家家户户搬了饭桌到家门口。跑着去小卖店给爸爸买了一瓶青岛啤酒的小孩回到饭桌前，迫不及待地踢掉拖鞋，将脚踩在大地上。那时候我不知道，那原来是一种归属感。劳作了一天的男人光着膀子，接过玻璃酒瓶放到桌下，只听"咔"的一声，瓶盖掉到了地上。而我至今还未学会怎么用桌子开瓶盖——有起瓶器代劳了。夕阳的余晖洒在大榕树上，光影越来越长，一顿饭从白天吃到了黑夜，太阳运转至地球的另一半，风也渐渐凉了。风里有柴米油盐，风里有欢声笑语，没有什么比这一切更美好了。风里应当是还掺杂了酒精的，不然怎的就让人微醺了？醉了，我可不可以……可不可以不醒来？

初中的学校在镇上。从村里到镇上，骑自行车得要二十分钟，每天来回四趟，与我相伴的除了小伙伴们，还有不离不弃的风。炎热的夏日中午，一下课跟着拥挤的人流一起从校门涌出，好不容易到了十字路口，疏散了些人流，得以撑一把伞抵抗烈日了，偏偏与风背道而驰。夏天的风迅疾而猛，小小的人儿一手握着单车头，一手撑着小小的一把伞，顽强地与风对抗。对抗的结果当然是风胜我败，三年下来与之对抗的印记是黝黑的皮肤。那个时候对风生了怨恨，怨它怎么就不通人性，不懂得体贴一下烈日下骑行的我们。

尤其是在南方里常见的大暴雨时期，就更加深了对风的厌恶了。小时候不喜欢穿雨衣，觉得太不酷，于是在刮风下雨的时候依然撑着一把伞在风雨中穿行。从校门出来到路口，要经过一个滑坡才能到马路。于是我依然一手把着车头一手撑着伞，在往下坡滑行的时候要控制住方向并且半握刹车。车头的右手边的刹车是前刹，控制前轮抱死，左手边的刹车是后刹，控制后轮抱死。而在没有学习使用前刹的技巧时使用前刹很容易使后轮漂移，尤其是在雨天路滑的状况下，很有可能因为重心在前面而直接从车把上方往前翻起。于是很多时候为了安全着想我常选择用后刹。而我是惯用右手的，使用后刹意味着要用左手把住车头，这种情况下无疑加大了走滑坡的难度。风助长了雨的暴虐，我左手把着车头，右手撑着伞，在风雨中以飞快的速度从上坡滑至下坡。凛冽的风里裹挟着细细密密的雨滴，砸在我的稚嫩的面孔上，那是年少无畏的勇气。

现在想起来是很惊险的，但同时也不免心生怀念，怀念那种无知无畏。大概是真的有"初生牛犊不怕虎"的气势罢。如今呢，更多了谨慎，现在想要在人多的地方骑车都畏缩了，更别提狂风暴雨中撑伞狂飙了。也少了与风对抗的勇气，知道打不过，那干脆就躲着，躲着便没有所谓的胜负了。那时的目的是很简单的，只是为了要回家，就好像不知道危险是什么，没有瞻前顾后，没有考虑结果，没有计算得失成败，直奔着一个目的就去做了。现在呢？很多时候不纯粹了，做一件事情之前总要"三思而后行"，精确计算了得失才敢行动。可是一旦动机不纯粹了，做事的过程中也没法全身心投入了，因为你会害怕，你怕了，怕失败，怕受伤害，所以反而缩手缩脚了。成人太小心翼翼了，小心翼翼到丢了勇气，如果可以我还想做那个在风里无畏穿梭的小小少年。

后来到了高中，我考上了市里的学校，离家又远了些。我申请了住校，很少回家了。刚步入高三时心里有隐隐的不安，唯一缓解压力与焦虑的方法就是在晚修时三十分钟的休息时间里，和同桌一起去操场上打篮球。我们穿好了保暖衣、毛衣，外面再套上一件外套，拉上拉链，戴上帽子，全副武装，等着第一节课的下课铃声响便冲向操场。之所以要冲是因为总有几个小学弟爱跟我们抢那个唯一的篮网完好的球场。我们会因为抢到了而变得很开心，也会因为抢不到而抱怨，那时候的快乐和难过都很简单。冬天的操场很空旷，又很昏暗，只有少数几个爱好篮球的男生与我们为伴。冬天的风也是凛冽的，吹得我的长发"群魔乱舞"，我们冻得跺脚，却又笑得张扬。晚修上课的铃声响了，等到持着手电筒的保卫来操场赶人了，我们才不情不愿地回到教室。刚上课的几分钟教室里总是乱哄哄地，我和同桌回到教室，看着对方被北风吹得通红的脸，相视大笑。

高三那年的地理课上，又讲起了高一时地理老师给我们讲过的"白天吹海风，晚上吹陆风"，我的思绪又飘回了我的家乡，飘回了那片汪洋大海之上。夏天的傍晚和朋友一起到海边，太阳已经没有那么晒了，我们脱了鞋，追逐着、打闹着，脚底踩着软软的细沙，时不时往上冲的海浪钻过我们的脚缝，迎面吹来的海风里有盐的咸味，手机前置镜头定格了浩瀚的大海与渺小的我们。玩累了，点一杯芒果沙冰，一杯草莓刨冰，我们顺着海风往前跑，终于赶上最后一趟班车。市里的海也很大，只是不是我所喜欢的模样。海边有护栏，海上有渔船，没法亲近它了。看海的人也变少了，大抵是如我这般厌恶这里的海风的腥臭味，抑或是失望、遗憾。后来的后来，夜游珠江，才又感受了一番与老友畅聊，清爽的海风将你包围的惬意。

天终于凉了，我骑车穿过大学校园的林荫道，风中又响起了这首笑忘歌："青春是手牵手坐上了永不回头的火车，总有一天我们都老了，不会遗憾就OK了。伤心的都忘记了，只记得这首笑忘歌，那一年天空很高、风很清澈，从头到脚趾都快乐。我和你都约好了，要再唱这首笑忘歌，这一生只愿只要平凡快乐，谁说这样不伟大呢？"

北雪落南桥

◎ 龙梦颖

凡在北方过过冬天的人，或多或少都会有些恋雪情结，更不用说我这出生在北方的人了。在我的家乡，每年冬天，人们都在盼望着第一场雪的到来。初雪从不会晚，因为它清楚地知道北方的人们呀一直心心念念地盼望着它的到来。

八楼汽车站的那场雪，那个年代，刀郎唱出了北方雪的浪漫、洒脱和些许的温柔，让无数人徜徉在大雪纷飞的 2002 年。

乌鲁木齐的第一场雪在 2018 年 10 月 17 日这天如期而至。曾醉心于这样一句美丽的话"在新疆下雪的时候，一定要约自己喜欢的人出来走走，因为一不小心，就一起白了头。"北国的雪，飘得肆意、落得纷扬、白得通透，所谓"未若柳絮因风起"也不过如此了吧。

今天，我在江南的暖阳中怅然若失。今夜，你的城市是否雪花飘零？

初接触到江南的冬天，曾一度为它风和日暖的午后着迷，沐浴在阳光下，走在常青的林荫小道上，享受着如春般的温暖，微风吹过你的发丝，只倍觉轻抚的柔软。想想此时北方的冬天，走在枯木败花的小路上，寒风吹乱你的发丝，只感刺骨的冷冽。起初，我为来到江南，在江南的暖冬里度日而感到欣喜万分。但久而久之，我才意识到江南若是没有了二十四节气，怕是真不知道还有冬天这回事儿。江南的冬天就像一阵轻风，在你不经意间忽地吹过，没有太强烈的感觉，或是一阵树叶哗啦啦落下的声音，又或是不见树叶变黄飘落，冬天就这样悄悄地来又不留痕迹地走了。偶尔某个冬季，小雪花在夜晚人们熟睡的时候悄悄地来，等到午时便在阳光中融化了，地上那一摊摊雪花融化成的水印才能证明他们曾经来过。我渐渐地开始厌倦这四季如春的温暖，开始厌倦这留不住雪的温度。我开始意识到不是只有温暖才叫作温度，我开始怀念家乡冬天的冷冽，开始想念新疆四季分明的季节。家乡的冬天虽然寒冷，但那能留得住雪的零下的温度，总能温暖我们这些离家在外的游子的心。

不逢新疆的雪，已有四余年了。曾几何时的初冬，每每都会站在家中院里的空地上，抬头望着阴沉沉的天空，等待着这个冬天第一片雪花的降临，感受着它落在肌肤上的清凉的触感。记得很小的时候我总是缠着妈妈给我过生日，妈妈总会说："别着急呀，下雪了你的生日就到了。"当时的我很傻，一年四季都在期待着下雪，等到了冬天真正飘雪的时候别提有多高兴了。我最喜欢在下雪天出去玩，"全副武装"后拿着滑滑板就冲向了雪地，踩在厚厚的雪地上蹦来蹦去发出悦耳的"咯吱咯吱"的声音。大孩子们一起堆着雪人，我们就在一旁又好奇又兴奋地踮着脚探出小脑袋巴望着。等到雪人大功告成了，小朋友们争先恐后地贡献出自己的小红帽、毛围巾和棉手套穿在雪人身上，结果自己冷得在雪地上打着哆嗦直转圈，不停地哈气取暖。小脸冻得红彤彤的，连睫毛都逐渐地结了冰霜，但那时的我们只想着要给雪人保暖。它感到温暖，应该就不会离开我们了吧？

　　天山初雪美如画，宛若一个遗世独立的仙境。每到早春，雪水开始慢慢融化，注入楚河、锡尔河、伊犁河和塔里木河。雪水哺育着山脚下一代又一代人，牧民们在冬日赶着牛羊去饮水，那是积雪的融水，清冽而纯净，是牛羊的最爱。他们从雪地上走过，牧民的鞋印，牛羊的蹄印，在雪地上清晰可见，曲曲折折地向远处蜿蜒，宛如一幅水墨画。白宣纸上黑墨挥洒几笔，畅意而自然，在这片雪地中显得是那样的和谐、有意境。雪地埋头孜孜不倦地记录着人们的生活，一层叠一层，今日的雪花掩藏了昨日的踪迹，无处可寻，但很快又会被印上新的印记。山脚下人们的生活也像这雪一般一天比一天充实，每天都有新的乐趣。

　　家乡寒冷的冬日里，却处处充满着温暖，因为这座城，爱着每一个人。一场大雪纷然而至，它就像是一个初入游乐场的孩童，对新奇的东西充满了好奇，在探索冒险的同时，总爱调皮捣蛋。为保证早高峰道路的安全通畅，环卫工人们清扫积雪到凌晨，交警们携手挪走碗口粗的 5 米长断枝；为保证旅客们安全到达目的地，铁路人彻夜清理铁轨上的积雪，民航人彻夜进行防冰保障；为保障市民的正常生活，电力工持续在抢修现场忙碌，排水工巡查蹲守排除积水……暴雪中，一个个忙碌的身影温暖着这座城市，我感受到了温度，一座城市的温暖。

　　今夜，你的世界雪落满地；今夜，我在江南的小桥上抬头仰望。透过那一层层云雾我仿佛看到了乌云背后正酝酿着一场暴风雪，那将是怎样的一场雪呢？它足以淹没高山，足以填平沟壑，即使隔着千万里我也能够感受到它的来势汹汹，它就那样纷纷扬扬地撒下，但落在我身上的那一刻又是这般的温柔。哦，我可爱的雪，原来你是来接我回家的啊！

　　那一夜，我在江南的桥头随雪起舞。

巨匠的时代　我们的时代

2017 年，乡愁诗人余光中因病去世，此去成风，再相逢，了无乡愁；2017 年，FAST 天眼总设计师南仁东因病去世，留下大眼球让后人仰望太空；2018 年，科学伟人霍金去世，太空的奥秘留予后人说；2018 年，相声表演艺术家常宝华、评书大师单田芳逝世，曲艺坛上已成绝唱；2018 年，著名主持人李咏因病去世，世间再无《非常 6+1》；2018 年，武侠巨匠金庸先生离世，那个江湖一去不复返了；2018 年，漫威之父斯坦·李离开了，我们的超级英雄无处可寻……面对各个领域大师巨匠们的逝世，人们渐渐感慨他们的离去"带走了一个时代"。

在大师们渐渐凋零的当下，"带走了一个时代"的评语，人们再熟悉不过。几乎每送走一位大师，我们就要发一次这样的感慨。我们不能否认的是，巨匠们确实代表着一个时代，许多大师身上承载着一个时代的历史记忆和文化精神，甚至一个人就是一个时代的代名词。对于七八十年代的人们来说，他们的年代就是金庸笔下的江湖，有侠骨柔肠，有劫富济贫，有快意恩仇……他们回想起自己的童年、青年时一定有家国铁血男儿志的郭靖，一定有"冷浸溶溶月"的小龙女，一定有逍遥洒脱自在行的令狐冲……大师对于时代的刻画是入骨入心的，他们不仅丰满了一个时代，更重要的是他们丰满了这个时代的人们，他们丰富了人们的记忆和精神世界。在我们心中，他们就是一个时代。

为什么会是"带走一个时代"呢？我想大概是因为我们深深怀念的这种记忆与精神随着时间的流逝往往愈显稀缺，甚至难以为继。人走茶凉，巨匠们走了，有那股子"精气神"的人也就不在了。更悲哀的是，我们好像找不到能够传承、发扬那股魂的人。承载于逝者身上的，不只是对旧时的怀念，更是对今日的感伤。

我如此解读人们的感慨，自己却并不这样想。相反的，我认为巨匠们给我们留下了一个时代——巨匠的时代，也是我们的时代。巨匠们的确永远地离开了这个世界，但是我认为他们留存在我们心中的记忆是不会随着他们的逝去而流失的，在外漂泊流浪时我们总是会想起那枚小小的邮票，拍照摆 pose 时我们总是不自觉比出六加一的手势，抬头仰望夜空时我们仿佛看到了那个吸人的黑洞……巨匠们留下的不仅是我们割舍不去的记忆，还有镌刻入骨的文化印记。我们深深喜爱的超级英雄系列所折射出的个人英雄主义和救世主义带给人类以精神支持和希望，给予人类不断发展的信念。这种文化印记植根在我们的价值观中，不断地鼓励我们通过自己的奋斗取得成就，鼓励我们用自己的力量为这个世界奉献。

这个因为巨匠而留住的时代也是属于我们的时代。如同《马说》中提及"千里马常有，而伯乐不常有"，高山流水觅知音，我们也许称不上巨匠们的知音，但我们必须承认的是我们会去探寻他们的精神世界，去理解他们眼中的世界，去与他们产生心灵上的共鸣。巨匠们为这个时代添砖加瓦，而我们便去赏这琼楼玉宇，这是我们共同的时代。同时，我们该看到的是新生代力量的崛起，大师们的精气神并不是后继无人。新生代武侠小说家步非烟突破女性的写作想象力，开启了武侠界中性主张的风气，人称"新武侠宗师"；在科学领域，裴端卿从尿液里发现人类长生不老的奥秘，延长寿命在未来不再是一个梦；前美国 NASA 科学家张弓用大数据解决农业发展的难题，让卫星照进中国的农田……这些年轻人们正在用自己的信念与努力向逝去的巨匠致敬，也在一步一步地向他们的高度进发。

也许现在这些年轻人无法与巨匠们并肩，但是成功并非在朝夕之间，阅历、能力也非短时可以练就。我们该正视他们的努力，对他们、对自己都给予更多的自信。我们可以期待，可以盼望着有一天新生代中年轻有为的力量也会站上各自领域的巅峰，成为下一代人心中的巨匠。这个时代，我们努力拼搏，努力绽放光彩，这也是我们的时代。

我们悼念巨匠，感恩巨匠们为我们留下了如此美妙的时代，同时我们也要努力继承发扬他们遗留下来的瑰宝。"江山代有才人出，各领风骚数百年"，这个时代的延续得看新生代的才人，"数风流人物，还看今朝"，让我们一起书写我们时代的传奇！

我寄人间雪满头

◎ 刘昱彤

世上没有同样的一片雪花，但是能有相同的情感，故而有共情一词。雪之纯粹、飘扬，承载人们繁多的情愫，也难怪乎古人会在这片空荡无际的素白中吟出"日暮诗成天又雪，与梅并作十分春"的诗句了。有雪的冬日向来不寂寞。

一、雪花遣霰作前锋

雪落的前兆是霰。霰虽没有雪的千姿百态，但作为降雪的前锋，霰很是受孩童欢迎的。下霰的时候，和下雨有些类同，仔细聆听，还能听到霰落在地上，摔在叶上，敲在檐上发出的沙沙的声音，好似幼蚕啃食新桑，又似稻米落入竹框，总之透露出一股子的新鲜与喜悦。霰的美感总是被雪遮掩了，但是也还是有眼明之人发现了霰的可爱，于是便有了"筛瓦巧寻疏处漏，跳阶误到暖边融。"这样的诗句，于是乎霰倒像是孩童一般跳脱的精灵了。

霰在北国是常见的，而我久居水乡，几年方见得一次霰，是以对它稀奇些。一日拂晓，我偶见地早起，或许是上天怜我，让我见了回霰的真面目。天上抖筛子般的落着霰，外面有三两孩童奔跑着，喊着"天上下白糖啦"之类的话，让我忍俊不禁。下霰的天气最是冷，因为冷空气刚来，人体尚不能适应猛然地降温，所以我赶忙裹多了几件衣服，并打算下楼去看个真切。

母亲醒得比我早，正在厨房准备早餐，见我将出门的样子便嘱咐我去买点盐。母亲总是这样，明明家里盐罐里的盐还有半瓶，储藏柜里还有一袋，却总想着要多囤一点，说什么"万一卖光了呢？多准备一点总是好的，积福嘛。"母亲呀，要是那么容易卖光，商店还开得下去吗？不过今天我有事情，便不同母亲说道，领了任务匆匆下楼去了。

下了楼，风景果然不同。彼时地上已覆了薄薄的一层，和水融在一起，倒像是在地上铺了层水晶毯子，踩在上面，感觉软软的，仿佛脚下铺着的是鹅绒做的。周遭的树也与霰共欢，绿叶都盖上了碎钻薄被，从某些角度看，熠熠生光。忽有冷风拂过，携着几粒霰拍在我脸上，冰得我一个哆嗦，可我还是忍不住地摘了手套，伸手去接淅淅沥沥的小珠子。那些小珠子还没等我拿近到眼前看，便悉数被手心的温度融成了水，悄悄地蒸发掉，消失不见了。

于是我灵机一动，走到一处霰粒堆积甚多的地方，蹲下身去，抓了一大把，想都不想地塞进了嘴里。当时的心理我已然忘却，只是那片刻的感触却难以忘怀。霰在我家这边常被叫作"糖粒子"，我觉着除了颗粒状的样子相像外，这味道与糖也是不遑多让的。绵软而清凉，入口即化的触感让我实在是回味无穷。只是当初试过那么一次后，我便举家迁去了更南的地方，常年温热，再不见霰落，总多了几分遗憾。

回家后，母亲问我买到盐了没，我才忽然想起忘了这茬，只得再去一趟，出门前家里的电视机正在放着近几日的天气预报。

"后日有小到中雪……注意减少出行，看顾好老人小孩。"

二、雪中孤影寄深情

冬日最为惊喜的是什么呢？除了红包里远超想象的红票子外，一定便是一觉醒来看见了纯白无瑕的冰雪世界吧。一夜新雪，飘落无声，素妆天成。小雪没有大雪的壮观，但别有一番风情。雪落之时，并非直直掉下，而是宛如轻羽，飘摇灵动。小雪的性情最为活泼，喜好到四处游玩去。北风也宠着它，带着它顺着窗户留下的透气的缝走到人家里去，跳进泛着微澜的池塘里去，藏入行人蓬松的头发间去。

小雪开朗的性子也格外得小朋友们的喜欢。楼顶或是院子里积了一夜的雪正适合拿来玩耍，多了便碍着行动了。有些大人比小孩子还可爱些，一大早便提着桶，带着铲子上楼去堆雪人去了。我的父亲是个特有童心的人，最喜欢在雪还松软的早晨堆上几个雪人，他还有套独门绝技。

父亲拿出置在储物柜里的四角小木板凳，笑眯眯地拉上我上楼去了。那个时候我们住的楼顶有个巨大的平台，平时父亲和楼友们就在上面种花种菜，还有人突发奇想养起来鸡，可惜没有经验，一夜就冻死了一群，以后也就作罢。父亲和我来得早，整个平台为白雪覆盖，没有脚印，格外静谧。父亲上前一步，踩了脚雪，发现刚没过小腿三分之一，便挥手也叫我下去，幼小的我兴高采烈地蹦进去，雪地发出了"嘭"的一声，我就陷在了雪里，只能用力把腿拔出来。父亲失笑，走到平台中央，蹲下身子开始拿小板凳铲雪。我在一旁自娱自乐，好不自在。

没过多久,雪人的雏形就出来了,父亲便叫我下楼去寻些装饰,自己还在用板凳的边缘打磨雪人。我下楼回到家里,母亲正在打电话叫亲朋好友来家里喝茶,见我就想让我接电话。我连忙摆手溜走,偷偷在父亲的棋盘里顺了两颗黑棋子,然后把自己衣柜里的红围巾取出来。在房里站了一会儿,我突然想起来母亲囤了一袋胡萝卜便又去厨房悄悄拿了根胡萝卜。趁着母亲不注意,我赶紧跑上了楼,父亲看我拿的东西,笑得不能自已:"回头妈妈又说你。"我吐吐舌头。给雪人装上眼睛、嘴巴,围好围巾,拿了两根树枝给它左手,我们又一起合了影,便算完成了所有工序。雪人黝黑的双眼仿佛闪烁着生命的光泽,它欢愉地来到这世间,虽不曾领略春秋代序,但却赏过梨花白雪。下楼的时候我忽然有些难过,想着雪人也就只能活那么几天,还只有一个人在平台上,怪孤单冷清的。后来我大了,偶然间读到肖复兴先生的《雪人》,里面有一句话很是有理:雪人最好的命运,就是在雪天里诞生,然后立刻在雪后的阳光下消融的没有一点影子。

人不也是这样吗?来过,离去便也够了。

三、雪却输梅一段香

小时候学过王大相公的一首诗:墙角数枝梅,凌寒独自开。遥知不是雪,为有暗香来。在我的记忆里,梅花向来都是长在高大挺拔的树上的,所以怎么也不能理解生在墙角的几朵梅花的美,直到母亲友人的到来。

友人姓李,姑且称之为李小姐罢。李小姐是母亲的同学,两人关系甚佳,住的也相近,故而时常往来。李小姐的工作一般,但却养的一手好花,前年养出的蝴蝶兰还被兰花展请去做展览。母亲也喜好侍弄花草,所以李小姐常赠给母亲一些花草,家里阳台不得不给她腾出个摆养花架子的位置。

这次李小姐来,带的是一株特别的木枝,上面有五朵花苞还未开放,我看不出那是什么花,倒是母亲十分惊讶道:"这是……梅花?"李小姐满意地笑笑:"对啊,燕子你不知道,这花我可养了好些时日,到近几日它才结出苞来,赶忙就给你送过来了。"燕子是我母亲的小名,一般只有亲近之人知道,我父亲和李小姐都这么叫她,我有的时候打趣母亲便会在她面前念一些有"燕子"两字的文章,比如什么"燕子去了,有再来的时候"或是"细雨鱼儿出,微风燕子斜"等等。

母亲接过梅花,插在了阳台早就备好的长颈瓶里。黑棕的木条斜斜地倚在青花瓷上,有些慵懒,有些傲然,让我想起了眉目冷然的美人,凭几而立倦梳头。李小姐送完花同母亲聊了几句,便要离去,母亲挽留,李小姐呵呵一笑,道:"我估摸这花明儿就开,到时候我再来,你可不要舍不得我的一杯茶。"母亲忍俊不禁地应下了。

翌日，李小姐来了个大早，母亲也为她准备好了她最爱的普洱茶，只是令人失望的是那枝梅花并未开放，只是舒展了一点花苞。李小姐呷了口茶，胸有成竹地道："晚上，晚上肯定会开。"母亲一个白眼，"得了吧，你就是来蹭饭的。"李小姐讪讪一笑："居然被你发现了。"众人笑作一团。

晚饭过后，众人去楼下散步，几圈回来，待大家在沙发坐定，母亲去阳台收衣服，无意间发现那枝梅花悄悄开放了，五朵红梅嵌在枝头，好不漂亮。大家立刻走过去围观，我凭借身形幼小一下子就钻到前面去，近距离地观察这枝梅花。

它依旧是懒散地倚在瓶口，但五朵红梅将它的慵懒映衬成了冷傲，不屑于讨好于人，所以才选择在无人之时绽放，孤芳自赏。五朵红梅虽小，但在花草皆谢的冷清场景中显得格外艳丽，微风吹过，冷香袭人。这时我才明白了，不是越高大越多叶的花就能摄人眼球的。就像这枝孤梅，无根无叶，无人欣赏，却香透心神。

"这花开得可真美啊。"母亲感叹道。"是啊，好看。"父亲应和道。"是吧。"李小姐骄傲地一笑，"开的真是时候啊。"

而我在心里默默地道："开的，真自在啊。"

四、江南江北雪漫漫

大雪封路，不宜出行，行人各扫屋前雪。那年的大雪来得急了些，接连下了好几日，压断了满城的电线，水管也被冻住，百姓的生活仿佛回到了古时。

没有电，自然用不了煤气，母亲正愁眉不展，父亲却是乐呵呵地下楼捡回来三根有些粗壮的木条，朝着我们母女道："平日里你们不总想着找点乐子，想出去野炊吗？今儿正好，我们在家里野炊也是一样的。"母亲笑骂道："你倒是心宽。"

父亲不置可否，轻轻一笑，到门外廊道里忙活去了，我跟着父亲一块去了，搬着小板凳坐到了一旁，双手架在膝盖上，手掌撑着下巴，似懂非懂地看着父亲弄这弄那。

他先是把三根木头以顶上的一个中心立起来摆成个三棱锥样的款式，而后用铁丝捆紧，固定好之后，又把不知道从哪里找来的红砖在架子底部一层一层垒出个圆形的坑，垒了三层，父亲才拍拍手，走进屋里取出下雪前就备好的木炭，放在坑里，用引火草烧红了，这才叫母亲把一个双耳的锅拿过来。父亲用剩下的铁丝绑在锅的两个耳朵上，而后又把铁丝固定在架子上，锅便自悬在半空了。父亲又另外垒了个坑用以炒菜。母亲见景真是哭笑不得，朝我说道："可见你父亲小时候是个皮的。"

由于没有水，我和父亲便去楼顶平台挖了两桶雪回来，那时候污染不严重，农村里缺水煮雪是常有的事，没想到今天我们也要煮一回雪了。因为不是早晨的新雪，雪都已经结块了，说是冰块更为准确些。

父亲把冰块放进锅里，不一会儿，里面便有了半锅水，干净透亮。母亲把锅取下，倒出一大部分水放一旁凉着，剩下的水和着淘好的米继续煮着。不一会儿饭就熟了，菜也炒好了。这顿饭虽是准备的时间久了些，但在这样的大冷天，一家人围着火坑吃着热饭，别有一番滋味。边吃边聊天，父亲有些担忧地道："我们这边都这样了，也不知道北方可怎么办哦。"母亲伸手夹菜，宽慰道："担心什么哦，中央说了这次雪灾百年难遇，国家的应急程序都启动了。不是说一方有难八方支援吗？你就别瞎操心了。"父亲点点头："那倒也是。只是不知道这雪什么时候停唷。"

三天后，经过紧急抢修，全城大部分地区来电来水了。父亲打开电视，里面的女主持正播报这次受灾情况和救援情况。我看到了行走在高压电塔上的工人，无数用手铲雪的将士们，一张张获救后激动地流泪的面孔……这便是人心的力量。

纵使江南江北雪漫漫，亦有人间真情化冰雪。

五、我寄人间雪满头

雪天像张白纸，需人执笔为它添上色泽，或深或浅，或明或暗，但只要倾注感情，便是绝美的画卷，温暖的，或者悲伤的，雪都一一记下了。

前些天回了老家，联系上了许久未见的 A 君，她欣然接受了我的邀约，冒着风雪到了我们约定好的地方。每个人的童年总会有这样那样的只有两三好友知道，彼此协议保密的秘密基地，我和 A 君也不例外。

A 君是我的发小，关系好得可以穿同一条裤子，虽然前些年我跟着父母去了外地，但和 A 君的关系依然紧密。在此提一句，李小姐就是 A 君的母亲。友谊确乎是个很奇妙的东西，上一代的友谊可以延续到下一代。A 君之所以被我称之为君，是因为她是个性极强的人，不喜欢现世里好朋友间的闺蜜、死党之称，于是另辟蹊径，让我们但凡行文便以君称呼对方。我想着，若是 A 君此时也在挥笔，定是写出"Y 君虽为至交好友，但我不喜闺蜜的叫法，所以想出个君子之称来"之类的话，母亲偶然间看到我未成的文章，便打趣道："你们这是要效仿古人君子之交吗？"啧，君子之交不敢说，顶多是个金兰之交罢。

说起这金兰之交，我们俩之间倒也有桩趣事。当时还是十一二岁的光景，我和 A 君一个从云南回来，一个从新疆回来，都为对方准备了礼物。到了秘密基地一瞧，巧了，都准备的是水晶链子，不过当时都不知道这是大人们拿小摊上十元一串的玩意用来哄孩子的东西，都以为是极为贵重的宝石，一个说是云南才有的孔雀绿，一个说是和田玉，然后彼此高高兴兴地收下了礼物。A君当时正在看《三国演义》，电视讲到桃园三结义一章，她当机立断道："碗碗，咱们结为姐妹吧。"碗碗是我的小名，是母亲看过老皇历后给取的。我当时也是觉得热血上头，豪情万丈，拍掌叫好。然后两个小妮子回到家中就去厨房偷了一碗米两根筷子跑出来，放到秘密基地的地上，充当香炉和香，学着电视剧里的演员的样子，跪下拜了三拜。当时觉得自己办成了件伟大的事情，现在想来，既为这幼稚的行为感到好笑，又为我们延续至今的友情感动。

A君来的时候，我已经在秘密基地等着了，地上已经积了一层没过脚踝的雪了。我俩什么也没说，很有默契地将雪扫开，她在地上铺好坐毯，头上支起藏在角落的大伞，我把买好的零食放在毯子上面。

两人面对面坐下，A君长舒一口气："今儿怎么想起找我玩啦？"我笑着说："找你玩，你还不乐意吗？"A君挤眉弄眼："不敢不敢，今天您可是我的衣食父母。"眼神朝地上的零食递去。"吃你的吧。"我笑骂道。

我们聊了很多，学习的，生活的，感情的，八卦的，想到什么就说什么，也就只有在A君面前我可以说话不经脑子了。这世上恐怕也再难碰到像A君这样和我契合的朋友了吧。

"我常为自己的不够沙雕而感到自卑。"我给她讲完一个趣闻，她便朝我做鬼脸，两人对视几秒，皆捧腹大笑。

不过几天我又要走了，A君也要有自己的生活，或许我不能常常出现在她的生活里，但我相信我们的友谊不会消减，因为真正的挚友，是久别重逢后不说别的，就说一句："碗碗，撮一顿？"

现在我坐在电脑前回想过往的点点滴滴，忽然忆起我刚离开的那几年我们还处于头脑一发热的中二时期，便每月每月地给对方写信，当时还没有自己的手机，写信成了联系的唯一方式。她的每一封信我都放得好好的，想必她也是，因为在聊天的时候，她每每会把那些信当话题，数落年少时伤春悲秋的智障行为。

想着想着我就笑了，翻出她五年前的最后一封信来看："碗碗，我最近读到一句诗：君埋泥下泉销骨，我寄人间雪满头。我觉得好悲伤啊，最好的朋友不在了，难怪都没心思去堆雪人了。碗碗，我们一定要好好的啊。"A君的文笔还很稚嫩，却已经有了文人的忧郁，竟和香山居士感同身受了。

那我的回信是什么呢？自己写的却只记得一句话了。

纵使人间雪满头，与君把盏共红尘。

我失笑，格律怎么都不对呢？

故乡的白果树

◎ 利春婷

在那遥远的小村庄，有一棵古老而巨大的白果树，白果树下有一块大大的草坪地，草坪地上，有一群天真稚嫩的小孩子们在无忧无虑的快乐时光中，在这古老大树的陪伴下，慢慢地成长……

白果树，即我们所熟知的银杏树。因为银杏的果实俗称白果，所以村里的老人们都唤这银杏树为白果树。人们总说听称谓便可以判断出情感所在，可见这银杏的果实对于农民们而言意义是非同一般啊！

村里的这棵白果古树，呈广卵形，巨大的树身上有着不规则的纵裂纹，粗糙极了。高度是可达几十米的，胸径也有四米左右，可谓是极其高大的！它的枝叶散得非常的广，就像是一把巨大的伞，永远地撑在了这草坪的上方。它的叶子也是稍大的，扇形，有的呈全缘状，有的则呈二分裂状。那叶子上的脉络也是各不相同的，看起来就像是一把把画着不同画的小扇子，美极了！它的果子，种皮肉质，被白粉，熟了的时候呈黄色或是橙黄色，看上去像极了杏子呢！但是这果肉是万万不能食用的，它闻起来像是腐败了的奶油，那感觉可不好！再者它的果浆中含有的某些成分，会使人体过敏，手碰了会发痒起泡，因此必须要戴上手套方可安心地去触碰它。然而，即便它拥有这么一个不太友好的外壳，人们还要想尽办法把它里面的果子给取出来，因为这才是它的价值所在啊！包裹在里边的种子，是可以食用的部分了，具长梗，下垂，通常为椭圆形。冬天里炒一盘白果子，一家人围坐在火炉边上边吃边聊天，可谓一件极大的乐事儿呢！

白果树生长较慢，寿命极长，是树中的老寿星。曾听爷爷们说，村里的这棵白果树，早已经历过了几百年的风霜雨雪，它就像一个饱经沧桑的老者一般，静静地站立在村子的上方，俯着身子，看着这村子在历史的长河中变化成长，就如同看着自己的孩子一般。

每年的春夏时分，白果古树总是那样的青葱翠绿；而一到深秋时节，它便开始肆意地绽放自己耀眼的光芒了！而它周边的那片白果林，一到秋天，也是毫不逊色地闪烁着，一眼望去，真是令人心动，金灿灿的一片，仿佛此时的大地穿上了一件保暖的金大衣，在一阵阵秋风的吹拂下，树身跟着摆动，树叶发出了窸窸窣窣的声音，似乎是向那慢慢走近的寒秋招手，以示欢迎呢！但尽管它们再夺目，也抢不走中间这棵巨大的白果古树的风采，它伫立在这，气势永在！

　　通常来说，一棵白果树，在自然条件下，从栽种到结果一般需要二十多年，四十多年后才会大量结果，因此又有人将其称为"公孙树"，意为"公种而孙得食"。虽说村里的这棵大古树已经非常老了，但依旧每年都能结好多的果子，它似乎是在用自己的方式来回报这养育了它数百年的一方水土，一方人家嘞！

　　秋天一个丰收的好时节，此时除了田野中那金黄的、饱满的弯了腰的稻穗以外，还有那白果树上黄澄澄的小金胖果嘞！每年一到这个时候，全村的男人们便会扛上几把梯子，捎带几根竹竿，尽管那白果古树极其高大，但他们还是三五几下就爬上了树找好了自己的位置，将那满树已熟了的白果，一棍一棍地敲打着；女人们则挑着箩筐，提着小桶，戴好手套，往那古树边去了。通常在这时候啊，女人们总爱在这白果树下说说笑笑的，她们可以一边唠着家常一边快速娴熟的捡拣那藏在草丛中的小金胖果。小金胖果，除了能食用以外，还具有很大的医疗保健功效！《本草纲目》中便记载着，此果具有祛痰、止咳、润肺、定喘之效；在现代医学中，它还是研制心脏病药物的有用成分，因此这小金胖果能给他们带来好大一笔收入呢，所以啊就算它们藏得再好，也总还是逃不过女人们的"法眼"！

　　我对于这白果树的感情是颇深的，它是我和小伙伴们美好童年的见证者和记录员嘞！记得小时候啊，坐在课室上课的我们，那颗小小的心却早已飞到窗外的世界里去了，那一双双水汪汪的大眼睛里好似藏着极大的渴望！大概小孩子的天性总是爱玩的，每天下午放学钟声一响，我们便扯着个书包像射出去的箭一般，打打闹闹地往家里冲，是那般快乐无忧！回到家书包竟也忘了放，便往白果古树下跑去了。那时候的我们啊，总爱手拉着手沿着古树围圈圈，可无奈这树实在太大了，即便是十个小伙伴一起也是难以围住的。于是我们就在时光中手拉着手围着它转啊转啊，不知不觉便转出了一个大圈圈。而除了转圈圈，每日必玩的一项小游戏是跳橡皮筋。尽管每个人都有自己的童年经历，但跳橡皮筋这件传统的乐事几乎都会出现在我们的童年里，是几代人共有的记忆。我虽然早已记不清那时的我们跳断过了几根绳子，也记不清因为偷偷地从奶奶织毛衣用的毛线中取绳子而挨了多少顿鞭子，但却清晰地记得，我们跳得很疯狂！不论男孩女孩，我们整天都打成一片，几乎都是一起玩儿的。每天一呼"跳绳啦"，树下便是一个个动作连续着来了，"跳进去，跳出来，左脚搅，右脚搅，左脚踩，单脚踩……"把绳子一步一步地升高，甚至有时还举在头顶上，是我们那时候最大的追求了呢！就这样，我们每天都在白果古树下转着，跳着，笑着，童年的每一片色彩缤纷的时光，皆伴着屋下那一缕缕袅袅升起的炊烟而深深地印在了记忆深处，永不褪色。

常言陪伴是最长情的告白，这棵古树，在我们成长的这些岁月中，总是静静地陪伴着我们，直到我们都长大了，直到它周边围起了一道道栅栏，直到它被保护了起来，直到我们再也不能轻易踏入那块草坪地里去将它拥入怀中……我深知这一天总会来临的。

慢慢地，越来越多的人不远万里来到了它的脚下，只为一睹它那气势傲人的风采。这些人当中，有的拿着相机，找准角度快门一按，许多有故事的照片便出炉了；而有的人只是静静地盯着它看半天，可能是这场景触动到了他们埋藏于内心的往事，又或是他们在感慨生命的伟大吧！

即便再回首，早已回不到从前那般模样，但我知道你只是换了一种方式在陪伴，你仍旧是那个静静守候一切的老者，这一切，没有改变……

一路向西

◎ 于冰娴

　　仓央嘉措说："住进布达拉宫，我是雪域最大的王，流浪在拉萨街头，我是世间最美的情郎。"我站在新疆天山脚下，体会着同样宽阔的景象，只怪自己写不出那样浪漫的诗句，表达不出那样深远的情怀。从九月末到十月初，从天山到阿勒泰山，从广袤的大漠到神圣洁白的雪山湖泊，新疆这只"雄鹰"带给我太多惊喜，让我一路向西，不肯回头。

　　天山是一座充满灵性的山，脚下有一汪澄澈的水，名为"天池"。古老传说中西王母和穆天子在天池边设宴对歌，同时赐予它"瑶池"的美誉。我站在池边向下望，不可见底，不禁打了个激灵。天池是一个高山湖泊，它既有湖水该有的纯净澄澈，又有其他池子没有的宽阔与野性。秋日的天池无比温柔，周围的景致也恰到好处。青草变为金黄，墨绿的针叶林变得更加肃穆沉静，而山峦之间的这池水显得更加深沉，却又不失灵性，仿佛一颗静静跳动的心脏。

　　坐在湖边的草滩上，看山峦耸立，看水汽氤氲，看小舟轻泛，思绪越飘越远。傍晚的天山在晚霞中显得更加温柔，我确乎感受到被温柔包围，一点也没有狂野粗糙之感。流云在山顶处聚集，温柔的光线给群山抹上了朦胧的浅紫色。一阵风吹过，发丝和香草一同随风摇曳，让人眼前迷乱，随即便嗅到馥郁的气息。当太阳的余晖也渐渐沉没，一切似乎都进入了困倦的状态，更显梦幻之感。

　　向西，向西，一路向西。

　　五彩滩在新疆的北端，坐落于阿勒泰地区。说是五彩，实际上并非有听起来那么丰富的颜色。这些岩石遭受了河流的冲击和风暴的侵蚀，而经历过磨难的它们显得更加顽强和迷人，它们的千姿百态让它们看起来更有层次感和色彩感，让人不得不感叹大自然这位天生的艺术家卓越的技艺。站在五彩滩上，看着蜿蜒而去的额尔齐斯河，这条流动的丝绸流经中国、哈萨克斯坦、俄罗斯三国，发源于我脚下这片土地，不断向北延伸，像这段旅程一样。河北面是浓墨重彩的雅丹地貌，对岸胡杨树长得正茂盛；一岸浓郁，一岸清冷，形成恰到好处的对比。从观景台望去，河谷、森林、岩滩、山丘尽收眼底，形成色彩斑斓的画卷，让人感受到大西北旺盛的生命力。

风车随着晚风转起来，缓缓地、不知疲倦地。黄昏中的额尔齐斯河显得更加跳跃，闪着波光远去，在这欲深的夜色中，毫不留恋地远去，去往北冰洋的臂弯。

越来越北了，感觉到一阵阵寒意伏在周围。夜晚的布尔津县杉树成排，像无言的哨兵；白天躲躲藏藏的小动物这时却活跃起来，穿梭在林间。夜晚的布尔津，静谧又活跃，抬头望着浩瀚星空，让人容易做梦，容易幻想：这之外的世界，是否也是如此令人着迷？

喀纳斯是新疆阿尔泰山中的一段传奇，位于中国版图的最尾部。"喀纳斯"原为蒙古语，意为"神秘美丽的湖泊"。就像名字蕴藏的内涵一样，喀纳斯有一个仙气十足的湖泊，但是让湖泊这么神秘的除去它自己的幽深静谧之外，还有环抱的山川、不息的河流、茂密的森林、广阔的草原的功劳，各景致掩映成趣。

听了一夜的雨声，早晨钻出被窝的一瞬竟有些来到早冬的错觉。推开门，雨后的清晨，空气中的水汽还未完全散去，为山谷披上一层迷蒙的纱，那种不清晰的视觉效果曾让我不止一次地感觉自己置身仙境。不经意间，一丝伤感涌上心来，西伯利亚阔叶林还是那样挺拔，却也落叶满地，喀纳斯的秋天确乎来了。

静静坐在门前的树桩上，等待雾气散去，终是看见了那水洗的蓝天。云朵镶嵌在山谷之中，近得仿佛伸手就能抓住自然的灵气。湖畔周围层林尽染，绿色、红色、黄色的交融，是夏天与秋天的相遇握手。

喀纳斯河像是一个脾气多变的孩子，时而"乱石穿空，惊涛拍岸"，时而又放慢脚步缓缓流淌，不变的是它清澈、永不停歇的生命。

朴实又爱幻想的本地人为这个地方命名了很多从前不曾被发现的美丽地方，卧龙湾、神仙湾、月亮湾。水面上柔波浮动，像橱窗里售卖的绿色丝带，让人想要掬起围在脖上。浅滩绿草如茵，两岸林木葱郁，仿若坠入仙境。

太多的变迁，太多的不变。这地方，给人永恒的向往，永恒的回忆。

渐渐向南移，青色的炊烟飘进了视线，来到西北边境第一连，感受来自西伯利亚的清冷的秋风。西北边境第一连是中国与哈萨克斯坦的一条边境线，生活在这里的人，习惯了风沙，习惯了寂寞，也习惯了坚守。

路边的老奶奶推着一车自家种植的农产品在售卖，一车的绿油油、黄澄澄、红彤彤，一车的喜悦，果蔬的清甜早已在舌尖荡漾。这地方，房屋都是奶白色的，人都是笑盈盈的。下了车，顺着太阳下山的方向望去，夕阳浸染了整个戈壁，仿佛一条绵延不断的金黄色地毯，从天边延伸，包裹万物，所谓"大漠孤烟直，长河落日圆"，描述的大概就是这样一种开阔的境界吧。

站在祖国的最西端，记忆中那些亭台楼阁、小桥流水的影子越来越模糊；有的只是眼前，是这惊心动魄的苍凉。

一路向西，一路惊喜。

遇见海鸥岛

◎ 李 明

　　打开去年海鸥岛游记的推文,随着渡口、日落、小渔村、烤肉一串串诱人的词语滑出,我就知道,我要去见见海鸥岛。

　　在一个天气晴朗的下午,和一群车友骑着山地或公路,背着我们的行李和帐篷,带着一颗期待的心,我们上路了。

　　从领队到押后,我们一行 11 人呈"1"字形前进。小白龙队长时而根据路况变换手势,时而低头往后关注,一改他平时嬉皮笑脸的样子。泽鑫师兄就像一只灵活地上下翻飞的小燕子。前面路况不明了,他就噌地加速,跑到队伍的最前面开路,要是有女生落后了,他就在后面推一把。一路上我总能听到男生的声音"后面有车,靠边,前面有上坡,加速",他们的声音总是短促有力,给人以安全感。原来一群人骑行的感觉是这样的:我不是孤独一人,而是置身于一个仿佛雁群般温暖的集体。

　　在大学城骑行了约二十分钟后,我们来到了新造渡口。我之前以为这个渡口是刚刚建成的,所以叫作"新造渡口"。直到我看到"新造人民""新造医院""新造酒店",才意识到"新造"是得来已久的地名。

　　对岸驶来一辆三层的大渡轮,还没等到它靠岸,船上的汽车、电动车、自行车便开始蓄势待发。两块铁板相对接,车子们一齐开上岸来,后面是三三两两的人群。我觉得这个场景很奇妙,我们在路上赶路时,车是我们的骑行工具。等到上船时,我们把车一同带上去,在船上为它寻一处座位。我们在渡河,我们的车也在渡河。这时,它们不再是代步工具,而是我们要随身的珍贵的同行者。

　　过河后,是一圈又一圈的公路。我们穿过拱桥、隧道,穿过市区、小巷。不时也会遇见戴着头盔,穿着骑行服的队伍。亲眼看见,我才发现原来有那么多人喜欢骑行。

骑到莲花山的时候，我远远地就看见了前面隆起的路况。骑近一看，是三个连续不断上坡！是海鸥大桥！旁边的 Davia 和我说了一声加油，冲了上去。我开始持续十分钟的上坡，两只脚加快踏频，两只眼睛却忍不住瞟两边的风景。海鸥大桥全长 1385 米，横跨在两岸之间。最让人望而生畏的，是它的上坡。

将山地自行车调到最小盘，我开始疯狂输出踏频。大腿开始酸痛，呼吸开始紊乱。随着海拔的升高，两边的视野开阔起来：仿佛骑着车踏上云朵，桥下的一条条公路慢慢远去。四点的阳光化作一把把金粒，跳动在水面上。爬坡真的让人气喘吁吁，可是你又忍不住去看两边的景物。用手去把住方向，用眼睛去享受着这份开阔。

上坡有多么辛苦，下坡就有多爽快。车头哗啦啦地发出声音，风吹动耳边的碎发和发带，两边的景色在快速地移动。心里的爽快和车轴一起向前翻滚。借着下坡的助力，下坡后的平地滑行出很长的一段距离。就这样，又一直向前骑，骑到狮子洋看日出。

穿过拥挤的人群，我们来到环水的公园。车一骑到绿道上，狮子洋就呈现在我们面前。好久没有见过这么宽阔的水面，狮子洋仿佛张开了双臂来拥抱整个海怡半岛，再移来几座远山与它做伴。夕阳这时还似一颗金灿灿的珠子，低悬在远山上。夕阳的金光穿过附近的云层，把天空渲染成一层层的金布，先是朱红色，再渐渐变成金色，然后是淡淡的黄色。你看那夕阳在天空中的金光慢慢减弱，可却在水面上铺上强烈的一层金色，无数的阳光在水上的最后一道投影上跃动，把一天的光热都释放在余晖里。远处的汽船约定好似的排成一列，慢慢跨过水面那道金光，留给岸上人们一排排黑色的背影。栏杆旁大约还有散步闲聊的人们，我现在想来已经记不大清楚了，只记得享受眼前这片水域和这落日的余晖中。夕阳西下，江风把我们从市区带来的满身喧嚣都吹散了，只静静地坐在水旁，听着潮水的流向，我的心同着这夕阳的金一并融化在水中了。

"日出而作，日落而息"，在狮子洋旁，我仿佛回到童年的故乡。太阳落下，玩闹一天我回到外婆的身边。狮子洋的静谧宽阔就像船靠了港，鸟归了巢，这属于番禺区隐秘的一角，给游子的我以暂时的安慰。

落日一点一点地隐了下去，我们沿着海鸥公路往回走，到一家饭馆吃米老烧鸡。三大盘肉，一盘是排骨，两盘是烧鸡。再加上两锅煲仔饭和两盘炒粉，让奔波半天的一行人垂涎欲滴。忘了有多久十几个年轻人这样聚在一起，不再操心学校里的大大小小的琐事，不再有目的的聚餐。大家此时此刻只享用眼前的美食，谈一天的乐事。排骨香香脆脆，烧鸡入口香甜，大家举杯共饮。不只是饭菜的热气萦绕着我们，一颗颗为新鲜事物跳动的年轻的心因为出发在饭馆中相遇。

饭后稍做休息，我们朝着江兴石楼——最后的露营地赶去。吃完饭出来，天色已经完全暗下来。在夜晚赶路其实是一件危险的事情。前后单车如果没有尾灯容易撞上，更不要讲随时可能呼啸而过的大卡车。因此，大家都提着一口气骑车，生怕掉队或撞上公路旁的护栏。随着夜色变暗而袭来的寒气、长期保持转动的双脚、不知不觉涌上的疲倦……可是，这条路却没有尽头似的，我们只能一直一直骑。

当我紧紧盯着前面的车灯，身后的星月突然喊：好美啊！我开始还不以为意，直到我抬起头，看到左边的场景：你见过正月十七的月亮吗？你见过辽阔的天空中只一轮硕大的圆月吗？我看到的正是如此。左边的道路光秃秃的，正好展示这一幅妙景。等我们转左转入红鸥桥时，月亮咻地跑到我们的前面，越升越高。忽然想起嫦娥奔月的故事：嫦娥吃了仙药，突然飘飘悠悠地飞了起来。她飞出了窗子，飞过了撒满银辉地郊野，越飞越高。碧蓝碧蓝地的夜空挂着一轮明月，嫦娥一直朝着月亮飞去。后羿外出回来，不见了妻子嫦娥。他焦急地冲出门外，只见皓月当空，圆圆的月亮上树影婆娑，一只玉兔在树下跳来跳去，嫦娥正站在树下深情地凝望……我们不是后羿，月亮里也不是嫦娥，而是我们珍视的景色。或许用夸父逐日的故事更为恰当。我们都是在月亮下赶路的孩子，前方有我们的星辰大海。

由于月亮的出现，大家的士气一下子就提高了，向着月亮前进。江鸥东路骑到尽头，海天的空旷尽现。狮子洋以一种更宽阔的面貌出现在我们面前：再也没有了远山的阻挡，极目所及处除了对岸模糊的工厂就是狮子洋了。这里就是我们今晚的露营地点。

一行十一个人把帐篷搭建成半月形，敞开着面对月亮。这时月亮已升至高空，隐隐地被一些云遮住，显示出朦朦胧胧的美感。我和星月、兜兜的帐篷在最外面，靠近水边。帐篷两边都可以出入，一边可以看到月亮，一边是大家坐在一起的毯子。帐篷最上面是一层透明的纱布，正好把月亮收入其中。

深蓝色的天幕笼罩着江行石楼，周围的行人渐渐回家，只停留一辆汽车在吹着江风。它的大灯朝我们这边打来，把帐篷照得通蓝。大家围在帐篷中间，十一个人中唯一的灯放在中间，把1.5L的矿泉水瓶加在上面，灯突然发出闪亮的光束，在纯净的水中焕发出生命。夜黑风高的晚上，我们就开展了一局又一局的狼人杀……

连汽车都开走了，灯都熄灭了，被烧脑的游戏轰炸后我才躲进帐篷，和星月挤在兜兜的睡袋里。躺在帐篷里，身下是银色的防潮垫，身上是暖暖的睡袋，一抬头我就看到天空中的月亮。此时我应该入睡，但是为什么睡不着？"一个人的夜，我的心应该放在哪里？"我们十一个人，有人进了帐篷睡觉，有人还在外面唱歌，还有人骑车再去环岛。

"风到这里就是粘，黏住过客的思念。雨到了这里缠成线，缠着我们留念人世间，你在身边就是缘……"外面有男生在唱着《江南》，从远处水面上低低地传来几声汽笛声，和歌声缠绕在帐篷里。于是慢慢地睡去……

中间又醒来几次，为看云中月，为听帐篷外守夜男生喃喃的话，为拉开门帘透进几缕冷气。又做了一个记不清的梦，醒来看狮子洋的日出。

天空的颜色渐渐地淡了，把周围的一切显露出来。不是平时置身的高楼大厦，而是一个半岛旁的小渔村。眼前是大片大片的滩涂，上面或插着斜斜的木棍，或搭建两层的小木屋。

滩涂里是养着什么吧，几个渔民伏下身子在其中摸索。滩涂中偶有几股细水注入江中，为狮子洋带来一缕波澜。向对岸望去，是一排一排的工厂和烟囱，解答了狮子洋上出现的一艘艘汽船的原因。一边是一圈圈鱼塘和浅浅流水，一边是现代化的工厂，两边的距离是渡口和渡船。

稍稍洗漱，我们开始整理行李，收拾帐篷。不知道是不是江兴石楼舍不得我们的脚步，刚把帐篷收进袋子里，它就派朝阳来送别。阳光冲破云层，天空金光乍现。昨晚跟随月亮前来，今早又踏着阳光而去。这也许也是一种不经意的遇见吧。

继续沿着半岛前行，几只白色的海鸥从头上飞过，怀着一种轻松的心情，去看浮木，去看天空，去看水面。一个左转，我们进入一个小渔村。乡间小路的两旁是池塘和田野，不时撞见鸡、鸭、鹅。空气中飘来饭菜的香味，舌头和胃在蠢蠢欲动。令我印象最深刻的是过桥时两旁古旧的木房，两米宽的河道穿梭其中，带桨的木船停靠在岸边，颇有江南水乡的味道。

在店里吃了一碗肠粉，继续上路。穿过市区，再次遇到海鸥大桥。不再害怕，尽情享受下坡的痛快。到了新造渡口，天空下起了小雨，我们赶紧躲进船舱。解下头盔，坐在铁板上，看着雨珠慢慢滴入水中。心中忽然不痛快，不远处就是大学城，一天一夜的旅程即将结束。

有开始就有结束，但这并不是终点。我要用第一次海鸥岛骑行，开启接下来的南昆山和台湾之旅。感谢十一月的尾巴，让我遇到了我想要的海鸥岛。

窗

◎彭斯琳

窗，它孤零零地开在那面什么都没有的墙上。

我总是喜欢往窗外看，窗外的事物日复一日，风景却没有一天不在变化着。我会看到路上形形色色的人，或独自踱步，或三五成群；我会看到微风穿过叶缝，温柔地拂过行人的发梢，在地上留下斑驳光影；我会看到云群的翻飞，太阳的升降……

对于泰格特来说，窗是审视心灵与灵魂的瞭望台；对于艾青来说，窗是能见到幻想爱人的投影屏；对于彭塔力斯来说，窗是梦的叙述者；对于我来说是什么呢？我也说不清楚，这是一种说不清道不明的感觉。

第一次注意到窗，那时我还很小，在房间拉着稀里糊涂不知道什么时候开始学起来的小提琴。那是一间琴房，里面摆了一把木椅子，除此之外别无他物，哦，还有一面白墙上突兀的一扇窗。我拉着小提琴，那面窗像是随着乐声盘出了藤蔓，它轻轻地牵住我，教唆我把琴放在了木椅子上，渐渐向它靠近。映入眼帘的一片绿，窗口对着一片小树林，视线绕过几棵不太壮实的小树，模模糊糊地瞧见一群小孩在奔跑。我将脸贴在窗玻璃上，眯起眼睛，看见他们扬起嘴角，是在笑吗？我听不到笑声。啊！有个女孩摔倒了，豆粒大的泪珠往下掉，大一点的孩子慌里慌张地要去扶她。我想知道他对那个小女孩说了什么，可我甚至连女孩的哭声也没听到，像是在看一部哑剧，我是多么希望能穿过这扇窗。琴弓从椅子上摔落，"邦"的一声将我从这部哑剧中惊醒，我赶紧将我的脸从窗玻璃上"拔"了出来，重新架起小提琴。我忍不住又瞥了一眼那扇窗，窗外那几棵瘦小的树，自由地摆动着腰肢。"起风了，我还没有窗外的小树自在。"那一刻，我是这样想的。

后来，我长大了一点，拥有了自己的房间，那又是一扇开在什么都没有的白墙上的窗，许是无意，许是有心，之后的时间里那面墙依旧维持着什么都没有的样子，那扇窗也从来没有合上过。我记得有一名建筑家说过："我们需要窗户能透进光线吧，那么随着阳光而来的就会是多余的热量；我们需要窗户能通风吧，那么随着新鲜空气而来的，也许就是灰尘和蚊虫。"我能在晚餐后的凉风中听到从窗口传来隔壁小孩练电子琴的欢快琴声，听见楼下的小夫妻在纠结买不买房时发生的争吵，听见卖糍粑的老爷爷的吆喝声伴随着老单车的车铃声；我能在微雨中看见相互依偎的情侣，看见一帮好兄弟勾肩搭背地大声嚷嚷，看见邻里间嘘寒问暖，点头微笑……每当我撑着头向窗外望时，总能想起那面被玻璃封住的窗，就像穿过了时光隧道，回到过去，我打碎了那扇玻璃，从琴房夺窗而出。

东流逝水，白驹过隙，时光荏苒，窗依旧孤零零地开在那面什么都没有的墙上。窗外，一栋栋崭新高楼大厦拔地而起，房与房之间的路越来越窄，邻里间的距离却越来越远，这个地方陷入沉寂，童年的单车铃不再响起，卖东西的吆喝声逐渐消失。这扇窗没有了玻璃，窗外却重新上演了一幕幕没有观众的哑剧。我从未合上过窗，我喜欢坐在窗边，靠着那面什么都没有的墙，等待着哪一天这扇窗会再次长出藤蔓，牵引着我向窗外望去……

南遥有首这样的诗："睁开眼就是这一扇窗，下一秒又是这一扇窗，再望去仍是这一扇窗！窗外是有什么？绿叶和阳光？让我依依不舍三顾又彷徨？微风或信仰？哦，是自由和渴望，是星辰和海洋，是炙热与冰霜！"我已经分不清吸引我的是那扇窗还是窗外的景色，但我明白，那扇窗孤零零地开在那面墙上，却承接了我的幻想，满足了我的期望，缓解了我的孤独，它穿越时空隧道，用最不起眼的方式陪伴我。

窗，在我心里，它从未合上。

水融进了水

◎ 吴静

"人死了，就像水消失在水中……"

这句话出自博尔赫斯的《另一种死亡》。在他看来，死亡，就像水消失在水中一样平凡。如果放在生活中来说的话，"死"，它该是像柴米油盐酱醋茶一样的存在。我们不会时时刻刻都念叨着，但它又确实潜伏在你身边。等它来的那一瞬，就好像有一天油盐吃完了，哦，你突然想起它来了！

那么，什么是"死"呢？

从古至今，有无数关于"生"的含义、产生方式的传说和写实描述。生死相依，它们相互依存，同时却也是两个对立面，于是有"生"便有"死"，自然也少不了对"死"的描述。《说文解字》中说："死，生气耗尽，表示人的灵魂与躯体相分离。"死后肉体归于尘土，灵魂升天。基督教用人死后升往天堂作为吸收教徒的手段。佛教在教化信徒时，也有死后极乐世界的归处。这是宗教对于"死"的诠释和追求，它们"死"后的"人"仍是有形的。

宗教认为"死"是有形的，于是各种关于死亡后人的不同归处就产生了。与此同时，在无数文学作品中，也极力地描绘诠释着人死后的形态。有《山海经》里炎帝之女溺水而死，转而化为精卫鸟的有关死亡的描写，也有《红楼梦》中直接写下了有林黛玉死后重为绛珠仙草的场景。他们都表现着人死后仍是有形的存在的意识。

然而，博尔赫斯却说："人死了，就像水消失在水中。"在他看来，"死"成了一种看不见的存在，成了不会留下一丝痕迹，永远也无法预测的无形的事件。

不可否认的是，博尔赫斯的这句话巧妙地揭示了生命的真谛：生命最后的走向，便是开端。"零落成泥碾作尘"，花朵吸收大地泥土的养分所绽放，花片凋零后又重回大地的怀抱，将自己归还回本真，归还本体。人死了，就像水消失在水中，也是如此。人死了，只是归于本质而已。"质本洁来还洁去"，生命起源于水，在人世间浮沉几十载后，最终也以开端的水的形式结束自己的一切。

但是，细细品味之下，令人不禁咋舌。人的生命的逝去，竟是这样一种不着痕迹、悄然无声的感觉。水消失在水里，我们依然可以看到水，但作为独立的个体的，独独代表"我"这个人的一滴水，你却再也找不到它了。你再怎么解释，也无法找到那滴有特殊含义的水，无法说出它在哪里和它曾经存在过的证明。看不到过往，失去了一个人的存在的独特意义，消失在芸芸众生之中。颇有"今日吾躯归故土，他朝君体也相同"，那种殊途同归，最终走向同一道路的注定式命运，以及无法逃脱的轮回的无奈、无助、无力之感，没有一点个人存在过的意义表现。

可是，每个人的死亡的结果真的都是一样消失在水里吗？

不，我并不认为人死后变成的一滴水，就这样毫无声息地消失在水中。它表面上消失了，但其实是以一肉眼种无法识别的方式融入水中，它是存在着的，并发挥着作用。身上怀有无限伟大功绩的人，是一滴净水，在融入水中时，他净化了整个水的质量。这其中有我们的民族先烈，有我们的建国功勋，有无数在为着人民谋幸福的前线战斗者；身上背负着累累恶名的人，是一滴浊水，在融入水中时，他便加重了水的污染。那些杀人不眨眼的狂魔，那些只顾自己利益谋害生命的刽子手。水是无形的，但它也是有分层的，它会区分不同质量的水源，归类融合。死去的人，在水里依旧是独特的不同存在。他们以不同的方式继续影响着后世，在现世仍然存在痕迹。

然而，博尔赫斯却否定了人死后仍旧存留的意义。"人死了，就像水消失在水中。"这是消极的，悲观的，这种死亡观是对生命的一种否定，直接地否定了曾经和未来。他使死亡戴上了平静的面纱，的确减少了死亡带来的恐惧不安，却也同样遮蔽住了生命余留的光辉。这是无情的，是在死亡通知书下发后，对作为生存个体的人的冷漠宣判。

生命确实很强大，但活得如蝼蚁，一不小心就被踩在地下死去的，也不在少数。如博尔赫斯所言，生命往往不堪一击，在某一个海拔上，一跃一纵，便如浮云的暗香消逝在广阔的原野中。在那之后，一切都无迹可寻，也没有可寻的意义。所以，永远不要轻视抛弃生命的代价，但是也不要悲观地看待生命消逝所饱含的壮烈和仍存于世的价值。生命的消逝，带走了一些东西，相反的，它也让世人擦亮了双眼，窥视到大地死亡的黑暗裂谷中，那一点光芒。

水，并没有消失，它只是作为个体分子进入并融合在了一个全新的、我们所不知道的世界。

着色甲骨文化　焕发时尚光芒

◎谭穗贤

中国是文化历史悠久的大国。纵然甲骨文历史悠久，中华文化博大精深，民间艺术精彩纷呈，但时过境迁，很多古老、传统的事物因跟不上时代的发展而从此没落。为了不让传统文化因此没落，人们想到了很多方法拯救传统文化。"创新是第一生产力"，唯有披上时代的外衣，"过气"甲骨文才可以华丽变身成为时尚，为大众所喜爱。同样的，传统文化亦是如此。

甲骨文流传已久，成为中国古代传统文化的重要代表，经过时代的发展，人们利用创新思维不断地令甲骨文焕发光彩。现在，人们通过甲骨文的构字法发明了趣味的动态甲骨文，甚至有的人还能把甲骨文做成表情包，甲骨文重新走进大众的视野，成为人们喜闻乐见的事物。如此活灵活现的继承发扬中国传统文化，使古老的文化重新焕发光彩不禁让我感叹：着色传统文化，可以焕发时尚光芒，在新时尚的滋养下，古文化也能"活"起来。

人或言，甲骨文，古董也，如何时尚？其实时尚一词，只可区分其时代尚与不尚，却没有新旧之分。近代的欧洲可以以复古装为时尚，那些标榜时尚的化妆品也并非近代才出现。能跟得上时代潮流的，就是时尚，不管它什么时候出现，在这个世界上存在多久，只要它符合大众的审美口味，符合当代潮流，那就是时尚。甲骨文成为时尚，其实也反映了近代来传统文化复兴的热潮。罗马时期就有文艺复兴，唤醒了那时新思想的出现，从而解放了人们的思想，推动了时代发展。如今甲骨文也是这样，我们通过不断创新发展，让甲骨文恢复生机活力，对于我们保护传统文化也是迈进了一大步。从中央电视台的诗词节目到《世界记忆名录》甲骨文入选，传统文化从社会的各个层面复苏，作为其载体之一的甲骨文受人追捧，确乎是不足为奇。

语言交流不忘其本，因而甲骨文成为一种时尚用语自然而然出现。作为现代汉字祖先的甲骨文，从最简单的图案，经过隶书，小篆，繁体的演变，经过世世代代的改良与发展，最终才成为当今世人通用的简体汉字。现如今，互联网高速发展，人们追求潮流，交流中常提及网络流行语。网络用语，成为生活中必不可少的必需品。"甲骨文"网络语对现代人来说当然更是一个更为"时尚"的东西。用汉字的雏形来表达流行语，如"菜鸟""大神"，变为甲骨文既形象又吸引人眼球。用"甲骨文"讲流行语，既显得有文化修养，又不会低俗，自然而然甲骨文成为一种"时尚"。文化传播离不开语言传播，甲骨文流行于世界自然而然。古有造纸术，印刷术，把中国的文字传播到了全世界；后来又有丝绸之路，商人之间的言语交流进一步传播了中国的语言。在当今全球化的背景下，日益强大的中国，博大精深的中国文化固然会流行于世界，引起人们的好奇从而对其进行研究。

以新时尚滋养古文化，需要打破两者间的界限。如果只懂汲水而不去开源，湖水也会有枯竭的一天。甲骨文成为表情包，成为网络用语的热度只是一时，若不想在热度过后，再次沉寂，则需早做准备。过去人们常常认为，新潮与传统是水火不相容的，一方的兴起必定代表另一方的没落。而我认为，恰恰相反，新潮的东西不仅不会让传统的东西衰落，甚至会让它焕发新的活力。就拿大型文化节目《经典咏流传》来说，它打破现代音乐与古诗词的界限，给古诗词配上朗朗上口的音乐，让人们记住更多诗词。它善于打破思维定式造成的界限，让古文化接受新滋养，而这也是这档节目受大众追捧的原因。对传统文化而言，为自身着色，可另辟光明大道，彰显自身新价值。

传统文化屹立不倒并非易事，而若能推陈出新，与时尚有机结合，那么传统文化，就可以彰显新的价值，成为世界文化的佼佼者。《国家宝藏》的热播让中国的宝藏重新走进了观众的视野，让中国人看见自己的祖国拥有这样的国家宝藏，提高民族的自信心、自豪感，同时告诉我们，文化遗产要讲好新故事给传统文化披上新外衣，不断推陈出新，来保护传统文化。

以时尚滋养古文化，还需要在新时代的土壤里进行栽培。古文化植根于传统的历史语境，原封不动地搬到现代社会可能会令其水土不服，必须在原有的基础上进行不断改造。国家主席习近平在联合国大会提出的"人类命运共同体"一词，正是借鉴了中国传统文化中"和而不同"，结合当今世界面临的种种问题而提出的新理念。古老的中国智慧在新时代散发出巨大能量，然而没有内涵的传统文化，只能称之为古物。因此，甲骨文想在激荡的时代浪潮中停驻，须以独一无二的内涵为根。具体来说，就是他背后的故事。甲骨文由何许人创造，又有何许人改良为经文撰文？他对古中国的历史产生了哪些影响，又对今天中国作出了怎样的贡献。解答这些问题，方能使甲骨文跃出纸面，立体形象。唯有深挖，甲骨文才能成为一个独立的民族记忆符号，方能定义为时尚。

周总理曾言，只有群众喜欢的艺术才是流行艺术。诚然，时尚就要贴近群众，要接地气。今之时代，人们早已摆脱旧社会的桎梏，倘将甲骨文那原本呆板严肃的模样再现在世人面前，必不讨喜。在甲骨文本身的形态上加上一点点活泼的标点线条，使之成为更形象的组合，只有通过这样那样的再创造，才能保留甲骨文的时尚感。时尚的脚步匆匆忙忙，若有半所松懈，顷刻之间便是千里之谬。然措施得当，当年珍珠亦可闪耀今日。因此，以新时尚滋养古文化，还需将古文化的枝丫嫁接到时代的语境中，并舒展于实际的生活场景。

对于时尚界而言，传统文化就像一块尚待开垦的新大陆，其中蕴含的巨大时尚价值仍待开启。网络上有一句流行语：时尚其实是一个循环，周而复始。就甲骨文而言，它不仅是我国先辈智慧的结晶，也是人类由蒙昧走向文明的重要标志。千百年的历史为其赋予了厚重的内涵，只可惜也慢慢遮掩了其光芒。如今我们利用现代科技对其重新创造，不仅是对甲骨文的复兴，也是现代科技的魔法，不仅融合了隽永的历史意蕴，也增添了时代的光彩。亦如当下风靡的《中国诗词大会》，《经典咏流传》等综艺节目，它们不仅为人们创造了新的美学体验，也增强了国人的文化认同感与自信心。我想，这种新时尚不仅是时代的新活力，也是对历史的慰藉。而站在广袤的中外天地上来看，这无疑是中国文化在世界舞台上的一次完美演出。就甲骨文而言，作为中国的独特文化之一，作为世界的文化宝藏之一，正在成为大众和传媒关注的热点。如今人们利用现代科技对其重新创造，正是为甲骨文打造了一件光彩照人的华服，使其翩翩舞姿更加优雅动人，使世界再次惊艳。无独有偶，如今在国门内的故宫里有智能科技为世界游客更清晰地展示着旧时辉煌，在国门外的音乐厅有现代交响乐搭配中国丝竹重温着往日风流。我想，这种新时尚不仅为中国文化软实力更上一层楼添了一把火，也为世界文化的绚丽卷着一抹红。

以新时尚滋养古文化，让古文化焕发生机，当然还需要社会各界的久久为功。甲骨文变身"时尚"绝非偶然。首先其字形形象，容易让人理解，其次，融入创新元素，潮流元素才是其成为时尚的根本原因。如果没有融入创新，那么它也只是刻在龟壳上的呆板文字而已，又怎会出现在人们的日常生活中，而且还流行于网络呢？只有让其紧追时代步伐，符合人们的审美观念，才能为人们所接受，发展成为一种"时尚"。所以作为文化传播的内容制作方，需要以传承古文化的心态去做商业，而不能以商业的心态去对古文化进行传播，否则做出来的只是一潭毫无文化基因的"死水"；作为政府，则需要加大对各种文化乱象"拨乱反正"；作为华夏儿女千千万万的个人，则需要提高文化自觉，文化自信，以弘扬古文化为己任。

当然，就当下而言，不可否认的是，像甲骨文这类的传统文化，看似与时尚是两个对立面，实际上是对立统一的事物。纵观当今时尚界，对许多传统文化还未能真正解读，未能真正传承。回望传统文化，有很多传统文化依然故步自封，未能与时尚融合，未能接受时代的洗礼。如果要使中国传统文化彻底从沉睡中苏醒，借助现代科技之力焕发全新生机仍有很长的路要走。然道虽弥，不行不至，国人仍需坚持对传统文化进行创造性转化，创新性发展，相信执以信，坦途不远。

甲骨文的华丽变身揭示了：要想传统文化发展与传播，需要我们去重视它，发展它，传播它，在保存其本质不变的同时加以改造，融入时代，才能让人们接受。我们作为未来中国的脊梁，未来世界的主宰，肩上的担子不容卸下，愿可在旧时月下，为传统文化着色，让其焕发时尚光芒，一品悠久的中国文化的一曲新舞，让古文化成为我们生活中的新时尚。

重庆，重庆

◎ 秦凯欣

　　一出高铁站就与重庆的灿烂阳光撞了个满怀。阳光毫不吝惜地倾泻下来，生怕你接受不到这份满满当当的热情。风也不是没有，带动着周围的热潮暖烘烘将你包围，叫人全身上下的细胞不由自主地兴奋起来。人们都称重庆"火炉城市"，目的是强调重庆酷暑的炎热，但在我看来这别致的名称与季节无关，时时刻刻都是极贴切的。重庆这个城市，从里到外无不诠释出火炉般的热烈与极为温暖的包容。

　　周围不乏大包小包的旅客，每个人身着清凉而惬意，眼里都是藏不住的期待与欣喜。南腔北调在周边混杂，直烘起一片嘈杂的浪潮。扬手招了一台路边随处可见的小黄出租车，司机大叔顺溜地扛起行李，问清楚民宿的地址后，油门一踩，速度飞快但是又稳稳当当地汇入一片明媚的黄色浪潮中。

　　黄色的出租车几乎是重庆的标志了，坐过这里出租车的人人都笑言这里的司机开的不是车是飞机，一路风驰电掣，火速开车，宛若低空飞行。有意思的是，每个司机在初见面时都能轻而易举地跟你侃起大山："妹儿，你们放暑假来玩哈？从哪个来的啊？""刚去了成都玩？啊呀，成都的火锅跟我们重庆的风格差好多的，你吃了就晓得咧。有空也可以吃串串嘛，真的巴适惨了……""哎呀我讲的其实是普通话，要是讲起方言你们听都听不懂！"司机大叔好像有满匣子的话，开了个口子后怎么倒都倒不完，一路上大家聊得热火朝天，连冷场的缝隙都没有。

　　重庆人说话时也极有趣，每个字都一跳一跳的，带着上扬的音调。语气词多元又形象，不管说的内容是什么，无不透露出幽默与诙谐。由于每个字都是呈现出昂扬高亢的状态，若是两个重庆人在大声交流，不知情的外地人分分钟以为见证了一场火爆的吵架。

　　热辣辣的重庆自然少不得热辣辣的火锅。秋去春来，寒来暑往，季节不断更替，唯一永恒不变的就是重庆人民对火锅深沉的热爱。重庆的火锅店存在于大街小巷之中，但是不同于窗明几净刻意装修得古色古香、雍容华贵的高档火锅餐厅，最最正宗地道重庆老火锅往往隐身于市井烟火之间，在弯弯绕绕里才能找到，丝毫不显山露水。这样的老火锅店，不管是什么时间进去，永远是鼎沸的人声以及一片氤氲的烟火气派。在热气腾腾中觅得方寸小桌坐下，店面如何也算不上干净整洁，木桌陈旧得开了缝，里面填满了红油。想来这厚厚的油脂能够形成到如此地步也不是一日之功，若是秉持着求真求实的科研态度，倒是可以像研究化石一般，一层一层考究出年代。

事实上重庆火锅的功夫并不在于环境而是在于其本身。火锅就像是一次随意但不随便的创作，步步都要留心，从一开始食材的选择上，便开始讲究了起来。但是这个讲究，并不是江南菜那般近乎苛刻的精致，而是集中在一个"鲜"字的精髓上。江边的棉花路——全国最大的火锅材料市场，凌晨两点开业提供新鲜食材，更有火锅店主直接从屠宰场运货省去中间步骤，目的就是提供出最为鲜嫩的食材。除了新鲜，在对材料的准备过程中也大有学问：毛肚上一层层耸立的百叶预言着脆嫩的质感，黄喉一定要过水洗上两遍，再反复揉搓，直至有了与人的体温相似的温度才能在食客入口的瞬间，爆发出最合乎时宜的爽朗。

重庆的火锅，是极包容的。肉类、海鲜、蔬菜，不管是什么都能放在锅里涮一涮。这种兼济天下之达，颇有些儒家传统文化里中庸之道的意味。鸡胗、毛肚、猪脑等内脏食材，在寻常的做法中，常常沦为鸡肋般的存在。然而在翻滚的红油中，他们以自身独有的口感找到了自己存在的价值。在包容食材的同时，重庆火锅对外来的食客也极为包容，这其中最为直接又简明扼要的例子就是鸳鸯锅。不同于外地那种八卦阵状的鸳鸯锅，一白一红、势均力敌，运用道家的思想迎合最大的市场。重庆本地的鸳鸯锅是在一个大红锅的中间再加上一个小小的圆白锅——仿佛已经是别别扭扭的最大让步。我和朋友一再拉着在菜单上运笔如飞的大妈强调要鸳鸯锅，红锅要微辣。大妈看了我们一眼，一片了然的神色，"好嘞好嘞"地应和着。显然，像我们这种没有吃辣的本事却又想来一睹重庆老火锅风采的食客她早已见怪不怪。同行的伙伴里还有两个男生，原本在我和朋友到来之前，他们自己先点了全红锅，甚至要了最麻最辣，口口声声号称着要在最正宗的火锅店吃最正宗的火锅。在我们执意换了鸳鸯锅之后还有些不满地埋怨我们轻而易举地屈服于重庆火锅势力下。面对着这两个天真的南方人，我只希望火锅能快快送上来，让他们明白什么叫向重庆火锅势力低头。火锅上桌后，我看着红锅上堆砌着的层层花椒与辣椒，光是心中暗暗感叹我们的微辣果然和重庆的微辣不是一个等级，并暗自庆幸，幸好没有逞强要全红锅，否则即将面对的怕不是一个更为"热烈"的早晨。

撇去杂乱的心思不谈，两三个朋友围坐在热腾腾的火锅旁边，在等待汤水沸腾时的彼此的谈天说地、插科打诨也是绝佳的调味剂。再来上一打山城啤酒，跟从着"山城啤酒，知心朋友"的经典口号，我们几个依葫芦画瓢似的模仿着重庆人民的生活方式，想要从中获得一些从未体验过的，别处的滋味。

火锅终于沸了起来，香气四溢。翻滚着的红油咕嘟咕嘟冒着泡，冒出的是独属于牛油的甘醇香厚。热气上下浮腾间，翻滚着的是辣椒与花椒的热烈相逢。这两位称麻称辣的霸主，从美洲到亚洲，跨越万丈重洋，在这小小的火锅间相遇，交织出电光石火般的爱恋，只差一首《滚滚红尘》来谱写恋歌。油火的缠绵，黏腻的牵引，肆意的流转。麻与辣在油汤中交汇，碰撞出难以言喻的焫燥香气。在场的各位食客，没有一位不食指大动的。而此时的油碟早已稳稳排开一排，静候着食材的到来。

烫食材最是考验食客的筷子功力，轻轻一捻一挑，薄如蝉翼的食材便稳稳当当被控制于股掌之间。涮煮食物不得一味求快，单单见着蘸上滚烫红油便急匆匆往嘴里送，就容易过生影响品质，也不能随意松开筷子往锅内一丢，任其野蛮成熟，若是光顾着侃大山忘记了食材的存在，待到其重见天日之时，要不就是老得口感尽失，要不就是吸尽火锅底料，失去了食材的本真。一言以蔽之，过快影响品质，过慢影响口感，只有精准到秒的读数方可集其大成获得最佳体验。因此吃火锅最重用心二字，做的人用心，吃的人也要用心。不同食材也有不同的涮煮讲究，豆油皮儿纸一般的薄，在滚烫的锅里堪堪滚一着就熟了个十成十。筷子一捞，在油碟上一搅，裹上一层麻油，亮晶晶地就能往嘴里送。比脸还大的一片毛肚，跟随着"七上八下十五秒"的神秘咒语起起伏伏。读的秒数一到，也顾不得什么鲜辣滚烫，往嘴巴一送，双齿一合，唇齿间迸溅出的香麻与Q弹口感足以叫人如痴如醉，无法自拔。当花椒的麻与辣椒的辣再加之食材本身的可口清甜在你的口腔中交错碰撞，满溢的汁液填满味蕾，好似要在舌尖上绽放出花儿来。此时的食客，除了闭眼享受这份热烈似乎也别无选择。

此情此景，此时此刻，每每吃完火锅，都是暴汗淋漓，酣畅至极。

重庆火锅，也是极热烈的。重庆火锅之热烈，不仅热烈于锅内，更热烈于锅外。火锅店有那么多家，就没有不热闹的。而这份热闹也是从古至今的完美流传。清代有诗云："围炉聚炊欢呼处，百味消融小釜中。"吃火锅，最重要的是气氛。曾记得有个冒菜的广告打出这样的口号："火锅是一群人的孤单，冒菜是一个人的狂欢。"每每听此言，我总忍不住嗤之以鼻。在我看来，冒菜是断断不能与火锅相提并论的。且不说冒菜早已被烫制完成，熟嫩都不由我，单单是这一个人的独食吃法，是怎么也吃不出聚餐的滋味来。人数暂且放下不提，火锅所营造出来的意境也是独一无二的。同样是两个人，若是在高档的西餐厅相对而坐，氛围就截然不同了：单调沉闷的音乐缓缓流淌，餐厅里人人都低声交谈，想说些什么都得轻声细语，若是遇到什么好笑的事也不能放声大笑，只能捂着嘴压抑自己。食用时，单独的餐具楚河汉界般将两个人分隔得清清楚楚。分别对着自己面前的餐盘，切割着分门别类整齐有序的食物，无话可说时只剩下冰凉金属的碰撞声，透露出高贵的疏离。若是两个人围坐在逼仄的火锅店，情况则大不相同。先不说周围热热闹闹的氛围容易激活人们体内的兴奋因子，单单是无话可说时两人各自涮着肉吹着气的样子，也透露出一种朴实的亲近。食材都放在一起，你帮我煮菜我帮你涮肉，无形之间就缩短了两个人的距离。围在锅边，就着升腾的热气，涮肉、捧杯、畅所欲言，传达出的其实是一种近乎圆满的中式和谐。不管远近亲疏，只要团团围在火锅边，一顿下来，餍足过后，氤氲间自然而然就会卸下心防，展现出最真实的自己。

重庆火锅的热烈与包容其实只是这个大城市的缩影。火锅在翻腾的热度中包罗万千食材，在多样汤底中照顾外来食客的口味；城市在热烈而温暖的人情中给予外来人口最鲜活的幸福体验。每天晚上，火锅一如这个城市灿若繁星的灯火，吞吐着千千万万个麻辣因子，用火对抗黑夜，用水融化刚猛；用极简幻化惊艳，用平凡演绎华章；用热情、坦诚与直率煮沸生命的滋味。

重庆，重庆。

守望

◎ 李昕健

我再踏上这片土地时，已是二十年后。

铺满黄土的地被昨天的暴雨冲刷过后显得更加软糯。黄土和雨水拌在一起，在凹凸不平的道路上粘腻地搅和勾兑着，一直延伸到路的另一边去。路边堆砌着用于施工的红色砖头，已经被风雨磨的有些圆润，周围长满了连着土地的枯黄杂草和花骨朵。散落在草堆里的木屋已多年没有人居住，房门敞开，像是在迎接我的到来。房屋上的木头稀稀拉拉地悬在空中，脆得似乎风一吹就会折。昏暗的天缺少色彩，呈现一种压抑之感，衬着村庄的失落。我站在画面中央，轻轻闭上眼睛，仿佛又重回到二十年前，同玩伴嬉笑玩闹。此刻，我只感觉被一股又一股挥之不去的忧愁笼罩着。

小时候的家乡是活的。黄河滩边的沙子尽管摸着粗粝，在脚心里却是柔软的。黄河水触着岸边湿软的黄土，站立太久，脚会跟着被冲上来的小螃蟹、石子一起陷进沙子里去，于是，心也一同跟着沉了下去。这是我小时候众多乐趣之一。我的家，就在黄河边上。小时候跟在大人身后奔跑，总是留心着周围向后飞快掠过的事物。春天先用亮色把灰色枝丫涂满，再用绿色油漆点缀成叶。绿色太浓厚，它顺着枝干向下坠，淋在泥土中努力向上钻的小尖帽上，大片大片倾倒在各处山坡上，我的小小身躯和可爱又可怜的微小生物，就一同在大片大片的绿中匿藏。这时候的村庄十分温柔可人，偶尔会有雨水泼在脸上，冰冰凉凉。然而伴随着不远处巨大的雷声，淅沥沥的小雨滴变成豆大的雨珠再次扑面而来。浓黑厚重的云在头顶张望着慌张的人们，它掀开草屋，打翻木堆，浇灌、击打着农田中顽强的生命，它咆哮着、怒吼着，一次又一次宣告自然的力量。我每到此刻，都会跑到窗边寻找隐匿在云朵后的太阳或是月亮。嗡嗡叫的知了是我炎炎夏日中最好的陪伴。它一遍又一遍的叫声化为一圈又一圈不停转动的风扇，给我带来无尽清凉。云聚云散，当太阳再次当空时，夏天好像来得更加真实些。热辣的阳光烤熟了我的短发发梢，镀上一层金黄。于是，秋天来了。村庄浸泡在装满金色的大染盆里渐渐漂染，漫天的山野好像望不到另一头，我在山野的顶端向远处眺望，目光所及皆是金黄。整个村庄充斥着成熟谷物的丰收味道，配上有些冰凉的天气，和晚上每家每户的烟囱中飘出的白色烟雾，村庄也在夜色中对我轻声道一句："晚安。"我不受控制地睁开眼来，鼻尖好像还充斥幸福的丰收味道。天色已晚，虽是深秋，我却再也找不到以往熟悉的人烟气息。到处皆是寂寞荒凉的景象，这气氛倒和大城市半夜时分的街道有些相似。

环顾四周，我踏着步伐向前迈去，脚步声不大，却似乎能传到村子的另一边去，我甚至能听到我的步伐在这封闭的天地间回响。我的皮鞋踩在枯黄的杂草之上，踩在坚硬结块的黄土上，踩在堆积在黄河边的污染物上。嗒、嗒、嗒、嗒，嗒、嗒、嗒。与高级皮鞋放在白色大理石地板上的质感不同，它更像是村庄里，雨滴落在屋檐的滴答声、冰雪融化冰晶解冻时微小咔嚓声、削铅笔时的嚓嚓声、铁锹敲打干涸的土地、锅铲在铁锅中清脆地翻炒、女人的吆喝、男人的闷哼、老人手中旧蒲扇的叶子互相触碰……一切的事物于我来说都十分熟悉，只不过这声音躲躲闪闪、时隐时现，我反倒觉得有些陌生了。

我走到曾和伙伴捉迷藏的地方，这块土地曾经是湿润柔软的。我远远看见它时，全身上下的细胞都在我体内欢呼雀跃，每一颗沙土的位置我都熟记在心。然而，当我真正站在它面前时，它只用干枯、坚硬、沧桑的外壳回应我。土屋被多年的雨水冲刷浸泡，被大风侵蚀，早已化成一个土堆，像是生于此地一般，牢靠地贴紧大地。土堆旁原本是一棵参天大树，如今也只剩下一颗已经毫无生命力的灰色树桩，上面立着一只呆滞的猫头鹰。猫头鹰蜷曲着身子，它眼睛装满了黑色，瞳孔大得几乎充斥着整个眼球，显的空洞又绝望，仿佛已经死去，但仿佛还在不甘心地等待着什么。它的眼神里充斥着难以名状的情感，尖长的爪蜷曲在胸前，几乎将树桩凿出几个深坑。我注视着它，它也直直地回望着我。

我走到山坡之上。它不再多情，不再拥有无边无垠的翠绿与金黄。我向远处望，这片伟大、苍茫、壮阔的土地就这样在我眼下不知不觉老去了。它所孕育的丰厚物产，油葵、苜蓿、白薯、西瓜、棉花、白杨，哺育一代又一代忠厚淳朴、混沌未凿的农人村民，都化成了灰土，随着滩边的风扬撒飘荡，四处游走，不再生根，也不再发芽。五百年来，它哺育一代又一代，给人们带来生的希望；它也曾陪伴人们一起对抗发怒的大自然，厚实的肩膀上站着的是无限感激的人们。这片土地，是我最原始的母亲。我触摸河水的皱纹，触摸灰暗的云间和若隐若现的月，只觉得悲凉。

我走到黄河边上，只有扑腾的河水是我唯一的陪伴。河水在河床上扭曲，上下蠕动着向前方缓慢前去。河水另一头的，是仅剩下四分之一的落日。太阳快快地伏在水面之上，下半身却已在水中碎成细沙，到处游走，闪闪发光，刺着我的眼。偶尔有几只不知名的飞鸟掠过河面，却又远远地飞去了，只留下一个苍凉寂寞的背影。几片云被即将来临的夜色染黑，也藏匿进天空里去。

　　定是因为远处从高高烟囱里冒出的滚滚浓烟，发动机的震动从地球的另一边通过地核穿过，河水被震出无数条波纹。云彩应是浓烟团成的。干枯沧桑的土地不是土地，是化工产出的黑色垃圾。这片小小土地，在化工时代的摧残下彻底死去了。我独自站在这一小片天地之间，像一个已经过世了的旧人，却仍然坚毅。我将一腔热血和孤勇献给她，将青春与回忆献给她，愿她在我的记忆里永存，永远美好。

乡间一缕烟　林下一场梦

◎ 叶定远

这片地域确实承载着不少至今依旧难却的记忆，依恋的情怀拽着我的脚步重新感受泥土的芬芳。

那片林，让我深深着迷。

朦胧的云烟缭绕山头，我迈着略显笨拙的慢步伐游走在林梢下。落叶在我的冒犯下沙沙作响，我内疚地抬起脚，却叫它响得更厉害了。不知是久别故地情更深，还是离乡之久心惶然，面对眼前的似真似幻，我竟成了"客人"，试着和这儿的主人先行问好，却又心生几许莫名情状。

10米外的一簇花将我拉去，清澈的露珠依偎在紫红花瓣上，让这片薄薄的春蕾娇羞地点头。我不敢惊扰这自然的美妙与浪漫，一只褐红色的蝶略过我的眉毛，轻立在这朵花蕾。透明的露珠顺着叶片中间的纹理坠落，勇敢地投向我脚下斑驳的泥土，这就是归宿吧。

顺着这条小坡上去，密林让空气变得阴凉起来，回望斜坡的几株木棉，和身后的静水溪流一同向我微笑，它们认可我了。小麻雀是很常见的，这片林子里栖息的小动物不畏生人，更何况我又曾是他们的玩伴，或许却不是了。不带规律的脆鸣声与叶片间闪烁的阳光，让我想起韦应物"独怜幽草涧边生，上有黄鹂深树鸣"的慨叹。这片林子是父辈祖辈栽种的，而我便贪婪地乘着凉，好似一位旅客，时而也感叹几句。

一颗坚挺粗壮的荔枝树将我的视线拉近了，它的身躯扑着几个绿红斑点，"哇！龙眼鸟！"我竟无知地喊出来，像一个幼稚的小孩儿与新奇事物碰撞那般。林间的蝉依旧认识我这个老朋友，十几年载不动这回忆的重量。这种昆虫叫"长鼻蜡蝉"，学名"龙眼鸡"，它们算是我童年的好玩伴了。把"长鼻蜡蝉"介绍给我认识的是我的父亲，虽然介绍给我的形式有失礼节，它们也不大情愿，但抓在手掌心确实更为亲切。长长的红鼻子，黄绿交杂的羽翼，似乎要故意与其他物种区别开，以显"独特"。

说起这"蜡蝉"，侧露几分傲气确是它的本领，匍匐在树干上，似乎也不屑于停留。它有逃离的惊人速度，不是侧飞当然也不会直溜溜地飞，或许它的眼睛在头上吧，耸直的往头顶上蹿，殊不知这般摄人气场却也成为致命弱点。为何这么说呢？因为捕捉它的最好方法就是从头顶上往下盖，哪怕是小小的手掌也不难将其屈服。它陪伴了我大半童年，放在小箱子里打斗、用细线缠住红鼻子，然后将其"释放"，有时蜻蜓来做客了，倒也不介意地缠住它们的尾巴，与蜡蝉一同来个"飞翔竞赛"，拉扯着它们从巷头到巷尾，好似无形的风筝。

林中厮长尖锐的蝉鸣，令我初醒，我在这棵树前驻足好久了，了然忘却那股暖阳早已披散在我脸颊。再往前是一道缓坡，说来倒也值得一谈，两侧的草木长得怪异，外人看来繁茂紧致，不得不慨叹绿意盎然。爱探寻自然的我开辟了独特"战果"，拨开外围的枝叶，里面竟是可以掩藏自身的"地上通道"，恰似编织好的围笼，里看外尽可洞察入微，外望里却不知所以。这是我一度为傲的"新大陆"，更是我与儿时林间小伙伴捉迷藏永远制胜的法宝圣地。

向右行走，可以回到初始地，这必然要淌过两米半的小溪流，对它确实不抱好感。如若停下玩弄几分，倒也仍旧可以收获几只小虾小鱼，不能充饥，却是记忆里梦一般的存在。

午后抑或是日落渐黄昏，从这小径出来，倒不甚疲乏，反而舒爽不少，那不远处缥缈梦幻的缕缕烟霭，与青砖瓦房融会成诗意的境界，叫人惬意万分。肚子也咕叫起来——烟囱呼唤着归家的人。而我是很乐意等待屋顶那缕轻烟升起，仿佛是一个信号弹，召集上山伐木或狩猎的人回家进餐。此时，回来的长辈便会分享一些山中奇闻，多是勇斗野山猪、飞擒林中兔、巧射空中鸟……我更会在屋坪上跳两跳，以表达我的喜悦。

回乡的短短几天，山依旧傲然耸立，水也静如处子，瞪大了双眸洞察着身边的一草一木一砖一瓦，企图找出变化的苗头来，双眼累了，却猛然发现，变化的竟然是那个重踏乡土的少年。

乡林初忆久别事，情思难转恋生人。

梨花满地不开门

◎ 曾晨宇

不到夏初五月，梨花已落地纷纷。扬扬落落如玉雨纷飞，又似春夏别样的雪花。紧锁宅门的深院里，几颗年华苍苍的梨树尚能用枝头那绽放后花期不长的晴雪证明它们的存在，20来天的绚丽过后，便又是一派清寂了。偏有晚风动人情，拂扫犹怜晴雪香。

这座深院其实大有来头，只是风头早已荡然无存。宅子曾是这古村一位乡绅地主听曲赏剧的地方。童子何知，如果能回到从前，兴许连我这个文笔平庸的文学学生也敢希冀神来之笔描绘她的美丽。多年前她或许是红装素裹，落尘结网的横梁和顺檀曾是浸了桐油的上等楠木，精工雕砌的青砖曾是它青春靓丽的肌肤，大气的红瓦曾是她引人驻足的顶盖。福临宅邸时，多少佣人忙不迭地击弦鸣管，在熙熙攘攘的人群瞩目里，八个年富力强的佣人抬着苍遒有力的碑书门楣穿过热闹的夹道，为这座绣闼雕甍的宅邸冠上响亮的名头。从此，"听泉阁"便成了村落里最典雅精致的文艺中心了。在这样一个古香古韵的村子里，从古至今的姑娘们只有出嫁时才能享有的妆颜却竟被这闷声无言的大宅子给长期独占了。别看宅子如今已被树木所环绕，这里一定曾是名伶们的雅集之所，昆曲惊艳过时光，京剧繁盛了年华，说书评传的也笑傲过台场。虽然美人亦有桑之落矣时，大宅却爷父子孙代代相传着。不愧是屈指可数的乡中书香门第，几代人似乎都没有在仕途上鹏举高升，倒是这座大宅熔铸了他们作为士大夫的尚雅精神。封建时代一结束，文艺的主场便不再属于这帮旧社会的文化人，曾经显赫一方的大地主一没落，且不论良田百亩去向如何，富贵似已无缘，温饱尚需考虑。大宅子的当家哪还是个当家，家产在动荡的年代一点点地付诸东流，仆婢既散，家中仅有的人丁便好似连年丰收的沃土突然遭受百年不遇的大旱，仅剩根系原生的几株残木了。无法重现昔日的枝繁叶茂，留给这些人的似乎只有像它们一样在大雪中埋没的命运，这座并非主屋的听泉阁却意外地未被侵夺，兴许是好强硬气的后代坚守的结果，兴许是它本就有着存在的使命。

听泉阁的确有某种不凡的命运，不像滕王阁被整得早已面目全非，也不似赵家楼惨遭火劫沦为政治运动的牺牲品。它安详地立在僻静的村落里，这块多年前曾被某位风水先生称誉的宝地在现在的村里人看来也不过是一片生财之地，他们知道它有历史，有价值，动不得，却只能在闲暇时发一些无关痛痒的牢骚，只是因为村里的一位老爷爷。"这老头子怎么就不晓得把它捐给咱县政府捞一把呢"，"村支书也动员很多次了，碍于他老人家是个拗骨头，又德高望重，谁敢强拆呢"，"日子过得那么穷还装骨气啊"，也许他们终其一生也无法理解这位老人守着把大财宅却甘当葛朗台是何缘故，终其一生也无法想通这为什么就是不能建更有经济价值的博物馆，就是不通电气。他们把这一切归为老人的食古不化，可这又如何呢？宅子依然奇迹般地保持着粗糙的古色古香，即便看上去没有那些申报成遗产的宠儿保养得那么好。若不是老爷爷的坚守，恐怕这大宅早已了无踪影。

亭台楼阁，廊檐梁榭，是多少燕雀昆虫、猫犬的寄居之所。但它们都仅仅是大自然调和人居的精灵，一旦"人"这种主宰者离去，一切房屋无论曾经多么气派辉煌、热闹繁华，而今只留其作为自然草木的基本属性。人是宅子跳动的心，无人之宅，难免逃脱不了颓圮的结局。谁说宅子就没有生命呢？和人一样，它们也有着壮年的风华正盛，老之将至的年久失修和入土的倾颓。而无声的它们也许比人更脆弱，每当江山易主、天地巨变，家族由盛转衰，宅子都是沉默的见证者。它们何尝不想说出心声，想挽回一个家族不甘败落的命运，想再挺立得更久一点，最好撑过这个家族最阴暗的时候。然而谁又能深刻领会它们在每个夜深人静的夜晚按捺不住脊梁的疼痛的呜咽，在常人眼里仅仅跟蚊虫叮咬般不足挂齿的虫蛀，一代代村里嬉闹无所谓是非痛痒的孩童在她斑驳褶皱的纹漆上涂画着也无力挽救小人得势的政局，像是曾经雄踞一方的草原之王临终前只能任由虮虫蚤子狠狠地钻入它的脊背食它的威风，又像是西西里岛的玛莲娜沦为众矢之的，它能如何呢？先祖赐门宅以后庭嘉树，以期光耀门楣，然而当宅子旧了，破了，未加修缮，它也仅仅是最当先的顶风树。

谈到住房就不能不谈到大宅子曾经的主人了，那也是一位钟爱戏曲的老人，老爷爷说他"长兄通音晓律，有张陶庵遗风"。我们因此暂称这位老人陶庵先生吧。看戏让这位陶庵先生的人生与听泉阁联结在了一起，从此他们祸福相依。

老先生也算是享到了这个没落的大家族最后的一点富庶，虽然他童年便饱尝家道中落之艰，凭着异于富家子的勤学上进，他顺利地成为县里中学的优秀毕业生，并得到了当年国民政府的留洋资格。热爱戏曲的老先生选择修读了心仪已久的西方戏曲文艺，后"五四"思潮的余荡让他曾经笃信西方即便在戏曲领域也定有远胜于东方传统戏曲的优势，遗憾的是正当老先生对易卜生和契诃夫的现实主义剧作如痴如醉时，学校广场的广播却突然播报了九一八东北沦陷的惨讯。悲痛之余，老先生放下了对东西方文化优劣的探索和比较，开始思考所谓进步的开化的自由的西方文明究竟是什么，在遥远的东方，那里有他从小耳濡目染的传统戏曲，有生旦净丑，唱念做打，与西方戏曲那重视古典音乐熏陶出的意境不同，浪漫却情真意切的台词对白和如梦如幻的舞美才更具有形而上的意境美，更能调动听众的想象与艺术情趣。西方戏剧有对美丑善恶直白的揭露批判，而东方戏曲一样能通过富有浪漫色彩的故事揭露那些写给人看的社会现状……凭什么就说传统戏曲是"野蛮人之品物"？凭什么就说东方文化"诸事不如人"呢？想到十年前那些颠沉覆旧的论争，而今看来却更像是理智过头而向感性之极发展的分裂行为，想到那场光荣的胜利又何尝不是一场惨痛的浩劫，想到多少名家杰作被污斥为封建异端，他便感到忧心与悔恨。遥望着窗外蔚蓝的天空与湛蓝的湖水，怎不让人平静舒适呢？可他作为中国人，作为一名热爱戏曲文化的中国人，作为临行别乡前曾在先祖宗庙三月前礼拜诵读家训、倍加殊荣的中国人，他怎能忘却祖国正处于时难年荒世业空，家国破碎风飘絮，黎庶饥馑，哀鸿遍野，而自己的家乡一定也在日寇的垂涎下面临危机。耳畔的古典音乐再也无法安抚他内心的忧虑和紧张了。他斩钉截铁地向学校提出了归国申请，谁知这一回国便是一去不返了。

在颠簸的远洋航行三个多月后，他终于重新踏上了祖国故土。只是，此次归来容不得他优哉游哉，受日益恶化的战争影响，赶赴家乡已是来年三月，南方的梨花渐次绽放了。

果然是玉雨花，"晴雪香堪惜"，江南三月的乡间不似往年的温和，料峭春寒俨然带着吃紧的感觉。梨花香飘遍了四处，人家却不见袅袅炊烟了。推开宅门，曾经映入眼帘的大件家具不见了踪影，庭院里只有一片死寂。半晌之后，他年幼的四弟才从不知何处的箱柜后爬了出来，趴在他小声地说："二哥，大哥、三哥都被征进民兵营了，都已经一个多月没消息了，大嫂不知去向，我年纪小，他们不让我去，家里再没人了，我就只能躲在后山，中间也就摘些果子挖些地薯来吃，还好二哥你来了，但这屋子，现在可连只老鼠都住不得了啊。"他看着四弟纯洁却又空洞的小眼睛，一时语塞不知说什么好。这时情这世事，已没有所谓知识分子的孤洁自清，既然他回来了，铁肩自然要担负起保卫家国的道义。但是想想这身后看似安详却又同样"自身难保"的大宅门庭，看着不足十岁尚需照顾的舍弟，耳边却又依稀响起闷雷般似有似无的炮火声，战机轰鸣时凌厉的肃啸，以及此起彼伏的哭诉与呐喊。他的脑海里装满了一切，眼里却只剩下渺茫无定。

那个晚上他睡得并不好。夜里的鹈鹕声也好似现实中的心魔将思绪搅扰难宁。他何尝没有想过像那些有良知又不失风度的知识分子响应国民政府的号召携文物西迁，如此一来他还能有个像模像样的容身之所，而这也当然是那个年代文化人但凡能审时度势都会做出的选择。可是，可是！山河破碎，国运难回，纵揾英雄泪，士子空伤悲。他童年直至青年留洋前的母校已被敌机的轰炸践踏得难辨旧容，儿时记忆犹新的城隍庙与孔庙仅剩下断壁残垣。不由得把目光又拉回到眼前的古宅：此刻它也不过像一位垂垂老矣的老人，仿佛是流浪的难民中被人被历史所遗弃的最后一批不幸者，说它像一个不识世事的孩子也没有错。它几百年未曾领略过枪炮的冷酷无情，未曾领略过暴徒的劫掠侮辱。微风拂过重梁复瓦，沙沙的声响谁听了还以为是稚童的欢声笑语呢。

雕栏玉砌犹在，朱颜未改，为何就不能做一次传统文明的拯救者呢？站在这高耸的宅前，人显得格外地渺小了，渺小得让作为个体的人不得不去思考存在的意义与生命的轻重。午后的阳光很暖，将他的七尺之躯投射得悠长悠长地。在梨花满地的青石板路上，黑色的影子也是暖的。是非善恶，就像这影子是黑的却也是暖的一样难以揣测。沦陷区一定是暗无天日的，此时离去自然是崇高的，留下来似乎更显愚蠢，甚至肮脏。敌占区的人命是不值一文的，留下来在常人看来等同于放弃了活着的机会，可与其是苟且偷生，逃离成功在战争年代本是无所谓苟且偷生的。然而时代和家国给了他使命，他要义不容辞地捍卫这寸失则尽丧的文化高地，而不是将自己生命的存续建立在莫大的文化遗憾上。经过一番由不得犹豫的思想斗争，他还是在心里坚定地宣布了留下，而不是加入浩浩荡荡的逃难者队伍中。

地处江淮，本是富庶之地，却为兵家染指，这小村庄注定经受着多灾多难。淮阴防线很快也在敌人残暴的攻击下溃散了。城头忽变大王旗可能只是一上午的事。伪军很快便全面接管了这里。然而占领流程也是要走既定的冰冷流程的，无非是宣告对抗者挣扎的无谓与敌人高傲的仁慈——带血的獠牙在破口大骂，谁还敢不依不饶？

把舍弟送上伯父的船，这大宅便只剩他孤军奋战了。汪伪政府早就打听到这古宅的价值不菲。三天两头频繁地派日本特务作名为"文化考察"的监探工作，同时珠宝枪弹一块往宅里送。可惜他们那套软磨硬泡又破灭了。碰了几次鼻灰后，游说工作索性露出了强盗的裸体。一天晚上，三枪打在了大宅门上，一封威胁书也随子弹而来。戴着官帽的文物贼以玉碎人亡的后果相要挟。牺牲尚有后来人，宅子的生命确是不可逆的。可是作为一名有良知的文化人，向汉奸卑躬屈膝却也恶心无比。尊严、自由，宅子及其背后的所有戏曲文化凝粹，该保全谁呢？

历史总是英雄用伟大决定书写出来的，即便在当今看来事伪职也是不能容忍的决定，但我们无法否认做出这个决定是多么艰难。思虑再三，他打算设计一次，自主导演一场忽悠汉奸的戏份。恭敬地向"文化局督办"提交签字的地契后和协定前，他在协议的最后提出一项看似毫无意义与刁难意义的条件：邀请中外各界记者和国际文化界人士参与宅子易主的仪式，且要求这易主仪式务必要作为新闻刊登在报刊上。伪政府当然也不会轻易放弃这机会，能展现其深得民心、爱护地方和传统文化的姿态，何乐而不为？督办很快便顺水推舟了：只要交出宅子，这些条件都不是问题。

兴奋到得意的督办早就在前一天专门在各大报纸上以大幅版面宣传了即将到来的仪式，当仪式这天如约进行时，按约定，金发碧眼的记者、东洋的、国统区的记者都成了座上宾——这礼节很难看出是由一群强盗安排的，督办特意请了一批优伶表演助兴。该唱的该吃的该喝的过后，便到了宅子主人的转交仪式了。这天他穿得非常庄重，发梢硬挺，目光如炬，脊梁正直，目光入炬，青袍浣碧，毫无卑微姿态。在镁烟的曝光下他不卑不亢地缓缓上台，环视了一遍台下的受压迫者、糊涂愚昧者和敌对者后，他镇定自若地说：感谢诸君的到来，想必诸位都对陋室带着一份兴趣，其实陋室没什么值得一提的，和那千千万万的古宅一样，无论它是在西安，在京都，在罗马，还是在你我心中，都是无法复制的美，我们珍爱它们，不仅因为它是我们民族的瑰宝，刚因为它是全人类的财富。然而今日，我中华大地却被侵略者蹂躏得千疮百孔，多少古建筑被炮火洗刷得荡然无存，多少传统文化受这战事影响悉数凋零，可悲的是仍然有群歹徒甘当侵略者的走狗，这样的人，能好好保护我们的文明财富吗？你们说这听泉阁，值得托付给助纣为虐、不配欣赏的蛮暴奸邪之人吗？值得托付给断送民族文化的佞臣吗？

台上的人越说越言辞激烈，怒发冲冠，台下那有权有势的"新当家"却越听越气愤，目眦欲裂。他气不打一处地指示门外的宪兵卫队上膛使脸色，刷刷的擦枪声却吸引了台下一众视听敏锐的记者，镜头好似炮口要调转了方向。情急只待这寇首一声令下了，这人却口舌发硬，鼻腔作喷气机车好不威风。

汪伪政府一块不大不小的遮羞布算是没被撕破，古宅之争倒也以闹剧收场。伪政府的贪官再也不敢轻易打宅子和宅主的注意了。我们可亲可敬的陶庵先生终于可以著书立说，过着平凡但也暂且相对安稳的生活了。苦战结束后，陶庵先生的光荣事迹又一次被当年国统区的记者报道出来，这一次他真正地成了名。国民政府拟让他担任本省的文职大员，以新屋豪礼相增，先生均拒辞不受，先生仅向政府提出拨款修缮古宅的想法，却杳无音信。历来不问政治的先生没有选择像那个年代许多的文化人一样赴台。他不懂政治，愿望只是单纯的做好古宅的守护人，在书斋里研究戏曲流变，以此终老。

风云突变，重年经浮。他的四弟在他的影响下锻炼出了深厚的戏曲功底，从北京电影学院毕业后，他的四弟幸运地进入了文工团，成为一名小有名气的话剧演员。兄弟俩从此只能书信相通。时光眨眼就到了 60 年代，工农运动大有愈演愈烈之势。没有谁能料到这一次革命运动，却是针对传统文化与文化人的空古浩劫。在一个深夜，他将诀别书封上蜡，寄给了远方的弟弟。

梨花又开了，几十载不惧春寒料峭，不畏冻风冷雨，凝结成曲艺里最动人的芳馨。满地梨花，再不开门便无人欣赏了，但她们甘愿如此。赏花品茗，闲忆剧曲，挥毫入笔，一定曾是先生多少天平淡却自在的生活写照。只是他再无法像陶庵居士那般以旧世遗民超然自居，不动不响使他被卷入时代涡旋里更深更深了。乡中但凡有些文化，识几个字词，见过大城市的人，都已饱尝了皮鞭的腥味与拳脚的毒辣。即便他大门不出二门不迈，终究以另一种方式被人们挂念起来。

老先生毕生的心力——那些藏书、著述，在一个平常的午后化为缕缕青烟，也许梨花还能记得这些承载着璞玉般学识的油纸是曾经何其惊艳地被墨色点染，又是如何期待着不久以后便会有孜孜求学的年轻人虔诚地品读他们。可惜，一切只能是我们的想象了。

老先生走了，他离去得很平凡，却并不安详。四弟不久后的赶来已然是不幸中的万幸，作为文工团的干部，他姑且有能力抢救这濒死的古宅。梨树之下是花藉，纷乱着，也许它们是随先生而去的花魂吧。

四弟，便是如今安在的老爷爷。他的眼中有风霜，却看不出经受沉痛的绝望。在他看来，先祖、父辈、兄长皆已完成了他们守护的使命，而自己也只能算是未受苛责，有什么理由不守护下去呢？他不敢悄然离去，他要等待真正属于它的那个人。

梨花还会再开，在今天的今天，也在以后的以后。希望这花香能惊艳更多的人，不再梨花遍地，空门长哀。但愿好花随阁好，英雄为我忆。

阡陌虽古道无痕，谁把晴雨暗香闻。

忧乐本非曲中事，梨花满地不开门。

我与父亲

◎ 戴安霞

近年来，我与父亲的关系渐有缓和，事实上"千年玄冰"并非一朝一夕便能解封的。人人都说"女儿最是贴心，是父母的小棉袄"，但我与父亲并非如此。大概是性格使然，我从不轻易向他撒娇，不过在那时的我看来，他也不见得是一个"好父亲"。但是那时的我们至少还是和谐的，同中国千万传统家庭里的父女一样。后来，我们俩的关系不和谐了，甚至恶劣到如"千年宿仇"一般，这些事情说来倒也长。

父亲不是一个有文化的人，他总是对我们说他这一辈子便是吃了没文化的苦，也总是自讽自己就是个赌鬼，他拥有的不过是一条烂命。确实，他就是一个奢赌成狂的人，为了赌博不断借钱，每向别人借一分钱就会受到人家的万分白眼，连带着他的孩子——我以及弟弟妹妹们都被别人瞧不起。他总是在做着如同幻影般的梦，幻想将来的某一天他的孩子读好了书，上了好的大学，找了一份体面的工作，有了成绩，他可以在村里、亲戚里抬起头挺起胸膛做人了。他重视他四个孩子的教育，用他的话来说："你放心去读书，学习上要买什么用品，我都给你们买，砸锅卖铁也得供你们读。"不过后来，我倒也没有让他失望，至少通过自己的努力考上了大学，走出了那个被群山环绕的小村庄。

儿时，我与父亲的关系并不算糟糕，就如同一段文字所写说"七到十岁，父亲的话是那么的有道理，说什么都是对的"那时父亲还是一个货车司机，走南闯北，我们一年到头没有见过几次。因为他只有不断工作，才能偿还赌博所借的高利贷，才能给我们正常的生活，可即便如此，我依然以他为豪。在我看来，那样大那样长的货车不是一般人开得了的，我爸爸就是不一般的人。那时的父亲如同神一般，他无所不能，"这世间似乎没有什么是他怕的"，那时的我是这样想的。后来，我和妹妹有幸坐上他的货车，陪他去送了一次货。刚开始，我们姐妹俩对一切都感到新鲜无比，但是到中途，我们便觉得疲惫不堪了，也是那个时候，我们才真正明白生活不易。仍记得，我们那天是凌晨出发的，午夜才归来的。午夜的乡村悄无声息，父亲拉着我们的手走在小路上，小路两旁杂草丛生，时不时还会传来昆虫奇奇怪怪的叫声。胆小的我们吓得迈不动腿，这时父亲便安慰我们说有他在我们不用害怕。路上，我好奇地问："爸爸，你害怕鬼吗？"他说："不怕"，妹妹又问："那爸爸你害怕什么？"他说："我最怕疼"，也是那时我才知道，原来父亲不是无所不能，他也害怕疼的。如今我长大了，我有的时候会去回想那一段对话，我大概明白了一件事情：父亲怕鬼，也怕疼，还害怕很多东西，只是在那时他不能回答，他其实也在害怕。

再到后来，我开始长大了，我接受的教育水平便高了，我开始不理解他了。有时，我甚至觉得他的一些思想简直不可理喻。在他所做的那么多事情中，我最不能接受的是赌博一事。那时候，家里的情况是糟糕到什么样子呢？那是别人所不能想象的。我们居住在一间潮湿的房子里，各种"小动物"与我们相伴，墙体已经大块的剥落了，那些木制的窗户早已被蛀虫蛀空，只要轻轻一拉，便能把整个窗台拉下来。在沿海，或许每个学生会很期待"台风"天气的到来，这样的恶劣天气总能为我们带来一两天的假期。但是我从来都不喜欢雨天，无论多小的雨，那间房子都会进水，更别提台风天气了。每逢下雨，倘若我放假在家，我便能够帮忙一起修一下那些残破的窗户，如果我留在学校，我便会满怀忧虑"万一房子塌了，妈妈和妹妹们怎么办？"这样糟糕的情况，父亲他仍是选择继续赌博，继续借高利贷。直到有一天高利贷的人上门催债了，他们敲碎了家里所有的东西，母亲为了保护我们，便把我们藏在了阁楼里。等我再下来的时候，我的小木偶没有了脑袋，屋子的地板已碎了一地……这样的景象，我大概一生也不能忘怀。父亲走了，他丢下我们跑到北方去了，母亲说他要躲债，不然他会被打死，不管是谁问你关于你父亲的信息，你都不能透露。自那起，我心里隐隐约约有了不一样的感觉——你的父亲不是你所想的那样。那种感觉大概就是后来我与父亲矛盾的源头吧。

父亲这一去就去了很久，只有逢年过节的时候，他才会回来，但是我们的感情已经不似以前那般深厚了。他回到家中，也不会花很多时间陪我们，我们只有在吃饭的时间才能见到他。当然，这种疏远肯定不仅仅是因为"陪伴不足"这种原因，也有很大层面是因为他的教育观念——"望女成凤""望子成龙""棒打出清华北大"。就这种种的原因，我们的距离越拉越远，矛盾越来越深，但是这仍不足以激发这些矛盾。

直到初三，经过父母的深思熟虑，我们决定盖新房，可是对于农村里不富裕的家庭而言，盖房不是一件简单的事情，这意味着你半生的储蓄将尽数消费，也许你还会面临负债的情况。即便如此，父母还是毅然决然地拆掉了旧房子。到现如今，我仍是不愿意回想那段日子。

面临这样需要斥巨资的大工程，父亲手头的钱全部拿出来了，看着那些钱，他又动了不该有的念头，直到有一天，不好的事情还是发生了，那笔钱又被他赌光了。盖到一半的房子因为资金不足全面停工，这样子并未足以击垮一个家庭。有一天，有人告诉母亲，父亲在外边有了别的人，母亲瞬时便崩溃了，一直身体不好的她很快便患了病，日渐消瘦。心思敏感的我很快便察觉到了不对劲，等我挖到那些所谓真相的时候，我控制不住我自己，那些矛盾一瞬间转化我为对父亲的怨恨。我为母亲愤愤不平，为这个家庭感到悲哀，我无法原谅他，儿时有多敬佩，那时便有多怨恨。我开始报复他，联合弟弟妹妹冷落他，不再喊他爸爸，不再像以前那样什么事情都考虑他，直接当他不存在，与他吵架，甚至有的时候与他动手，面临升学压力等各方面的压力的我很快便走进了死胡同里了。这样三年后，房子还是盖起来了，父亲还是和外面的那个女人分开了，他的赌最终还是戒掉了，母亲的病也好了，也原谅他了，弟弟妹妹也长大了，而我上了我们那里最好的高中，也要面临人生一个重大转折点了，可是我还是不能原谅他。在这几年里，我未曾喊他一声爸，未曾和他同桌吃饭，我们一交谈便是火药味。所有人都在劝我，告诉我："你爸还是很疼你的，你不能这样。"我知道，只是走不过那个坎。每次在大家面前和他争吵时，他总是避而不谈，有时他会说："我总归是你爸爸的。"我知道你是我父亲，我一直在尝试跨过那道坎，只是那坎太高，我被卡了坎的那边。你可知，我看到你我就会想到背叛者，我就会想到那些冰冷的日子。我不害怕贫穷，"没伞的孩子只能拼命跑"，总有一天，我会跑出贫穷那个圈，但是我害怕我一直以来小心翼翼维护的家庭就这样破裂，你可知道那时的你带给我的恐惧——对爱情、对婚姻的恐惧，那份恐惧直到现在仍根植我心。

如今你远在兰州，而我又在外面求学，我们一年不过见一次。新年再见到你的时候，发现你的两鬓已经斑白的，我记得好多年前它还是乌黑的，罢了罢了，你终究还是我父亲。没有人生来就会做父亲，也没有人生来就会为人子女，我们终其一生都是在学习如何扮好这个角色，只是有的时候我们也会走错路，不妨再给自己一个机会。

我想，我是一直深爱你的，我的父亲。

老屋

◎ 曾丽芬

　　太阳已经落山了，但属于太阳的余晖还笼罩着天空，点燃了大半个天空的云彩，与蓝天和那未被点燃的云彩交相辉映，为天空挂上了红白蓝三色的大油布。

　　许久未回过老家，这次回去迎接我的便是它十月里一望无际的满田野的金黄璀璨，成熟的稻谷在不时掀起的秋风里形成一阵阵的金黄色的麦浪。即便是深受现代化影响的乡村，在山野的深处也不时地会有几处炊烟飘起，随风飘向田野，飘向广阔的天际，消失在空中，别有一番古意。

　　闲来无事，我便沿着马路一路往下走，直至沥青路的尽头——沥青路与田埂的交界处，是继续往前走还是回头困扰着我。天色已不如适才明亮，继续往前走不是一个好的选择。但在那田埂的深处，似乎有什么在吸引着我，在召唤着我前行。追随着那心灵深处的声音，我沿着田埂走了下去。田埂两边的稻谷随秋风摇曳着，稻穗在相互的碰撞摩擦中发出"窸窸窣窣"的声音，这样的窸窣声让我感到头皮发麻，手臂上更是起了一层厚厚的"鸡皮疙瘩"。这种的不适感让我再无心欣赏这"原野金稻图"，只好加快了脚步往前走，好摆脱这难听的声音。

　　越发靠近田埂的深处了，与之交接的是泥泞的小路。路面很窄，只能同时通过两个大人或是一辆摩托车。前两日大雨留下的积水并未完全蒸发，路边杂草丛生，更有许多无名的小昆虫被脚步声惊醒，四处乱窜。所行之处留下了一串串深浅不一的脚印，鞋面也不可避免地沾上了些许的泥土。前面的路更为闭塞荒凉了，陈腐的气息又一次让我心生退意，但那莫名而来的思念让我继续走了下去。穿过小路，几户人家的房屋映入眼帘，那砖瓦木结合的陈旧架势，陈腐的气味，已无言地向来者昭示了它们的年龄。这些老屋，已是经年失修，岌岌可危。大部分已经成了无人居住的空房，仅有人息的几间老屋里，居住的也是孤寡或是"空巢"老人。如同这些被人遗忘已久终将从人们记忆中抹去，独自沉没的老屋一般，他们也被人遗忘在这个村庄荒凉的一隅里。踏足来看望的人越来越少，直至他们走到尽头。

缓步行至那一间老屋时，再没有了前面的犹豫和对人走屋空的感叹，无数的记忆纷至沓来，那些记忆关于它，关于她，关于他们，也关于自己。大门的锁虚挂于门眼，斑斑锈迹已布满它的全身。推开这扇算得上这座房子里"最新的"大门，久积的灰尘瞬间弥漫在空气中，扑面而来。庭院内丛生的杂草代替了原来满簇的菊花，庭院中央的枯井再也舀不出甘甜的井水，不知名的动物粪便分撒在各个角落，似是作为对过去家饲鸡狗的纪念。房屋周围的墙角已经爬满了青苔及各类的攀缘而上的藻类，密密麻麻，这老屋的墙瓦以成了它们疯狂生长的原野。

斑驳剥落的墙壁也在数十年岁月的磨砺下变得沧桑，这沧桑的面貌仿佛在对人说着它和这屋的故事很长、很长，长到隔了四代人的岁月。

这老屋是曾祖父曾祖母一代建造的，大约是 20 世纪四五十年代的产物了。祖父、父亲和我这一代，都有在这里居住过的时光。这老屋在当时是属于极大的房屋了，总共约莫有十二三间房子。而这一座大房子，积累了几代人的财富。在战争时代生活过的先辈们，即便是偏安一隅，未曾真正见过战争的惨烈，也感受到了战争带来的压迫和不安全。在这种不安全感之下，他们决定要聚居在一处，家中团结，才能共抗威胁。于是他们便在这块土地上居住了下来，从最初的只是聚居直到曾祖父一代他们决定索性用上全副身家，效仿古时，建一座大家都能住下的大房子，以此团结家族。可是，先辈们还是忘记了古人所说的"合久必分"的道理。

这老屋最先住的便是曾祖父曾祖母了，作为家中独子的曾祖父自然愿意看到子息满堂、儿孙绕膝的情景。除了作为长子的祖父，几位叔公、姑婆先后在这座当时令人艳羡的房子里出生、长大。直到姑婆出嫁、爷爷和叔公们的娶妻，这屋中的人增增减减，变得更为热闹。当然，再和睦的家庭也总会有嫌隙出现，父亲一辈陆续出生使这老屋变得拥挤。渐渐地，老屋里人少了，叔公们建了新房，相继携家眷搬出了老屋。这座老屋再不受到外人的艳羡了。我不知当曾祖父曾祖母看到自己的子孙陆续离开这座他们预备给后人庇荫的老屋时的神态会如何，我只见到了曾祖母在晚年时对我讲起老屋最初的辉煌热闹时脸上带着的浅浅的笑，老人已经变得混浊的眼中写满了混浊与回忆；可当她说到叔公们携家眷陆续地搬出老屋时，脸上流露的是不自觉的落寞。旧时我尚不懂她对老屋的情感，直到她瘫痪那一年，原本搬出老屋后住在叔公家的她像个孩子一样一遍遍地吵着回老屋我才恍然间明白她对这老屋的不舍和对过去子女儿孙绕膝的怀念。

祖父作为长子，选择了留在这座写满历史的老屋里，一直陪着曾祖母，直至离开人世。祖父去世前的几年，是这老屋最后的热闹与辉煌。几位姐姐的相继出生和我的到来，给这老屋添上了最后的欢笑。那时，白天祖父祖母就照看着四处跑跳的我们，曾祖母则在一旁咯咯笑，到了晚上大人回来了我们又恢复了乖巧懂事的模样。这样的热闹一直持续到祖父走后。

　　祖父走后，这座墙壁早已开始脱落的老屋便慢慢孤寂了。祖母搬去了早已做好新房的叔叔家，我们搬到了县城，而曾祖母则搬去了县城的叔公家。那座横穿了四代人记忆的老屋就在岁月里慢慢地被淡忘，犹如沙滩上的沙砾，被岁月的大浪卷起，淹没在长河中，隐藏在人们不愿记起的心灵深处。

　　老屋似乎再无人在意，从早初的几年间在曾祖母的嘱托下还偶有打理到慢慢地于人前沉寂。除了曾祖母还会向我及几位妹妹说起它的故事，再无人提起。是啊，一座残破废弃的老屋，又何必去关心呢？

　　那一年，她瘫痪了。已知自己大限将至的人总想回去那个自己怀念的故土、老屋。吐字不清的她躺在病床上，嘴唇哆嗦着，颤抖着说着"老……屋……"，我知道，我知道她是极想回去的，那里是曾祖父前几代人的积累，是她和曾祖父借遍了能借的钱才做起来的老屋，是她的儿女长大、子孙绕膝的地方，也是她的丈夫和长子最后离去的地方，她一直在念着它。嘱托了几次要打扫老屋渐渐地让叔公他们感到厌烦，"一间破房子有什么好扫的"的不悦让她再不敢对大人们说她想念那间老屋了，即便它已经破旧。她只能对我们说那间老屋的故事，说着她和祖父他们、爸爸他们和我们小时候在那里的故事……那些故事里有我曾在井边摔了一跤，不哭不喊疼只闹着爷爷拿来铁锹把那块磕到我的地面铲平的趣事，有爸爸小时候把吃不完的番薯抹在墙上的故事，还有她和曾祖父拼命干活还债的故事……我深深地知道她想回去，大人们也知道。高昂的住院费让她提前出了院，但是，不久于人世的老人又该怎么安置呢？大人们相互的"推辞"之下，她终于如愿回到了那个让她朝思暮想的地方。毕竟哪家也不想让她在自家的新房里走，留下"不吉利"。所以老屋又成了"还很新的房子"，作为她最后的归所。十几天后的傍晚，老屋庭院中央的一口新做的棺材送走了她，也彻底送走了这老屋的热闹。老屋，最终沉默在了岁月里，再无人提起。犹如涟漪散尽，水面终归于平静。

　　太阳的余晖渐渐地消失，暗蓝的天空宣告了夜的将临，不知从何而来的风吹过这空荡的老屋和不远处的田野，呼呼的风声和稻谷的摩擦声以及半黑的夜里不知从何而来的猫叫声叫人感到不寒而栗，催促着我快步离开。老屋又一次被人在傍晚时分遗下了。

小葱拌豆腐

◎ 李秀琼

　　你若问我对什么菜最熟悉，我必定会不假思索地回答：小葱拌豆腐。是的，我最熟悉的是小葱拌豆腐这道家常菜。纯白如雪的豆腐，顶上点缀着碧玉般的小葱段，装在白玉瓷盘里，清清淡淡的，仿佛一阵清风，打消了盛夏的酷暑。这道家常菜在夏天吃的是最多的。在炎热的夏天里，大地像一个火炉，到处都冒着热气。南方人的食欲也像水分一样被蒸发掉了，没有胃口吃香喝辣，大鱼大肉。这个时候，来上一盘小葱拌豆腐最是适宜。白豆腐软软糯糯的口感，自带上黄豆的清香，配上爽口的葱段，让人胃口大开。

　　小葱拌豆腐的做法也是简简单单的。先准备两块豆腐、几段小葱、白胡椒粉和些许花椒；然后简单地料理食材，将豆腐切成小丁，将小葱切细段；接着是锅内烧一壶开水，将豆腐放进锅子里，用开水焯熟豆腐，并将豆腐投入凉水中；豆腐过凉水后需要放在一旁晾干水分。接下来是加入各种调料，豆腐丁中均匀加入盐、白胡椒粉，顶上撒上小葱粒。到了最后的收尾阶段，就是浇热油了，将油烧热，放入花椒，煎出香味后快速将热油浇在豆腐上。微黄的花椒油与白嫩的豆腐碰撞在一起，瞬间花椒诱人的香味炸开来，豆腐与葱段表面在热油的作用下"嗞嗞"的泛起小泡，微微带上点金黄色。

　　做份小葱拌豆腐像极了我们的生活，生活是每个人都会的，但是活得怎样就要看个人了；小葱拌豆腐虽然简单容易上手，但是可不是每个人都能做出纯正的味道。要做出一份完美的小葱拌豆腐可考验着厨师的功力。南豆腐不同于北豆腐，含水量高的南豆腐细腻嫩滑，因此切成丁的时候一定要眼疾手快，手起刀落，只有"快刀斩乱麻"切出来的丁才能完整。再者用开水焯豆腐的时候要注意时间，时间长了会大大影响豆腐的口感。最后的添加调料也有讲究，加调料的时候顺序是固定的，必须先将豆腐与盐、胡椒粉等调料和好，再撒上小葱段，否则小葱段会变得暗黄，失去青葱翠绿的颜色。

豆腐是中国的传统豆制美食，关于豆腐的诞生还有一个小故事呢。中国汉朝的淮南王刘安好道学，欲求长生不老之术，他花重金广招方术之士，炼制仙丹。不料仙丹练不成，豆汁与盐卤化成一片芳香诱人、白白嫩嫩的东西。"有心插柳柳不成，无心插柳柳成荫。"就这样淮南王刘安无意间发明了豆腐，成了豆腐的开山老祖宗。而经过多年后，中国豆腐渐渐走向了世界。看似低廉的豆腐和中国的茶叶、瓷器、丝绸一样享誉世界。20世纪80年代，美国著名的《经济展望》杂志竟然宣称："未来十年内，最成功最有市场潜力的并非是汽车、电视机或者电子产品，而是中国的豆腐（tofu）。"豆腐不仅是味美的食品，还具有养生的作用。豆腐含有人体必需的8种氨基酸和丰富的矿物质和维生素，具有排毒养颜、降低心血管疾病的作用。嫩滑的口感、低廉的价格使豆腐成为人们餐桌上常见的佳肴之一。

我对小葱拌豆腐的熟悉来自我的长辈，我爷爷奶奶一辈人都对这份菜肴情有独钟，小葱拌豆腐能称得上是一向不擅长下厨的奶奶拿得出手的好菜了。在他们那个物质匮乏的时代，中国尚未改革开放，商品经济不发达，家家户户的餐桌上都是绿油油的一片，隔上十天半个月才吃上一顿肉，味美价廉的豆腐常常是他们的首选。我的奶奶就时常与我提起那个时代，虽然那个时候不比现在，但是在奶奶心里，那是一份难得的回忆。奶奶老是怀念那个时候一个老师傅做的豆腐，清甜、豆味儿十足。老师傅是奶奶村里的一个石匠，他就用自己做出的石磨来做豆腐。"我们那个时候，家家户户的后面都有一块大菜地，我们就种菜、种黄豆"。奶奶对着我们这些小辈们提起了那个时代的事："李师傅人可好了，我们带上自家种的豆子上他那儿换豆腐，他从来不斤斤计较，让我们大家看着给。一捧豆子就换来一大块豆腐，味道也好。"奶奶眼里的怀念让小时候的我对李师傅的豆腐产生了无限的向往。

奶奶很喜欢说"不如从前了啊！"奶奶心心念念的是毛主席的那个年代，路不拾遗，邻里互帮互助，没有缺斤短两，没有乱七八糟的添加剂。"那是个像小葱拌豆腐一样清清白白的时代，人人虽然两袖清风，但是一清二白"，奶奶时常感慨道。

中国有句谚语叫"小葱拌豆腐——一清二白"，苍翠欲滴的小葱、纯白如雪的豆腐确实让人联想到清白二字，小葱拌豆腐自古就有清白做人、光明磊落的寓意。我家的家训就有清白做人的一句箴言，每每小葱拌豆腐出现在餐桌上，都在无声地告诫着我要清白为人处世。然而这道菜对我的意义远远不止如此。从这道普通的家常菜上，我感悟到的是踏实，感受到的是朴实生活带给我内心的平静与祥和。

我出生在新世纪的元年，那时候家里的经济还是很节拘的，我们一家六口人过的是很朴实节俭的生活。我小时候，家里的餐桌上常常能看到这道菜的身影，黄黄的木桌上，古朴的白瓷盘上，盛着纯白如雪的豆腐，点缀着翠玉般的小葱。我很喜欢这道菜，一是豆腐价格低廉，随处可见，吃这道菜意味着我可以放开肚子吃，不像肉类，一点点的肉要分成很多分，每个人都只能是浅尝辄止；二是我迷迷糊糊地认定这道菜有某种特殊的意义，它的身上有一种精神在。至于说具体是什么，当时的我又说不出个所以然来。

我对小葱拌豆腐的印象不仅仅停留在美味佳肴上，更多的是不同年代不同地方的人与它的故事。那些故事虽然都像这盘豆腐——普通、不起眼，但是却让人动容。

这其中有爷爷奶奶在经济困难年代的奋斗经历。那时候中国刚刚成立不久，百废待兴，当时的豆腐对他们来说已经是难得的佳肴了。爷爷奶奶是地地道道的农民，一辈子就是面朝黄土背朝天，过着日出而作、日落而息的农家生活。爷爷奶奶就是紧跟中国共产党的脚步，听从党的号召，一步一步为憧憬的未来努力。这其中有爷爷奶奶口中村子里憨厚老实的老石匠，他做出的豆腐味道鲜美，价格公道，从来没有因为自己的贫穷就诓骗父老乡亲，每每大家来换豆腐他总说"你看着给点豆子就行"，从不与邻里计较得失。

白白的豆腐青青的葱里还有我小弟弟成长的脚印，我的小弟弟小我五岁，我爷爷奶奶和父母都忙着工作，我的弟弟大部分时间是我带的。一开始那会，尚年幼的我手忙脚乱地给小婴儿冲奶粉，被哭闹的弟弟急得满头大汗。时间转瞬即逝，弟弟飞快地成长，跌跌撞撞间我们两彼此熟悉对方，渐渐磨合，我看着他蹒跚学步，慢慢长出了尖尖的小乳牙……我始终记得那是一个艳阳高照的中午，家里午餐就有小葱拌豆腐，长了几颗小乳牙的弟弟大概是被这道卖相极佳的菜肴吸引住了，不肯乖乖吃自己的米糊糊，闹着要吃豆腐。妈妈犹豫了会，最后用勺子给小弟弟喂下一口嫩嫩的豆腐，那是我弟弟吃的第一顿饭。那一瞬间，我心中涌上一股强烈的感情，一股澎湃的感动占据了我的胸腔，我的眼眶湿润了。十多年过去了，这股感觉被我的心给牢记了，每每回想起，我都无法不动容。

小葱拌豆腐里还藏着一个稚气的小姑娘的影子，那是八岁那年的我。小葱拌豆腐是我学做饭的时候自己独立完成的第一道菜。时光透过嫩白的豆腐，慢慢回流，我仿佛看到了八岁那年的自己。一个扎麻花辫穿着娃娃裙的小女孩手里攥着五块钱，臂弯里挎着一个破旧的篮子，来到人来人往的菜市场。都说穷孩子早当家，这句话放在我们这群孩子身上一览无遗。和我玩的这群孩子多是农村户口的孩子，爷爷奶奶一辈是地地道道的庄稼汉，爸妈这一辈白手起家，到城市来发展。这种情况下，大家的日子都过得紧巴巴的，孩子们也很懂事，帮着家里干活，带弟妹，和现在动不动就哭闹的"熊孩子"完全是两个极端。我透过嫩白的豆腐回首过去，记忆的最深中一个个片段慢慢浮出水面。孤身一人来到人来人往的菜市场，小女孩内心很慌张，但她在努力克制自己的情绪，她抿着嘴角，因为害怕被抢走手里的钱，她时时地握着手里的钱，手心里满是汗水。小女孩高昂着头，装作轻车熟路的样子来到豆腐摊子前，深吸一口气，努力压低稚嫩的嗓音，提高自己的声音："老板，来六块豆腐。"小女孩接过一大包豆腐，轻轻地放进自己的挎篮，后抬起头问道："老板，是三块钱吧！"小女孩紧紧盯着胖胖的老板，生怕从他嘴里吐出"不"字来。买豆腐的胖老板生意极好，他麻利地给顾客装豆腐，头也不回地应了一声。小女孩放下心来，赶紧递上手里被汗水沾湿的五块钱。买完主料豆腐后，小女孩凭借记忆，来到了妈妈常光顾的菜摊子前。她个子比台子高上一点儿，露出了扎着麻花辫的半个脑袋，小女稍稍退后几步，方便阿姨看到，拉高嗓子喊道："阿姨，今天妈妈没空，我来买菜。麻烦阿姨给我称两块钱绿豆芽，阿姨我要做豆腐，能送我一点儿葱不？""好嘞"，卖菜的阿姨也是很爽快地应下，那时候的葱就一两毛钱，卖菜的摊主干脆就用来送人了，熟悉点的常客在菜摊子上买菜都用不着买葱。

回到家，我学着家里长辈的做法，先将豆腐切丁，挥动着手里的小刀，歪歪斜斜地将豆腐砍成了大小不一的碎丁，笨拙地把豆腐一股脑倒进热水里煮熟。轮到将小葱切小段，我干脆不用刀，直接用小剪刀一点一点地剪成小碎段。接着就是当年我最害怕的步骤了，炸花椒油。我实在是害怕四处乱溅的油花。我想了个办法，先把油和花椒都放进锅里，把锅盖盖上，再打开煤气的开关大火煎炸。我自己心惊胆战地缩在墙角，听着铁锅里噼里啪啦地作响。过了漫长的几分钟，我关上火，小心翼翼地打开锅盖，仍然在翻滚的油花吓了我一大跳。呆油温降下来后，我才提着心肝，将热油浇在豆腐上。我投机的做法让这道菜失去了原汁原味，但是对我来说却是有着非凡意义。

时间像流水般翻滚着逝去，我们姐弟俩渐渐长大，父母长辈慢慢变老，家里的经济景气了，吃小葱拌豆腐的频率越来越少了。在我父母眼里，他们不自觉地给豆腐下了定义，这就是穷苦人家吃的东西。所以豆腐渐渐消失在了家里餐桌上，鸡鸭鹅、海鲜慢慢填满了餐桌上的空缺，口味重的烤鸭烧鹅，舶来品的三文鱼、刺身慢慢取代了清淡、传统的豆腐。

家里人好像忘记了吃小葱拌豆腐的那些年，那些故事，那些节俭与朴实好像被大家抛诸脑后了。虽然称不上是追求奢侈品，但是身上没有了原来的淳朴与踏实了。

我遗憾着这些细小的变化，但也无可奈何。我明白经济在发展，社会在进步，人哪能不发展呢！若是一味沉溺过去不能自拔，岂不是成了鲁迅先生笔下的九斤老太，保守封建了。然而突然有一天，豆腐又被我们家宠幸了，重新成为餐桌上的新宠儿。那是在一次体检之后，一家人去体检后，发现了不少问题。爷爷患上了高血压，连像天一样庇护我们的爸爸也检查出了轻度的糖尿病。医生建议要清淡饮食，小葱拌豆腐又回到了餐桌上。时隔多年了，小葱拌豆腐还是那个样子，那个味道。白白嫩嫩的豆腐在花椒热油的浇灌下带上点点金黄，青青的葱段零零散散洒落在豆腐上，豆子的清香和花椒油的浓香混合着飘出来，让人胃口大开。用筷子夹上一块，放进嘴巴里，豆腐慢慢在口腔里化开，留下豆子的清甜。随着小葱拌豆腐的长期入住，家里的浮躁被沉淀了下来，留下岁月悠长。

小葱拌豆腐——一清二白，小时候家里人就是这么教我做人的道理的，为人处世就要像这道菜一样清清白白，光明磊落。小葱拌豆腐，嫩白的豆腐里蕴涵的是爷爷奶奶到我们三代人的故事。每每吃上一口，时光仿佛都能倒流，往事一幕幕在重现，历历在目。

我想我对小葱拌豆腐该是有一种特殊的情怀，让我割舍不掉。这样也好，人不能忘本，我的根在农村，本是田野上的一抔一抔孕育生命的泥土。尽管这些年我已经融于灯红酒绿的城市中，但是老祖宗传下来东西是不能忘记的，家训是要刻在骨子里的。为人要清清白白，做事要光明磊落，持家要勤俭节约，处世要淳朴踏实。不忘初心，方得始终！

于无色处见繁花

◎
张

煦

　　小时候的我喜欢站在天桥上，居高临下地看繁华的熙来攘往。不同的高度让我看到了不同寻常的街景：人行道上由远及近、由斜线浓缩成点的匆匆行人；车灯亮光流动成不同方向的红白火锅……变换视角看到的具有戏剧感的世界让我沉迷不已，暗暗当成是自己的小秘密。

　　后来在识字阅读中认识了来自 B612 星球的小王子，更是羡慕他遥不可及的太空眺望，总想和他并排看看地球的模样。后来的后来，我才知道这段故事的造梦者圣埃克苏佩里作为人类历史上第一批飞行员，用前所未有的眼界俯瞰大地，他才是真正收录多视野风景的行家。

　　成为全球现象级文学形象的"小王子"，其实就是一个能发现沙漠中水井之美的观察家。玻璃罩下的精致玫瑰、蓝色大海旁伫立着的不灭灯塔、陪伴古井的仙人掌、复古双翼飞机上的黄色围巾信号……细腻的描写表达淋漓尽致，而带来这一切感动的创作者，这位站在宇宙高度观察人类的作家，可以说是"俯察品类之盛"，称此为献给"还是个孩子的大人"——其实他自己就是一个拥有孩子般惊奇、敏锐感官的人，才能写出心灵告白之书，写尽灵魂深处的纯真、赤诚与孤独。曾经有一位儿童文学作家把写作称为"观察日记"，告诉学生们"把自己变成像拇指姑娘一样"，想象世界变成了一个庞然大物，而自己能看到其中的花叶清晰汩动的脉络、嗅到泥土腥甜混杂的气息、听到蜻蜓滑翼点水的微响……

　　无论是置身高处一览无余，或是俯身低目细细品察，一放一缩中转换的是看待世界时自身的站位，总是会有不一样另类新颖体会。宋代大文豪苏轼早已在西林寺壁上道破天机，"横看成岭侧成峰，远近高低各不同"，横看、侧看、远看、近看、仰望、俯瞰，视角不同的来回变换中一山之景也能有乐亦无穷的体验。庐山不仅只有三千尺飞瀑，其下还有五老峰秀色揽结绵延数里，万千气象一处绝不可谈"饱览"。在瞬息万变的生活中更是如此。古人有云生活要"入诗"，学诗、吟诗、品诗、悟诗逐层深入的过程正是生活多维度的感受方式。海德格尔哲学阐发"人，诗意地栖居在大地上"，这并不是一种栖居方式的描绘，而是指人的生存状态，"诗意地栖居"即是"诗意地生活"，诗意则是源自对生活的观察理解与收获。这与生活在草野中或是高堂上没有必然联系，因为即使捧在眼前的生活是一顿饕餮盛宴，也可能面对达摩克利斯之剑悬眉穿喉的不测之险。真正的生活绝不是周遭环境的被动反应，而应是自我内心世界的投射。现代社会中工业文明的机械生产与流水作业模式的外延不断扩展，正在以一种定势思维的形态渗入生活，异化同时也固化着我们对世界的认知。短轻快的速食文化沉浸式侵入生活，精修美拍滤镜为现实蒙纱，习惯了盛出现成饭菜的大脑神经和视觉中枢不愿意再过多地去搜索探寻身边的美景，把风景固化成几点一线的形式生活。当感官的自然敏锐触角被海量信息干扰失灵，当视野堪堪聚焦于荧屏框内，我们是否还会有拊掌侧卧听瀑流的好兴致？

　　"枕臂听残漏，停杯对短檠。直教笔底有文星。欲状此时情味，若为成。"独对盏灯听钟漏滴答，借酒抒情奈何无可成诗，没有挥毫数语，然而古人超越苦思当下的"本我"用旁观的"他我"极致细腻地表现了与平素相同的烛火下因怀人思绪而引起的不寻常之愁；同样的四壁，却因人事人心之异而迥然有别。同一牙路沿，在桂花纷盛里有深巷飘香似蜜，在梅子黄时有天街落雨如酥。凭栏远眺，教学楼对面的遥遥珠水每日奔腾不息，有人抱怨这一成不变的景象，而我却丝毫不感到腻烦。少一艘游动的船，多一只静默的江鸥，间隔空气的暖凉，每一天甚至每一眼都有天地悄然变色。或许不能像电影叙述一样观察每一帧场景的不同变化，也不能冲上云霄拥有上帝视角，但生活感受之味正在于身处其中而不自知，在原有经验之上又栽出全新的花朵，低到尘埃里，去体验百态生活的不同面，在同一天空里描绘出最轰烈的火烧云和最磅礴的下雨天，如此方之为生，方之为活——有耳、有眼、有心。

　　曾有隐士漱石枕流、以天地万物为友，万籁俱寂中正是全视角、深体悟的生活方式而能会意禅境人生。不只囿于日常生活中，在问题研究上认识方法的单一陈旧制约了我们的感受力、判断力、想象力与思考力，往往使人成为表象的附庸。流于形式的浅表化认知让思维只有泛泛撒网的广度而没有探索的深度，浮光掠影般的皮毛收获杂多纷繁掩盖重点，"知识"成为掌握知识的阻碍。频频曝出的论文抄袭、文章造假注水等等学术丑闻令业界人士大失所望，衍生出种种拥有海量数据文库资源的写作编辑器让踏实笔耕者不寒而栗，如此庞大的市场使用需求背后是不端的观念，更深一层则是反映了不会观察而懒于思考的畸形能力发展，当是值得忧虑反思。短于看、疏于想、厌于书，当入手破题时下意识拿手机进行查询限制自我，当课题布置后潜意识抵抗毫无头绪，当一切问题的思索不再有惊奇触觉感受——技术固化认知正在一点点吞噬思考能力，束缚了更长远的发展能力，着实应为我们敲响警钟。

苏州戏台"春晖楼"有一值得玩味的内联，平仄韵律中又有着绕口的情思：

你看我非我我看我我亦非我，

他看谁像谁谁装谁谁就像谁。

恰似一次自己与自己的角色扮演对话，你、我、他、谁，第四人称也可以是来自一场与生活的交流。心事浩茫而得以通连穹宇，陌生化的视角也是变换切入问题角度的绝妙方式，于无声处听惊雷又有何不可？

玩味

◎ 庄泳玲

乡间，冷月高悬，万里无云。

没有耿耿星河欲曙天际，没有翩跹流萤舞袖翻云，没有蝉噪蛙鸣扰静谧乡野，只有那攀过山峦，越过原野的风浅唱低吟，乱我心曲；只有那漆如墨的夜从天的起点到尽头，毫不吝啬地包揽着整个苍穹，如滂沱大雨般坠落让人迷失的黑。夜如黑色死神在人间流转，似汹涌波浪，吞没生的希望，湮灭明亮的烛火。

风不语，只是日日夜夜漫无目的的游荡，她踏过深山和老林，翻过旷野和丘陵，穿过灯火通明的欲望都市，路过烟波浩渺的江湖仙境。然而她驻足停留最长时间的，还是那被无边无涯的夜笼罩着的一望无际的广阔原野。许是被墨黑的夜浸染着的天与地让她迷了路，寻不到离开的出处，许是她迷恋上了原野的幽香，不忍离开，许是因为这一隅天地中的万物在此刻都有着与白天完全不同的安详模样，这夜的黑，这原野的静，让她有了安全感，能够放下戒备，稍事休息。风无拘无束，痛痛快快地畅游在这浩瀚天际，享受着独属于她的自在。她在花田里悠然踱步，看烂漫花儿趁着夜色无人，肆意抚弄着自己的娇艳花瓣，好像在跟谁比美似的。这美好自然的一幕让她忘记了白天里看见的被捆绑在一起廉价出售的假花时的内心的不悦，忘记了眼睁睁地看着她自然的玩伴——花儿被人们残忍的分解肢体，在人们短暂地欢娱过后，被嫌恶地弃置于散发着恶臭的垃圾桶时的痛苦。她转动黑溜溜的眼珠，心生一计，给打盹的老树挠痒痒，惹得老树打了个惊天喷嚏，身上的叶子哗啦啦地掉，老树一阵心疼，却对调皮捣蛋的风无可奈何，只好吹胡子瞪眼，不理睬风的小心赔不是。风在夜里欢乐的游荡，发出银铃般的笑声。

她不知道，她的夜夜流连光顾，是夜坚持守候尚存的荣耀的动力。莫不是因为风的陪伴，因为对风的思念，夜早就放弃千百年来不变的守候与自身存在的标志——黑。在夜看来，那风，好似位娉娉婷婷的佳人，夜夜舞弄琵琶，唱着千回百转，永不厌倦的低沉曲调，应和着昏黑如墨的无人做伴的孤独无声的夜空；又状如裙裾飞扬的仙女，玉带飘飞，扬起阵阵永不消失于这一隅小小天地的浓浓的稻香，吹散野草闲花的古老悠远的淡淡的香，以及那深埋在泥土里的沧桑而厚重的哀叹，之于过往，之于现在，之于波谲云诡的世事变换。

是从什么时候开始的呢，夜也答不上来，自己竟渐渐地熟悉上了风的气味，迷恋上了风的陪伴，是因为地上渐渐的灯火通明，彻夜的狂欢不寐，使得曾经许诺相伴此生的繁星开始一颗接一颗暗淡，直至全部消失在夜的眼前，使他再无明星与之闲庭信步，朝廷辨雌雄，山林觅云雀，只好独啃茕茕孑立的落寞，独忍黯然神伤的销蚀吗？是因为地上昼夜不停运作的机器与不分白天黑夜的满含肮脏唾沫的叫卖声、喧嚣声，使他自己无可避免地逐渐沾染上污浊，不复干净如前吗？

夜想，是吧，但又好像不是。星之失诺非星所愿，自己的堕落亦不可怪罪于自己。原因不在自己，也不在挚友星，一切都是因为那彻夜相随的风。她的温柔，她的体贴，她的淘气，种种关于她的一切，都是他喜爱的模样。是她，让夜在孤单无助时有所依靠；是她，在夜伤心低落时无言相伴；是她，让夜知晓，"山重水复疑无路，柳暗花明又一村"，自己不是凄然对孤影，孤影空相随。风儿，感谢你。

被感谢的风儿不知夜的感情，她只知道，多亏了夜，她才能释放天性。她感谢夜，感谢他无言而厚重的相伴，感谢他亿万年来沧海变迁唯独他不变的给予她独舞的舞台的慷慨。其实从前，她对夜的感情没有那么浓重，毕竟以前还有皓月做伴，繁星相随。夜、月、星，都是她在天上的好友。她望着明月，总感觉月光是如此梦幻，像是朦胧的银纱织出的蒙蒙的雾。月光在天空中洒下，在天地间流转，好似蛟龙出海，龙飞凤舞，在这脉脉月色中舞动着独属于她的精彩。每每醉心于明月，风总会想起她在凡间听到的嫦娥奔月的故事。也许嫦娥此时正含情脉脉地注视着这悲喜交织的人间吧。可惜，一失足成千古恨。红尘滚滚，凡尘流回百转，一念之差，让你悔恨终生。一天又一天，一年又一年，望穿秋水，你再也不能回到这可爱的人间，再也见不到你深爱的丈夫！情愫的竹影哭了，离人的枫叶调了，待到疏影横斜，水以清浅；暗香浮动，月已黄昏。寂寞哀愁漫上你的眼角，化作一声轻叹……风儿被自己的多愁感染，愈加可怜嫦娥的孤苦。而如今，现代科技证明月上无嫦娥，有的只是冰冷的石头。月也不是以为的那般触手可摸，而是变成了可望而不可即的存在。月，清冷了，疏离了。而星，亦因为现代社会的光怪陆离，变得不可捉摸，最后退出了风的世界。只有夜，依旧如往常。

她在夜里的放肆玩闹，窥见了她在白天的小心翼翼，诚惶诚恐。在白天，她必须收敛自己，将自己自然洒脱、爱自由的天性藏起。因为飘浮在空气中的许多不知为何物的固体杂质阻碍了她轻快的步伐，因为弥漫在天地间的氤氲的化合物气体如铜墙铁壁将她紧紧禁锢在罅隙的裂缝里，因为灼热的气温让她如置身太上老君的炼丹炉，无所适从，因为周遭嘈杂鼓噪的各种声音让她感觉身处蛮荒之地，每多待一秒钟，都是对自己洁净的灵魂的不忠不敬。她想，她是幸运的，至少还能拥有夜，在夜里还能做一只自由自在的精灵。尽管夜似乎逐渐地抛弃了自己，一点一点发亮如白昼。夜，感谢你。

　　夜感谢着风，风感谢着夜，他们彼此都不知道对方对自己的那份浓浓的情感。相伴无言的风与夜，默默守候彼此的那份珍贵。

　　辽远无尽地蔓延，是夜；悠游尽情地飞扬，是风。深处，是灵魂的迷离……

在喧闹中消逝　在沉默中寂灭

◎ 刘柳静

　　一座座古老的建筑，一件件珍贵的文物，一个个历史博物馆都像在诉说着个人的，城市的，国家的历史。它，它们，是属于大家的，城市的记忆。少了它们，或许城市就变成了只是经济发展的容器了。

　　少了你或许只剩空虚，这是诗人聂鲁达在情人离开后对她的思念。少了你或许只剩空虚，亦是我们当今对传统历史文化的思念。大家都会说中华上下五千年，可被人们所了解的有多少呢，没有变味的文化有多少呢。不单纯的开发目的使历史文化变味，不宣传历史文化的行为使历史文化难以流传。

　　喧闹，是许多人的狂欢。因为人多，因为热闹，这里被大多数人关注着。这里有小摊此起彼伏的叫卖声，有极具现代化色彩的霓虹灯。可是，总觉得，这里很虚，很浮，欢乐与氛围似乎是飘在空中，离地面这么近又这么远。

　　相信许多人一题及云南，就会立马说出丽江古镇。丽江是少数民族聚居的地方，里面有许多种文化在里面碰撞融合。许多人来丽江，心里也许默默期待着看到不同的民俗风情。可是在里面我们看到了什么，是一排排密密麻麻的商铺。里面人潮拥挤，不同的叫卖声在空中盘旋交织，难舍难分。若不是这里叫丽江古城，还以为这里是个大卖场呢！北京的南锣鼓巷亦是如此。原本的古建筑被商业化之后，不仅难以感受到历史的气息，甚至破坏了原有的建筑以及原住民的生活。傣族的泼水节原本一年一次，但是为了符合游客的需求，每天都在泼水。原来节日的历史意义已经消逝了。历史文物变成这样，何其可悲。在一些商家眼中，也许文化就只是一个平台，是为了促进商业发展，形成了文化搭台，经济唱戏的局面。他们都打着传统文化的幌子，实则是在推销自己的商品，比如风行一时的女德班，国学热，以及名人故里之争。他们真正在乎的不是历史文化，而在于金钱。文化功利主义盛行，一定程度上对文化做了宣传，但这样真的好吗？

　　有人忽视历史文化的价值，但也有人误解了现在宣扬的发扬传统文化。有人过度宣扬历史文化，形成了道德绑架。汉服是中华民族几千年来的传统服饰。它美丽精致，是我们民族的代表服装。但是一个事物消失总是有原因的。汉服不利于行动，穿戴麻烦都使它逐渐离开历史舞台。但在今天仍有人主张每天穿汉服，行跪拜礼，否则就是不爱国，忽视传统文化。这又是何其好笑，一味地复古只能使社会倒退。现在的人穿汉服，大多只是因漂亮而喜欢，不掺杂太多的因素。说白了，一味追求文化的复古，也只是为了牟取私利罢了。

文化功利主义与文化复古主义像是戏台上的主角，文化像是配角。主角有说有笑，不容许配角插口。即使把话压扁了也挤不进去。商业的喧嚣，完全恢复古代文化礼仪的争论，把传统历史文化越炒越热。真正的内涵已在不知不觉中淡忘了。

沉默，是许多人的忽视。沉默会使文化变得透明，在人们便再也想不起它了。也许过了几十年，人们拼命追忆，只像用筛子去盛水。广州在全国各地都很有名气，由于它经济发展是走在全国前列，是一个现代化的大都市。广州的建筑以现代化的高楼大厦为主，在里面我们难以看出秦汉时期南越国在此建立，难以看出两千年来岭南地区的发展。在不知不觉中人们就逐渐淡化了对于这座城市的历史记忆。相比于意大利，大街小巷中都是传统建筑，每一个时期的发展在这里都清晰可见，像是树的年轮一般。

除了建筑方面，对传统文化的沉默还体现在传统古诗文在教材的占比少。在大陆地区，虽然一直抱怨课业压力繁重，但古诗文的学习占比还是较少，更多的是来自西方的文章。但在有的地区，他们对本地区或本国的传统文化极其重视。往大了说，了解传统文化能提高文化自信，提升民族素质，在小的方面，可以增加自身的文化底蕴。

传统文化，不能喧闹，不能沉默，那该当如何呢？王国维认为人生有三层境界。第一层，独上高楼，望尽天涯路。第二层衣带渐宽终不悔，为伊消得人憔悴。第三层，蓦然回首，那人正在灯火阑珊处。对于传统文化的发扬亦有三个层次。

商业化仅仅是发扬文物最浅显的层面，其二要达到商业化与历史文化的平衡。现在最火的莫过于故宫的文创产品了。通过小小的文创产品，连接古今。虽是商业但不至于喧嚣，虽是文化但不至于无聊。这便是文创的精华所在了吧。最后一步，便是要传达历史文化的精神。在观看博物馆时，能想到古人的智慧，在看到诗书时，能想到文人的意趣，这才是最好。

少了你或许只剩归途，没有来处。历史文化，它在那里，就有它独特的魅力。当你用手轻轻地触摸它，你的魂魄似乎就被牢牢地吸住了。不愿它在喧闹中消逝，更不愿在沉默中寂灭。历史文化，是城市国家的灵魂。或许在某一个瞬间，你也在其中发现你重新认识了自己。它值得被记住。

秋晨春意

◎ 李惠琼

渐渐地，天就凉了。还只是深秋，却已寒得跟严冬没什么两样了。早晨九、十点出去，天还是阴沉着脸的。太阳总是偷懒，喝得半醉就偷偷藏在厚重的云翳背后，黄醺醺的只剩半片光影。

我将两手深插在兜里，一阵阴风吹来，我的牙齿夸张地打了场架，顺着大道直走，就看见铺了满地的落黄，又因早晨下了场小雨，地上就颇有种台风过境的味道了。抬头一看，上面竟立着位"黄发苍苍"的"老者"，枯槁着面容，干瘪的身躯在风中瑟瑟发抖着，颤乱了满头的黄发，"哗啦啦"的，显得四周越发的萧瑟死寂。

我轻叹了口气，乱颤了一番，脚印在地上划了半条弧，拐进了另一条小道。乱踢着脚步，我正胡走着，不知怎的就走到了那条熟悉的鹅卵石小道前。那些灰暗的鹅卵石经晨雨后，不仅被洗刷得清亮起来，而且如同些吸饱了水的海绵，又如初生的胖娃娃一般，静蹲在泥土里，只举头偷探。沿着小路走着，石头的凹凸伴随着痛感忽地让人有了丝清醒的念头。

小路稍远些，路旁的景色让人眼前一亮。一大簇绿草正蓬勃舒展，粉红色的小花热烈地绽着笑脸。我站得有点远，看得并不真切，朦胧地好像望见其中还有些米白色的小点散落着。我以为那也是些花儿，开始惊讶了，还有开红白二色花的草？走进一看，我两眼瞪圆了：哪里是花！却是许多的晶莹圆润的雨珠。星星点点的，宛若撒了一地的珍珠，远看甚是洁白剔透，舒服地躺在草地上，饱满得如同发了酵。

视线稍转，我的焦点落在了草叶上，是含羞草。那碧绿的叶子在微风中轻颤着，秋意竟还未袭上这团绿色。我忽然有点呆了，含羞草，那是关于童年的很遥远的一点记忆了。我轻轻弯腰，手就这样自然地伸出去了。触感一下子变得真切，指尖与叶面接触的地方有点沁凉，有好多东西忽地涌上心头了。手指微动，那草便怕痒似的缩到了一起，椭圆的叶片全都拢了起来，像是被呵痒的人紧紧地抱住自己。我乐了，手指灵活地在草丛里舞动，拨弄着每一片可见的叶子，如同魔术师在摆弄他的魔术盒子，又像音乐家拿着棒子在指挥，我仿佛见到了手中的叶子里飞出了白鸽，还有一个个纷飞的音符。拨弄的时候，那无辜的珠子便一并"戴罪"，被拂落下来，掉在泥土里重新安眠。有的却是有趣得很，又跑到下一层的软床上继续享受。

继续往更深处蹚去，我在一片正盛开着如雪般洁白的花儿的草丛前伫立。说不清是什么草，但见过很多次。长而直挺的杆，如同用尺子度着画出来似的，繁繁密密的，像一片茂密的竹林，杆梢上开着一团绒毛似的花，细细软软的。微风过处，带动一大片纯白色的花团，好像在空中纷飞的羽毛，洋洋洒洒，甚是好看。我蹲下身来，拈了两指的绒毛，很柔软轻盈，放至唇边轻轻一吹，绒毛便化作一张张小降落伞奔向远方，消失在翠绿的草丛里。

我玩得正欢呢，一点迅速移动的小玩意引起了我的注意。我定睛一看，哦！原来是只色彩斑斓的小瓢虫。瞧，它匆忙地从一片叶子爬到另一片上面，莽莽撞撞的，一刻也不停歇，嗯，怎么说，有点没头没脑的。你看它，傻里傻乎地到处乱闯，从一片细长的草叶上爬到了尽头，没路可走了，又忽地调转头原路返回，乐此不疲。有时走到了草梢还没反应过来，猛地掉了下去，也不灰心，掸掸灰尘又重返旅途。我正看得入迷，它却又倏地展开鲜艳的双翅，呼地一下飞到了那棉白的花团上继续它的探索之旅。

没了瓢虫，我又将视线落在了草丛中的另一点褐色上了。那是一只呆呆的蜘蛛，静静地潜伏者，如同一位深思中的大师，默默地思考着人生。好吧，或许它只是在想晚饭的内容。呵，有趣的事儿发生了。那只糊涂的瓢虫又跑了回来，且正碰在了蜘蛛的面前。显然，蜘蛛的沉思被打断了，它显得很不高兴。但大师的忍耐力终是不同凡物的，蜘蛛并没有动，等待瓢虫有所动作。但笨笨的瓢虫哪里反应得过来，就也待着没有动了。三秒过后，好吧，火山终于爆发了，大师的耐心被耗尽，开始了疯狂模式，张牙舞爪地朝瓢虫劈来，反射弧绕了地球一周终于回到原点的瓢虫终是反应了过来，又匆忙地展翅高飞，生怕被蜘蛛拍死。大师原正想胖揍瓢虫一顿的，却只见眼前一晃，瓢虫已逃之夭夭，无奈娘亲不给自己多长双翅膀，也只好望空兴叹，兀自郁闷了。

欣赏完蛛虫大战，我心中愁云亦淡了不少，正想回去，却瞥见了不得了的事！那一支高高屹立的草杆上竟立着两只淡黄色的蝴蝶，它们在，嗯……交配。我微微红了脸，别扭地咳了一声。但那两位当事人倒是淡定得很，将庞大的我忽略掉，自顾自地继续。它们只是站在一根草杆上，那草杆有时被风吹得左右摇晃，它们也纹丝不动，宛如两座雕像，只紧紧地抓住杆儿。我的手又不安分了，摘了半根草叶就去撩拨它们。开始这夫妻俩还按捺得住，后来是真受不了我这无聊的骚扰了，就无语地从杆上爬下，最后竟是丈夫硬把妻子给拖着走了！我哈哈大笑。忽然，我看到了一个微显的黑影，稍稍一愣，我转过头来，惊呆了。阴暗的天空中醉酒的太阳已经苏醒过来，推开了厚厚的云层，高悬于穹顶之上，将万丈光芒洒满大地，普照万物。明媚的阳光刺得人几乎睁不开眼，我的嘴角有了弧度，渐渐弯成了弓。环视四周景物，我仿佛嗅到了万物生长的味道。

回来的路上，遇见了一棵常青树，叶子上密密麻麻地布满了水珠，煞是惹人怜爱，我一时没忍住，便用手拨拉了几下，那大大小小的珠子纷纷落下，壮丽地宛若下了一场暴雨。我心中舒坦，暗自偷笑了一番。由于双手都湿了，插不回兜里，只好干晾着，奇怪，我倒也不觉得冷了。走到刚才的那条大道上，瞥了一眼那棵老黄树，却不由得讶然，那枯黄的树梢上竟萌发出了绿芽！

且听风吟

曾经读过一首诗，里面是这么描述风："风，吹动长袖舞长空。多少年，吹得两袖清。风，吹将温馨入梦中。千万里，来去无影踪。风，少年吹成白头翁。人已老，宠辱皆不惊。风，为我吹落天上星。化春雨，落地皆无声。"

我想念风。北国的风。

北方的夏季，是酷热，被阳光笼罩的世界像一个大蒸笼，要把我们这些有勇气走在阳光下的人全部蒸熟蒸烂掉。每一滴掉在地上的汗水瞬间被蒸发，发出痛苦的呻吟："好热！"同学们也一直皱着眉头看着刺眼的阳光嘟哝着，抱怨着，恨不得后羿把这最后一个太阳也射了下来。于是，高大茂盛的梧桐成了我们乘凉的好地方。不论是站着的人儿还是坐着的人儿，都三三两两聚在一堆，嘻嘻哈哈地笑着。阳光不甘心，他拼命地从树叶的缝隙中挤了出来，却又一不小心掉在了地上，摔了个零碎，变成了白夜里的星星。笑声和说话声渐渐小了，连我，也开始盯着地上星星点点的光开始发呆。不知道在这酷热的夏季，到底缺了什么让我如此的心神不宁。缺了什么呢？

终于，风来了，她穿着一身素衣，仿佛那蒹葭中描述的美丽女子，可见却又触碰不到。她拥抱了阳光，带着专属她的清凉向我们飞来。她附在你耳边，对你说悄悄话，气息掀起了你鬓角的发丝，也将你额头的汗水吹干了。你头顶的梧桐树听见了风的话，开始笑，笑得十分豪放，树叶开始沙沙作响，地上那白夜里的星星们也开始欢快地跳舞。我微笑，开始享受她带给我的惬意，将对阳光的不满抛之脑后。

有时候，她也不讲道理。不知道为什么，在我的印象中，夏季是考试的好时光。各科老师总会以外面太热为理由，名正言顺的扣掉我们少得可怜的体育课，然后给我们发一张张带有墨香味的却又令我们害怕的试卷。她好像懂我们的心思，总会从窗户里忽地跳进来，把所有人的试卷掀翻打乱，洁白的卷子哗啦啦地

102 | 岭南文心

飞起又落下，在地上乱滚，然后看着老师慌乱地指挥，我们慌忙地追。结局是，因为我们的试卷屡次被掀，我们的考试时间延长了，又是一个晚来的放学。她也会在老师上课的时候突然发力，把窗帘吹得快要贴到天花板上，或者害得坐在窗边的同学被窗帘包住了头，惹得哄堂大笑，剩那位同学面红耳赤地绑窗帘。

然而，我却不恨她。她是我的知心密友，会在某个时候掀起我喜欢的少年的衣角，吹起他略长的头发。阳光随着窗帘在晃动，我喜欢的少年转过头来，我看着他，他笑了，我也笑了。这时，风也会微笑着，看着这段属于青春的故事发生。而留在我记忆中我喜欢少年最好看的样子，就是他在风中回头看我的时候。

春夏秋冬的季节，春夏秋冬的她。我一直生活在北方，不曾去过南方。总觉得南方除了台风这种另类的风之外，都是温柔可人的，像那江南水乡的女子，总是让你深陷于频频的眼波中。不像北方的她，性格多变，变的时候速度极快，令人措手不及却又无可奈何。

例如，北方的春季虽是春季，初春时节却没有完全褪去冬天的冷气。可能是她在冬天发了很大的火，因为整整一个冬季，我一出门就会听见她在上空中盘旋怒吼着，夹杂着雪花往我的脸上打，每次我只能默默接受着，又默默刮一把脸。再不刮，下一秒，我可能就要被雪花蒙住眼睛撞墙了。想到我们的毛主席写道："北国风光，千里冰封，万里雪飘。"只觉得风煞了这冬天的好景。回到家后，委屈地看着自己冻得通红有点发疼的脸，只期望她的火气赶紧消去！春季来了，她的气大概消了一半，但依旧冷漠。好不容易太阳出来了，我换上了单毛衣，她从我身边路过，冷眼相待。我又得穿上秋衣秋裤。所以，告诫各位南方的朋友啊，别在春季的时候来北方，不然，你会一直陷入一个名为："穿秋衣，脱秋衣，穿秋衣，脱秋衣……"的迷之怪圈中。

春末夏初，当她开始变得无比温柔的时候，是柳絮飘飘扬扬漫天飞舞的时候，是门前楼下街道的杨柳抽出了枝丫的时候，是风筝飞满天的时候。我怀念从前，怀念我拿着自己喜爱的风筝，在父亲的带领下，和朋友们结伴去广场上看着自己手中的风筝乘风飞起，然后站在原地抬头望着风筝，希望能像它一样飞得那么高那么远，找到属于自己的一片蓝天。风只是温柔地吹着，不说话，好似她知道，总有一天，我会离开家乡，只身来到远方，像我手中的那只风筝，突然断了线，飘向海角天涯……

春天的她，细腻又温柔。夏天的她，开朗又热情。秋天的她，神秘又冷漠。冬天的她，狂野而奔放。北国的风，她看着我长大，看着我的父母和我在她的陪伴中行走，一年又一年，四季更迭。或许突然有一天，她发现，原先走过的路，我很久都没再回来过……

但是，她仍然记得。她记得在很多年前，仍然很流行户外的流动电影院的时候，一位父亲让孩子骑在他的脖子上，带着她跑去看电影。看到半途中刮风了，父亲于是把衣服脱下来盖在孩子的头上，拉着她往家里跑，不顾自己身上只有一件单衣。她也记得，当秋天来临的时候，有一对母女牵着手从她眼前经过，突然刮了风，女孩的头发被吹得乱糟糟的，她的母亲哈哈大笑，一路欢声淹没在风中，只有那两只紧握的手，一直没有松开。她也记得，这对夫妻送孩子去车站的时候，风刮得很烈，下起了雨，父亲帮孩子安顿好行李之后，母亲简单叮嘱了几句，孩子点点头，转身上了列车。车走了，这对夫妻仍然在风中站着，岁月送给他们的是更加深邃的沧桑。风，依然还在吹。

这对夫妻，是我的父亲母亲。这个孩子，就是我。

龙应台在《目送》中说："我慢慢地，慢慢地了解到，所谓父女母子一场，只不过意味着，你和他的缘分就是今生今世不断地在目送他的背影渐行渐远。你站在小路的这一端，看着他逐渐消失在小路转弯的地方，而且，他用背影告诉你——不必追。"我也慢慢慢慢地懂得了这种感情。所以站在风中目送我的父母啊，在我离去的时候，希望你们不要悲伤，风会陪着我，去到远方，帮助我追求我的理想。

我一直都认为，风是人类最忠实的朋友，她陪着人类度过了千千万万年，往后的时光她依旧会陪着我们。万亿年前，当地球还是天上一颗星的时候，当地球开始缓缓转动的时候。风便来了，她具有无穷的力量，捏造着大地山川的形状，潇洒地在这世间来去。她看着人创造属于自己的文化，创建了属于自己的社会，看着所有的一切在飞快地改变。她仍然是她。但是，她领略了太多我们没有经历过的东西。

我曾在和她夜谈的时候听她给我说过：她曾吹过五代十国，从北吹到南，从冬吹过夏。她说，她在西北边塞流浪的时候，曾看过王维那"大漠孤烟直，长河落日圆。"的景象，只是她一来，孤烟改变了轨迹，弯弯曲曲飘向天际。她说，她路过繁华的京城，元宵时节曾看到过辛弃疾那番"东风夜放花千树，更吹落，星如雨。"的景象，她捧了一堆杨花瓣，伴着乐声离去。她说，她去江南游玩，刚到那里，柳绿花红水暖。王安石正在书桌前思念家乡，她凑过去，一句"春风又绿江南岸，明月何时照我还。"跃然于宣纸之上。她说，五月的静夜她去闻麦芽的香气，白居易就来了一句："夜来南风起，小麦覆陇黄。"她咯咯地笑，笑白居易的想象力，那麦子本就是会成熟，于自己何关呢？她说，她还看到李白在宣州与好友谢朓楼饯别，正要离去，听见李白高唱："长风万里送秋雁，对此可以酣高楼。"听后居然觉得诗仙李白唱歌很好听。她说……她说了太多太多，多得我记不住，我确是十分羡慕她，但是她说："我走了再远，我还是回回到原地，回到这里。"

我问她："你喜欢过去，还是现在呢?"她不安分，飘来飘去地说："过去。我不喜欢现在。""为什么?"我追问。"过去，我游遍中原大地，会听到边塞的驼铃声，会喝到纯净的河水，会沾上荷花的清香，会淋到江南的细雨，可以欣赏农家的田景，可以沉浸于静谧的桂林山水，可以看到人们相互来往，为一句话，兜兜转转千里万里去见一个人，为一个承诺，就奉献出自己的所有。"她突然立住了，向远方看去。我沉默，不知如何回答。"你知道吗，以前的皇宫和守城墙，以前的山水之间江南桥上，是没有那么多人，也不该有那么多人的……"她喃喃自语。"历史总是在进步! 再说了，你看着我长大，我也是你所谓多出来的人的一分子啊!"我立刻回复，我不知道她是怎么想的，只是有点难过。

直到有一天当我去了边塞的草原，站在人造的木桥上观望远景。她在我身边呼啸着飞过，我大声地叫她，嗓子都快要哑掉，但是，人太多，声音太嘈杂，我实在是无力再叫她了，她也不理我，只是在耳边呼啸，呼啸着飞向四面八方。

我的眼眶突然湿润了。是啊，历史在进步，社会在发展，我们终是失掉了许多，失掉了许多……科技的发展给我们带来了便利，我们不必像古人那样，只一辆马车，或是一叶扁舟，一路走来跋山涉水千里万里，看花开过一转又一转。但是，现在社会发展需要的快节奏，已然快让我们忘记了生活的意义，我们写不出古人写出的那样美的诗句，也不会真正看到古人眼中的那过去绝美的风景。

风，还是记忆的宝库。当你还过于年幼，父母不敢在有风的天气带你出门，害怕你受了凉，害怕你被风吹感冒。所以，你是没有过多的机会和风见面，她也不记得你发生过什么故事。这就是可能为什么我们总是对童年时期的记忆太过于少，太过于模糊的原因吧。随着时间的流逝，你慢慢长大了，你开始和风接触，不论是在风中玩耍，还是说话，她都一直看着，一直听着。后来，你终是成了大人，心事会藏在心里，太多太多的事情让你喘不过气，风来了，你望着她，把心事全部托付给她，她也会给你讲你快要忘记的或悲伤或快乐的故事，给你讲你快要忘却的或爱或恨的人，你一会儿笑，一会儿哭，像是一个精神病患者。最后，慢慢的，又归于沉寂。你看着风走了，便不去想任何事，转身离去，仿佛她从来没有来过……你的心事，自然也随着风消散了，消散得无影无踪。

我记忆中美好的时刻，好像都是风在的时候。

我记得，外婆带着我去棉花地捡棉花，忽地起了风，我躺在温暖柔软的棉花堆里，抬头看着高大的白杨，在蓝天下发出"唰啦啦"的好听的声音，然后在风中睡去，直到太阳下山。

我记得，春天风吹着柳絮漫天飞，我就和小伙伴们跟着追，希望自己能够抓到最多的柳絮，好和朋友们炫耀一番，结果大家都追得太过于入迷而忘记了上课时间，被老师罚站。几个人齐刷刷地站在楼道里，风从楼道的窗户里吹进来，我们纷纷把手松开，让风把柳絮带走，在楼道里到处飘，然后悄悄捂着嘴巴笑。

我记得，风在秋天来的时候会把沙尘暴也带来，我和好友顶着风在漫天黄沙里艰难地行走。等到了家，互相看一眼对方，都哈哈大笑，我们都像是做了个"头部护理"，头发全部被吹成了黄色，还直直地立着，是该彼此道个别，回家好好洗个澡啦！

我记得，风起的时候，我爱在一个有阳光的午后和认识的姐姐骑着自行车到郊外去，北国的地，大得无边无际，人烟稀少的公路两边栽满了整整齐齐的白杨，我一路在树荫下骑行，有时还会故意转来转去，转着转着，风来了，她喊："风景真好！"我抬头，几只鹰在天空下盘旋，天空深邃遥远。

我记得，十五岁的初中毕业季。临考试前一天，老师交代了所有的事情，让我们回家。我站在楼道里，看着楼下阳光里走在一起的老师和同学们，大声喊："嗨！大家要加油啊！再见！"所有的人把脚步停了下来，转身仰起头看着我，挥手朝我喊道："再见！"风也来了，她吹起所有人的衣角，吹湿了我的眼眶。

我记得，高中校园中的杏园，春天来时粉白的花苞满树。像是忽如一夜春风来，千树万树梨花开。某天一起床，出了宿舍后，所有人都被眼前的样子惊呆，那满树的花开了，满园都是杏花，随风飘摇，美不胜收，满地花瓣似星河。

我记得，我离开家乡的时候，秋风正起，我和我所有的好友一一道别，互相鼓励，在拥抱后，像是花，终是随了风，天各一方。

太多太多的故事，我都给风讲了。她也替我记着。此时此刻，身在异乡，我想念她，我想念我的亲人，想念我的朋友，想念我的家乡，想念所有度过的难以忘怀的时光。莫约在上个星期，有一天阳光特别好，照在身上暖融融的，于是在午后出了趟门，刚下楼，风就来了，虽是不一样的感觉，也让我开始想起北国的风。此时，她正是发脾气的时候，该是我躲着她的时候，我为什么却如此想和她见面？

朴树有一首歌就叫《且听风吟》，里面歌词写道："怕你说，那些被风吹起的日子，在深夜收紧我的心。时光真疯狂，我一路执迷与疯狂，依稀悲伤，来不及遗忘，只待风将它埋葬……"我和风之间发生了很多故事，那都是过去的故事。说实话，没有这些故事，我也不会想到那么多，写那么多。我尊敬她，爱戴她，畏惧她。我期待着余生和她发生更多的故事，不论是美好的，悲伤的，是相聚还是别离，我都乐意接受。

时光的河流，你慢些淌吧。让我挣脱这繁华喧嚷的世界，找个安静的地方，像江南小巷，像无人古港。带着我生命中所有重要的人坐在那里，什么都不说，什么都别说，只是静静地，静静地且听风吟。

故乡的"九二八"

◎ 利春婷

秋风习习，此刻，阳光正好！我闲下来，泡上一壶茶，于阳台的长椅上坐了下来，安静地且听风吟，且听鸟鸣，像个孩子般沐浴在秋日的暖阳里，尽情地感受它的温柔与体贴！忽而，我的思绪却不禁飘到了某个地方，某个令人熟悉而又亲切的地方！

古人有言，独在异乡为异客，每逢佳节倍思亲！金秋来临，意味着故乡的九二八也即将来临，它又这般悄无声息地向我走来了，身上还散发着那个小山村所特有的淳朴与清新的气息。那是一股让人倍感亲切的气息，它就这样深藏在我的脑海中，永不退却。在这个躁动的城市里，人人都在寻找一份静，而它，让我找到了心中的那份静！当我像只小狗一般用鼻子极力地去嗅寻那存在记忆里的熟悉的气息之时，我的心忽而一惊，感觉到耳畔边似乎有人用带着点嗔怪但又流露出无比思念的语气问道："我的乖孙女啊，今年，今年该有时间回家陪爷爷奶奶过节了吧？"接着，眼前浮现出儿时过节院子里的场景，我们一群小孩儿在院子里追追打打，奶奶们在准备节日食材，厨房上方冒着的炊烟，在秋风的吹拂下，显得极其婀娜！此刻的我，心中的思念与愧疚缠绕在一起了……

每年农历九月二十八，是我的故乡黄家坪的一个特殊日子——姓氏节。这一天对于黄家坪的老老少少而言，它的重要性比春节元宵有过之而无不及，因为在乡亲们的心中，它同其他的节日不同，它是唯一的！那么"姓氏节"究竟是怎么产生的？关于这个问题，孩童时的我曾问过爷爷无数遍："爷爷，爷爷，为什么今天只有我们过节呀？其他村子的人为什么不过节要来我们家呢？"这时候，爷爷总是会耐心的满带笑容的回答他那懵懂无知的小孙女道："因为今天啊是咱大家族祖先的生日啊，从前呀……"然而小孩儿的瞳孔终究还是天真纯粹的，它所记录下来的，大概都是那些单纯美好的，快乐无比的时光……记忆在我瞳孔里的节日便是如此！

记得小时候每年节日那天，一大清早，村主任便会组织村里人抬祖像去游村，小孩子们便在一旁看着，既觉得好奇但又害怕，因为在小孩儿看来那祖像的面孔生得不太友好，怪吓人的。而我便偷偷躲在奶奶屁股后边，半露个头观看。游村过后，村外的大马路上已陆陆续续有亲朋好友前来做客了，再过些时候，已是满路的人，一路说说笑笑，节日的气氛浓厚得很！亲友们到场之后，这样一个全族聚会，各姓相互庆祝的热闹非凡的节日，便正式开始了！

姓氏节把敬祖崇先、文化娱乐、情谊交流融于一体，村民乐于参与，自古以来，都是盛行不衰的。节日的活动单里，第一个便是邀请客人前去礼堂里听戏。采茶戏是当地有名的戏种，因此在节日里是少不了请戏班唱戏助兴的。村里的大礼堂搭有一个大戏台，专供戏子们唱戏。待客人们都已就座，戏便开始了。戏台上，戏子们在"咿咿呀呀"地唱着，戏台下，村民们招呼着客人们喝茶嗑瓜子儿，闲谈家常琐事，享受着戏子们唱的每一句做的每一个动作，唱到兴奋处竟也跟着做动作，嘴里也唱出个几句戏腔。

然而听戏的快乐是他们的，与我们这群小孩子毫不相干！我们最关心的是院子里奶奶们忙活了一天精心准备的晚饭以及晚饭过后的香火龙表演。餐桌上，土家酿豆腐、酸笋鸭、黄焖鲫鱼、五花肉炒芋和、牛干腐、梅菜扣肉、红烧肉、红烧猪蹄等等这些美味佳肴，想想都让人不禁流口水呀！其中最得我心的是奶奶的土家酿豆腐了。看着奶奶先拿一个油豆腐在手中小心的揉搓，而后再撕开一个小口，用手把里面的馕一点一点地抠出来，接着就往这个被掏空的油豆腐的肚子里投喂早已炒好的馅料。这馅料"来头"可不一般，里面有萝卜、芋泥、香菇、瘦肉、葱末还有少许的糯米，这些材料全是自家的纯天然的嘞！趴在奶奶一旁的我，眼看着她那娴熟的手法，筷子一撩，三五几下就把那个油豆腐的肚皮给撑得鼓鼓囊囊的。酿好后把那些个"小胖子"放进锅底贴有萝卜片的锅里，一圈一圈地垒好，垒满之后倒入半碗水，上灶蒸至香味喷鼻，方可出锅上盘。开饭时，夹一个，轻轻咬一口，油豆腐所吸收到的汁水浸润嘴唇，再往深了咬一口，芋泥的香滑，萝卜的清甜，香菇与瘦肉的嫩滑，糯米的糯性口感，简直让人满足啊！

晚饭过后，舞龙队，锣鼓队皆已准备就绪，各个村子的大道旁也已围满了前来观看表演的村民。倒计时一分钟，感觉整个小山沟的空气都静默了，能听见的恐怕只有旁边伙伴激动的心跳声……远方传来咚，咚，咚的鼓声，随即村民们便高呼："开始了开始了，就快来了就快来了，大家都准备好咯！"而此刻比任何人都要激动的，是我们这群小孩子呢！眼看着那长长的舞龙队，时而高时而低，时而一跃而起，姿态百出，就如故事中腾空而起的龙一般，好奇的我们跟着队伍一路跑，这一路，围了小山沟一圈，除了锣鼓声，村民们的高呼声还有一群小孩子清脆的欢呼雀跃之声！这一晚，整个小山沟火把通明，把村民们小孩儿们那一张张幸福满足的笑脸照的一清二楚，热闹欢呼之声响彻云霄……

然而，时光终究是不停留的。记得余华曾说"没有什么比时间更具有说服力了，因为时间无须通知我们就可以改变一切。"是啊，时光它改变了我的小村庄，改变了属于黄家坪的节日……中年人慢慢地都离开了黄家坪，出去打拼自己的事业；曾经的小孩儿也已长大，考上了大学，走出了黄家坪。到最后，只有老人们留下了，他们要守护这小村庄，守护这被时光改变了的一方土地。他们只能看着那一个个离开的背影，眼里含着无尽的悲伤……曾经那热闹非凡的姓氏节日，在岁月的打磨下，已经不复原貌了，外出的人已不再有时间回来欢庆他们曾一度以之为傲的节日，只剩下留守的老人们，以及那平淡至极的节日气氛，它没有采茶戏，没有一大家子欢聚一堂，没有香火龙表演的壮观场面，没有那欢声笑语……

夕阳已落，晴朗的夜空已有星星点点出没了，秋日的夜晚已有些许的寒意。坐在长椅上的我，心情久久不能平复。想到院子里只有爷爷奶奶两人蹒跚的步履和孤单的背影，我心里对他们说到："爷爷奶奶，孙女今年一定回家陪你们过节！"

今年的九二八，一家团聚在餐桌前，虽然没有了那些热热闹闹的节日活动，但是陪伴的温情却充满了整间屋子，在这寒秋的夜里，让屋下的人也感觉到了一丝温暖。

节日的意义可以有很多，但永不缺席的是亲朋好友间的情谊交流，以及温情的陪伴！愿我们在向前走的漫漫长路上，能够不忘回头看看，因为身后总有人等待着我们去陪伴，也总有那么些个单纯明亮的记忆片段依旧拥有年轻的温度，值得我们将其定格于记忆之中，永不褪色！

登峰造极

◎吴志

英雄联盟是一款 5v5 的对战游戏，选手通过操纵所选英雄，如文中所讲到的剑魔、卡牌等，以推掉敌方主水晶为最终胜利。文中的 Ning The shy Jakelove Rookie clearlove rekkles 均为电竞选手。若风，WE 退役队长。E 闪，指游戏中的一种操作技巧。S 系列赛是英雄联盟电竞项目的最高水平比赛，由各赛区的顶尖战队参赛，每年举办一次，此前中国战队参赛七年年年败北。

——题记

IG 打野 NingS8 的最后一个 E 闪，击碎了 FNC 的 rekkles，也击碎了 FNC 的夺冠梦想。顷刻所有人的镜头飞速移动到 FNC 的主水晶上，一阵能量旋风逆时针刮起，最后被吸进去，FNC 的水晶，告破。所有人的镜头的定格在这一时刻，活着的英雄们放下了手中的武器，小兵整齐地挥动臂膀。时间是 2018 年 11 月 03 日，晚上六时许，中国英雄联盟电竞玩家永远铭记于心的时刻。在电竞强国的韩国釜山，来自中国 LPL 赛区的 IG 战队 3:0 击败欧洲战队 FNC，夺得英雄联盟 S8 全球总决赛冠军。属于我们这一代游戏迷的青春，圆梦了。

记得下午有事，身心疲惫坐上回学校的公交，人声嘈杂。打开手机的时候 IG 已经手握巨大优势，势如破竹拿下第二把。解说米勒激动地夸着上单 The shy 的神勇发挥，另一位解说娃娃喉咙颤抖带着哭腔压抑着兴奋和激动，声线拔高扯着嗓子说，2:0 了。我本来麻木的大脑突然惊醒，是啊，2:0 了！从初三开始等的一个英雄联盟的最高荣耀，距离中国战队站上封神的殿堂，只需要再加把劲赢下下一局。六年煮一黄粱梦，梦圆似乎只差最后半个小时。

回到宿舍手忙脚乱打开电脑，之前已经错过太多太多激动人心的时刻了，上一年 S 赛的举办权花落北京鸟巢。赛前吹捧的 LPL 最有希望的一年，中国战队 EDG 和 RNG 双双折戟半决赛，最后鸟巢的决赛舞台是两支韩国的队伍，死敌在自家门口夺冠，不得不说，最有希望的一年变成了最耻辱的一年，让无数玩家唏嘘和失落。我写了好长好长的日记，英雄联盟仿佛已经离我越来越远，连最后一丝仅存的情怀都被击破彻底粉碎。

今年四强赛，夺冠热门全华班 RNG 年内已经成就前无古人的六冠，只差最后一个代表英雄联盟项目的最高荣耀，代表我们电竞玩家的最大的一块心病。然后，无论轻敌也好，自乱阵脚也罢，头号种子 RNG 最终饮恨八强，负于无名小辈之手。今年真的是 LPL 最有希望的一年了，RNG 势不可挡，IG 深藏功名，EDG 颇具亮点。RNG 输掉的时候，还在教学区的自己不敢想象宿舍区男生们的或咒骂或叹息。第二天，EDG 也被斩于马下。今年最强赛区 LPL，仅剩 IG 一根独苗了。而欧洲赛区独占四强三个名额。

回到宿舍手忙脚乱打开电脑，第三把正式开始。说不紧张是不可能的，已经大一的自己，和很多甚至更老的玩家一样，不知道以后还有没有这样的激情去守在手机前电脑前，为每一次击杀欢呼，为每一场胜利欢呼。时光易老，有梦未圆。刚进入游戏，IG 下路二人组过于冒进，辅助宝蓝交出一血，宿舍楼一片哀号。心一下子提到了嗓门，各种奇奇怪怪的念头开始闪现，输掉这把，接下来也极有可能输掉，决胜局大家心态可能会崩掉……另一方面又在安慰自己，没事，问题不大，稳扎稳打就好，实力差距摆在那里，要相信我们的选手。

接下来每几分钟都爆发战斗，完全不像是在打总决赛的队伍，反而像我们路人局，无限打架，没有发育，眼里只有人头。对面打野抓下路，IG 打野 ning 一波反蹲帮助 ADC Jacklove 拿下人头。上路 The shy 被抓，复活过来绕过敌方野区迂回包抄突然出现砍下对面最强选手中单的人头。几波团战打完胜利天平已经无比倾向 IG。宿舍区开始躁动，我的心脏也在剧烈地搏动，双拳紧握，死死盯着电脑屏幕。FNC 已经精疲力竭了，IG 众将带着蜂拥的小兵冲进敌方高地，The shy 操纵的剑魔横刀立马守在侧翼，FNC 五人反包过来，IG 往后撤拉开一段距离。The shy 已经先行将对方打野打残，FNC 见 IG 撤退，竟尾追不舍。IG 像只佯装熟睡的狮子，待猎物靠近。是时候了，猎物已经上钩，四肢蓄力，利爪伸出，奋力前扑！辅助宝蓝停下脚步，反身闪现大招开团，IG 四人心领神会回身反打。技能和英雄碰撞出激烈的光芒，血量值急剧下降，IG 全员不失取下两个人头，剩下三人见状只能分散夺路而逃。这时候，主水晶已经近在眼前了！冠军奖杯已经近在眼前了！我们真的要圆梦了！

第二座门牙塔破碎的时候，已经不用往下看了，我起身走了出去。人们欢呼声一浪更比一浪，而十几秒后，终于，选手们，韩国釜山的观众们，解说们，还有无数的像我们一样的电竞粉丝，声嘶力竭的咆哮汇流，震耳欲聋。可能你不清楚或者大概知道发生了什么，可能你在路上会停下脚步或者震惊或者嘲笑这群狂欢的人群，但是，你不会知道就是这么一个普普通通的日子，将以划时代的意义被永久载入中国电竞史史册。是的，NingS8 的最后一个 E 闪，撞碎了敌方水晶，把 IG，把 LPL，把所有支持并热爱中国电竞的玩家带到了英雄联盟的无上殿堂——S 赛总冠军。

在阳台用尽全力嘶吼了几下，喉咙剧烈地咳嗽，脑海里只有一个念头，六年了，足足等了六年啊。从初中懵懵懂懂到高中疯狂沉迷到现在逐渐放下，足足六年，算得上是写在时间流水账上的一部分青春了吧。

中国电竞一路起起跌跌，磕磕绊绊。记得 WE 的若风，风队的卡牌的落地金身骗出对面五个大招，记得黑暗势力 OMG 水晶五十血翻盘，记得皇族 SHR 被迫解散重组为今天的 RNG。往事很少再有人津津乐道，过去的英雄一个个倒下老去，但他们其实和我们一样，也守在电脑前，紧张地为 LPL 加油吧。

老兵永远不死，只是逐渐凋零。EDG 的打野 clearlove，S8 赛场上只有小组赛上了两场。而我真正爱上英雄联盟的，也是他，和他的 EDG 王朝。高一五月份的中午，我见证了 clearlove 在季中赛祭出多年前的成名传奇打野英雄，五人合力把不可一世的另一个王朝开创者韩国战队 SKT T1 击败拿下首届季中赛的冠军。现在已经找不回当初赢了之后捶桌子捶墙捶自己发泄的激情，而 clearlove，曾经 WE 王朝的老将，曾经 EDG 王朝的汗马功臣也终将不久卸甲。

但这就是电竞啊，IG 的明星中单 rookie 在一次采访中很羞涩地说起，我做了一个梦，我们 IG 拿冠军了，我说是不是假的，但是就是当时虽然是在做梦，但是特别开心。rookie 啊，你的梦，何尝又不是我们的梦呢。但这次的梦不是假的，你做到了，S 赛的总冠军啊。S8 LPL 的官方助威词是登峰造极，无畏造英雄。那天身穿一身灰白相间的少年们，身后恰恰是一个大大的"极"字。他们是 IG，是今年负于 RNG，被嘲笑是十八胜总亚军的 IG。但是，现在他们来了。

他们来了，跨过这座山，我们的青春少了些遗憾。

他们来了，跨过这座山，我要世界听到我们的故事。

老城

◎ 马晓欣

　　我的梦里，常有着一座老城……

　　无缘邂逅沈从文笔下的湘西边城，却仍是眷恋那字里行间流露出的宁静质朴。人常言，日所思，夜所梦。故而，我时常在梦中踏入悠长的光阴，迷醉于那一抹藏匿于尘世烟火里的南国风情。

　　老城，环山抱水，以青山为基，以绿水为饰。所谓青山，却也不尽然，或青或黄的岩石层层堆叠，便成了山。蓊蓊郁郁的绿色植物攀缘而上，垂下的一簇簇葱茏的翠绿须叶，将石山笼进了这一张葱绿大网中，影影绰绰间，可见些许青黄石壁。流水潺潺而过，将这老城生生分成了两半，绿叶掩映间，却好似凝成了一块无瑕美玉，轻漾着碧波。

　　老城傍着山势而建，屋与屋之间，间隔并不十分明显。灰黑的砖石砌成的墙体，夹杂着光阴侵蚀留下的斑驳白痕。间或攀附着片片苔藓，绿茸茸的，甚是可爱。青色灰瓦下的木质门窗，油漆已被刮落了些许，露出了板上的纹路，门锁上早已锈迹斑斑。青石板街道将老城细细分割，曲折幽深，却不知在下一个转角又有着怎样美丽的遇见。街道两旁，青木黛瓦下的门扉敞开着，一溜排开的店铺，食物的香气，尘世的烟火，从那扇扇敞开着的木门里传出，在城中渐渐扩散开来。饶是充盈着各色店铺，却没有都市的繁华喧闹，酒香又何惧巷子深远，多得是循着香味而来的食客。于清晨露深之际，点上一杯热腾腾的香气盈盈的清茶，最是惬意不过了。层层叠叠的青石阶梯上，不乏挑着担子来来往往的人，顽皮的孩童嬉戏打闹，拄着拐杖的老人安步缓行……

　　一砖一瓦，一草一木，皆是老城的一血一肉。

　　光阴似水流淌，老城的一切，在慢镜头下静静回放。一切，都是那样的平淡舒缓，像是红泥小火炉上烹着的清酒，清甜甘洌，也像碧空绿原上牧民轻声吟唱着的悠扬民歌……

南方多雨，山水楼阁也染上了南国烟雨的缱绻缠绵。

春寒料峭，蒙蒙细雨飘飘洒洒，青砖绿瓦，高墙飞檐，青石梯从屋间蜿蜒而过，留下一道黛色踪迹。雨滴从一屋的檐边滑下，在空中绽放开来，又溅洒到另一屋的檐上去，此消彼现，别有一番生趣。雨丝密密麻麻的，不见得有多声势浩大，绵绵的细丝一触即逝，藏匿于屋角的植物叶片上细密绒毛里，石梯上青石间的缝隙里……雨不十分大，朦朦胧胧的，倒也叫人不甚清楚这雨中的妙处，只觉得这雨来得生厌，叫人不得在这春光里踏青出游。

雨下得越发大了，雨丝渐成了雨滴，滴落在那层层叠叠在高处的瓦片上，墨色渐深，在这细细密密的雨帘中晕染开来。笼罩在轻烟细雨中，渐成了灰白的老城，不时点缀着墙根的青翠，却不知是出自哪位名家之手的水墨烟雨，连城，都沾染上了春日烟雨的温柔缱绻……

雨滴打在青砖上，坠落在绿叶间，激起的噼里啪啦的清亮的声响，萦绕在耳边。空气变得越发的湿润厚重，春日里还未消散的寒意越发浓了。雨下得大，家家户户紧闭着门窗，院子里晾晒着的花花绿绿的被面早早就被收进屋里去了，街上却是难得见上个人影儿。云烟缭绕，只见得雾蒙蒙的灰白，在浮动的光影下如底片般变幻着。

忽而，由远及近传来一阵阵杂乱的脚步声，好似流畅如流水的钢琴曲里突然出现的一个杂乱音符，虽是不甚协调，倒也多了些不同寻常的意味。只见那朦朦胧胧的雨帘里闯进了一个身影，模模糊糊看不清晰，渐至眼前，方才辨出是一戴着草帽，披着蓑衣的汉子，从雨中闯来，又转身进了一间低矮瓦房，消失不见。

这时的雨渐渐小了，黛瓦白墙，轻烟缭绕，恍若云台仙境。仍是不甚明朗，倒也能把那藏匿于烟雨中的低矮瓦房的模样辨出个七八分来。

原是间汤面铺子……

冒着热气的盛满了沸水的大锅里，翻滚着一根根手打的细面，团成一团的面条，一进到沸水里，立马就舒展开了。面师傅拿着双长筷子，在锅里搅和两下，利落地用漏勺捞起来，抖落抖落水，盛到海碗里头去了。师傅掌着大勺，掀开另一口锅的盖儿，满满当当地舀出一大勺热腾腾的奶白色的高汤，浇在海碗里，随手抓了把切好的葱花洒在面上，面就成了。一碗面下来，师傅做得不急不慌，倒有些漫不经心了，分量火候却是掌握得极好。

土色的海碗里头，盛着热腾腾的筋道的拉面，高汤上漂浮着些许葱花，间或加些辣酱，在这微微有些寒凉的天儿里，是最合适不过的了。

雨渐渐停了，云层渐变得稀薄，金光透过云层间的缝隙射下，天儿变得明朗起来。积聚的雨水从檐背缓缓流过，滴落到青石砖上，溅进小水坑里，激荡出层层涟漪。雨水顺着长长的青石梯潺潺而过，携卷着不知从何而来的砂石，哗啦哗啦，清越得很。雨水洗过的天空，分外澄澈明亮，白墙上还蜿蜒着涟涟水痕，瓦片上的墨迹还未干，墙角的绿叶上还点着颗颗晶莹的雨珠……褪去了轻纱笼罩般的朦胧，金光照射下的老城，更加鲜亮生动。

　　拘在家里的小孩儿按捺不住玩乐的心思，雨声一小，便见着那白嫩的胖乎乎的小手，悄悄从窗缝里伸了出来，去接着斜斜飘洒的雨丝。那睁得大大的黑葡萄似的眼珠子，跟雨雾后的天儿一样，清清亮亮的，看得人满心欢喜……

　　挑挑子的老伯踩着青石梯上潺潺流过的积水来了，水花溅起，打湿了他的裤腿儿。仍是那一身草帽蓑衣的打扮，扁担上挑着两个竹篮子，一路吆喝着，篮子里头多是些孩子喜欢的小玩意儿，竹编的小蜻蜓小蝴蝶，颜色鲜亮的小珠串子，亮色糖纸包着的水果糖，山楂片儿……屋里的小孩儿耳尖得很，老早就听见吆喝声了，齐齐趴在门边等着。

　　春末的老城，仍是有些寒凉，又因着下雨，天儿又湿又冷的，娃娃身上还穿着厚厚的小袄。红的黄的花的，颜色鲜亮得很，给这雨后的略有些寡淡的老城，添上了少女般明媚的丽色，好似淡雅素绢上沾染的艳丽丹砂，又好似水墨中忽而滴落的一抹水彩，在清浅墨色中渐渐晕染开来……

　　云雨方止，渐散的云里，闪现着些许七彩霞光。

　　斜阳西下，晚风轻吻着漫天的灿烂云霞，金光闪耀下的老城，多出些许不容侵犯的高贵圣洁来。只那烟囱里袅袅升起的轻烟，窗户里传出的笑语连连，携卷着几丝人间烟火。老城笼上了一层暗色轻纱，影影绰绰，半边隐于暮色，半边沉于梦中……

　　许是镜中花，水中月，抑或只是海上的幻影泡沫，仍是不胜欢喜，得有此处，以安放一颗漂泊不定的心。

谈记录

◎ 吴彤君

今天吃梨，汁液顺着手滴落在作业本上，纸质封面页上留下了淡淡的浅黄色的痕迹。就着"痕迹"这个关键词引申，人活在这个世界上总需要证明自己的存在，留下点痕迹，有形或者无形地被记录下来，这是铁律吧。

举个例子，在古装电视剧中时常可以看到，编剧在某段历史中虚拟了某个人物作为主人公创造属于他的跌宕起伏的故事后，在结尾处安排"小角色"史学家们因为个人情感一念之间将其从史书名册中划掉的情节来使剧本符合史实，史学家的漫不经心，和故事的轰轰烈烈，形成强烈反差，让人唏嘘。观众之所以会有这种遗憾的感觉，觉得"这应该被记住阿"，是因为几乎所有人（当然日后见识多了也一定会打脸，而且特殊情况一定存在，毕竟世界之大必定有我窥探不见的存在）都有记录伟大的本能和欲望，为某种我们认同的伟大站队，本质来说是记录我们自己。我们在主人公的故事里遇到触动自己的东西，觉得它伟大，自然产生了这种理所应当。

关于被记录的方式，第一种，我们想想能随口而出的我们记得住的那些人好了：达·芬奇、牛顿、马克思、鲁迅、李鸿章等，他们是在某个历史性时刻做了某个关键的选择或是做出了丰功伟绩而成为被历史记住的人，他们都有某种与生俱来的使命，不管是兼济天下的胸怀还是被上帝赠予的天赋。这种痕迹是有形的，是被普遍认同下定义为"荣耀"的方式。障目者，当然必定存在，但确是少数，历史夸耀的伟人，是要受时间检验的以人类发展为己任的至真至纯者。而此般人所做其实追寻的是内心的欲求和直觉，倘若让他们沉默，反倒是一种折磨与压迫，而这些唯心主义者们往往在自身就得到了满足，荣誉对他们来说并非行动的出发点吧，而且价值荣耀的位置往往为少数的人而设置，就像比赛中一二三等奖要争抢得到，没有参赛或是争得头筹得人更是多数吧。但我刚刚又说，几乎每个人都有被记录得本能，所以那些没有"上榜"的，就是我说的第二种了：在荣耀之外，追求本心者，记录在其所做的事情中。还有一种，小人物们的记录，也许是因为第一种记录也与时代和机遇有关，加上选择机制，还是极少数。反之小人物应是占大多数吧，由于构成更丰富和复杂，记录的方式就多种多样了。人所在之处，烟火气所在之处，基本所有的动因都可归结为于人吧，人在彼此记忆中的停留，这就是第三种记录。就像我现在在这里敲下我自以为是的观察和归纳，这个小窗口因为能被看得见而感觉有意义，不为争辩说教改变世界，能有一片小小的有人倾听的地方，便觉足以。人与人留在彼此间的情感与记忆，就是他们所定义的伟大。

关于被记录方式，是一个值得每个人思考的话题，是人生永恒不变的话题。关于这个话题的讨论在电影《爱在黎明破晓前》就有涉及，杰西曾梦想成为一个好丈夫好父亲，后来又希望自己能在临终之前知道自己其实有长处，知道自己也曾经成功过，而不止是有一段美好温馨的感情值得回顾。一个发现和寻找自我的历程，充满未知和不确定性，有的人从未发现这个角落，有的人将之奉为伴随一生的命题，早早出发，也许在年少某个永恒瞬间照见内心的答案，可能终其一生纠结发问寻而不得。但我觉得后者更值得，因为一旦开启找寻记录生命方式的航路，即使结果不可预见，至少生命是真正出发了，走在航行的路上。生命的长度有限我们不能与之抗衡，却可以以己之力以心所求以思想之自由拓展生命的广度。

表达，是记录自我的主要方式吧，就算记录其他本质也是表达自己。人们记录的形式和内容不同，是因为每个人表达方式不同，伟大在各自心里的定义也不一样。有人推崇真理至上，有人只爱人间烟火；有人想要真相，有人只需慰藉；有人崇尚坦诚，有人赞叹机巧；有人心系家国，有人忠于自己；有人心怀着理想和远方，有人及时行乐把酒言欢；有人居于高台眼观八方，有人踏踏实实活出平凡人的精彩……心目中最宽厚的朋友之一王小波也曾将对此的无奈写进不得不打破沉默而说的话："质朴的人们假如能把自己理解不了的事情看作是与己无关的事情，那就好了。"每个人的选择不同，任何的批判和排异性的否定都是狭隘的。若不能认识世界的多样的客观性并珍视这种丰富背后的创造力，那么他必将被世界抛弃——如他对待世界的方式一样。理解是最高也是最难层次的，真正的理解要切身体会才能实现。而世界观点那么多，思路那么繁杂，时间又那么有限，能够做到包容和尊重已是很不易和可贵。当环境使人们不再惧于发声表达，真诚与创造便是伴随而来的礼物。《爱在黎明破晓前》中，夜晚的街头拐角处，男女主角关于记录人生的方式有各自的理解，杰西说他更愿意人生有能有成就。塞利娜向他分享一位长者曾哽咽告诉过她，他一辈子都在为他的事业和工作打拼，52 岁那年他突然觉悟，他从来不曾给予自己什么，他的生命毫无目的。对话里没有争辩，没有自我，没有说教，只有倾听分享，尊重和理解。"假如这世上真的有神，我相信他不会活在我们里面，不是你也不是我，但会存在这小小的空间中。假如这世上有魔术，那一定是为了试着让人能够相互了解，彼此分享"即使是亲密无间的灵魂伴侣，不一定能完美无缝地契合，但一定在做让彼此融洽的努力。

一直很感动的事情是，欣赏认同这件事情，我们一直做得很好，对于自己认同的，或是尊重欣赏的。就像我们愿意做记录这件事情而不是一味追求自己的存在痕迹。

我们记录的方式和内容从来都不是一成不变的，但人与人之间相互欣赏和包容是永恒不变的闪光点。

第三辑

文思如泉

愚者之旅

◎ 陈宣妍

愚者用橘红色的花布将自己全部的行囊收好，换上最珍贵华丽的衣裳，用月桂制的冠冕牢牢束缚着自己灿金色的头发。他从门边拿起自己精心制作的樱桃木权杖，绑上森林深处珍贵的红衣凤头鸟的尾羽，随意将自己的行囊挑在权杖上。愚者推开自己木屋的小门，走过两旁种植着娇嫩玫瑰的小径，开始了他的流浪之旅。

——《愚者之旅·第零章》

艾琳今天难得地在那座布谷鸟钟鸣叫八声之前就从她的床上醒来，简单洗漱完毕后，精神舒爽地坐上胡桃木餐桌。

今天的早餐是传统的英式早餐，嫩番茄的底部被划出好看的十字，芝士包裹着鲜红的番茄汁，经过烤箱的烘焙后在骨瓷碟上勾勒出奇妙的曲线。鸡蛋被煎成溏心蛋，蛋白的边缘微焦，橙色的蛋黄里还隐约能看见流动的蛋液。

艾琳拿起精致的陶瓷杯，轻嗅着 Whittard 早餐茶浓郁的香气，心里感叹又是美好的一天。

"老师，今天的报纸。"艾琳的学生将邮差刚刚送来的报纸放在餐桌旁。

艾琳送给他一个微笑，说道："谢谢，你先出去招待客人吧。"然后就拿起报纸开始每天的阅读。

【三十二国第二天会议开始，今日会议要点如下……】

【三十二国重要参议官员遇刺，多国警察已展开调查……】

艾琳翻过首页，暗想尽是些无聊的事情。

【波拉莉斯号举办的拍卖会上珍贵钻石失窃，疑似怪盗 J 所为……】

【昨日在伦敦白教堂区一带，一女子被杀害，现警方发出通缉令，犯罪嫌疑人画像如下……】

这些事情更加让艾琳心烦，再一翻页。

【泰特艺术馆将于明日举办著名画家克里安的画展，克里安最新作品《茶会》将首次展出……】

【伦敦爱丽丝动物园今日举行安哥拉兔鉴赏大赛……】

艾琳一边将最后一块番茄插起来，一边在安哥拉兔鉴赏会下画了着重号："有空就去看看。"

"老师，有位客人要找你。"那位学生重新回到餐厅，将消息告诉艾琳。

艾琳随意向学生摆了摆手，示意自己知道："道格，把客人请到占卜室吧。我待会儿就到。"

道格拉斯转身回到店内招待客人，而艾琳将早餐吃完后，也回到房间里把专门的衣服换上，然后慢慢地走向走廊深处的占卜室。

占卜室里的光线昏暗，玻璃窗被蒙上好几层厚厚的遮光窗帘，暗绿色的天鹅绒帷幔旁是形容古朴的黄铜壁灯。占卜室面积不算太大，大概只有 30 平方米，里面只放了一张胡桃木的矮脚桌，桌子两侧分别放了两个绸缎制的软垫。

如今，靠近门一侧的软垫上端坐着一个身材高大的男人。男人身穿一件长长的褐色风衣，面容的下部被竖起的高领挡住，头上还戴着一顶黑色的鸭舌帽，从头到脚都透露出可疑的信息。

"客人好，"艾琳走向自己的软垫上跪坐下，向男人微微颔首："我是占卜师艾琳·梅里西。"

男人抬头看向艾琳，墨绿色的眼睛里透露着怀疑，像是在质疑年纪尚轻的艾琳的业务能力。过了一会儿，他重新低下头："梅里西小姐好，我是艾伯特。"

"那么，艾伯特先生，"艾琳微笑着看着艾伯特，"您能把帽子放下吗？"

矮脚桌上放置着一个铁艺烛台，在烛光摇曳之中，艾琳的笑容显得有些诡谲，让艾伯特不禁握紧拳。

"很重要吗？"

"很重要。"艾琳加重语气。

艾伯特沉默了五秒，缓慢地摘下那顶鸭舌帽，露出那张可以称得上俊美的脸。棕色的头发被剃成板寸，刚毅的面孔让他看起来有些许严肃。可能是最近皱眉太多，剑眉之间留下几道皱纹。

艾琳看见这张面孔，顿了顿，突然就听见厚重的木门传来叩门声。

门从外面被打开，道格拉斯走进了占卜室，"老师，你的东西。"

道格拉斯俯身将一个精致水晶球放在艾琳和艾伯特之间，水晶球在烛光的照耀下，在木桌上投影出温柔的光晕。

道格拉斯刚想起身，艾琳就示意他俯耳过去，暗中嘱咐了几句才让道格拉斯离开。而在此期间，艾伯特只是静静地盯着艾琳，艾琳也不言语，直到五分钟后道格拉斯再次推开了占卜室的大门，才打破这诡异的寂静。

道格拉斯在艾伯特的右手边放下一个玻璃杯，里面装盛着澄澈透明的液体，说："客人，您的水。"

得到艾琳的点头示意后，道格拉斯轻轻地掩上了占卜室厚重的门，室内重归安静。呼吸声缓缓在空间内流动，在昏暗的烛光下只看得见两人的面容，和室内轻舞旋转的尘埃。仿佛过了很久，艾伯特伸手握住玻璃杯，慢慢喝了小半杯水，随后长长地呼出一口气，整个人终于放松下来。

"那么，"艾琳不知道从哪里拿出了一副黑底银纹的塔罗牌，"开始吧，艾伯特先生。"

遥远的风从那个禁忌之地呼啸而来，在深渊的缝隙中，一个骑着白马的男子身影从黑暗走出来。愚者躲在岩石的背后，用手紧紧地捂住自己的口，不让其发出一丝声音来。男人身穿锃亮的银色铠甲，身下的白马正扬起马蹄朝着一个衣衫褴褛的平民踏下——是死神。愚者闭上了眼睛，没有什么能够战胜他。

——《愚者之旅·第十三章》

"在此之前，请艾伯特先生集中精力，默念自己想问的问题洗牌吧。"艾琳将塔罗牌递给艾伯特。

艾伯特接过这副塔罗牌，放在自己右手的手心中，闭上那双墨绿色的眼眸。过了一会儿，他才用左手从那叠塔罗牌的中间抽出一小叠，小心翼翼地放在所有牌的上方。重复了大概十次，艾伯特才重新张开眼睛，将牌递回给艾琳，说："我洗好了。"

艾琳接过塔罗牌，将牌在矮脚桌上随意摊开成一个圆形，右手所佩戴的首饰上的小铃铛也因此发出悦耳的叮当声。在艾琳的示意下，艾伯特开始沿着顺时针的方向移动着这些牌，口里还似乎在喃喃自语。在矮脚桌上摆放的烛台里的蜡烛悄无声息地短了一截后，艾伯特终于将塔罗牌收拢为一整叠。

艾琳仔细观察着艾伯特的一举一动，发现他此前应该对塔罗占卜略有研究，没有艾琳的指导，艾伯特依旧熟练地将牌切好。看着放在矮脚桌上摆放的三叠牌，艾琳施施然将牌按顺序叠回去，逆时针将塔罗牌旋转了九十度，然后抬头看向艾伯特："请问艾伯特先生，您此次前来是想询问哪方面的问题呢？"

"恋情，"艾伯特顿了顿，声音略显低沉，"我和我女朋友之间的感情。"

"这样子的话，"艾琳嫣然一笑，"那便用凯尔特十字牌阵吧。"

凯尔特十字牌阵算是一个极其古老的塔罗牌阵，一共使用十张塔罗牌，对一个问题从过去、现在、将来进行推测分析。艾伯特显然也曾听说过这种牌阵，没有问艾琳为什么用这个牌阵，只是根据艾琳的指示一一挑选塔罗牌，而艾琳则熟练地将挑选出的牌一一复位。直到艾琳将最后一张塔罗牌向右倾斜放到它该在的位置时，一个形似凯尔特十字的牌阵最终形成。

　　"来吧，艾伯特先生。"艾琳将手轻放在牌阵的中心处，"该翻牌了。"

　　十张塔罗牌被艾琳依次翻开，花花绿绿的颜色使矮脚桌从原先的朴素变得绚丽多彩。艾琳稍微扫了一眼牌阵，在心中"啧"了一声，便开始解牌。

　　"第一张牌是逆位愚者。"艾琳指向第一张塔罗牌，上面印着的是一个拥有着灿金色头发的穿着花花绿绿的男人——愚者，塔罗牌里编号为零的牌。

　　"第一张牌显示您现在的状况，逆位的愚者牌意为过于盲目的不切实际的旅程。悬崖在上，愚者在下，行囊丢弃，玫瑰失落，愚者也一样在空中坠落。"艾琳的声音逐渐低沉，像是悼念那位即将落入深渊的愚者，"在爱情方面，或许是在众人反对声中坠入爱河，但终究被恋人所负。"

　　在艾琳的声音中，艾伯特似乎回想起了一个人，一个长相极其艳丽的女人。她拥有柔和的月光织就的头发，茉莉新芽上最嫩绿的叶子凝成的眼眸，满园娇嫩的红玫瑰染成的嘴唇。她仿佛是神话中的阿芙洛狄特，一举一动都吸引着艾伯特的心不断往她靠近。即使所有人都反对，但她依旧是艾伯特最挚爱的女人。每一天，艾伯特都妄想着能与她相伴走进纯白教堂。她是艾伯特的恋人——曾经的恋人。

　　艾琳抬头看了一眼艾伯特，艾伯特已经陷入了沉思，墨绿的眼眸里蕴含着怀念的情愫。

　　"第二张牌是……死神?"艾琳的语气中似乎多了几分疑惑。

　　凯尔特十字牌阵的第二张牌是塔罗牌阵里少有的不计正逆的牌位，五张塔罗牌整齐摆放构成十字，另外四张牌位于一侧稍稍倾斜，唯有这第二张塔罗牌与首张牌成垂着横向摆放，像是一路畅通的大道上忽然出现了一重路障。而这也代表了第二张塔罗牌在凯尔特牌阵中特殊的含义——"障碍"。

　　"死神吗?"艾伯特听到这张牌虎躯一震，神情也流露出一丝恐惧。

　　"虽然死神在塔罗牌中位列十三，但牌意并没有艾伯特先生想象得那么糟糕。"艾琳解释道："如果是在意为'障碍'的第二牌位上……或许阻碍您与她之间感情的，便是变化呢。"

　　"世界万物，没有什么东西是亘古不变的。正如遥远的东方曾有那么一句话——'坐地日行八万里，巡天遥看一千河'，您所坚持的不变，其实在潜移默化之中，也发生了变化。与您坚守着自己的原点不同，您的恋人选择了前行，即使您也在默默地无意识地前进，可你们之间的距离越来越远，变化在您与她之间划下深深的沟壑。这道天堑，便是你们之间最大的障碍。"

"是啊。"艾伯特握紧拳头，久未打理的指甲已经渐渐变长，透明的指甲深深嵌入手心之中，划破表皮层，指缝间渐渐渗透出暗红液体。一丝腥味混在占卜室狭小的空间中，一下子就被空气中浓浓的檀香所席卷覆盖。

记忆中笑靥如花的女孩，嫩绿色的眼眸里曾只倒映着自己的身影。她修长洁白如东方稀有的羊脂玉的双手紧紧地揽着艾伯特宽广的背，右手中指间佩戴着一枚银白色的戒指——是他们的订婚戒指。

白金制的圆环被牢牢地禁锢在那只手指上，透明的阳光透过一克拉的公主方钻后折射开来，在亚麻色的织物上留下彩虹般的光晕。他们像这对对戒所象征的含义一样，天生一对。

当艾伯特逐渐沉溺于那段幸福时光时，"变化"一词像击碎美丽泡沫的砾石，打破所有的美梦。

沾满泥点的红玫瑰。

孤傲的离去背影。

跌落的银白指环。

还有，那一抹闪现的白光……

愚者谨慎地前行，脚下踩着的是绵羊身上最柔软的毛所织就的地毯。浅褐色地毯的尽头是镶嵌着无数宝石的黄金王座，一位身着华服的少年端坐在王座上。少年淡金色的柔软发丝上是沉重的华丽冠冕，戴着鸽子蛋大的红宝石戒指的右手食指轻抚着左手所持黄金权杖杖身上精细雕刻的花纹。少年轻敛眼睫，盖住湛蓝如天际的瞳孔，面色凝重。愚者心中一惊，低身匍匐，敬重地向那位年轻的皇帝垂下他的头颅。

——《愚者之旅·第四章》

艾琳对艾伯特的异样似乎全然不知，将"死神"牌解读完后，就看向第三张塔罗牌："第三张牌是逆位皇帝。"

"第三张牌代表'未来'。皇帝是权威的象征，牌面上的他左手托着沉重的金球，右手握着代表权势的权杖，向来极其自律，掌管天下众人的生杀予夺。但这张牌却是逆位的。"艾琳曲起手指轻轻敲了敲矮脚桌，木制家具独有的清脆响声回荡在狭小的占卜室中。

"逆位皇帝，意为不自律、懦弱、处于被支配的地位。您在将来可能是为了挽回这段感情而使自己变得卑微，又或是陷于一个您不得不被支配的境地。

不过，就这三张牌来看，您和您所爱的那位小姐，未来很不理想呢。"艾琳抬起纤细的食指依次划过已被解读了的三张牌，在"未来"两字加重了语气。

"梅里西小姐，"艾伯特抬起头看向艾琳，艾琳很清楚能看得见艾伯特眼白里泛起的血丝。艾伯特脸色青白，嘴唇不自然地微颤，如果嘴唇多几分血色，看上去便与德古拉伯爵无二了，"如果是占卜的结果出错……"

艾伯特的话尚未说完，就被一声巨响吓得浑身一震。艾琳右手首饰上那些小铃铛随着刚刚艾琳拍桌的举动四处振荡，为因怒火而敲下的警钟延续着波澜的尾声。"这么说，艾伯特先生，您是在质疑我？"艾琳眉头紧锁，最后一个单词的声调像是备注了"G"谱号一样。

"既然如此，艾伯特先生又何必来找我占卜呢？"艾琳作势要收起矮脚桌上所有的塔罗牌，"外面自有大名鼎鼎的占卜师等着为艾伯特先生的罗曼史答疑解惑呢。"

然而，一只手阻挡住了艾琳的动作。艾伯特紧紧握住艾琳的右手，在艾琳瞪了他一眼后，讪笑收回手，然后低下了他强装高傲的头颅："对不起，梅里西小姐，请求您继续为我解牌。"

看着艾琳微微收敛了她的怒气，艾伯特在心中暗骂自己的冲动脾气，又为艾琳似乎愿意继续为他解牌而松了口气。

明明，明明，明明就知道，这是无可改变的未来。

为什么自己还无法面对？

艾伯特再次握紧拳头，垂头接着听艾琳的解答。

荒凉的原野上，愚者独自默默彳亍着。天色已经暗沉，从空气中隐约能嗅到暴风雨来临的气息。愚者正垂首赶路，突然眼前一白，抬头便是一道闪电划破穹空。在耀眼的白光中，一座漆黑的高塔耸立在不远处。愚者用力向前望去，又一道闪电似乎点亮整片原野，直插云霄的高塔被其击毁，崩塌的碎石中，两个人影随其坠落。愚者脸色灰白，耳边回荡着雷霆的鸣声……

——《愚者之旅·第十六章》

"第四张牌，是逆位高塔。"艾琳指向那张一看便知与美好的意义无关的塔罗牌，"艾伯特先生对塔罗牌也是有些许研究的，想必不用我的提醒也知'高塔'一牌在大阿卡纳牌中是少有的正逆方面均无好寓意的牌。无论我怎么占卜，也很难得出艾伯特先生想要的答案。不过对于'高塔'这张牌，我倒是有些见解。不知艾伯特先生是否感兴趣呢？"

得到了艾伯特轻微地点头同意，艾琳接着说："'高塔'牌对应的是那位好战的神明波塞冬，他那柄三叉戟可搅动风云、掀起海啸，素有'毁灭'之意。但在我看来'高塔'牌与传说中那座可通天的巴别塔更为相似。"

"上帝耶和华以彩虹与人类订下约定，但狂妄的人类呀，却不知满足。他们说，'来吧！我们要建造一座城和一座塔，塔顶通天，为要传扬我们的名，免得我们分散在全地上。'而耶和华目睹那群人类狂妄不敬的举动，于是改变了人类的语言，人类因为语言不通而分散在世界各地，塔的建设也半途而废了。所以塔名'巴别'。"艾琳将《创世纪》有关巴别塔的内容大致讲了一遍。

"艾伯特先生，这张逆位高塔的寓意与巴别塔何其相似。凯尔特第四张牌表明遥远的过去，内讧、紧迫、不安，最终为自己的狂妄自大付出应有的结果。您和那位小姐之间的感情危机在一开始便隐藏在不可见的暗处，荷尔蒙的疯狂分泌使你们只看得见眼前事物。然而一旦激素分化退去，潜藏的危机就像炸弹一样，boom 一声爆炸开来。"艾琳形象地用双手比了一个爆炸的手势，但艾伯特并没有因为艾琳一时的童心而展露微笑。

"所以呀，"艾琳拉长了语气，"你们之间的爱情就像巴别塔一样，没有坚实的基础，一旦有外力阻挠，便会轻易'变乱'。不是吗?"

艾伯特是个虔诚的基督教徒，他几乎每个礼拜天都会去教堂进行祷告。他与他的阿芙洛狄特就是在教堂认识的。每次艾伯特看见她双手合十，垂首在巨大的十字架前沉默祷告。阳光透射入教堂绚丽的七彩玻璃，在她仿佛黄金抽丝制成的头发上渲染出瑰丽的圣光。

只是少了三双纯白的羽翼。艾伯特想，她就像是误入人间的炽天使，在愚昧的人间传达上帝的旨意。

艾伯特第一次听巴别塔的故事便是由她甜美如精灵酿造的蜂蜜的声音讲述的。完成他们例行的祷告之后，他们坐在露天咖啡馆下沐浴着温柔的阳光，白色铁艺小桌上放着的两杯蓝山咖啡弥漫着一缕轻烟。她偶然提起古巴比伦，提起那座名为巴别的塔。

她当时究竟说了些什么?

大抵已经记不清了，约莫和艾琳所讲述的无二。

留在艾伯特记忆的，只剩下他的阿芙洛狄特婉约的笑容，咖啡上那缕轻烟，和艾伯特送她去乘坐地铁时，她身后精致的铁质站牌，上面用粗黑清晰的 Johnston 字体所写的站名——White chapel。

沉重的花岗石椅上端坐着一位美貌的女人，白色的长袍自然垂下，宽松的衣褶勾勒出女人曼妙的身姿。这是愚者第一次见传说中的神祇。女人双眼被白绫所覆，左手提着黄金制天平，右手所握的利剑上倒映着面前跪伏痛哭的男人的身影。但女人依旧面色冷漠，不为所动。

——《愚者之旅·第十一章》

　　"第五张，是逆位正义。"艾琳指向那张绘画着美貌女子的塔罗牌，"正义女神忒弥斯是法律和公正的象征，她左手提着天平，意为世人的罪行都会依律判决；她右手握着利剑，意为处决严厉、绝不姑息；她双眼被白绫遮住，表明洞察真相，不为虚伪所惑。"

　　艾琳接着说："凯尔特的第五牌位代表临近的过去，从先前的四张牌中看可见，您与那位小姐之间的感情如今可能并不和睦。你们在过去的一段时间内或许发生了一场规模较大的争吵，原先因为爱情而对她任性的隐忍渐渐地变得不耐烦，压抑的火苗一次性喷发，就如同被认为是死火山的维苏威火山仅在一夜之间便摧毁了庞贝。"

　　庞贝古城？那座一夜间就从世界上消失的繁华城市，确实与艾伯特和他的阿芙洛狄特之间的恋情极其相似。

　　热恋时的甜蜜问候。

　　槲寄生下相拥的亲吻。

　　以及教堂十字架前交换的对戒。

　　可是从什么时候开始，原本平淡的生活变成乏味，亲切的问候变得敷衍，对方无伤大雅的小习惯变作相互抨击时的"哈培剑"。

　　或者从那个时候开始，在他的眼中，嫩绿如新芽的瞳孔蒙上不详的灰霾，染就嘴唇的红玫瑰逐渐枯萎，月光织成的金发变成某种邪恶的被乐园放逐的生物。

　　直至最后，随着"哈培剑"最后一次挥舞，他的恋情被庞贝古城沉重的灰烬重重掩埋在焦土之中。

　　"真是一段失败的恋情。"艾伯特在心中不得不承认。

　　"第六张牌，是逆位世界。这是最后一张大阿卡那牌。"艾琳的手轻挽了一下她右耳旁的头发，露出一只垂落的小小的金色六芒星耳坠。"这张牌的本意是'达成'，无论希望发生什么事情，最后都能如你所愿地完成。"

　　"那这张塔罗牌的寓意真好。"艾伯特难得地抬起头说了一句话，语气略带嘲讽。

　　"前提是那张塔罗牌是正位世界。"艾琳摇了摇头，她额间悬挂的红色宝石随着她的动作轻微摆动，"逆位世界的寓意正好相反，它代表未完成。而第六张牌表明不久的将来，在先下每一微秒过去，都有可能会迎来的未来中，您与那位小姐感情受到不小的挫折。您可能无力去面对，丧失了挽回你们之间感情

岭南文心 ｜ 127

的勇气。缺少正确的沟通，硬生生在你们通往接受阿芙洛狄特的祝福的道路上，劈出一道深深的沟壑。"

"是呀，你说那个男人究竟有什么好的？"艾伯特咬牙切齿地说："沟壑？这道天堑我永远都无法心安理得地跨过去。"

那天究竟说了些什么？艾伯特绞尽脑汁都只能回忆起几个片段。

"对不起，我们……"

"为什么？我们……结婚……这束玫瑰送……"

"可能……不合适，我其实……重新找一个……"

"是谁？是那个男生吗？你亲爱的学弟？"

"艾伯特！"

记忆终结于她恼怒的声音，和散落在地下的鲜红"雨滴"。

愚者羞怯地半捂着自己的眼睛，站在他面前的是一对相拥轻吻的恋人。湛蓝的晴空下，黄莺俏皮地站在围着灌木的栅栏上，嘤嘤地唱着欢快的歌曲。遥远的天使扑扇着纯洁翅膀，拉起纯金的箭矢，给这对恋人献上最真挚的祝福。愚者缓慢地接近这对恋人，轻轻把手中代表祝愿的红玫瑰放入那个微笑看着他的女人的掌心。

——《愚者之旅·第六章》

艾琳沉默了很久，直到艾伯特激动的情绪逐渐平缓，由波涛澎湃的海啸巨浪慢慢冷却为苍茫平静，唯有海风舒缓吹过才泛起一阵阵涟漪的海面后，才开口："艾伯特先生，您失态了。"

艾伯特伸出左手拿起从占卜前就放在地面上的那杯水，用力灌了一大口，原先温热的液体经过喉间只留下丝丝冷却后的冰凉。颤抖的左手将空玻璃杯重重地砸在地面上，发出一声刺耳的响声。

"对不起，我会控制好自己的情绪。"艾伯特重新低下了头。

"第七张，是正位月亮。"艾琳第一次指向那四张倾斜的塔罗牌，"月满盈亏，本是世间规律，但总有不甘心之人，自它成为满月之时，就开始惴惴不安，担心月亮亏损。"

艾琳声音听起来似乎变得缥缈："第七张牌代表潜藏的真心，如同月亮，您与那位小姐之间的恋情也是如此。我不知道您对爱情是怎样的态度，但从卜象来看，您似乎对这位小姐的承诺极其不信任，对感情的敏感会让你患得患失、犹豫不决。于是当您与那位小姐发生争执时，您首先选择的是怀疑，而不是信任。我说得对吧，艾伯特先生。"

艾伯特沉默了很久，才微微点了一下头。

"那个男人，"艾伯特开口，声音极其沙哑，"他是我女朋友的学弟，长相英俊，才华横溢，家庭优越，和我的女朋友堪称门当户对。"

"他对我的女朋友很好，很好……好到我开始嫉妒他。"艾伯特的声音越发低沉，艾琳几乎快听不清出那些单词，"所以，当她跟我提出分手时，我就……肯定是那个男人哄骗了她！"

"是吗？"艾琳轻笑了一声，没让艾伯特继续诉说，接着解牌。

"第八张牌，是正位恋人。"艾琳伸出白皙的手指，轻轻点在塔罗牌上那对浑身赤裸的恋人，"这是解释爱情最好的一张牌。"

"亚当与夏娃接受了在温和的阳光下接受天使给予的来自耶和华的祝福，他们幸福甜蜜地生活在伊甸园中。相信您与那位小姐也曾如此，生活在地上的乐园。"艾琳停顿了一下，接着说："这张牌是代表周围的人对你们之间的看法，在他们眼中，你们就是亚当和夏娃，她是从您身上抽出的一根肋骨，你们就是彼此的半身。"

"怎么可能？他们明明……"艾伯特想要质疑，但又说不出什么反驳的话。

"他们是不是曾经说过，要小心维护你们之间的感情，对你们的感情表示不信任？"艾琳看向艾伯特，得到了一个微不可察地点头。

"想必您也清楚，即使是亚当和夏娃，也不是一直无忧无虑地住在伊甸园中。他们要面对毒蛇的诱惑，吞食禁果带来的惩罚。"艾琳解释道："你们之间不也是如此吗？虽然你们坠入爱河后，就不能清楚地看待很多事情，但是你们周围的人很明白，所以才给您提出真挚的建议。可惜，一旦踏错一步，便会永远离开伊甸园，开始流浪生活。"

艾伯特回想起，当初第一次将他的阿芙洛狄特带回家时，他的父母都十分惊喜。可当他执起她如玉般的右手，宣布他们即将结婚时，面对的却是父母怀疑的眼神。

艾伯特的姐姐将他拉到一旁去，悄悄地问他："你们，真的不要再相处一会儿吗？"

看着艾伯特一脸不接受的模样，他姐姐叹了一口气，接着说："如果你坚持要结婚，婚后也要努力维护你们之间的感情。毕竟她看起来条件这么好……"

艾伯特几乎听不清他姐姐究竟说了些什么，也不想再听他姐姐所谓的建议，他转过头，认真看着站在门厅里那个美貌的女人，水晶吊灯投射下的暖光洒落在她微卷的金发上，姿态婀娜，笑容浅浅，右手中指上那枚银白的指环散发着瑰丽的光芒……

城墙边用以行刑的庞大的十字架上倒挂着一个男人，民众围成一个大圈，对着那位男人指指点点。愚者流浪路过这座城市，从城外村庄的一个栗发小姑娘处听闻，这是个被诬蔑的勇者。愚者抬头仰望着这个勇者，衣衫褴褛地被倒吊着，看起来理应十分痛苦，但他却一脸安详。突然，愚者听见有民众发出惊讶的尖叫声，定眼一看，发现勇者头顶上出现了一个隐约的在发光的东西。愚者捂着自己的嘴巴，让尖叫声重新回到喉咙之中，他左侧胸膛的深处，有一个血红的东西在疯狂跳动——那是独属于天使的，光环。

——《愚者之旅·第十二章》

"第九张牌，是正位倒吊人。"艾琳指着牌面上那位被倒吊起来的意志坚强的勇者，"倒吊人是一张极具牺牲精神的塔罗牌，即使处于再怎么危险的处境，都能微笑着去面对。如同加缪先生笔下曾写过，'没有一种命运是对人的惩罚，而只要竭尽全力就应该是幸福的'。"

艾琳将一开始就放在矮脚桌上的水晶球取来，托在手上，一边感受着水晶球微凉的触感，一边说道："凯尔特的第九张牌代表'愿望'，展现您在这段恋情中能学习到的事物。或许您在这段恋情里受到了不小的挫折，但您也学到了不少的东西。您的卑微、您的懦弱、您的不知变通，都造成了这份恋爱的失败。一次在爱情上的失败并不代表永远的孤独终老，在危难的处境中克服而绽放的玫瑰才是最为娇嫩的。如同主神奥丁，相传，他曾经倒吊在世界之树上九天九夜，最后才取得卢恩的奥秘。希望您也能如奥丁一样，吸取这次失败的教训，在下一段恋情里，遇到更好的人吧。"

"如果还能的话……"这一句话艾琳说得极轻，连面对面的艾伯特也没能听见，便迅速地消散在空气中，不留一丝痕迹。

"第十张牌，也是这次占卜的最后一张牌，代表着您所问问题的最终结果。"艾琳用缓慢的类似宣判的语气说："第十张牌，是逆位审判。"

"审判，无论你是家财万贯的富商，高高在上的贵族，还是一无所有的平民，在审判面前都是公平的。你所做过的全部善行，你所犯下的全部罪恶，都会通过你的心脏，在阿努比斯的审判之秤上，与真理之羽权衡。"

艾琳将水晶球放在牌阵中央，七彩斑斓的塔罗牌在水晶球的映射下变得光怪陆离，艾琳严肃地看向艾伯特，说："逆位审判，是不公平的审判，您无法正确看待这份失败的恋情，因为您可能已经犯下了不可饶恕的错误，您不愿意面对这个事实，无法对内心进行反省，所以才到我这里，祈求上天的宽恕。我说得对吗？通缉犯，凯·艾伯特先生。"

时间在这间狭小的占卜室内变得静止，微弱的呼吸声成为此间唯一能体现时间流逝的证明，烛光隐约摇曳不定，檀香在静静地焚烧。

艾伯特努力控制住自己夺门而出的冲动，沉默地看着跪坐在对面的占卜师。毫无疑问，他的罪行已经被发现了，过去几个小时的占卜结果如今听上去，每一个单词都饱含深意。

"你说的没错，"艾伯特长呼出了一口气，感觉整个人都轻松了不少，"不愧是梅里西占卜师，我甚至以为您是卡拉瓦乔作品里那位吉卜赛女郎。"

"艾伯特先生，我的占卜任务已经完成了。"艾琳重新展露了微笑，"不过在这个时候，您可以将我当成一个祷告神官。"

艾伯特静静地看向艾琳，他几乎能看得见艾琳那浅蓝的瞳孔里，倒映出一个狼狈的身影。

"好。"他说道。

那天是伦敦常有的阴雨天气，时隔了一个月不曾见面，这次他的女朋友提出了要见面，就连灰霾的阴天艾伯特也觉得是阳光明媚。

街头的小姑娘微笑着将一捧艳丽的红玫瑰递给艾伯特，里面的每一枝红玫瑰都是艾伯特精挑细选的。娇嫩的花瓣簇拥成一团，为了保鲜而洒上的水珠粘在花瓣上，艾伯特甚至能透过水珠看到放大的花瓣脉络。艾伯特谢过花店小姑娘，转身向白教堂区走去。

依旧是他们常来的露天咖啡厅，初见时的明媚阳光变为如今的层层乌云。他的阿芙洛狄特端坐在那里，使这个阴暗的天气都焕发光彩。

他的玛格丽特，独属于他的阿芙洛狄特。艾伯特这么想着，径直向那个女人所坐的茶桌走去。

"玛格丽特，好久不见。"艾伯特想献给他亲爱的恋人一个久别重逢的亲吻，却被玛格丽特低头婉拒了。

"凯，我今天约你出来，是为了谈一件事情的。"玛格丽特端起茶桌上的咖啡轻抿了一口，"对不起，我们分手吧。"

"为什么？我们不是都打算结婚了吗？为什么要分手？"艾伯特听到了玛格丽特的话顿时就萌生了丝丝不知名的怒火，"对了，这束玫瑰花还是我特意挑选的，送给你。"

玛格丽特拒绝了递过来的玫瑰花，无人接手的花束跌落在地面上。不知从什么时候起，开始下了绵绵细雨。原本被悉心照顾了一路的娇嫩玫瑰被无情地滚落在地上，花瓣散落了一地，还沾染上了不少泥点。

"可能我们之间不合适，我其实也不想再继续下去了，我累了。"玛格丽特抬眼看着艾伯特，"我们分手吧，你重新找一个女朋友吧。"

"是谁？是那个男生吗？你亲爱的学弟？"艾伯特感觉自己脑海里没有任何

东西，只剩下玛格丽特和她那位学弟一起说说笑笑的场景。因为最近结婚的原因，玛格丽特已经很久没有对他露出如此轻松惬意的微笑了。

"艾伯特！"玛格丽特恼怒地站起来，将五英镑垫在杯托下面，轻轻旋转出右手中指的银白指环，放在两人之间。"我们也不用再见了。"

玛格丽特撑起黑雨伞离去，长长的白纱裙边被雨滴打湿，但依旧显得十分飘逸。

"玛格丽特，你给我说清楚，不然我不同意分手。"艾伯特不小心将戒指扫落到地上，只留下叮当一声。但艾伯特来不及将指环捡起来，只能急忙追上去。

争执，拉扯，掉落的黑伞。

以及最后被纠缠地不耐烦的玛格丽特脱口而出的一句话："是，我是喜欢他怎么了？"

被嫉妒蒙蔽了双眼的艾伯特突然看到小巷边倚放着的铁棍，然后……一挥而下。

"我不知道该怎么办，这并不是我所希望的结果。"艾伯特揪着自己的头发，语气里充满着悔恨，"后来我听说梅里西小姐在占卜一方面很有研究，于是就想来看看。看看我和玛格丽特之间究竟为什么会变成这样。"

"嫉妒，本就是人类的原罪。也正是因为您的不信任，滋生了这个原罪。所以你们，注定背道而驰。"艾琳说完后小心地把矮脚桌上的东西收拾回艾伯特刚进来的模样。

"走吧，"艾琳从软垫上起身，"该出去面对您的最后一张塔罗牌了，艾伯特先生。"

艾伯特拿起放在一旁的鸭舌帽，跟在艾琳的身后，慢慢地离开了这个时间仿佛静止的空间。他看见占卜室的门口站着一开始领他进来的少年，他看见走廊里美丽精致的蔷薇花纹墙纸，他看见店里门口站着的一群身着警服的男人。

看着自己的双手被铐上银白色的手铐，艾伯特想起那天掉落在地上的那枚戒指，那是艾伯特用一个月的工资才买回来的对戒，在一个教堂的十字架前，伴着唱诗班的歌声，将它戴入玛格丽特的象征着订婚的右手中指。

"可惜了那枚这么好看的戒指。"艾伯特想。

艾伯特被押上警车的最后一刻，他扭头想再看一眼艾琳。艾琳穿着一身藏蓝色的占卜师服，悬挂额间的那枚宝石在阳光的照耀下璀璨发光。艾伯特突然愣住了，那枚原先在烛光下如血一样红色的宝石，在伦敦难得的阳光照耀下，竟变成了茉莉新芽叶子上的嫩绿色——就像玛格丽特的眼眸。

目送着艾伯特和警察的离去，道格拉斯好奇地看向他的老师："老师，他是谁呀？你之前让我把警察叫来，就是为了抓捕他？"

"就一位客人，没什么关系。"艾琳边说边往起居室里走。

"那老师为什么要我报警呀？等等，他不会是那个白教堂区的谋杀犯吧！老师你居然跟他单独待了这么长时间。"道格拉斯突然想起今天早上的报纸，慌张地看着艾琳。

"什么时候吃午餐呀？我都饿了。"艾琳并没有回答道格拉斯的问题，"道格，快去做饭，今天中午我要吃烤羊肉配拉斯图尔那瓶淡红酒，六成熟。"

"老师！"道格拉斯十分想知道艾伯特的真实身份。

"吃完午饭，我就带你去看看爱丽丝动物园那个安哥拉兔鉴赏大赛。所以，不要问这么多了，快去做饭。"简单地用兔子将道格拉斯哄走的艾琳松了一口气，转身回房间。

"一个愚蠢而不自知的'狄俄尼索斯'而已。"一句话轻轻地从艾琳口中说出来，也无人听见了……

愚者突然在路上捡到一根缓缓飘落的白色绒毛，只细细一根，就让他感受到里面蕴含着的圣洁气息。愚者猛然抬头，看见一位貌美得不可方物的天使从天而降。天使拥有圣洁的六翼，愚者仅用肉眼都能看到天使身上七美德的气息。天使拿起黄金制的号角，轻轻吹响，世间便流淌着扣人心弦的旋律。愚者看见那位倒吊的勇者得到救赎，看见忏悔的罪人重见天堂。随着乐曲的吹奏，愚者看见一条通往天际的路。愚者坚定地踏上第一个台阶，追随着天使远去的身影。愚者知道，他将抵达一个新的世界。

——《愚者之旅·第二十章》

沉默

◎ 陈艺琳

这是 1940 年 6 月，江苏沦陷区内。

日军在侵占江苏过后，扶植中国亲日派人员在此建立了汪伪江苏省政权。傀儡政权下，人心惶惶。比起战场上的烽火硝烟，人们虽然还能安然住居，但是来自同族人的压迫却令人更加窒息。限制自由，限制言行举止，服从日军的条例等等的明文规定像绑在身上的绳子一道道勒紧着肉躯，留下深得发紫发红的勒痕。

在长安街巷里的一所居民楼里，位于四楼的租屋内，一群青年正围坐在粗糙破损的地板上。

"抗日组织给我们发来的这些文章，我们已经尽多地印发了。"位于人群中央，一位身着白色衬衫，学生服裤的青年往左右传递自己堆放在身后的传单，尽管他的眼里闪烁着雀跃的色彩，但是他的话语却显得稳定沉着。

"怀明哥，这么点够吗？"身侧，一位身材矮小，穿着粗布褂子的少年举着手中的窸窣纸张，寥寥纸片在空中摇摇曳曳。

坐在正中间的少年发笑，稍松弛了脸色，"当然不够！"说着，他从身后的柜子里抽出抽屉，里面装着满满的传单，"只是现在传给你们看看大致内容罢了。"

"知道咱们小墩子可贪心，可不能多印嘛。"人群里的另一位青年高声嚷嚷道，惹得众人都笑出声来。

小墩子气鼓鼓地嘟着两腮，涨红了脸，"你才贪心呢，我是要多打几个鬼子，不叫贪心。"他噘着嘴犯恼嘀咕。

在座的众人又不禁发笑。

"明天一早，是日军少佐山下枝武进城的日子，我们就分批在他们巡游路线发放传单，尽量送至人们手中，也可以塞进门缝里，尽可能多发，发现险情，即时穿进人群里。我们每个任务点都会安排其余的人员作掩护，保护彼此。"怀明稍压低身子，在木地板上比画着，他有条不紊地分配着各成员的任务，沉着的语气舒缓着成员激动的神经，明明才十八岁，却丝毫不带青涩。

他的目光偶显出冷冽的锋芒，直叫人看了不禁哑然肃敬。

"在沦陷区，民众无法得知外头同胞的作战，不知道同身为中国人的伙伴们正在浴血奋战，他们见到的同胞都是日军的傀儡人偶，是自相残杀的怪物。我们要让民众奋起，要让他们激起民族意识，而不是眼睁睁地看着他们麻木沉沦。"

周围陷入一时的沉默，然而他们彼此都心知肚明，各自的心里却如同炉灶里的柴薪正熊熊燃烧着。

这样一支十七八岁的少年们的抗日队伍，在抗战时期，为自由，为人民却献出了超越生命的一切。

隔天，日军少佐山下枝武的营队如期而至。

街道上人山人海，挤推着观看行进有序的队伍。

在人群中，东窜西蹦出几个挎着布包的少年，他们一手握着背带，一手塞进布包里，摸索着什么。忽的，就像四起的泉眼一般，在人流簇拥的浪海里，一小撮一小撮的白色泉水跃起又落下。人们的喧哗声伴随着纸张的飞舞声，大家因着小小的传纸单而四处涌流。群众争相捡起或抓住纸张，上头的笔墨黑字清楚地印刻在眼里，抗日，反政府，同胞奋起的字眼还以鲜红的颜色标榜在最上头。一时间，群众的焦点已然不在威武森严的队伍中，而是争相抢阅着飞舞的"白鸟"。

计划顺利进展着。军队行进的路线，爆发着少年赠予的白色礼炮。偶有传单飞至队伍中。日军拿起传单，一脸茫然地看着上头的文字，但是醒目的红字依旧令他们感受到深刻的敌意。

日军开始布散士兵进入四周的人潮队伍中。

他们手持尖刀枪支，凶猛的目光扫视着喧嚣的人群。

"嘭！"一声长鸣枪响划过天际。

人们伸长脖颈，惊恐地寻找着枪声来处。

"安静！全都给我安静！（此处为日语）"一位高高站在卡车上的日兵高举着枪支，朝着人群高声喊道。

四周间，人群的声音被压下去，只残留些许窸窣杂声。

底下，分散在道路两侧的日兵走入拥挤的人群。队伍继续行进着。

士兵恶狠狠地瞪视着周遭，民众低垂着目光，脚下踩踏着白色传单。

怀明把手中所剩无几的几张塞进临近的铺门空隙，他一边盯着不断行进的士兵，一边张望着伙伴的所在。

他与临近的同伴四目交汇，眼神暗示着撤退。

少年相互交换传递着讯息，各自按规划好的路线撤回。

怀明没有立即往回走，他直往最后一个任务点迅步走去。

少女感觉自己的手腕被猛然握住，她心下一惊，怔住了身子，手中的白单也无力地垂着。

"走！"

熟悉的声音在她身后响起。

她扭过头，脸上的惊恐顿时化为乌有，取而代之的是雀跃的兴奋。

少年轻轻地点了点头，握着她的手腕往身后的街巷走去。

她望着他的背影，任他牵着往前走。

"怀明，传单发完了吗？"

待走到安全的地方后，他们才放缓了脚步，他也瞬时放开了手。

"包里还剩一些，但是这次也是发了挺多的了。"他盯看着身侧少女空瘪的布包，眼里闪过一丝惊诧与欣喜。

女孩与他这目光四目交汇，她不好意思地垂下头，双手摩挲着布包，"不知不觉就发完了。"

怀明嘴角露出浅笑，眼里放下了刚才的警备，露出淡淡的柔光。

"铭馨姐，怀明哥！"远处，小墩子正在岔路口向着他们招手，高兴地咧着嘴角。身后还有几个同伴笑着看向他们。

怀明也招了招手，眉间的皱痕缓和了许多。

铭馨也不觉轻轻地松了口气，小声地叹道："没事就好。"

当晚，他们再次聚在长安街道的居民楼上。

蜡烛烘熏着屋内，微弱的光线只能照亮每个人的半张脸，但仍然无法浇灭他们眼里闪烁的光。

大家借着难得的一晚，压低嗓音，在暗沉的夜色中，互诉着当日的激情。

然而，过后不久，他们接到了一封电报。

怀明与其他几个同伴日常上课放学，其他成员也是分布在城市各个角落，或是卖报，或是拉车，或是工人等身份各异，组织与其他各区的抗日学生组织达成联盟，附属于吴县的领导总部。总部与沦陷区外的抗日组织保持着密切的联系追踪，并且报告着沦陷区内的实况，进而传递有关任务的下达。

这份电报就是来自吴县的领导总部。

他们交换情报的方式以组织内暗定的密码数字传递。以昨日的国报刊物作为查询字典，报上的一连串数字对应着报刊上第几行第几列的文字，以此组织成完整的语句。

"试法走近山下枝武。获取情报信息。"

他们围坐在房中，一位少年坐在靠墙的书桌前，一手比对着案上的刊物，一手按着纸上的数字，一字一句地念道。

大家垂下耷着的肩头，有些丧气。

小墩子更是又撅起嘴来，"什么嘛，又是这种任务，前些日子也是，说什么试法接近那个日军警长，怎么可能嘛，咱们也倒是想接近来着，但都是没啥身份的，学生平民，就连有来头的人物也不见得能与他们接近。有什么理由呢！你们说，这不是敷衍我们是什么！"他说着来气，眉头抬得高高的。

四下大家都沉默起来。

确实，现在他们一行人，要身份没身份，要武器也只有前不久在兵工厂偷来了几把手枪还有些粒子弹，而且也只有怀明及其他几个有把枪的本领，其他几个不是太小就是太弱，多数只能打点下手，一遇上要动手动枪的时候，每每都是怀明几人去。所以总部上头考虑及此，派遣任务时往往安排些不太重要的事。

怀明靠在椅子上，也有些怅惘，低垂着脸庞。他交叉着握住双手，"可以做到的，"半晌，他缓缓开口，围坐的青年们都抬起头看向他，"接近不仅仅是指身体距离上的接近，我们的眼光所及，也是接近。探测山下的行动路线，以及进出他府邸的来往人员等，都是情报。"

语毕，大家都坐直了身子，眼里顿时恢复了生气。

"怀明哥！我去！"清澈的女声响起，留着齐肩短发的少女高举着她的手臂，坚定地看着怀明。

"哎哟！咱们小敏也是第一次自告奋勇呢，可不能落后，我也！"

"我也！""怀明，我也去！"……大家一时迸发出热情的请愿声。

当日，组织就开始规划起接近山下枝武的行动。

计划确实顺利地进行着，尽管探测观察的信息有限，但是大家都倾尽全力地接近着山下。

这一晚，大家聚拢汇报时，队中的几位女同伴带了更大的新闻。

"昨日有几名日军来我们学校，看样子好像不是普通的士兵级别，他们去了校办公室，不久就匆匆走了。今日一早，我们才听闻说，是日军吩咐我们学校安排一名女学生去做山下军官儿子山下友志的伴读，帮助他更好学习融入。"小敏压低着声音，"听说人选学校已经选好了。"

"谁?"小墩子凑近身。

"铭馨。"

大家的眉宇闪过一丝欣悦，眼里发亮，"这下可好了，我们真的能接近山下了。"

"铭馨今晚怎么没来？"

"听闻，隔日就要出发去做伴读，虽不用在那里居住，但是自周一至周五都要前往伴读。"

"难得的机会呢，如果能收获到真的情报，那我们真的能立大功了。"

"我们和铭馨商量的时候，她说铭记着咱们组织的任务，会见机行事。咱们可都要像铭馨一样，继续坚持！一步步靠近咱们的目标！"

大家有说有道地商量着，鼓舞着彼此。

而坐在靠墙的少年，却始终高兴不起来。

夜幕渐深的街巷，路灯凄凉地站立在道旁。惨淡的光亮照衬着少年暗淡的脸庞，他独自行进在寂静的巷口，朝转角的一处紧闭着的店门走去。

他轻轻敲打着门。

不一会儿，她推门而出。

她知道他为什么来找他，她垂着眼帘，紧抿着嘴唇，背靠在门板上。

他也静静地盯着她，就这样默默无言了一会儿，他慢慢启齿，"你准备好了吗？"

她抬起头，眼里装着惊讶，倏忽间，她恢复了神色，"噢，是，准备好了。"

"一切小心行事。"

"嗯。"

怀明的眼神与她再次相碰，他躲闪开，"记得保持联系，保护好自己。"说着，他走下一个台阶，"走了。"

她目送着他背影的离去，直到消失在转角。

次日，有山下专派的车接送她到府邸。

至于学校会推选她，大概很大原因与她熟练流利的日语脱不了干系。

随着走在前头的仆从，她走到会宾室。

"早上好，铭馨小姐。（日语）"在红木长桌后，绿色军装包裹着高壮的身躯，典型的八字胡子整洁地挂在唇上，显得滑稽可笑。

"早上好。"她礼貌地对答。

"自日本改化江苏后，能够诞生小姐这样的才士确实是令人高兴，敝人的儿子若也能多向小姐学习，那肯定是能大有所为，所以也就在这一方面就请小姐多多照看。"山下摸着小八字胡，笑意满满。

她扯着恰好的微笑，"是，我会尽我所能。"昨晚，她已经将这句话反复多次地逼迫自己念道，以致让自己不要投入任何感情。

"谢谢，那就有劳小姐了。"山下示意她身旁的仆从，面向她时，嘴角的上扬让胡须也翘起了应有的幅度。

"请跟我来。"

她由着仆从的带领，来到了二层的一扇日式的木门前。

"少爷，要开始学习了。"

"真啰嗦！"

她被这一呵斥惊吓到，而身旁的仆从却面不改色地推开了门板，请示着进去。

里间是日式的榻榻米，木门后有个置鞋处，西向的窗户敞开着，墙壁上挂着几幅山水画，显然是中国的画作，在正中央摆放着精致的小木桌，一位少年正趴在桌边，眼里直视着竖立在桌子上的书，不带瞧一眼身侧。

"请吧。"

她愣愣地环视周围时，木门被拉上了。

她感到有些茫然失措，拘谨地呆站在置鞋处，垂头低视着锃亮的木板。她忽地想起长安街楼上租屋里粗糙硌人的木板。

沉默了一会。

桌上的书垂下，掩盖住少年的鼻口，他依旧保持着不动，但是眼角稍稍向她这边看来。

她与之对视，礼貌地向他问候，"你好，我是铭馨，请多多关照。"

他喷了一声，稍稍扭动起身子，缓缓坐直。"所以，你又是我父亲派来说服我的吧。"

"说服？"她不解，"不是，我是伴读。"

"那就是了，那个人玩不出新花样。"他对着眼前的倒置的书念道。

她歪着头揣摩着他的话。

"那个，进来吧。"少年微微抬起手指指着对面的位置，没有看她。

她脱下鞋子，轻轻地移步到位置上。

在她打开背包，陆陆续续拿出书本的时候，他开口道：

"你无须向我说明留在这里的好处，你如果只念书本，我倒是愿意听一些。你明白吗？"

她大致上明白了他的言语之意，尽管如此，她仍觉得有些好笑。

"你笑什么？"

"我是决不会劝你留在这里的。所以你大可安心。"她嘴角微挂着笑意。

少年感到有些恍惚，他收起诧异的目光，看着摆在桌上的文书，"为什么？"

"因为我是中国人。"

她直视着对面少年的双眼里装满了坚定，尽管是细缓的语气，却仍旧是那么的有力地掷在他面前。

他似懂非懂地看着她，审视般的目光划过她，他垂下头，懒懒地点了点头，令人费解。

这时，敲门声响起。

"少爷，老师来了。"

在她执行接近山下枝武的任务期间，队伍的其他成员也在接着继续斗争。

沦陷区外的抗日组织不断往他们传达着外头的形势局面，他们不断印发秘密带入沦陷区内的抗日文章传单，在夜深人静，抑或是清晨黎明，将他们有序地折好塞进门缝、窗缝之中。同时，组织内在军工厂或者交通业做工的伙伴也在努力地收集着日军以及伪政府的物资情报和交通路线时况。

夜以继日的，他们在一天的忙碌奔波后，隔三岔五便到位于长安街巷的居民楼内会面。

城里的气氛开始渐渐变得紧张压抑起来。

十一月到了。飘雪的季节，灰白的天空笼罩着愈显黝黑的城市。

铭馨坐在电车内，头靠在临近的玻璃窗上，呆呆地仰视着黯淡的天色。

已经是第十天了，然而一切却一直不尽如人意。

自打那日初次进入山下的府邸起，山下枝武就一直踪影不定。偶有几次出现，也只是恍惚而过的背影。

但是所幸，山下有志对她渐渐放下了戒备，看得出来，他并不讨厌与她一同伴读。

"你有朋友吗?"他放下手中的书本，懒懒散散地趴在桌上。

"有。"她目不转睛地盯着书。

"我也有。但是那个老家伙不准他们和我一起来中国。"说到这里，他又不禁紧皱起眉头，露出嫌恶的神色，"说什么，他们是属下，不是朋友。"

她没有回话。

他忽的将头侧过来，"唉!你带我去见见他们呗。我想看看你的朋友。"

她翻过书页的动作停在半空。

不一会儿，她继续翻过，专注地看着书页，缓缓回道:"不可以。"

"为什么?"他直起身子。

"因为你的身份不一样。"她抬起双眼，与他对视。

"什么嘛，连你也是这样想的呢。"他不含讽刺地嘲道，眼里有些失落。

"不是，我不是说你高人一等。"她正襟危坐着，双手放在膝盖上，直立着上半身。她正视着对面的日本少爷，坚决的目光让她看上去俨然像个威严的长辈。

他安静地看着她。

"你要明白，这里是沦陷区。你的国人占领了这里，原本是主人的我们任由你们摆布乱为。你只要跟我一起踏出家门，我不能保证你能否活着回来。"

他沉默地看着眼前的少女，"那，你为什么不现在杀了我。"

"你没有错，你没有干那些勾当。你是无罪的。"

他脸上愈加黯淡无光起来，"你是来杀我父亲的吧。"他带着锋芒的眼光刺向她。

但是她依旧面不改色，像山一样屹立不倒。

"如果能，我一定会杀了他。"

他将背靠在身后的墙壁上，静静地凝视着眼前这个少女。

"带我去见见他们吧。但是我想请求你，不要让他们知道我的身份。"

漫雪纷纷。整座城市盖上了雪白的面纱。

她揉搓着双手，嘴边呼出的气化为白烟缕缕。

"给，手套。"并肩而行的山下有志取下自己的手套，递给身侧的她。

"没关系的。就快到了。唉，那儿！"她冻得发红的双手抬高着，一坐墙壁泛黄，斑驳相间着污渍的建筑映入他的眼里。

他们走在楼梯和过道上时，脚下的木板不时发出吱呀的声响，贯穿了空荡荡的楼层。

在临近门前的时候，她示意他到了。

来开门的是小墩子。

山下有志讶然地看着他。寒冬时分，眼前这个小少年只穿着一身薄薄的粗布衫，松垮的裤裤筒在由门窜入的寒风中无力地摇曳着。

"铭馨姐，这就是你所说的那个远在日本的表亲啊。"小墩子的视线停留在山下厚实的棉外套上。

"是啊，让你们见笑了，他还不会说汉语。"铭馨先走进屋内，转过身以手示意让他进来。

屋内，木板上，围坐一群学生模样的青年们。但个中也有身着工装或是单衣布衫的。

他们向他投来亲近的目光，笑着盯着他。

"来，这边。"座中，小敏用日文招呼他。

自日军占领这里后，对学校进行同化教育，许多学校都开始教授日文。

因此座中的学生多多少少懂点日语。

"之前就听铭馨说，自家有个在日本的表亲，现在真是见到了，竟是像个阔家子弟一般。"

山下有志有些不好意思地垂下头。

铭馨见此觉得有些好笑，平时里在家里狐假虎威的，现在在众人面前，却乖巧得很。

"呵！"山下有志忽地被抓住了双手，他惊骇地看向身旁。

"唉！"小敏将紧握着山下的手打开，呵斥道："小墩子，你这是干什么呢！"

"我，"他又再次凑近身子，山下闻到他身上带有的煤矿味。"我第一次这么近有这么安全地接触到日本人。"他睁大着双眼看着山下。

山下感到有些别扭地歪过头，而小墩子便顺势也随着他一起歪，山下便转向后，他也跟着转后，转右边也跟着，频繁的转动让他们看起来像是蜜蜂围绕着花蕊。一时惹得众人笑得前仰后翻。

窗外，是肆虐的雪。

"不害怕吗？"两人相对捧着书本静默了许久后，悠悠飘来铭馨的声音，"我倒想问你，你不害怕吗？"友志抬起目光，嘴角挂着微笑。铭馨也弯起眼角，安静地盯看着手里的书。

"我不能帮你的。"友志缓缓地说道，恍惚不安的神色在脸上飘荡，正踌躇着怎么解释时，铭馨笑着看向他，"不，你不能帮我。这是当然的了，我还祈祷你不会让人抓了我。""怎么可能嘛……""都是可能的，友志，你有你自己的立场，我也有我的，现在它们都处在对立的方向，我们现在能这么融洽，实属难得的了。"铭馨放下书本，望着身侧的窗外。"如果有那么一天，我们能不顾立场……"忽地，她止住不说话，有些惊慌地正襟危坐起来。"如果这样怎么样。"友志探过身子，继续问道。"没怎么样，不可能！"她脸上奇怪地攀上愠色，有些紧张地咬着下唇。

接近十一月的尾巴，阴沉的云雾笼罩着城市，世界仿佛只剩下黑白两种色调。铭馨垂丧着脑袋行走在街巷，沉默地看着脚下的路面。一阵轰鸣的喇叭声划过时，她才发觉自己正伫立在长安街巷里。那座楼房正矗立在前方。斑驳的墙面，紧闭的门窗，她好像看到了四楼窗户里晃动的人影。她没有靠近，而像是感到有股慑人的威力充斥着那扇窗，她怔住在原地，心里七上八下地跳得慌，忽的，她感到冷冷的寒意不断朝她袭来。她于是转身离开。灰白的窗际，隐隐透出一抹黑色的身影。

"怎么了？"友志慵懒地用手心托着脸颊，不解地直盯着她。"我说，你从昨天就有点奇奇怪怪的，到底是怎么了？"他有些不耐烦地轻敲着桌面。

铭馨没有看他，低垂的目光怠倦地落在书本上，"没什么。"

友志歪过嘴角，对她的回答感到有些莫名其妙。"对了，我们上次说好的郊游，他们已经安排好了，这个周末我们就可以出发的了。"他雀跃地看着她。"听说郊外有很不错的山水风景，正巧这几日天气当好，自从离开日本到现在，好长时间未去登山游玩了……"他的语气渐渐低弱，些许不安地看着面不改色的铭馨。"你不会是……不去？"

铭馨抿起愈见惨白的嘴唇，蠕动的唇瓣像是积蓄着力量发出声音，双眼晃动地摇摆不定。迷茫的手掌在书本上摩挲。

友志垂下脸，前额的碎发隐隐遮遮住他的眼帘，高耸的鼻尖若隐若现。"我父亲也会去。"淡淡地，她惊异着话语里没有任何情感。她定住看向他，那头黝黑的发丝散去往日的鲜活，宛若瓷瓶里的低垂的百合。她虽然面无表情，但实则心如刀割。

"谢谢你，友志。"她用力地弯起嘴角，憋住隐隐抽动的鼻音，柔声道："我会去。"

傍晚的时候，城里下起了鹅毛细雪，轻悠飘荡的雪粒拂过脸颊，冰凉的触感竟然让人感到舒适。她伫立在长安街巷的一家商铺前，倚靠在紧闭的门窗。来往的车灯晃目地打在她身上，明暗交叠，她却静止地埋首思索。

耳畔响起轻缓的脚步声。她闻声转过头，见到来人，感到惊讶之余，又感到意料之中。怀明拍打着黏在身上的水珠，陪同她靠在门板。铭馨没有开口，她细细地瞧着眼前的少年，自上次见面到现在，也有个月了。身上的学生装早已卸下，宽大的工装别扭地裹着他，原本白皙的纤指刻印着一道道黑漆，只有那双炯炯有神的双眸还是仍旧闪着明明火光。她伸手想要帮他拍打掉黏在发丝上的水珠时，他有些诧异地抬起头，顺势停住了刚才手里忙活的动作，像是躲闪似的站直身子。铭馨感到心下一阵揪，眼角凄惨地耷拉着，恍惚地摆下手臂。

"听说，山下要去野外郊游？"他交叠着双手，背过身向着街巷。

"是，就这个周末。"她望着他的背影，哀伤地答道。

"你，"他顿了顿。"我会去的。是我提议的。"她愈加哀伤地看着那个少年的背影。只见他的目光紧密地跟随着过往的汽车，若隐若现的侧脸冷冽地透出寒意。

"怀明，你不上学了？"轻声的语调里藏掖着哀伤。少年转过侧脸，凛冽的寒光便刺向她，她不禁挺直了腰背，带着莫名的内疚羞愧。"半个月前就不上了，组织那边说派我到市外的军备兵工厂。"他漫不经心地答道，乌黑的手掌在身上不自在地移动。"但是，"她迎上他的目光，到了嘴边的话语顿时失去了原有的力气，弱弱地渗出，"你喜欢上学的。"她想起往日时候，那个在清晨从郊外奔跑至市中的矫健身影。

夜色攀上少年的脸庞，他的身影变得模糊不清，只有一闪而过的灯火照印出他的棱角。他仿佛在笑，"不了，现在不想那些了。要为了一些更新更有意义的事。不能只是顾着……"他忽地止住话语，又背过身子看着街道。她感到心里揪得疼，脸上渐渐有些发烫，但是她还是受到指派似的，像是要维护什么似的，"但是，怀明，自己的事情也是有意义的啊……"尖锐的鸣笛声刺耳地划过。她如鲠在喉，仿若受到惊吓的雏鸟，一时愣在原地。"你变了。"怀明的声音虽轻缓，但是在她却震耳欲聋。他缓缓地带上毛帽，谨慎地望着四周后，一脚跨到道上，"万事小心。"语毕，他便匆匆朝对面的街巷跑去，拐进另一处巷道，恍如融化的雪，骤然不见了踪影。

明晃晃的车灯在雪里散开，白雪纷纷飘絮。明亮的泪珠晶莹剔透，陨落在茫茫白色里。真真假假，对对错错，一时交融汇合，没有了任何颜色。

周末难得迎来明媚的阳光，微风带着些许凉意，着实是个出门的好天气。她止步，仰首沐浴在温暖的晨光中，像个从未见过蓝天的孩子，贪婪地吮吸着浮动的清新。

"确实很美。"耳边，少年也止住步伐，"一直仰羡这里的山水，今日加上这么好的天气，怎么看都是最佳的景色。"他轻快的语气如同枝头上的鸣雀。铭馨扑闪着睫毛，眯缝的双眼瞧见浩荡行走在前的车队，沁人心脾的凉意渐渐郁结成冰，敷在她滚热的心头。山下枝武褪去严整的军服，换上黑白相间的和服，而围拢在他四周的军员，却依旧仍个个身着完备的军装。从远处看，宛如一支离奇诡异的行进军队。

"少爷！"一辆黑色的轿车突突冒着热气，落在队伍的后方。山下家的仆从婆婆从车窗小心翼翼地探出小脑袋，"快点跟上啊，挤一挤可以坐上的！"说着她像是要推开车门让友志直接奔跑上去就座，幸好前座的司机大声嚷嚷拦住了她。

"没关系的！你继续坐，我们很快就会跟上的！"友志朝着前路喊道，清爽的声音在空荡的山间回旋，"明海先生，请你继续开车，不用担心我！"他笑着向着反射逆光的后视镜挥手。

"你去跟上他们吧。"铭馨凝视着山林间若隐若现的人群。"不用，太早到也是傻坐着，天气这么好可要好好走一会。"友志笑着说道，白皙的阳光洒在他身上，就像是一套合身的衣服。唯一具有违和感的，便是他硬要自己提着的皮包。铭馨不禁好奇，"到底装了什么宝贝，能让你硬是从山下提到山上？"

"啊，这个。"他顺着她的眼光垂下视线，怪笑着抬起皮包，又小心翼翼地朝远去的车影看了看，"其实，"他蹲下身子，将皮包放在大腿上，扭动扣子，咔嚓一声，"是我画画的工具。"铭馨瞪大眼睛，手忍不住想上前去碰触在日光下闪着好看颜色的物什。"额。"她只顾欣赏起整齐排列好的画笔。"嘿嘿。"

友志下颚靠在皮包上，笑着看着她认真审视的模样，"他们虽然知道我喜欢画画，但是不是很喜欢看到我一直在画画。想着这次难得能到郊外，一定不能错过难得的采生机会。所以，嘿嘿，保密噢。"

铭馨轻盈地在画笔间摩挲，光滑的触感让她顿时忘却了周遭。矮小的身躯，宽大的布衣包裹着女孩，腊月的寒风肆意地拍打着她，而这幅小小的身躯却宛如屹立不倒的桦树，目不转睛地盯着橱窗边画架上的画纸。忽地，母亲怒目圆睁的嘴脸在巷尾出现，她一副要推倒一切的样子朝女孩奔来，于是，女孩惊愕地从梦中苏醒。她抽回双手，有些难为情地站起身，目光游离在画笔与土地之间。"你也不怕被发现？"

"不会，他们可没有时间照看我。就算知道了，也不会瞎嚷嚷的。"他合上皮包，拍打着膝盖站起身。他有些欲言又止，侧过视线，望着山上隐约可见的瓦片屋顶。"你也看到了，他这次不是为了单纯的出游。"

铭馨心里咯噔了下，直盯着他，没有作声。

友志弯起嘴角，垂下脑袋。他看向她，苦涩的笑意流露嘴角，"千万小心。"

到了山上的楼阁时，确实如友志所想，除了刚才对话过的仆从婆婆，其余人都只顾着自己手里的活计。而山上枝武那一行浩荡的队伍，却不见了踪影。只闻相隔稍远的楼阁上传来阵阵声乐。酒杯清脆的碰触乘着过道里簌簌凉风穿行，回荡在众人的耳边。

"少爷，你这是走到哪里去了。老爷刚才还问到你呢。"仆从婆婆迎上前，走在前面，"但是，我跟他汇报说，少爷您喜欢这里的山水，所以流连在队伍后面。"她不时转过头来，"现在老爷和客人们在楼阁上用宴，少爷就请屈尊先在这里用餐吧。"说着，她就地蹲下，推开门闩，纸门的敞开投来耀眼的阳光。"请进。我下去准备碗筷。"幽幽地，她退后消失在转角。

连看都没有看我一眼。铭馨感叹道。这位仆从婆婆她是认识的，第一天入府陪读，也是这位婆婆领着自己上楼的，然而到现在，她还是没有正面瞧过自己，况且有时，铭馨总能在她的脸上看到对自己的厌倦与不屑。

"不用管她，终日在这窄井一般的屋舍里行走，难免心胸狭隘。"友志站靠在屋檐下，"这儿真好，面向着花园。"他乐津津地打开自己的皮包箱，有条不紊地将画笔摆放整齐，一副准备干大事的模样。铭馨不禁打趣他，"你这是要做法？"

友志笑了笑，把画架面着地放好，拿过桌上的水壶，在斑斓的画盘上小心翼翼地滴下水珠。铭馨出神地看着他连贯的动作，嘴巴微张着。

"我想，你最好先留在这里。"苦涩又再次攀上他的脸颊，他目不转睛地盯着手里的画笔。"我知道。"铭馨的语气里透着些许不满。友志不禁抬起头看向她，"我是说真的。"他一脸严肃。"我当然知道。友志，你以为我一直以来就是在开玩笑吗？"反讽的语气冷冷地蹦出。"我只是不想想起它。"友志绷紧的脸有些瓦解，"为什么？"

铭馨感到眼泪在眼眶里打转，她顺势垂下头，坚毅地瞪着自己的膝盖，仿佛是要用锋利的目光逼迫自己。"别问了，友志。这件事从头到尾都与你无关。"她瞧见友志失落地耷拉着脑袋，手里也不再忙活着整理。"对，是与我无关，你的事。"他咬着唇，僵硬的言语落在嘴角。他静默了一会，又起身摆放好画架，一声不吭。铭馨无言地看着他，心下如乱麻。

静谧登上舞台，楼道里只充斥着骇人的安宁。桌上的碗碟已被撤下，友志自踏入这间房屋就稳稳地坐在靠近檐下的角落里，高架起的画架挡住他的低垂的脸。她卧在对面的墙上，手里撑着的书，由从园内吹来的微风轻轻拂，一页页盛开其间。她感到如坐针毡。好几次，她想就这样夺门而出，肆意跑在过道里，然而目的地却不是楼阁上的欢歌雀舞，她想跑离这个地方，这座山，这座城市，这个国家，这个世界。但是她心总是为这肆无忌惮，毫无遏止的思想而惊愕发怵。我这是怎么了，她疑惑道，在挣扎之余，她喘息着凝视着自己怪异扭曲的心。"你变了。"怀明冷冰的话语顿时从远方传来。我变了，我哪里变了？她好像听见自己在呼唤着怀明远去的身影，怀明，你告诉我，我哪里变了。要是那时候，在怀明踏出离开的步履之前，我能问他，那就好了，但是，我敢吗？

乌黑的碎发在漆木的画架间若隐若现，"要是我们不是站在对立的立场上，怎么样？"他的声音好像从画架里传出，将她拉回那日心神不宁的午后，"要是我们不是站在对立面上，"她蠕动着嘴唇，片片碎语飘飘忽忽溜走嘴边，她的双眸已是盈满了泪水，宛如清澈的湖泊在眼里回旋，她死死地咬住发白的下唇，手里的书页也被用力地拧得皱皱巴巴。

她忍耐着，以防自己发出脆弱的呜咽声。她放下手里的书，径直打开门阀，没有一点遮掩逃避，合上的纸门掩住友志瘦削的侧脸。

少年与画架孤零零地立在原地。檐上几只鸣雀灵巧地欢唱着。

"少爷？"仆从婆婆抚上他无力的肩头，"回去吧。"细声和缓的，安抚着少年郁结沉重的脸色。只见他死死地盯住停在楼下的车辆，整齐待发地驶向镇里的一处。他紧握住窗沿的手，因为用力而白红相间，眼珠里缠绕着擦擦血丝，闭合的唇瓣痛苦地喘息着。

"少爷？"仆从一脸担忧地拍打着他的后背，"她骗了你呢，她把所有人都骗了，她背着我们的信任窃听情报，让老爷蒙受了损失，她是错的。"刻薄尖锐的语言并未经由和柔的语调而转缓，少年充耳不闻，烦躁地挪开停留在背上的手。他很懊恼，但是他无处可发。苦苦哀求换来的，是父亲对她的愈加憎恶。他只能沉默，沉默，沉默，一直沉默下去。

他转头跑向卧室，啪的一声挡住紧跟的队伍。这时他原本抑制住的泪水才能肆意地喷涌而出，垂落的肩头耸动着，手掌严实地掩住自己的口鼻，额头的青筋汹涌地冒出，脸上也是紫一块，红一块。他跪趴在地上，像是盲人一般，双手摸索着前方。木箱哐当一声被碰到地上，他急忙接过，小心地护在身下，抱着木箱卧在地上。久久地，他才得以恢复呼吸。

怀抱的木箱咯着他瘦削的身躯，因为不时抖动的身躯而发出咯咯的摩擦声。他宛如失去了精髓，空洞地躺在那里，怀抱着木箱，呆呆地望着乌黑的墙板出神。

"你不害怕吗？"漆黑的屋舍里，幽幽传来一声询问。铭馨觉得那仿佛是从遥远的屋外传来的声音，她想起那双闪着炯炯神色的眼睛，直直盯着自己。她眨巴着双眼，缓缓抬起头来，眯着眼缝瞧着眼前模糊的人影。她想发出声音，但是喉咙肿胀得难受，她艰难地摆摆头。

男人无奈地摇摇头，"架出去！"趾高气扬地向着身侧的士兵发号施令，又转过头来恶狠狠地盯着她。

不知不觉，腊月已至，出游那日的晨曦，现在又化为阴霾的云层。飞舞的雪花像初春的柳絮，又如夏至的棉絮，让人分不清是絮是雪。由黑暗的牢笼里转到视野开阔的平原，她眯缝着双眼，焦灼的唇瓣苟延残喘着，远远地，能看见层层低矮的山峦。冰冷的枪口像是深不见底的无底洞，四散开来对着她。四周没有任何声音，静悄悄得出奇。她遗憾地想道，如果飘雪也有声响，那该多好。她憔悴地转动着视线，远远地，那座山峦上，好像站了一个人。她使劲拧巴着双眼，枯瘦的手用力揉搓着。仿佛抓住了最后一道希望，她恳求上天不要在这个时候开枪，她想看清楚那道身影。

视线缓缓在恢复，画面渐渐清晰，明目的真实却如那一粒粒刺入心骨的子弹，打在她瘦小的身上。她柔弱地躺在地上，愈渐细弱的呼吸此时却震耳欲聋。她瞪大着双眼，直勾勾地盯着远处那座山峦。

腊月的北风肆意地呼啸着，白雪斜斜地铺盖在她的身上，冰粒粘着在她紧闭的睫毛上。空荡的山间，回荡着鸦雀的嘶吼。它们隔着重重山峦，对着沉寂在白雪里的城镇，不断地呼唤着。

少年倒在漆黑的房屋里，手里紧紧地捧着皮包箱，那里，静静地躺着扎着绸带的画。画里也躺着一个少女，她端坐着，安静地凝视着手里的书本。白雪皑皑的原野上，几抹黑色的身影行走在其间。

相亲

◎ 梁坚玲

"咻——啪"，空中亮出无比耀眼的烟花。这一声响，全村的人都知道徐老三的儿子娶到媳妇了。周围的人群骚动，锣鼓喧鸣，烟花迸射出来的彩色火星在空中绽放，转瞬即逝，四周的房子被映射得像一个个发亮的水晶球。

徐家村的人最讲义气了，谁家有喜事、丧事，每家都会派一个人作为代表过去帮忙，兄弟姐妹家的更是要全家都过来帮忙。这次徐老三儿子结婚当然有不少乡亲过来，年长的负责主持，年轻的负责干活，小孩负责去新娘坐着的房间陪新娘说话，本不宽敞的徐老三家一下子被堵得水泄不通，屋子里里外外闹哄哄的。

大家在外面吃喝得差不多了，刘阿嫂便领着新娘和新郎出来跟各位父老乡亲敬酒。刘阿嫂用左手捧着一个贴着喜字的竹编簸箕别在腰间，上面放着主人家准备好的红包、一壶徐家村当地最有名的陈年米酒和两个红色表面印有喜字的敬酒杯。刘阿嫂则穿着一身红彤彤的打扮出来，不知道还以为是新娘子呢！不过真正的新娘子穿的比她要更加通红，像极了熟透的红心火龙果。

一开始，大家觉得她抢风头了，但是徐家村的人都托她牵过红线，几乎每家的婚礼都请她过去，她每次都会像今天一样把自己打扮成一个大利是封，而且大家都叫她"红线嫂"，所以大家觉得这身打扮也适合她的身份，自然不会有人提出异议。

吃过饭的人都把自己准备好的红包放进喝过酒的纸杯里面。透明的塑料纸杯插上红包，在微黄灯光和暗沉的黑夜交织下形成了特殊的画面，每一个红包都包含着亲人对新人的祝贺和祝福，同时新人也会礼尚往来地在收起纸杯的红包的同时向每个人递上一个红包，表示感谢。

刘阿嫂跟新人们走到最后一桌，坐在宴席里面的吴大妈把早已经准备好要给刘阿嫂的红包悄悄地塞在刘阿嫂的口袋，这是她刚才在厨房求刘阿嫂帮忙介绍女生的回礼，"哎呀，吴大妈，你这是跟我客气什么呢，不就是给你家大福介绍个女生嘛!"刘阿嫂提高音量似乎是要炫耀她牵红线的本领,说完马上用右手从口袋中拿出红包推给吴大妈。

吴大妈马上就黑了脸,又似笑非笑地苦笑着。

吴大妈的独子今年三十了,整天不愿意找媳妇,她看着别人家的儿子二十岁出头就找到好媳妇了,自己家的儿子一点都不争气,就因为这件事平日她在村子里都抬不起头。

俗话说家丑不可外扬,她平常都不提这件事情的,但是难免会有人在背后说些风凉话,她心里早不是滋味了,但是今天又是这种喜庆的场合,她只能把不如意焖烂在肚子里。

"谢谢啊,还真的是,这个红包应该的,应该的。"吴大妈很大气的回应,一边说一边又把红包塞进刘阿嫂的口袋。这次刘阿嫂没有拒绝。

刘阿嫂果然很有本事,第二天就打电话过去吴大妈家说要给她儿子介绍女生了。吴大妈固然是很激动,这头刚放下电话那头就又抓起电话打给她儿子徐大福。"大福,妈托刘阿嫂给你找了个好姑娘,你请个假回来跟人家女生见个面,顺便提早回家过年。"

"妈,我不要相亲,你就不要托媒人给我找女生了!"大福不愿意听从母亲这种强制性安排。

这几年母亲经常托村里的媒人给他介绍女生,但是他就是不愿意回去,他甚至连过年都想不回去了,但是怕被说不孝又怕母亲沦为村里的笑柄。自己的家事变成了邻居茶余饭后的内容,所以每年过春节他会回家住三天,除了他父亲过世那一年,他从来不会多留一天。

"你这次不回来,妈就死给你看,我这些年都没脸在这个村子里面待下去了。"说着吴大妈放声号啕大哭,上气不接下气的喘气声传到电话那头,这样的哭声他记得是在父亲死去那晚他听过。

大福鼻头一酸,觉得自己不忠不孝、不仁不义,于是改口答应了回家相亲。

相亲地点安排在村口马路旁的云吞店,这家店是刘阿嫂家开的,卖云吞是她的正业,但是大家很乐意找她介绍人过来相亲,于是做媒人就成了她的副业。

刘阿嫂的店铺开在村口,平时来来往往的除了自己村子的人还有很多其他村子出来赶集的人,每逢一三六她的店铺就火旺得坐不下人,常常要把自己吃饭的桌椅拿出来在公路旁再另搭一桌。

刘阿嫂的云吞店在附近几公里的村子很有名气,不仅仅是因为店里的云吞口感好,更是因为老板娘有着"红线娘"的称誉,在她的店铺谈成不少桩婚事,每年春节,附近村子刚结过婚的夫妇都会提着一笼公鸡和好几袋东西过来感谢她。刘阿嫂在当地很受人尊敬。

刘阿嫂每次都会特意安排一个靠里面一点的桌子用来相亲，她会事先安排好一壶热茶和几个茶杯，别的桌子上面只会有加料的醋、酱油和刘阿嫂自制的不辣牌辣椒酱，经常来吃云吞的顾客肯定知道刘阿嫂今天又做媒人了。等双方都到场了，她就端上店里的招牌云吞。

这次介绍给大福的女生是刘阿嫂远房表妹的女儿，算得上是她的表侄女了。女生叫秀萍，本人长得跟名字一样秀气，只是前年结婚又跟前夫离婚了，那边的男人都说她贱，尽管离婚是因为她前夫出轨，那些没出息的男人还是说她不守妇道，不然她的男人怎么会出轨。

吴大妈像是侦察兵用高精密的望远镜查看敌方情况那样，全方位认真地打量了坐在对面的秀萍，先是看秀萍的脸蛋，眉清目秀的看起来很温顺；再看打扮，简单朴素的看起来勤俭持家；又看身材，体态丰满又不过于肥胖，而且看气色，秀萍肯定能为他们家开枝散叶，徐大福可是家里的独苗，她恨自己没本事再多生几个，现在把这个愿望寄托在他们身上。

吴大妈对秀萍很满意，觉得时机成熟了，她就起身离开，临走前特意在女生面前夸了几句大福，笑嘻嘻地走到前台。

刘阿嫂在前台结账，时不时又看几眼大福那边，看到吴大妈脸上洋溢着比过年儿子肯回家还要高兴的笑容走过来，心想事情肯定要成了。

"刘阿嫂，这是云吞钱，喏，还有，这是给你的红包，这次就辛苦你了，给我找了个这么好的姑娘。"吴大妈看起来是打心底喜欢刘阿嫂介绍的女生。

"哟，不客气，大家都是姐妹。"刘阿嫂一边打开钱柜一边点头说。

大福第一次相亲，对面坐着一个互相不认识的女生，他尴尬到不敢看对面的秀萍，他只顾低头吃云吞，同时他又十分的不情愿母亲拉他来相亲，心里的不满无处可以发泄，他囫囵吞枣地大口大口地吃着那碗云吞，云吞上面的胡椒粉混着碗里热乎乎的高汤释放着它与生俱来的辣味，大福被辣的直吐舌头，像夏天被太阳烤的喘不上气的土狗一样"呼哈、呼哈、呼哈"的吐气。秀萍看见大福这样搞笑的动作，自然就忍不住掩嘴偷笑。

大福的妈看过去，看见这两个年轻人聊的这般开心，她就暗暗的敲定了这件事。

大年三十晚，吴大妈跟刘阿嫂约定了叫秀萍过来家里吃饭。饭桌上，大福自然是不愿意多讲话的，只有大福的妈不停地问秀萍家里的情况，吴大妈又像是历史展览馆的讲解员，滔滔不绝地跟秀萍介绍了家中的情况甚至村里近些年的情况，其中自然夹杂着对大福的赞美。

晚饭过后，吴大妈说服了秀萍留下来过夜。

第二天，大年初一一早，吴大妈带着秀萍到祠堂拜祖宗，大福说这个不和礼节，秀萍不是徐家村的人。吴大妈心里早就认定了这个儿媳妇了，她认为秀萍要去拜祖宗是迟早的事情了，今天就算不拜祖宗也要让秀萍见见父老乡亲们。

在祠堂外面吴大妈拉着秀萍问候了大福爸的各位兄弟，大家都夸秀萍长得俊，大福又有福气。只是大福没料到母亲会有这样的举动，他一直祠堂外面的鱼塘旁傻愣地站着，他觉得自己的命运被安排了，自己的另一半就这样糊里糊涂地被内定了。他越想越气愤，想要找母亲说理，但是当着这么多亲朋好友的面，他不想让母亲难看，更不想让秀萍难做。

大福看着鱼塘里自由地来往的鱼竟然心生羡慕，就算它们长大后注定被吃掉，但是它们成长的过程是没有人打扰的。这片鱼塘被保护得很好，村里对着鱼塘有严格的期限规定，只能在育苗成熟长成大鱼之后才能够捕捞，违反规定的村民一律被列入黑名单，家庭其他的任何成员不再被允许共享这片鱼塘的资源。

在那一瞬间他多么希望自己是鱼塘的一头鱼，母亲此刻的做法就可以被族人限制，而不是现在这样，大家都在替母亲找到一个好儿媳高兴。

"大福，过来，进二叔家坐坐。"大福的妈在祠堂门口招手喊着，转身带着秀萍走去大福二叔家。

"唉呀，大福今年总算是娶到老婆咯，我哥在天有灵啊。来，来，来，快进来坐坐。"大福二叔在门口接待着大福一家进去屋里坐。

"大家吃点糖糕和脆角吧，今年你二婶手脚不太方便，就只做了这两种简单的食物。"说着二叔转头心疼地看着二婶，又使唤自己的儿子去厨房把糖糕、脆角和碗筷拿出来。

今年是大年初一，按照过年的习俗，结了婚的人是要发红包的，二叔的儿子虽然比大福小，但是已经结婚了，二叔的孙子都三岁了，今年大福依旧收着二叔儿子和儿媳的红包，大福心里丝毫不介意这种场面，但是吴大妈每每到这个时刻都觉得大福不争气。

吴大妈记得二叔是会看天书的，就问："二叔，你帮忙看一下过年后有什么黄道吉日，我们家大福跟秀萍去领个证。"

"这个啊，我得先好好看一看。"一边说着一边拿出电视机下面的天书。

"今年的黄道吉日还不少，大年初八就是第一个黄道吉日啦。"二叔带着老花镜眯着眼睛盯着书本细的查阅，这个样子跟大福死去的父亲很像。

其实大福很想反驳这种无厘头的婚约，但是他知道在这个场合跟母亲争吵，正所谓隔墙有耳，这件事传出去会发酵成更难听的事，所以他只是弱弱地说了句"妈，我觉得不用这么着急，我跟秀萍才见过两次面，还说不上结婚呢！"

"什么不着急啊，你都老大不小的了，我能不着急吗？"吴大妈一下子就激动了起来。

"才见过两次面那又怎样，我觉得秀萍挺好的一个女孩子，人家刘阿嫂介绍的肯定没错。"吴大妈转头看着秀萍说。

"你二叔和二婶当年不也是相亲认识的吗，现在不是挺好的吗，你怎么就这么不愿意呢！啊？"二叔在一旁听着也频频点头。

二叔和二婶当年也是相亲认识的，当年介绍二婶给二叔认识的正好是刘阿嫂的婆婆，说起来也奇怪，刘阿嫂跟她婆婆一样都有着牵红线的本领，现在又给他和秀萍安排相亲了。他也知道反对是没有用的，当年二叔也是不愿意，最后奶奶一哭二闹三上吊的逼着他娶了二婶，然后第二年就有了堂弟。

农村的家庭都有一个传统的观念就是男孩子成年后尽快娶到老婆生孩子就是一件光宗耀祖的事情，所以他知道母亲不会轻易地放过他。所以大福选择了沉默。

秀萍知道自己的过去不干净，她来到这边就是想要找肯娶她的人家，现在吴大妈看中她了，她自然不会反对，只是一脸害羞地坐在吴大妈旁边听。

大年初二那天，吴大妈请了刘阿嫂过来吃饭，特意把自己家养的最肥的几头鸡杀了弄个全鸡宴，又去市场上买了特色陈年米酒回来，这样隆重的宴会只有在大福摆满月酒的时候出现过，那时候大福的爸爸因为头胎是男孩子欢喜了足足一个月，很多家庭会因为头胎是男孩子而骄傲，有些有钱的大户人家还会请全村人和满月酒，整个祠堂周围摆满了酒席，然后鞭炮和烟花交替进行响彻这个徐家村。

"刘阿嫂，这杯我敬你的，我不会喝酒，就以茶代酒吧，不要见笑，感谢你为我找到一位这么好的儿媳。"吴大妈举着酒杯站起来说。

"还别说，秀萍可是我的远房表侄女，你们家可要好好对她。"刘阿嫂举着酒杯碰了一下吴大妈的酒杯说。

"哟，那我们现在算得上是亲家啦，以后多多照顾啊！"吴大妈说着把酒杯的茶一饮而尽。刘阿嫂也顺势饮尽杯中的米酒。

大年初三，大福想要回去单位了，他想要逃避这个现实，他希望自己娶到的不是相亲的女生，他买好明天早上六点的车票。

吴大妈过年的时候是最劳累的，从年初一开始到年初七每天早上她要四点起床上香，老祖宗传下来说争到头香的接下来一年都会顺利，所以村口的神庙每年一堆人挤破头要争头香。今年吴大妈更是要起得早些，她想拜托老祖宗让大福顺利跟秀萍成婚，自己下一年能够抱孙子。

过年给老祖宗上香，最重要的是心意要足。初二晚上，吴大妈因思念过度辗转反侧难以入眠，初三当天一早，她就打着手电筒，用担子挑着祭祀的东西蹒跚地走在路上。

此时还没有一户人家亮灯，村里的鸡、鸭、狗、牛都还在熟睡中，整个村子一片寂静，只能依稀听见一阵阵的风声，四下一片漆黑，手电筒打出来的光只有五米的可见度，吴大妈挑着箩筐小心翼翼地走。

清晨的风像是风汇聚了夜间的灵气在暗黑的道路上肆意扫荡，吹得路边的野花左右摇曳，田间的野草也被唤醒跳动着展示自己娇细的身子，簌簌沙沙的骚动声让吴大妈汗毛竖起，脊梁骨发冷。

伴随着她稳健的步伐，吴大妈肩上的东西她肩上的箩筐有规律的一上一下的颠簸着，好像是在重复她心里那句："祖宗保佑大福快点娶到秀萍……"

这一路过来，一直都没有看到有其他户人家的媳妇出来，她又喜又愁，没有人出现在半路自然是好事，但是万一哪个步伐快一点的媳妇早就赶过去上香了呢！她不由自主地担心了起来，她拽了拽担子，把担子从左边换成右边，蹲着身子放下到起身挑起，动作娴熟、利索，完成这一次接力后，后面的路程她要拼尽全力前进了，头香是她此刻的全部信仰。

气喘吁吁赶到祠堂，吴大妈看到香炉还没有插上二尺长的头香，她由衷地感到高兴，看来上天是站在她这边了，祖宗似乎也想要实现这位努力的母亲的愿望。她把箩筐放在祠堂的正中央，箩筐内的鸡头正对香炉，上香的时候，她内心没有丝毫的邪念，一心只求祖宗保佑大福快快娶了秀萍。按照烧头香的礼节，头香上完就要放一卷鞭炮，意味着今年日子过得红红火火、顺顺利利。

鞭炮一声响，吴大妈的内心终于安定下来，那柱头香堪比一颗定心丸，她挑着箩筐喜滋滋的原路返回，从此打心底觉得秀萍已经是徐家媳妇了。

回去的路上，已经有几户人家亮灯了，路上也开始有人挑着箩筐往祠堂的方向赶，吴大妈热情地跟他们打招呼，路上开始热闹起来，村里人烧的蜡烛把祠堂的香炉周围照的光亮，鞭炮声断断续续的响起。

估计是鞭炮声传到大福家里了，大福和秀萍同时被吵醒了。睡在客厅的大福先起了身，看见秀萍还在自己的房间熟睡，就不好意思进去拿自己的衣服，他又回去沙发上。秀萍在半醒的状态下已经听到开门声和关门声了，她识趣地穿好衣服起身去上厕所，大福这才敢进去自己的房间拿衣服。

大福又把自己的行李装好，把车票带上，已经五点半了，现在出去镇上，刚好可以赶上六点那趟车，乘着母亲还没有回家，他要赶紧收拾完然后逃出去。

"你要走了吗？"刚从厕所出来的秀萍碰见收拾行李箱的大福不解地问道，她知道自己不该多管闲事，但是这个男人要是走了，她回去娘家一定被别人笑话，自己又被男人抛弃了，更何况，娘家人已经当作她出嫁了，村里的人都以为刘阿嫂给她找到一户人家了，这次回去娘家人可能就不愿再收留她了。

大福只顾着收拾行李，头也没抬，随意的回应："嗯。"

秀萍瞬间有点不知所措了，她试探性地问了句："那……要不吃了早餐再走吧，"她看了看厨房的方向，又来了句，"我现在就去煮，很快的。"话音刚落，秀萍就哒哒哒地跑去厨房了。

以前在婆家，秀萍任劳任怨，管着一家老小的起居饮食，做事情十分勤奋，公公婆婆对她还是挺满意的，只是她的丈夫水性杨花，出去外面拈花惹草，回来还对秀萍大呼大叫，离婚娶小三也说是秀萍本身的错，她的公婆为了维护儿子，自然不会对她这个外人有半分同情。

秀萍的家人也是思想顽固，他们不但没有维护自己的女儿，还提着礼物到秀萍的婆家斟茶认错，求他们家继续让秀萍做他们的儿媳妇，因为在当地，离过婚的女人会给整个家族带来耻辱。但是秀萍的前夫当时一心只想娶小三，任凭秀萍一家人怎么哀求，他始终要离婚，娘家人只好带着秀萍回家。

大福还没有来得及回复，秀萍就已经去到厨房了。大福也管不了这么多了，他继续收拾着自己的行李。

在行李箱的暗格，大福突然发现自己用红纸包着的一万块钱，他本来是要把钱交给母亲，结果因为相亲给忘了，他又拿出来悄悄地放进母亲的房间。

一切准备就绪，他拉起行李出门。

秀萍听到轮子在地上滚动的声音越来越远，也没有上去制止，假装在厨房忙碌着。她知道自己没有什么资格让这个男人娶她，自己也该认命了。她其实就煮了一个人分量的早餐，吃完早餐她自己就回去娘家了，就算没有人愿意收留她，她也可以出去打工。

吴大妈在回来的路上遇上了刘阿嫂，两人当场就扯起家常来了，正当两人聊得甚欢的时候，刘阿嫂突然发现村口有个人走得很急，背影看起来很像大福，她第一反应就是往那边喊了声"大福"，果然，那个人回头了，不过那个人又立马转头加快步伐走了，刘阿嫂敏感地感觉到是大福在逃婚。

她来不及跟吴大妈解释，转头一边喊一边跑，前面人看见刘阿嫂在喊大福，就把大福给截停了，村里上到八十岁的老人下到刚会走路的小孩都认识刘阿嫂，只要她一声喊，大家伙都愿意帮她。

大福被截停了，刘阿嫂赶了上来，气喘吁吁地问他："拖着行李干嘛呢，天还没亮就想跑路！自家媳妇不要了？自家老婆子不要了？"

大福自认倒霉，只好支支吾吾地回答："我要回去单位上班，早点回去有补贴，钱能挣多点。"

吴大妈这时也赶到了，她知道大福是要逃婚，上来二话不说就是一大耳光子扇去，带着哭腔忍着眼泪说："秀萍这么好的姑娘给你，你都不要，你对得起你死去的爹吗？"

大福一下子被打蒙了，什么话都说不出来了。

"你是不是想我们徐家断后！啊……你就这样走了，我怎么对得起你死去的爹，我……我怎么对得起祖宗啊!"

大福最厌恶母亲拿着死去的父亲要挟自己，他受够了，他的耐心逐渐被消磨掉了，只剩下无形的怒火。他终于喊出了一句:"妈，我不娶秀萍，你就死心吧!我今天就是要回去单位。"大福抛下这句狠话，拖着行李就要走了。吴大妈和刘阿嫂当然不愿意，两人扯着大福的行李箱不让大福离开。

纠缠了一会，大福内心的不满和委屈在一瞬间爆发，他用尽全身的力气把两人甩开，刘阿嫂被推倒在地，混乱之中，只听到一声"咚"，吴大妈也重重倒地，放在一边的担子刚好砸到腰间，剧烈的疼痛瞬间涌上来，吴大妈躺地上嗷嗷地喊了起来，面部已经扭曲得十分狰狞。

大福意识到自己错了，他满脑子都是父亲死去时候的场景，父亲上一年跟隔壁村李大壮发生了争执，在自己村的牌坊下父亲被李大壮用路边掉落的竹子打伤，治疗几天之后去世了。

大福害怕极了，他以为自己错手杀了母亲。

在吴大妈的提醒下，大福背起母亲往村里的小诊所跑去。

秀萍已经吃完早餐了，她收拾了一下自己的行李准备回娘家。刚出门就看见大福背着吴大妈跑，看形势不对，她也跟着过去了。

一看是去诊所的方向，秀萍马上感觉到不安，大过年的，未来婆婆就进去诊所，她害怕自己被村里人说自己跟大福家人相克，心里更加觉得自己不适合嫁给大福。但是她更加担心吴大妈的病情，所以她还是跟着过去了。

所幸的是，吴大妈并没有什么大碍，只是惊吓过度，暂时性休克了，腰部被物体击中而淤青，敷一下药就好了。

大福内心觉得愧疚，生自己、养自己的母亲居然被自己错手弄成这样，他在心里早就骂了自己一千遍了，现在他恨不得扇自己几个耳光子。

一旁的刘阿嫂在旁边不断的埋怨大福不知分寸，又看见秀萍也来了，顺便就催了催两人的婚事，"秀萍是个好女孩，大福也不错，有份工作，长得又标致，你们两个要是合心意的话啊，就趁早领证了吧。"

秀萍本来就打算要走了，这些话她根本就不想听了，只是作为女孩子家，提到谈婚论嫁的时候，她不好意思发表什么，只好站在刘阿嫂身后默不作声。

"开年就有一个良道吉日——大年初八，民政局的也开始上班了，你们也刚好可以领证，趁着过年又喜庆。"诊所里的人也听着这些话，大福不敢说"不"，只好假装过去问医生怎么换药来逃避这个话题。

刘阿嫂跟着大福接了吴大妈回家，又在大福家里坐了一下。秀萍帮忙把吴大妈在床上安置好，又下来斟茶给刘阿嫂，忙里忙外的，就像是自己家一样。

刘阿嫂忙着给其他人介绍相亲对象，于是还没有等到吃午饭就离开了。

秀萍本来要走的念头被打消了，吴大妈到现在都没有清醒过来，大福一个人在家又不方便照顾她，自己要是走了，家里连个给吴大妈擦身子的人都没有，念在吴大妈这两天对自己也不错，她就没有跟大福提起自己要回家的事情。

眼看着就要到午饭时间了，秀萍一个外人，刚到这边，人生地不熟，他就提醒大福出去买菜回来，然后她就动手做饭。

大福看到秀萍这般能干，心里也慢慢开始接受秀萍了，但是要他娶了秀萍，他还是不能接受跟一个只见过两次面的陌生人相处一辈子。

说起来也奇怪，医生说吴大妈很快就会清醒的，直到当天晚上，她还是处于睡眠状态，大福一直很担心，在床前守了一夜。

凌晨三点，母亲突然醒了过来，漆黑中，她喊了一声"大福"，大福马上被惊醒，握住母亲的手回应："妈，我在呢！"大福含着泪盯着母亲，久久不能说出话来，心里千言万语都不及此时母亲能够醒过来。

秀萍在隔壁房间听到了对话，出于关心，她起身赶了过来。

吴大妈看见秀萍也来了，就叫两人坐在椅子上，她要给他们讲点东西。

"大福啊，你爹去世没多久，你又是家里的独子，你说你要是不结婚，我真的怕我们家就败在我们这一代，我以后到了下面怎么面对列祖列宗呢？"大福马上打断了母亲："妈，你说什么不吉利的话呢！这大过年的。"大福鼻子一酸，泪水在眼眶打转，他强忍着泪水抬头看着窗外，窗外一片漆黑，邻居家的室外灯发出的卑微的光芒此刻就像他最后的希望，夜间室内外温差越来越大，窗户玻璃上形成了一层薄薄的雾，整个房子都被笼罩在雾气之下，就像是一个压抑着他的监狱。

"大福，你去我的柜子上拿出你奶奶留给我的雕着花纹的木盒子。"吴大妈指了指床边的衣柜。

"这里边有一个你们家流传下来的金手镯，你拿出来。"吴大妈指了指大福手中的红木绣花的精致盒子。

大福从来没有见过母亲戴过这个金手镯，可能是怕干农活的时候弄脏了吧！

"你奶奶说，这个是要传给自己家媳妇的，你给人家秀萍戴上！"吴大妈转头盯着秀萍，秀萍含着羞地低下了头。

待秀萍戴上金手镯之后，吴大妈满意的拉着秀萍的手笑嘻嘻地说："我家大福算是有福了，能娶到你，你以后一定要跟大福好好的！"

大福被母亲这种荒唐逼婚搞蒙了，秀萍是母亲取回来的媳妇！并不是自己的媳妇！愤怒、委屈他统统都不能表现出来，面对这位生他、养他、被自己推到伤在床上的母亲，他不敢再做出有悖于母亲的行为。

"大福，我让你二叔给你在镇上找了份工作了，你过完年、领完证之后，就把原来的单位工作辞了吧，回来家里干活，在家里住又省房租，关键还有秀萍帮忙做饭！你说是吧？"吴大妈拉着秀萍的手看着大福说。

此时的大福像是被命运套上了枷锁，想逃出去，但是又能随时被捉回来，在这个家里甚至这个村子里，他能一眼能看透自己的人生。他不想自己的命运被安排在这里，他可以生在这里，可以死在这里，但是不可以一辈子都待在这里。

他没有回应母亲的话。

秀萍受宠若惊，自己能够被吴大妈看重，这种事情她在以前的婆家想都不敢想。婆婆永远不会站在儿媳妇一边，儿子永远是正确的，那些年她为此受过不少苦。秀萍在这一刻彻底放弃了回家的念头。

大福永远不知道母亲对于儿媳妇的执念，但是她理解老一辈人对于抱孙子的执着，他们把传宗接代看的比金钱还要重，生出男孩子是一件光宗耀祖的事情。母亲以前对他说过，家里男丁越多，村里人越不敢看不起，在村子里越受敬重。

因为吴大妈腰上有伤，大福就暂时没有回去单位，但是他还是没有想要辞去单位的工作的意思，他偷偷地又定了初七晚上的车票，计划着下一次的出逃。

秀萍这两天一直帮忙照顾着吴大妈，换药、洗澡、做饭、洗衣服她都干得很精致，吴大妈一看就知道这是个会生活的女生，于是打心底认了这个儿媳妇。

初七一早，吴大妈执意要带着秀萍和大福过去刘阿嫂家里拜年，她还让秀萍带着那只金手镯出门，意思大概就是领着自己家的儿媳妇过去感谢媒人。

大福也没有任何拒绝的意思，乖乖跟着过去了，一路上，大家都能看到大福一家提着礼物往刘阿嫂家走，坐在自家门口的妇女自然会打趣问："大福妈，这是你家儿媳妇啊，恭喜啊，下年就能抱孙子了！"吴大妈也客气的回应："好，好，好，承你贵言！"一路上也看见不少人家，就这样走完圈村里人都知道大福娶了媳妇回家了。

初七晚上的夜色真美，风也温柔，那晚的烟花轰炸了足足两个小时，灿烂的烟火转瞬即逝，不带走一点点他的悲伤，他多想绑在烟花上，随着一声轰鸣，他就可以结束痛苦的局面。热闹的是他人，孤独留给自己，烟花闹得更加心烦。

大福拿着今晚的车票烧在了父亲的排位下，那把小小的火焰好似一把无比锋利的刀，切断了他所有的希望，变成一堆黑乎乎的烟灰的车票像极了他被操控的命运，孤独又无助，只要别人轻轻一吹就只剩下烧过的痕迹，大福觉得那最多算是自己活过的证明。

大福也不愿意再做出任何反抗的行为了，他人生来第一次信这就是命！

第二天，大福和秀萍领证。

第二年的初七，大福一家三口提着礼物去刘阿嫂里答谢。

初八，大福和秀萍才举行婚礼，那晚的烟花放了足足两个小时。

流明

◎ 陈宣妍

炽热的太阳携带着万千辐射从地平线上缓缓升起，向地球剩余的幸存者露出嘲讽的微笑。破旧的扫地机器人在水泥地上苟延残喘，生锈的机械手艰难地捡起地上被人丢弃的营养剂空瓶，将其扔进身体背面打开的储放垃圾的空间之后，发出断断续续的声音，"清……清除，垃……垃圾。"

水泥在烈日的照射下散发出具象化的焦灼，无人敢于在此时踏足这片土地，空荡荡的街道只余沉重的死寂。当那颗炽热的星球终于垂挂在天空的最顶点时，街道尽头终于出现了一个可以称之为人的身影。

之所以称之为"身影"，是因为厚重的黑布将那个人的全身上下裹得不见一丝裸露肌肤。这副造型让人看见肯定会嘲笑一番，但现在街道上除了那个人外，不存在任何一个具有生命体征的物体。当然，没有罗兰家族研发出来的防辐射轻纤维的话，任何人都不会在亚欧大陆正午时分踏出他们家门，如果他们不想出门五分钟后因为过度辐射和过高温度暴毙。

那个披着价格高昂的轻纤维的身影不紧不慢走到一栋塔式建筑前。与其他古地球时期遗留下来的残旧建筑格格不入，这座高达900米的高塔是末日灾害之后人类难得修建的建筑物。高塔外表所用的是仿玻璃的纳米金属材料，远远看去就像是神明安置在大陆中央的指引明灯。人类将它冠以"巴德尔"之名，希望它能成为末日后照亮人类内心的光辉。

"巴德尔之塔"拥有着目前地球上最完备的安检程序，那道身影经过了多达十二道身份检验措施后，最后来到了一扇金属制的厚重大门前。他将一直披着的轻纤维布取下，露出一张大概只有二十五岁上下的有着亚洲人特征的年轻脸庞。装在大门旁边的虚拟屏幕对来者进行最后的虹膜识别，它通过暗处的摄像机照下一双如同沉在冰湖之中的玄武石的冷清双眼，一双仿佛只有亡者才会拥有的纯黑眼眸。

"欢迎您的到来，最高议院列席议员顾流明。"无机质的声音在来人头顶响起，机械地、毫无感情地献上欢迎祝语。

顾流明低下头，稍长的睫毛遮掩着他那双纯黑的眼眸。他说："我将为地球联邦的荣耀献上我的所有。"

雕刻着杀戮巴德尔的槲寄生大门缓缓打开，如同史前描绘的光辉白昼使顾流明不禁眯起了眼睛。与外界的死寂全然不同，"巴德尔之塔"内部似乎才是一个喧嚣的人间。无数声音在呈十角形的广阔大厅中回荡，身穿白大褂的研究员嘴里叼着一瓶营养剂匆忙向地下研究所奔去；一身华丽礼服的小姐坐在大厅角落的咖啡厅一边等人，一边皱着眉头喝着人造咖啡豆磨出的热咖啡；西装革履的男士保持着 My pace 的步伐朝着那名保持微笑的前台工作人员所指的方向走往玻璃电梯。

顾流明皱了皱眉头，他显然认出了那位向来自我中心的年轻男士，而且他此时不应该出现在"巴德尔之塔"的一楼。

"顾，你终于来了。"走得不紧不慢的男士偶然瞥见在入口处驻足的顾流明，立刻挥手呼喊着他。

顾流明暗中叹了一口气，摇摇头向男士走去，"麦席森，会议应该开始好一会了，你怎么才来？"

麦席森·格洛斯特无奈地摊开双手，"反正一开始也不会提什么建设性意见，晚点去也没问题。你不也还在这里吗？"

"巴德尔之塔"一楼的大厅呈等边十角形，每一条边后都有一段长长的走廊，两人依据工作人员指引的路线进入相应的走廊，但这并不代表顾流明和麦席森是路痴。为了保证"巴德尔之塔"的安全，每天走廊与其对应前往指定楼层的电梯都会随机改变，只有前台摆着一脸职业微笑的工作人员才知道具体路线。

"这不一样。"顾流明按下电梯的按键，玻璃制的圆形按键在扫描他的指纹后发出淡淡的橙色的光，"你居住在'巴德尔'附近的 A 区，我可住在临近焦土边界的 F 区。"

自从第三次世界大战和第四次世界大战相继爆发，大型杀伤力武器破坏了地球将近百分之八十的可生存面积。当人类意识到留给他们居住的领域正以肉眼可见的速度迅速减少时，地球终于对此降下了天谴。接连三场自然灾害将人类逼至绝境，他们或在业火烈焰中哀鸣、或在滔天碧波中溺亡、或在白银庭院中凝结成冰，只余千万人在这片被神明抛弃之地苟延残喘。

每当世界陷入无尽黑暗时，总会有一位英雄挺身而出拯救世人。如同为人类盗来火种的普罗米修斯一般，这次被游吟诗人传唱的英雄是柯林·埃达，他保留下珍贵的人类文明，并以此在人类仅存的最后一片大陆中央建造了一座塔。柯林将代表光明的神明名字送给这座塔，使世界上所有的游吟诗人都谱写诗歌传颂它。而人类的居住地也以"巴德尔之塔"为中心向四周辐射，从繁荣的 A 区到环境最为恶劣的 F 区。F 区最外界有一层厚重的壁垒，壁垒之外是连神明都无法涉足的废弃之地，是炼狱一般的焦土之地，任何生命气息都无法在此处存活。

"你可以换个地方住的。"麦席森撇了撇嘴，看向玻璃升降机外的风景。单向玻璃并没有将塔外的真实场景放出，墨蓝色的浩瀚宇宙作为全息影像取而代之，他甚至还能看清远处的一片色彩绚丽的星云，"你在居民身份系统的代号是 A，连现在那位伊尔姆·埃达首相也不过是 B。"

"我想看着那片焦土，"顾流明的声音落在这个封闭的空间内，语气极轻，"看着代表惩戒的烙印。"

"也是该好好看看，"玻璃电梯在不被察觉的情况下就升到位于制高点的布列达布利克，原本的宇宙影像也渐渐褪去，恢复成乳白与灿金交织的装潢豪华的电梯内饰，"毕竟不久新世界计划启动，你应该会是第一批离开地球的人。"

顾流明的嘴唇微动，似乎轻声说出了什么。麦席森皱着眉回头看向他，并没有听清那句话，"怎么了，顾？"

"没什么，"顾流明微笑着走出电梯，"我们再不赶过去，英树又要开始说教了。"

麦席森似乎想到什么可怕的场景，缩了缩脖子，将刚刚的疑惑抛掷脑后，紧跟顾流明的步伐前往手持地球联邦权柄的最高议院——布列达布利克。

刻着浮雕的沉重大门缓缓打开，一个银白的穹顶大厅在两人面前展现出来。数十条弧形金属支撑起画满壁画的穹顶，每根金属上都雕刻着史前的诗句，从东方的李白到西方的莎士比亚，无数的金光在字里行间潺潺流动。温和的光芒从穹顶中央那颗大水晶中散发而出，照亮着这个以巴德尔宫殿命名的神圣之地。

——"不会有那一天了。"

顾流明和麦席森顶着数百人炽热的目光缓步而下，走到议院中央的圆桌所在地，即使在史前也昂贵稀少的紫檀木圆桌被摆放在最高议院的正中央，周围摆放着十三张只有列席议员才可就坐的檀木制高椅，象征着亚瑟王和他的十二位圆桌骑士。

不会有那一天了。顾流明拉开椅子坐下，莹蓝色的全息屏幕浮现在他的面前。他将早就上传完毕的文件打开，一串花体字映入他那比夜色更加深沉的瞳孔。

不会有离开地球的那一天了。

"因此我认为，可以尝试与反叛军和解。"后排一个男人原先因为顾流明等人进入布列达布利克而打断的话语终于说完，他向圆桌鞠了一躬，然后坐回自己的座位。顾流明对他并没有什么印象，只记得他是 E 区西部的某位地方议员。

"英树，之前我错过了什么？"顾流明在桌下轻轻拽了拽隔壁那位面容冷淡的男人的衣摆。

白樨宫英树不动声色拍开他的手，将自己被弄皱的衣服下摆抚平，"有人提出要与反叛军谈和。"

"谁？"

"赛里要塞的地方议员。"

"噢，那不是距离反叛军基地最近的要塞吗？"顾流明微微转头看了那个地方议员一眼，"他背后是谁？"

赛里要塞常年由费奥多尔·米哈伊洛维奇驻守，那位冷酷无情的上将可不会轻易地放过让自己军团死伤惨重的反叛军。

"伊尔姆·埃达。"

白樨宫英树的回答让顾流明震惊地看向他，虽然动作不大，但白樨宫英树依旧看清了顾流明一刹那沉下来的神情，"他可是联邦的首相，而且……"

顾流明并没有继续说下去，他从全息屏幕调出了一个文档沉默地阅读。文档上面书写的全部都是方块状的汉字，放在如今英语作为通用语言的地球联邦，基本没有什么人能够读懂。白樨宫英树回想起之前他透露的一些情报，内心有一种莫名的感觉——或许今天就是他所期盼的革命之日。

"就那位议员提出的议案还有什么想法吗？"站立在圆桌前的那位年迈的老人提声问道。他戴着一副金丝眼镜，遮掩了眼角堆积的皱纹。他和蔼地问着在座的议员，语气中却让人感受到了不容置辩的威严。"老夫倒觉得他提出的议案很好。"

"埃达首相，"圆桌上另一位年轻的男人站了起来，他穿着庄严的军装，肩章上是刺绣精美的四颗星星，"地球反叛军反对联邦政权，反对最高议会，企图使人类回归多国分而治之的局面。我们与反叛军抗争将近整个焦土纪年，战死士兵的骸骨足以遍布生存区域，他们根本不可能跟我们和谈，这只是缓兵之计。"

伊尔姆·埃达对此摇摇头，"卡尔·冯·海因里希上将，你终究还是太年轻了，世界上没有永远的敌人，只有永恒的利益。"

"那请问埃达首相，"卡尔那双宛如大海一般湛蓝色的双眼盯着伊尔姆，

"用来交换和平的利益是什么？"

"新世界计划。"圆桌上最为年轻的女性站了起来，她有着一头火红的长卷发，如同伊尔姆·埃达年轻时候的发色，"新世界计划即将成功，我们将会拥有一颗没有焦土、没有辐射的星球，那比地球更加符合反叛军对于桃源乡的期盼。"

"即使反叛军的宗旨是坚守地球？"

"即使反叛军的宗旨是坚守地球。"亚莉克希亚·埃达一字一顿地说。

"为了虚无的一时和平，我们就要把赛里要塞拱手相让吗？一个位于 E 区的资源要塞。"由于驻守联邦边境而不能亲自到场的费奥多尔·米哈伊洛维奇发出一阵冷笑，全息投影将他轻蔑的眼神表现得淋漓尽致。

"米哈伊洛维奇上将！"伊尔姆首相的声音很温和，他以声音示意由于费奥多尔的话语而暴躁万分的女儿坐下，然后依旧摆出那副悲天悯人的姿态说道："为了我们的新世界，这些算不了什么。我们不能付出这么多鲜活的生命去争夺一片焦土，在白桦宫家的人造人研究失败了无数次之后。"

白桦宫英树并没有对此解释什么，但他身旁的顾流明依旧能看见圆桌下那只几乎看得见青筋的握紧的拳头。

"埃达首相，你确定我们能够抵达新世界吗？"顾流明施施然站起身，他微笑着看向那位位高权重的老人，纯黑的眼眸中却窥不见一丝笑意。

"当然。"亚莉克希亚·埃达替她父亲反问道，"顾议员问这句话也太不应该了。毕竟你不是新世界计划的全权负责人吗？三天前，联邦派出的空间站即将抵达新世界——开普勒 P-11 的报告不是由你递出的吗？"

"我的确提交了报告，我也的确是新世界计划的全权负责人。"顾流明在他面前的全息屏幕上按下了"发送"按钮，"在我接过了莉莉丝·埃达的权限之后。"

无数的全息屏幕发出"滴"的声响，一篇全英文的报告展现在最高议院所有议员的面前。上面所写的内容不多，大部分人约莫两三分钟便可以读完。但他们并没有对此发出任何声音，残酷的真相扼住在场所有人的喉咙，布列达布利克沉寂如死，只有流动着金光的诗句能够证明时间并非在此刻凝固。

在一片寂静中，顾流明说道："从一开始，新世界计划就是一个谎言。柯林·埃达将空间站送出地球的第九天就接收到了所谓的新世界——开普勒 P-11已被黑洞吞噬的消息。然而他压下了这个消息，一方面是为了安抚当时尚且动荡的地球联邦，另一方面也是为了给空间站的人类一丝希望，即使是虚无缥缈的希望。"

"他希望在他死后颁布这个消息，可埃达家族却从中看到了掌控权力的机会。你们家族世世代代负责新世界计划，可以完美地掩盖这个谎言。直到莉莉丝·埃达将负责权交给了我。"

"可是你的确收到了外太空的传讯不是吗？"伊尔姆并没有谎言被戳穿的惊慌失措，他平静地看着顾流明，像包容一个口出妄言的孩子。

"传讯也是你们伪造的。英树早就成功制造了一个人造人，他潜入埃达庄园的地下禁地，找到了决定性的证据。"顾流明从全息屏幕中抽出一沓文件甩到圆桌上。"现在，反叛军还会跟你们合作吗？将你的女儿亚莉克希亚·埃达推上首相的席位。"

"满口胡言！"亚莉克希亚拍响圆桌，刚想反驳什么。突然她瞪大了双眼，眼眸中翠绿色的光芒正在逐渐湮灭，一朵血色的花朵在她的胸膛缓缓绽放。

"嘭！"

"立刻关闭所有进出口，封闭'巴德尔之塔'。"意识到有人刺杀的麦席森立马站起来封闭"巴德尔之塔"，理论上不会有人提前得知哪条廊道通往布列达布利克，毕竟前台工作人员都是由格洛斯特家族研发的人工智能。

所幸的是，开枪的人还没来得及逃跑就被卡尔踹倒，反手缴械用电子手铐将其抓捕。刺杀者正是提出"和谈"议案的那位 E 区议员，他狠狠地看向依旧凛然站立着的伊尔姆。直到他被人押送走，依旧在用无数肮脏污秽的词语辱骂那个欺骗了他、欺骗了地球反叛军的首相大人。

"真是惨败呀，埃达首相。"一直不动声色的白桦宫英树站起来，看向勉强保持着镇定的伊尔姆。

"我没有错。地球反叛军会与我们和谈，是你们破坏了通向地球和平的唯一途径。"伊尔姆高高地抬起头，用来维持他早已丢盔弃甲的尊贵。

"地球反叛军今天向赛里要塞投放了三枚微粒炸弹，使我军死亡十人。这就是反叛军的和平？"费奥多尔嘲讽地看向他，嘲讽着他的愚钝无知，"只有战争，才能使地球达成真正的和平。"

"你们……你们……"伊尔姆和蔼的目光转为不善，他像一匹恶狼一样狠狠地扫视着面前的众人，最后停在了顾流明身上，"你根本无法让地球回归和平。你，还有你们，都无法上天堂！"

直到伊尔姆被押送到军事监狱，亚莉克希亚的尸体被搬走，伊尔姆·埃达的笑声还在在场众人脑海中回荡，他嘲笑讽刺着人类无法得到和平，他们这些如同蝼蚁一般的人物最后只会继续在残破的地球上苟延残喘，朝不虑夕。

"现在，我要提出一个新的议案。"一道声音打破了布列达布利克长久的不安与沉默，顾流明站了起来。

"我们要建造一座岛屿，它以我们新发现的贤者晶石作为能源。它漂浮在地球的天空之上，就像是地球曾经的模样，拥有肥沃的土地和美丽的白天，阴晴风雨、四季轮回。虽然可能需要很漫长的时间，但是我们依旧可以等待，等待那个新纪年的到来。"

"那时候，会有无数游吟诗人为它谱写颂歌。"布列达布利克正中央出现了一个庞大的全息屏幕，莹蓝的背景上面只有几个字符，"我为其命名为'阿瓦隆计划'，凯尔特神话的圣地，人类为自己建造的理想乡。"

日暮西沉，街道上终于出现了零星的行人。完成一天议事的议员们都纷纷离去，布列达布利克此刻仅剩下几人。布列达布利克与平常没有什么区别，除了亚莉克希亚的零星鲜血还溅在地板上。

干涸的血液洒落在纯白大理石上，像是史前那些珍贵资料记载的在雪地中盛开的点点梅花。顾流明垂下眼帘，稍长的睫毛投下淡淡的阴影。"我们会上天堂吗？"

"怎么可能？"麦席森扯出一抹勉强的笑容。

"自古革命者都是披着血液浸染而成的猩红长袍，踩着累累白骨组成的阶梯，威风堂堂地坐在孤高的王座上。"白桦宫英树面无表情地说。

"我们会下地狱的。"卡尔信誓旦旦地下结论。

"所以呀，"顾流明抬起眼看向装潢华美的布列达布利克，但透过四周没有开启模拟影像的玻璃幕墙，依旧能看到外面那个炼狱一般的人间，"尽情像烟花一样华丽地绽放于天际然后死去。一起去地狱的铁锅被烫煮吧。"

"那时候会被热水洗去的。所以现在，就尽情去沾满鲜血吧。"

焦土417年，新世界计划宣告失败。同年，顾流明提出阿瓦隆计划。

焦土418年，首相伊尔姆·埃达卸任，顾流明以列席议员全体、最高议会议院四分之三的票数当选首相一职。同年，地球反叛军对赛里要塞发起攻击，卡尔·冯·海因里希上将带领星云军团应战。

焦土419年，由白桦宫家研发的人造人"亚当一代"投入战争，编入星云军团第七特殊行动分队。

焦土425年，卡尔·冯·海因里希上将发动"铂金战役"，地球反叛军惨败投降。地球联邦与地球反叛军交战历时397年，期间死亡人数以百万计。战后，反叛军首领霍德自杀；卡尔·冯·海因里希上将授予巴德尔荣耀徽章，领地球军事统帅衔。

焦土430年，顾流明与雅克琳·罗兰联合宣布，阿瓦隆岛研发完成。

麦席森披着一块厚重的轻纤维布走下悬浮飞艇，第一次见识传说中最偏僻的F区使他不停地张望，嘴里还一直嘟哝着什么"顾居然住在这种地方""这里还能藏一个研究所""好破旧的地方我绝对不要在这里住"的话。惹得他旁边那个身材比较娇小的人忍不住开口说道："闭嘴，麦席森。我们都要迟到了。"

被训斥了的麦席森没有任何气愤之情，反而他拉扯着身上那块闷得快透不过气的轻纤维布说道："话说雅克琳，你们家能不能改进一下防辐射布，让它轻便一点。例如改成一把伞之类的。"

"没空。"脆生生的声音干脆地拒绝。

"阿瓦隆岛都研发完毕了，也能挤出一点时间改改了吧。"麦席森企图让自己的布裹得透气一点，但一露出尺寸肌肤，便能清晰感受到烈日携带着强辐射烧灼皮肤的痛感。

"阿瓦隆上面没有辐射。"属于女孩的声音透过轻纤维布传来，听起来有种闷闷的感觉。

"可也不是所有人都有资格在阿瓦隆上面居住。"麦席森快步跟上雅克琳的步伐，"阿瓦隆总共只能容纳十万人。"

雅克琳·罗兰停下了步伐，她转头看向由于尚在白天而空无一人的街道，"慢慢来吧，或许哪一天地球会恢复成以前的模样，不用寻找什么新世界，不用建造人工浮空岛，不用花大量金钱去换取一块能够抵抗辐射，让人类在白天也能出门的轻纤维布。"

"总有一天，人类会看见的。"

顾流明的住处是一个小小的庭院，位于 F 区的边界，庭院之后便是那道阻隔焦土区域和生存区域的壁垒。麦席森和雅克琳是列席议员里最晚抵达的人，他们还没走进庭院就听见了无数的欢声笑语。

费奥多尔拿着一瓶据说是海因里希家珍藏多年的红酒招呼顾流明喝，顾流明还没推托就被塞了一个装了满满红酒的玻璃杯。卡尔也不管费奥多尔这么糟蹋他家族的珍藏，只是一个人倚在墙边，一边浅酌着红酒，一边念着博尔赫斯的诗。据费奥多尔透露，卡尔是一个充满诗意的军官，在军区每天的日常就是一边品尝酒，一边朗诵诗歌，虽然喝的酒是仿葡萄酒的营养剂。

麦席森接受了费奥多尔的红酒，刚倒至玻璃杯的一半，那瓶珍贵的红酒便告罄。正当麦席森暗中松了一口气，费奥多尔立马又开了一瓶，并企图将新的红酒混进麦席森的酒杯中。雅克琳倒是拒绝了红酒，她向来讨厌让自己陷入不清醒的境地。她坐在白桦宫英树的身旁，和他一起捧着紫砂茶盏喝着顾流明送给他的雨前龙井。

"话说，你们知道我名字的含义吗？"顾流明突然问道。

"流明吗？"雅克琳想了想，"似乎是史前的一个发光强度单位，相当于一支蜡烛的在一个立体角上产生的总发射光通量。"

"没错，罗兰回答正确。"顾流明笑了笑，"一流明是可以被人眼感受到的最小的亮度。"

"即使是一流明，也能在无尽黑夜中点亮一盏指引明灯吧。"

"茶梗立起来了。"白樨宫英树轻声说，"会有好运气呢，流明首相。"

"你看，岛升起来了。"

很多年之后，顾流明依旧会想起那一天，千疮百孔的神州大陆之上，一片属于人类的理想乡缓缓升起。

无数的白光在F区的上空撞击着，光粒退去后，依稀可以看见被一个银白金属托举，裸露出褐色的似乎只在史前影像看得见的肥沃土壤。土壤之上，是翠绿的植被为其披上春日的盛装，无数气势恢宏的建筑群落林立于岛上，正中央的那座仿佛可以直达云霄的熟悉建筑，正是代表人类权柄的"巴德尔之塔"。

"那是人类的新家园。"白樨宫英树轻声感叹。

"不对哦，英树。"顾流明抬头看向那个庞大的人造岛屿，由自己一手设计规划出的人类的桃源乡，"那是'我们'的新家园。"

从进来就一直保持沉默的卡尔举起手中的玻璃长脚杯，瑰红色的液体在杯中激荡，映出了他酡红的脸颊，"那么今天为什么干杯呢?"

晶莹的琉璃和厚重的紫砂相互行礼，醉人的石榴红和澄澈的碧绿相拥相杀。顾流明站起身，看向在座怀揣同一个梦想的挚友，微微举起手中的酒杯，"为阿瓦隆干杯。"

焦土437年12月31日，阿瓦隆岛正式启用。同日，顾流明宣布，人类正式从"焦土"纪年进入"阿瓦隆"纪年。

阿瓦隆元年，由顾流明、白樨宫英树、麦席森·格洛斯特、卡尔·冯·海因里希等人组建的列席议会，颁布《阿瓦隆法典》《人造人管理条例》《人工智能十大法则》《珍稀植物保护法》等一系列法令，象征着地球正式从抗争年代进入和平年代，史称"世纪初衷"。

职业棋手

◎
列
彬
毓

一

我是阿列，是高竞象棋队的领队，我现在在年度全国象棋团体冠军杯决赛的后场上，正通过大屏幕观战最后一场巅峰对决。红方是我们队的当家棋星小浩，黑方是目前象棋个人积分排名第一的王天，因为前面的比赛我们队其他队员发挥出色，所以总比分目前领先对手一分，现在是最后一局，只要小浩不输，我们队就会获得冠军，但如果我们输了，对面会增加两分实现逆袭。

如今我眼前屏幕上的局面是，双方都剩下一副车马炮的进攻大子，双方没有了兵卒，不过都士象齐全。有趣的是现在红方的车吊住了黑方的马，而黑方的士角炮同样瞄准了红方的马，下一步该红方下了，不过作为红方的小浩却陷入了长考当中。

"阿浩还在犹豫什么呀，跟对方换掉了马，超过九成是要和棋的呀，我们队只要保证最后这盘棋不输，我们就是冠军啦！快兑子求和呀！"

"是呀是呀！兑子的话这摆明是和棋了，单车寡炮瞎胡闹嘛！"

"怎么还在犹豫呢？急死人了！"

高竞象棋队全队队员都在后场紧张地观看决胜局，他们都意识到如果小浩换马求和，冠军就离我们一步之遥了，但小浩的犹豫出乎我们意料，所以队员们顿时都在聒噪。

"安静，别这么吵，又不是你们去下，急什么急，小浩自有他分寸。"老赵毕竟是我们队的老骨干，比较稳重，他这一说，场面才稍微平静下来。

"不过阿列啊，我也看不懂小浩为什么要犹豫，你说，小浩毕竟是我们队棋力最强的，难道就没看出换马求和这一步棋吗？"虽然表面上老赵很平静，不过老赵还是凑过来小声跟我嘀咕。

我毕竟曾经也是叱咤棋坛的风云人物，其实我早就看出小浩的心思了，但我不想说出来，因为担心说出来会引起队里躁动，只是敷衍地回了一句给老赵："老赵啊，放心吧，小浩他不会出错的。"

时间一点一点过去了，小浩还在犹豫，我们队的其他队员又开始聒噪起来，我也开始紧锁起了眉头来。

"噢！各位，我知道为什么阿浩这家伙在犹豫了！"

队里似乎有队员猜出了小浩的心思，高声喊了出来。

"哦？快说快说！"

"我刚才看了下个人积分榜，发现王天和阿浩两个人的积分咬得很紧，阿浩稍稍落后几分，这局棋刚好是他们两个在下，按照棋协规定，这场对决是影响个人积分的，如果这盘棋和了，虽然王天的队伍会丢冠，不过他的个人积分却会是全国第一高，他就会是本年度的全国最佳棋手，意思就是说，阿浩只有赢了这场比赛，他才能反超王天成功登顶，阿浩这家伙不甘心把全国最佳棋手这一殊荣拱手相让！"

没错，我也是这么认为的，我知道小浩他是个很好强的职业棋手，相信他不会甘心和棋的，本来我不想说出来，不过倒是有队员喊了，我回头看了看他们，有点无奈，接下来，更令我无奈的事情发生了。

"对手是王天呀，这家伙的残局实力恐怖如斯的，阿浩有多大把握赢呀，干脆和了，冠军是我们队的啦！"

"我看这家伙就是自私，放着我们队不顾，居然惦记起全国最佳棋手这个虚荣，和了夺冠，我们队可以开开心心的，我们一年的努力训练也不会白费，要是他后面乱了什么阵脚，输了给这个强大的对手，枉费了我们一年的努力，他这不是赔了夫人又折兵吗？"

"我们把最后这场决胜局交给他，是把队伍的一切的希望托付给他，不是让他去折腾个人恩怨的！"

这下子我们队在后场上彻底炸开了锅！

老赵也叹了口气，又凑过来跟我说："阿列，你看这……哎！"

我看了老赵一眼，紧锁眉头，又转过头来看看我们的队员。

"老赵呀，如果，小浩他决意要冒险求胜，你会像他们一样埋怨小浩吗？"我问老赵。

老赵看了看他们，沉默了一下。

我又转过头看屏幕，随口说了一句："好了，我明白了，我们继续看比赛吧。"

老实说，我看过很多盘王天这个年轻棋手的比赛，这家伙的残局实力是极强的，因为你永远猜不到这个人的下一步要干嘛，他甚至可以弃双车来达到他的攻杀效果，两个月前的棋王杯上，他就下出了先弃马后弃车的绝杀好局，他的残棋实力就连是当年巅峰时期的我也不一定能与之抗衡，我们小浩虽说实力在当今棋坛上也是首屈一指的，不过残局实力我看还是稍稍比不上王天，如果意气用事，拒绝兑马求和，我还真有点担心最后的结果。

二

"看，阿浩这家伙居然选择跳马，我的天，他不想兑马求和！"

队里有人这样喊了一声，于是全体队员齐刷刷地再次抬头看向了大屏幕，阿浩拒绝换马求和！队里又开始聒噪起来了。

"好家伙，真的甘愿让团队冒险，也要争夺这个虚荣，真让人失望！"

"我说这家伙是不是想赢王天想疯啦！"

"你倒还别说，这一年时间里，阿浩这家伙还真没赢过王天呢！"

"你这才发现啊，我看他就是吞不下这口气！"

听到他们在议论纷纷，我忍不住说了一句："你们是领队还是我是领队，听我的，别这么吵，胜负还没分呢！我相信小浩，他能帮我们赢的。"

"哼！"

镜头给到了王天，只见他的神情惊讶，大概他也没想到小浩没有兑马，不过他很快就开始冷静下来了，像又陷入了对棋局的思考；镜头又转向了小浩，只见他蹙着眉头，神情凝重，仿佛单枪匹马要抵御千军阵一样，大概他也知道他这个决定的分量是有多重吧！

现在盘面平分秋色，比赛悬念继续！

黑方马4进6！既然小浩逃马，那王天也把马逃出生天，顺带捉红炮。

红方炮四平三逃捉，并预备下底炮给予黑方左翼进攻的压力。

王天稍带思索，黑方续走马6进4，准备卧槽跳"将"，威胁红方的左侧，你小浩给压力王天，王天同样也不虚，也施压小浩你左侧，看小浩怎么个应对。

无奈，小浩只能把车平回七路，防止对方叫杀。

这时，王天士角炮马上平1，同样也要下底炮，准备抢杀。这就是王天的可怕之处，能在残局当中给予人无限的压迫感，让你疲于应付。

接下来的小浩的这一步棋着实吓出我一身冷汗，他居然下底炮！明明对方已经威胁你左翼了，黑马一旦跳出好的位置，配合黑车，三子归边，回天乏术！他下底炮我也清楚他想干嘛，他无非就想利用马炮配合破掉黑方的士象，而且他以为一个车目前还足以应付黑方的攻势！可是对手是王天呀，王天以强大的子力运算能力著称，小浩你真的要跟王天拼对杀能力吗？

果然，王天技高胆大，舍弃黑象，也要跟小浩拼杀，比速度！炮1进7，黑炮也下底！

小浩不假思索，他跳马吃象了！

王天出将防止小浩吃象后卧槽叫"将"，黑将露出4路线上，我大吃一惊！慢着，小浩似乎有机会通过车马的配合绝杀对面，别急，小浩好好想，似乎还真有这种可能！

小浩也看出了黑方出将对他红方来说是个不错的机会，他在好好思考接下来的车马将军如何调整先后。

糟了，时间好像有点不够了，原来小浩刚才在考虑是否兑马的时候花费了大量时间，这下有点困于时间紧促了。

小浩不管三七二十一，车下底"将军"！

王天黑将上二楼逃"将"。

小浩续走马五退七，再给二楼的黑将一个"将军"。

黑将无奈上三楼。

小浩红车退二，又给三楼的黑将狠狠一"将军"！

"赢啦？"我们队里有人失声叫了出来！

我冷静一看，不，没有！黑将还是可以回到二楼，因为王天这家伙算准了，红车这一"将"肯定卡住红马的马腿！好家伙，果然是王天，真有他的。

果不其然，王天续走将4退1回去二楼，此时红马被自家的车卡住马腿，还没形成绝杀，不过不急小浩，车还可以"将军"，马待会儿调整好位置，还是可以赢的，毕竟王天的黑将在4路线是没有士象的保护的！加油呀，小浩！

一向稳重的我心竟开始跳得厉害起来了！

突然，小浩进入读秒阶段，这就意味着他每回合必须在5秒内下棋，这下子我就更替小浩着急了。通过屏幕我可以看到小浩手有点颤抖，应该是时间的紧迫感给他的压力，但还是如我所料的，他把红车再拉上二楼继续"将军"，以便下一步让马跳出个合适的位置，一旦他的马不被自己的车桎梏马腿，对方必输无疑！

王天黑将退一楼了！

一楼？为什么退一楼，他这样不是给机会小浩的马跳出更好的位置吗？我大跌眼镜！如果他的黑将是上三楼是可以导致红方车马堵塞，红方是要好好考虑车马的"将军"顺序的，不然一时半会还拿不下，如果回一楼的话，红马进八，再车砍中士，王天不就败北了吗？

不！王天这种高手是不可能犯这种错误的，他肯定有其他打算，难道！

哈？我快速看一眼小浩自家的红帅……

"啊！千万别……"我惊讶地大声吼了出来！整个后场都是我的回声，可是屏幕那头的小浩是听不到我的吼叫的，他最终在时间的紧促下，下出了马七进八……

结束了！

三

一步错满盘皆落索！

王天抢在小浩车砍中士的绝杀棋前，把潜伏已久的黑马跳上去卧槽叫将！屏幕里小浩顿时嘴唇一抖，双眼瞪圆！我旁边的老赵跌坐在椅子上，我也呆站在那里，脑子有一瞬间是空白的！

太意外了！

"阿浩的车还可以回来砍掉那个黑马呀，他卧槽我们用车吃掉不是还是赢棋吗？"我们有人喊道。

我这个队员啊！真是太天真了，接下来好好看王天的妙招吧！

小浩他没办法的，他只能拿车吃掉同在一条线上的马，你以为王天这就白丢一个大子？呵呵，他送马跳将是为了给潜伏在黑马后面的黑车让路，他的黑车配合了原本早就下底的黑炮，直冲皇宫，闷宫绝杀！这就是为什么王天要扛着巨大的风险也要把黑将露出4路线，这就是为什么王天要选择把黑将退一楼，给机会小浩，这一切都是个陷阱，一切都是在诱惑小浩的进攻欲望，让他对皇宫的防守掉以轻心，王天运筹帷幄，早就算准了他肯定比小浩快一步，这场巧妙的绝杀局真是让人叹为观止。

小浩输了，我们队也失去了原本近在眼前的冠军！毕竟还是王天太强大了，但是，可怕的是，有人并不这样认为！

"我就说了嘛，刚才换马求和我们不就夺冠了吗，你看他那个蠢样！我心里真的很委屈呀！哎！"

"那家伙就是个自私鬼！"

"赔了夫人又折兵，枉费了我们对他的期待，还有，我们这一年里的训练全都付诸东流啦！我真的气呀！"

队内怨气滔天，他们几乎个个都在埋怨小浩的"一意孤行"，我却在一旁替小浩难过和可惜，对他感到深深的同情，看到屏幕里的小浩落寞地退场了，我很担心他现在的情绪，马上跑了出去，想到前场去安慰他。

可是，我赶到前场却怎么也找不到他，我打电话给他他却不接。前场里，记者和棋迷们蜂拥而上，围住了王天和王天的队友们。哎，他们愈是热闹，小浩怕是愈难过吧！无奈，我只能重新回到后场，安抚我的队员们，看他们一个个落寞失望的样子，我的心也很痛，因为我以前还是职业棋手的时候，我也有过与冠军失之交臂的时刻，我明白这种心情。

"这个赛季也就结束了，待会去跟对手握手，走走颁奖流程以后，今天也到此为止吧，明天上午，我们还要回高竞俱乐部里集合开个会，总结下这一年里的比赛状况以及下一年队伍运作模式，然后会议结束后大家再聚个餐，热闹一下，别灰心啊，亚军也是可以接受的，我们要对高竞未来有信心，不是吗？"我口里这么说，但也难掩我心中的可惜之情。

"好吧……"队员们都无精打采地回应。

颁奖仪式已经结束了，我们各自回家，不过在出会场之前，老赵追上了我，安慰我说："阿列啊，你作为领队也不必太难过。"

我笑了笑，没有说什么，不过心情当然还是挺落寞的，一来丢冠替队员们可惜，二来也替小浩这家伙担心。

"你刚才问我会不会埋怨小浩，我现在可以回答你。"

我有点意外地站住了脚步，意味深长地看着老赵，等待他的回复。

"不会！"

他的回复让我有点小感动，不过我还是笑而不语，只是给他道了个别，然后各回各家，我一边回家一边给小浩打电话，但是就是打不通，后来我也只好给他发个信息，说明天的安排，希望他有看到吧，也希望他可以好好冷静下来，坦然接受这个事实。

四

第二天上午，我们全体队员都回到了俱乐部，唯独不见小浩。我刚还有点纳闷这家伙是不是没看手机，我手机突然发来了一条信息。

"是小浩！"我随口一说，队员都围了上来看。

信息的内容是说小浩他自觉对不住队伍，所以申请退队，他说他没脸再回这个队伍了，所以今天的集会他不想来……

"好呀，这家伙居然不来，我还打算向他兴师问罪呢！"

"就是就是，还想退队，闹情绪呢！"

我听到队里还有这样的话语，顿时忍不住生气起来，大声呵斥他们：

"你们是这样说自己的队友的吗？啊？"

全场顿时鸦雀无声。

老赵凑了过来轻轻拍了拍我的肩膀，像是在安慰我息怒。

"我们是一个团队，我们要给予队友巨大的信心，输了就怪队友这算什么呀，我们能走到总决赛，难道小浩他没有为我们队伍做过贡献吗？全国第二高的个人分给你们吃啦？没有他在八强的时候力挽狂澜我们连亚军都拿不到啊，各位！"我接着说。

全场又再次鸦雀无声，他们有的还默默低下了头。

"算了，今天这个会不开了，你们回去冷静下吧，我也出去冷静下。"说完，我还尚留余怒地头也不回走出了俱乐部，尽管后面都在喊："领队的……"

出去以后，我并不是去其他地方，而是径直地前往小浩的家……

五

"好呀，你这家伙我打电话你不接，现在我找上门来你，不敢再拒我于千里之外了吧，我可是你老师，你居然不接我电话？"我坐在小浩家的沙发上埋怨他的不是。

小浩沏茶的手停住了，不好意思地说了声："对不起老师，我……"

"行了，说吧，为什么要说退队这种蠢话，是我们队太烂了，还是我这个老师不够资格？这高竞小庙容不下我学生这尊大佛？"我刚才的气还未消完，顺道挖苦他几句。

他完全低着头，站在我面前，沉默着。

"好了，我们都没有怪你，输了又怎么样，大不了重新努力。"我一秒回复认真，语重心长地说道，"只要我们团队保持团结，我们还是可以创造更好的成绩的，这一页就翻过去吧，你也别老站着，坐着说话吧！"

他才坐了下来。

"可是如果不是我一意孤行要战胜王天，错过了换马求和的绝佳机会，我们也不会丢冠的，说到底都是我的不好，是我连累了你们。"

"可是没有你，我们能不能站在决赛赛场上还是个未知数呢！你怎么能说是你连累了我们呢？"

"我……"

我伸手示意，打断他的话：

"况且我倒也不觉得你那个求胜决定是错的。"

大概他觉得我说得有点不可思议，露出一个很诧异的表情。

"老师，这……都不是我的错啊？你气懵了吧！"

我不紧不慢地回答他："在棋坛赛场上求胜，本来就是一个职业棋手的职业操守！我没有听说过一个棋手为了取胜而遭人非议的。"

他又不作声了，只是低头在把玩他手中的茶杯，可能他有点认同我说的话吧！

"不过像王天这种强大的对手，想打败他，你还得要在我的指导之下。"我说，"所以呢，你还得回来高竞，我们还要一起过关斩将。"

他愣了一下，最后还是重露微笑，狠狠地点头："谢谢老师！"

"我们还有聚餐安排呢！我们待会一起去吧，我待会儿叫老赵通知他们不许迟到。"我接着说，"小伙子，我给你讲个故事吧，说我以前当职业棋手的故事。"

"哦？老师请讲。"

"我那时也像你这般年纪，年纪轻轻就在棋坛上上所向披靡，我被棋迷和媒体捧得很高，也成为过全国冠军。"我抿了口茶，继续说，"可是当我拿到了全国冠军以后，我却出现了连败的低迷期，我曾经一度质疑自己是不是只是在棋坛上昙花一现。"

他盯着我看，我看了看他，笑出了声："后来呀！我终于在一场无关痛痒的小组赛里险胜了新人棋手，打破尴尬的六连败，我在赛后感到得非常抒怀。"我接着说，"有个记者他问了个好问题。"

"他就问我为什么赢了一场不是很重要的比赛却有像夺了冠军一样的心情。"

"他就觉得是因为我找回了状态。"

"但是我告诉他说——因为我是职业棋手，任何一场比赛赢了都是这种心情，这才是一个职业棋手该有的操守。"

小浩听完了我的故事，陷入了沉思。

"好了小伙子，我们去参加聚餐吧，时候不早了。"

我刚起来，竟听见他出声说："老师，如果时间回到那个换马选择的节点上，你猜我会怎么选择。"

我顿了下，刚想说什么，他却抬起头看着我说："我会毫不犹豫地换马求和。"

"为什么？"我有点不解，毕竟我说了他求胜可是职业棋手的操守啊！

他说："因为我也是个职业棋手！"

生命树

◎ 莫文意

一

翻过遍地长满白胡子草的螺髻山时，天已经快黑了。

特里抹了一把脸上的汗水，他的掌心有一股青草的鲜香味道，这让他感觉更饿了。布鲁克斯站在一旁，气喘吁吁地抚着胸口，他体能太差了，在学院里无论参加哪个项目的运动，都是垫底的那位。

螺髻山像一只体态庞大的棕熊，在落日最后一丝余晖照射下，静谧又富有压迫感。特里眯着眼眺望，一大片灰黄色的白胡子草绵延数里，像一汪芒果蛋糕上氧化坨掉的奶油。爷爷的木屋还在前头，越过螺髻山，蹚过红苇荡，再走上几百米爷爷用铁锄开出的一条碎石路，就差不多到了。

"下一个暑假，我就不来了。"布鲁克斯恶狠狠地说。

他俩从龙城出发，坐火车到了京槿界，在荒无人烟的戈壁滩上等待了个把钟头，才终于搭上好心人的马车，晃晃荡荡到了螺髻山，与马车主道别后，两兄弟开始徒步，整整一天，滴水未进。

特里比布鲁克斯大三岁，已经是龙城学院二年级的优等生了，个头也比弟弟高出不少，但这长途跋涉也让他暗叫吃不消。"休息一下吧。"他建议道，并率先一屁股坐到了地上。一群黑色的大鸟排着队整齐地掠过，掉下好几根衰老的羽毛。"是鹿鹤吗？"布鲁克斯兴奋起来，捡起羽毛仔细端详。

"切洛斯是没有鹿鹤的。"

学院开设的生物课程上曾有提及，切洛斯由于位于兰达尔大陆的最北部，受到内陆持续磅礴的寒流影响，终年气温低于十摄氏度，并不适合鹿鹤居住。因此，兰达尔大陆上三个国家，只有切洛斯不把鹿鹤当作圣鸟，他们有自己更为崇敬的空中精灵，叫蒂亚戈鸟，通体墨色，喙长五寸，不善啼叫，但极具灵性，极少在人类聚居的地盘活动，切洛斯上见过它的人也不多。

"爷爷怎么不来接我们。"布鲁克斯埋怨道。自打他认事来，每个暑假他都跟哥哥来爷爷的林场度假，每次爷爷都会驾着马车去接他们，假期结束又送他们到火车站，目送他们回到龙城继续上学。爷爷是个典型的切洛斯老头，身形高瘦，满头白发，嘴上终日叼着一个楠木烟斗，烧着用白胡子草制成的烟丝。布鲁克斯不知道爷爷的真实年龄，也不清楚他究竟在这个林场里待了多少年，只知道他脾气很好，总是乐呵呵地笑。爷爷还养了一条纯种的荒原狼，叫恩里克，年纪比特里还大。

"也许没有收到我们的信吧。"不靠谱的信差把信弄丢在路上的事情，也发生过不止一回了。

两人休息够了后，重新动身。月亮也很快露出了细长的轮廓，柔和月光照得草海一阵微波荡漾，耳边尽是虫子的低鸣，远处不时还传来三两声走兽的嚎叫，在荒原上传出很远。

"布鲁克斯，跟紧我。"特里有些紧张，伸手把落在几步外的弟弟拉到自己身边。

两人很快就趟过了草海，远远地，他们看到一只体型庞大的狼站在一块石头上，它通体雪白，泛着绿光的狼眼在夜色中格外显眼，此刻正一动不动地注视前方，宛如一尊雕塑。

"是恩里克！"眼尖的布鲁克斯雀跃起来，他吹起口哨，向那匹狼奔去。恩里克很快也发现了他，动作轻盈地跳下石头，迈开步子迎了上来。

"我好想您啊！"布鲁克斯一把抱住恩里克，宠溺地揉着它颈部蓬松的毛发，恩里克也很兴奋，长长的舌头在布鲁克斯脸上舔啊舔。特里蹲下身，拍了拍狼的后背，"小子，爷爷呢？"

恩里克很通人性，特里话音刚落，它便转过身撒起步子跑了起来，两兄弟紧跟上去，很快爷爷的小木屋便出现在视野里。辽阔空旷的荒野上，小木屋里亮着孤独的灯光，那一点黄色像极了原野上睁大的一只瞳孔，摇曳又渺小。听到外头的骚动，爷爷放下手中的书，叼起烟斗，刚打开门，一个矫健的身影便扑了上来。

"爷爷！"布鲁克斯紧紧地缠住老人的脖子，"我好想您啊！"

二

爷爷端来香甜的烤红薯，爷孙仨就着昏暗的油灯光，狼吞虎咽起来。恩里克躺在一旁，时不时昂起头讨一些馈赠，红薯吃完后，爷爷又泡来了红果子茶，给兄弟俩倒了满满两杯，果茶浓郁的香味飘散开来，小木屋里尽是鲜甜的味道。

"我正说奇怪呢，恩里克这两天闹得慌，原来是察觉到你们要来了。"忙完后，爷爷坐在藤椅上，又叼起了烟斗。

"爷爷我们给您写信了。"奔波了一天，终于填饱肚子的兄弟俩放松下来，布鲁克斯抢着说道，"肯定是信差又把信弄丢了！"

"他去世啦。"爷爷吐出一个烟圈，淡淡说道。

林场没有通电，对外通讯只能通过信件，长期以来林场只有一位信差，年纪与爷爷不相上下。小时候，他还曾带着布鲁克斯去骑马，教他跟红铆马培养感情。他操着切洛斯以北的口音，很爱笑，笑起来眼睛就看不见了。

爷孙仨聊了很久，渐渐地，长途跋涉的疲劳感开始袭来，道过晚安，兄弟俩轻车熟路地爬上小阁楼，钻进爷爷早就收拾干净的被窝里，很快便进入了梦乡。

爷爷留下一盏油灯，扛起猎枪出了门。

入夜的林场并不太平，星星点点的月光透过林间缝隙打在地上，像是洒了一地闪光的钻石。茂密的树林里，不时飞快地跑过一只灰毛狐狸，或者几只饥肠辘辘的幼年厄黎豹，它们都长着闪亮的双眸，夜色里熠熠发光。爷爷领着恩里克穿过艾斯树群，在安尔奎尔树群里停了下来。

林场里那些安尔奎尔树，像是生长了一整个世纪，粗壮的树干和遮天蔽日的树冠间杂盘错，长长的须根从树干上垂下来，不是熟门熟路的守林人，极易迷失在这密林里。

爷爷放下猎枪，单膝跪地，用铁铲拨开厚厚的落叶，然后捻起一把泥土闻了闻，眉头便皱了起来。"多克人？"爷爷喃喃道。一直温顺地站在一旁的恩里克此刻低吼了一声，它抬起爪子，抓了抓爷爷的裤腿。"怎么了？"爷爷轻拍了一下它的头，恩里克开始躁动，它使劲地用身体蹭着爷爷的腿，鼻孔里发出"呼哧呼哧"的呼气声。

昏暗的树林里，几双褐红色的眼珠子藏在安尔奎尔树群后两百米的地方，正静静地注视着这个身形佝偻的老人。如果林场的月光更亮堂一些，他们那尖利的牙齿也会藏不住。但爷爷没有察觉，他的视力大不如前，此刻只顾着安抚蠢蠢欲动的恩里克，连猎枪也没拿起来。

次日，吃过早饭后，布鲁克斯便吵着要去月堂湾抓兔子，爷爷拗不过他，只得匆匆从马厩里牵来三匹马，又交给兄弟俩一人一把木弓，三个人骑上马便往月堂湾进发。月堂湾位于林场的西南方向，是整个切洛斯兔灾最泛滥的地方，听说那里的兔子多到，随手挖个土坑，也能挖出十来只没睁眼的雏兔来。野兔多，猛兽自然也多，切洛斯叫不上名的各种飞禽走兽，在月堂湾都能找到它们的踪影，所以月堂湾在切洛斯语里，也被称为"莫吉"，寓意"神触碰过的地方"。

爷孙仨骑着马到达月堂湾的时候，太阳已经翻过了大半个山头，荒原上的日照时间总是短得可怜。爷爷下了马，在一处土丘旁埋了几个捕兔器，然后招呼兄弟俩躲到远处的树后边，静待愚蠢的兔子上钩。

三人一狼趴在树后，谁也没有出声，就这样静静地等待了一刻钟，土丘那边终于传来了动静。爷爷扒开用来伪装的树枝，布鲁克斯探出头去，看到一只中了圈套的灰褐色荒原兔正在奋力扑腾，试图挣脱捕兔器，特里拍拍急不可耐的恩里克，说道："小子，上！"

恩里克得到了指令，长啸一声，像一支离弦的箭般扑了出去，布鲁克斯不甘落后，抓着弓跟了上去，很快一人一狼便扑到了荒原兔身边，恩里克忌惮着捕兔器，不敢第一时间咬住兔子的喉咙，它暴躁地围着捕兔器打转，等待爷爷的到来。深知逃生无望的荒原兔也停止了挣扎，捕兔器卡住了它的脖子，很快就会要了它的命。

特里也很快跑到了土丘旁，倒是爷爷叼着烟斗，不慌不忙地落在几十米外。"爷爷您快点！"布鲁克斯急了，催促道。爷爷加快了脚步，快靠近的时候，忽然停了下来。

他飞快地端起猎枪，朝着土丘开了两枪。

兄弟俩吓了一跳，倒是恩里克最先反应过来。它反身一跃而起，奔着土丘往上爬了几步，健壮的四肢扒下灰黄的泥土。特里转过头，眯起眼，迎着阳光望了一眼，顿时觉得头皮发麻。

一条足有几米长的丘笪蛇正盘在一颗矮脖子树上，昂起三角形的头颅，吐着血红的蛇信子，盯着他们。它对恩里克的挑衅充耳不闻，似乎看穿了恩里克只是头上了年纪的老狼而已，倒是土丘下这两个十五六岁的少年，看上去更为吸引。

"特里，布鲁克斯，快回来！"

见兄弟俩仍然愣着不动，爷爷急了，他冲恩里克吹了一下口哨，恩里克立马领会，它放弃了对丘笪蛇的挑衅，扬起脑袋，悲壮地长啸了一声。

那是荒原狼呼唤同伴的信号，尽管恩里克是头孤狼，跟着爷爷生活了这么多年，早就脱离了狼群，但丘笪蛇没有那么机警。它自然听清了那声长啸的含义，如果恩里克真的唤来了十几匹荒原狼，尽管自己的獠牙上沾满了毒液，对上骁勇善战的群狼，估计也占不了上风。

这声狼啸也把兄弟俩拉回了现实中。特里如梦初醒，忙抓起布鲁克斯的手，跟跄着爬下了土丘，跑回到爷爷身边。那头的丘笪蛇没有追赶，它扭动锋利的脑袋，观察了一下四周，便飞速从土丘的另一侧爬走了。

爷爷松了一口气，捡起地上的烟斗又要抽，那头，恩里克也连兔带捕兔器一并叼了回来。布鲁克斯按着跃动不已的胸口，后知后觉道，"太恐怖了。"

"爷爷。"倒是特里还保持着清醒，"那是丘笪蛇吗？"

"是啊。"爷爷吐出烟圈，重重叹息道。

"切洛斯上怎么会有丘笪蛇？"

"近几年，荒原上的怪物越来越多。"爷爷麻利地把捕兔器掰开，拎着野兔的脖子把它塞进了竹篓里，"丘笪蛇以往只在塞外活动，估计是塞外闹旱灾，食物没了，才冒险趟过长堰河，跑到切洛斯来吧。"

"丘笪蛇能游过长堰河吗？"特里很是惊讶。他在学院里曾听人说过，长堰河又被称作死亡之河，自兰达尔大陆西北起源，横亘几万公里，在东部气西湾汇入海洋。河水冰冷，但又常年不冻，水流出奇的湍急，水面下漩涡遍布，不是经验十分丰富的老船长，都不敢驾船横渡。所以长堰河成了切洛斯与塞外之间的一道天然屏障，历史上曾多次抵御了塞外游军的讨伐。

"鸟为食亡。"爷爷言简意赅，领着兄弟俩跨上马，"回去吧，天快黑了，月亮湾上不安全。"

三

当晚吃过烤兔子肉后，爷爷又提着猎枪出门巡林了，兄弟俩坚持要一同前往，但爷爷始终不答应。"林场不是游乐场。"爷爷拴上门，领着恩里克很快就消失在夜色里。

"真没劲！"布鲁克斯愤愤地嚷道，"去年暑假他就答应过我，今年带我一起巡林场的。"

特里没有说话，从爷爷的书架上拿了一本书。那些厚厚的破旧的书，爷爷视如珍宝，每天擦拭不说，早些年还不准年幼的兄弟俩碰一下。直到去年，特里才获得准许，可以翻阅书架底层的书籍，而布鲁克斯还没到可以自由阅读的年纪。

那些书里的内容千奇百怪，有些还是手抄本，脱页漏页的情况屡见不鲜。特里大都看不懂，只有一本缺失了封面的书，他看得稍为认真。那本书里描述了一场惊天动地的战争，规模大到曾令广袤大地归为一片废墟，这场战争持续了数年，最终正义一方战胜了邪恶，正义的领袖把邪恶的余党赶到了陆地的尽头，并诅咒他们将长久生活在阳光照耀不到的地方，永远不能摆脱黑夜的禁锢。

厚厚的一本书看下来，特里只记住了两个人，一位是正义的领袖尤库尔金，一位是邪恶的头目刚铎。

大概爷爷在林场这么多年，就是靠着阅读一些稀奇古怪的书，度过日复一日的无聊时光的。

不知不觉，月亮又挂上了高空，小木屋里透进斑驳的白光，油灯即将燃尽了。布鲁克斯翻身下床，在柜子里翻出灯油，正待往灯管里加，窗外忽然闪过一个细长的影子，咻的一下，又消失不见。

布鲁克斯吓了一跳，手上的油罐差点滑落。"特里，是你在外面吗？"他轻声叫唤，然而并没有得到回应。他匆匆走到竹梯处，正要爬下去，特里的脑袋便从底下伸了出来。

"我也看到了。"特里做了个噤声的动作，"不是爷爷。"

"是别的守林人吗？"

特里摇摇头。

林场里包括爷爷在内总共有四位守林人，分别住在林场的东边、西边，以及西北。平日里四位守林人经常往来，与特里他们也相当的熟络，像这样偷偷摸摸地从窗边掠过的举动，确实太不寻常，也不像是守林人们会做的事。

"走，去看看。"见布鲁克斯仍在发呆，特里已经回到一楼，并且拎起了一只油灯。很快布鲁克斯也灌满了阁楼上那只油灯，站到特里身边。大门被爷爷锁上了，兄弟俩只得从窗口翻出去，荒原上的风刮进裸露的脖子里，像刀割一般的冷冽。

两人很快绕过了马厩，钻进一旁的白胡子草丛里。

惨白的月光下，一望无垠的林场像被裹挟在一团混沌的青烟中，树影斑驳，附生在树干上的藤蔓轻轻晃动，四周都是昆虫的叫声，夜已经很深了。

绕着小木屋巡视了一圈，兄弟俩一无所获。

"人家才不会那么傻，站在原地等我们去抓呢。"布鲁克斯有些泄气。

油灯的火苗不停地摇曳，火光忽大忽小，两人的影子投射在地上，也在剧烈地跳动。就在这个时候，林场深处忽然传来一阵若有若无的口哨声。兄弟俩几乎同时举起了油灯，但火光并不能让他们看清远处的事物。

"到底是谁在装神弄鬼啊？"特里的心里犯着嘀咕，咬咬牙，他向布鲁克斯使了个眼色，也不确定他能否看得清，便迈开腿向林场深处走去。

那阵口哨声很快就消失了，林子里传来哗哗的踩踏落叶的声音。布鲁克斯紧紧地跟在特里的身后，他有些害怕，嗓子也很干痒。倒是特里一直维持着一个不疾不缓的前进速度，很快，小木屋便看不到了。

两人走到艾斯树群的边界，仍旧没有发现任何人。

"回去吧。"特里抬头看了看树冠外的天，不知从哪里飘来了一团乌云，月光黯淡了许多。这时，身旁的树丛里忽然传来窸窸窣窣的一阵响声，俩人紧张起来。特里下意识地把布鲁克斯拉到自己身后，举起油灯，朝着声音的方向望去。

很快，一个穿着深灰色大衣的男人从林子里钻了出来。

"麦里诺叔叔！"眼尖的布鲁克斯率先叫了出来。

见是熟人，特里心里紧绷着的弦终于松了下来。"麦里诺叔叔，是你呀！"他热切地打了声招呼，并与走近的男人拥抱了一下。

"怎么是你俩小子……"人高马大的麦里诺很是惊讶，"大半夜的，在林场瞎转悠什么呀？"

"爷爷还没回来，我俩溜出来看看。"

"你们爷爷往东边去了。"麦里诺放下手中的猎枪，"最近林场有点不太平，你俩还是早点回去吧。"

"林场怎么了？"

"说来话长啊……"

特里还想问点什么，但麦里诺伸出手推了他一把，一年没见，他的力气还是那么的大。"麦里诺叔叔再见。"布鲁克斯乖巧地道了声别。俩人沿着来时的路回到小木屋时，已经是下半夜了。

特里往油灯里添了灯油，和衣躺下，他的心里仍有不少关于那黑影的疑惑，听麦里诺叔叔的语气，大概是林场里混进了偷伐人吧，但他又隐隐觉得，事情没有那么简单。

他翻了个身，扫视了一圈屋子的每个角落，最终视线落在了桌子上。

很快，他便发现了不妥。

发现窗外黑影掠过时，他正在读书，吃了一惊，条件反射般把书倒扣在桌子上。他记得很清楚，如果倒扣书本这样粗鲁的举动被爷爷看到，肯定免不了一顿说的——但是现在，那本书是合上的。

有人动过了。

特里推了推睡在身边的布鲁克斯，轻声问道："你动过我的书吗？"

半梦半醒之间，布鲁克斯迷糊地答道："什么？"

"我放在桌子上的书，你有没有动过？"

"没有。我从来不看书。"布鲁克斯翻了个身，不再说话了。

四

翌日清晨，爷爷才一脸疲惫地回到木屋，他太老了，巡视林场这样的事，确实太过辛苦。特里做好早饭，喂饱恩里克之后，爷爷才醒来。

马厩里有匹小自贡马闹了痢疾，上吐下泻，爷爷吩咐兄弟俩采来白胡子草，捣成泥和在水里灌小马喝下，忙活完这一切后，特里才有空把昨晚在林场里遇到麦里诺叔叔的事，大致地跟爷爷说了说。

"午饭后，我想去找麦里诺叔叔练习射箭。"在一旁擦拭木弓的布鲁克斯插话道。

"你俩都去。"也许是疲惫，爷爷的声音听上去嗡嗡的，"我已经拜托他，照顾你们几天。"

"您要出远门吗？"特里仰起头。

"我要去长堰河看看。"爷爷点点头，"我怀疑它断流了。"

"长堰河怎么会断流？"特里惊讶道，"何况现在是夏季！"

爷爷摆摆手，开始剧烈地咳嗽。他拿起烟斗，用力地吸了一口，再长长地吐出来，一来一回间，咳嗽竟然慢慢停止了。

午饭过后，兄弟俩收拾好行李，跟爷爷道过别，两人便骑上马往林场的东边走去。夏天的林场弥漫着一阵淡淡的植物芳香，太阳悬挂在不远的空中，树影斑驳，骑着马走出一段路，便觉得身体都被烘软了。

一路上陆陆续续飞过几群在螺髻山上见过的黑色大鸟，它们依然是排列整齐地飞翔，姿势简洁而迅速。第四批飞过的时候，一只落在队伍后头的鸟渐渐放缓了速度，朝地面飞来，很快，它降落到面前的小山丘上。

特里勒住还在行进的马，从马背上翻身下来。他看到那只鸟转了个身，昂起头，凄厉地啼了几声。

"它要干什么？"布鲁克斯走到特里身边，低声问道。

特里摇摇头，没有说话。

很快，黑鸟停止啼叫，低下头用尖长的喙啄刨泥土，它的动作很快，渐渐地，一个小坑被刨了出来。黑鸟甩掉喙上的土，回过头开始拔自己的尾羽。特里看得心惊胆战，有一个瞬间，他突然懂了黑鸟的意图。

——它在自杀。

切洛斯大陆上，有不少鸟类会在夏季迁徙。它们成群结队地由北飞向东南，越过重重高山后，在沿海地带降落，开始繁衍下一代。迁徙过程中，由于体力不支而掉队的鸟儿，就会在半途中离开大部队，选择一个人迹罕至的地方，拔下自己的羽毛，把自己埋进泥土里。

兄弟俩第一次撞见鸟儿自杀，内心都十分不忍。布鲁克斯抓了抓特里的衣摆，轻声说："怎么办？"

特里还没来得及回答，山丘上的黑鸟又开始啼叫。它已经拔光了自己的尾羽，墨色的羽毛散落一地，它不能再飞翔了。此次啼叫只持续了十几秒，黑鸟的背上突然亮起火光，它开始燃烧起来。

一簇小小的火苗在黑鸟的身上游走，很快，火势大了起来，黑鸟不再啼叫，它垂下头，静静地迎接自己生命的终结。特里别过头，不忍心再看。约莫过了一刻钟，跃动的火苗慢慢熄灭，黑鸟已经化为了一团灰烬。

特里快步走上山丘，他看到灰烬中有什么东西闪了一下，像是玛瑙。他蹲下身翻找片刻，从灰烬里拿起一颗黄豆大小的灰色的圆形石子来。石子是冰凉的，上面很是光滑。

那是黑鸟的生命。

突然，本来安静站在原地的两匹马骚动了起来，特里飞快地转过头，看到身后的密林中急速窜过了几个黑色的影子。"孜狗！"眼尖的布鲁克斯率先叫了出来。特里心里一惊，忙把黑石揣进兜里，吹了声口哨，把马儿唤到身边。两人刚跨上马，几颗硕大的头颅就从密林中钻了出来。

孜狗们冲出密林，瞬间就发动了进攻，它们的速度虽然比不上荒原狼，但也不容小觑，很快，它们都冲到了跟前。自贡马跃起前蹄，将领头的一只孜狗踹飞，但是余下几只又迅速围了上来，龇着尖利的獠牙，发出令人心寒的呜咽声。"快走！"特里大喝一声，两匹马接收到指令后，不再恋战，撒开蹄子便从孜狗群中冲了出去。

自贡马的速度很快，孜狗们不是它的对手，很快就被远远地抛在身后。跑进密林后，自贡马没有减速，而是持续往密林深处飞奔，直到孜狗们的身影完全消失在视野里，才渐渐放缓脚步。特里长出一口气，但很快，他就发现了新的麻烦。自贡马逃走的时候，由于情况紧急，他并没有来得及辨认方向，在密林中狂奔了这一段之后，兄弟俩才后知后觉，他们迷路了。

两人喝住仍在飞奔的马儿，翻身下马。特里四处张望，想从密林中找到一个清晰的方向来，但密林深处透不进阳光，每一棵树都长着相似的模样，脚底下铺满层层落叶，厚实得像踩上了海绵，要从当中辨认出来时的路，确实比登天还难。

特里意识到事情的严重性，不由得皱起了眉头，站在身旁的布鲁克斯更是吓得快哭了。"不要怕。"特里拉住布鲁克斯的手，安慰道，"我们会走出去的。"

五

入夜后不久，特里终于在密林里找到了一棵自然死去的老树，树下有一个能容纳两个人的宽敞树洞，能供他们在此扎营。两人卸下行李，又在附近捡了些干柴，在树洞旁生起篝火，解开马儿的缰绳，让它们自己去觅食，忙活完一切之后，兄弟俩终于能在火堆旁坐下，开始吃些特里摘回来的野果充饥。

跃动的火苗能极大地鼓舞人心，渐渐地，布鲁克斯也放松了下来。填饱肚子后，特里让他先爬进树洞休息，自己则再捡了些木柴备用，免得夜深了篝火熄灭，引来觅食的猛兽。

折腾了这么一天，布鲁克斯显然累了，爬进树洞后很快便进入了梦乡，树洞里响起他稚嫩的鼾声。夜渐渐深了，密林里开始响起"悉悉率率"走兽跑动的声音，发情的虫子也开始鸣叫，有几只灰毛狐狸经过篝火旁，稍做停顿，但忌惮于炽热的火焰，并不敢往前，踌躇几下后又飞快地跑开。

特里也很困，但他不敢贸贸然去休息，毕竟在这密林里，处处都隐藏着危险，尽管有着篝火加持，也不能百分百确保安全。就这样惶惶地过了半夜，等到密林中各种声响都渐渐平息下来后，他才钻进树洞里，揉了揉酸痛的肩膀，躺了下去。

这一觉睡得极其不安稳，特里迷迷糊糊中总觉得有人在扯他的头发，他翻了个身，嘟囔了一句："别闹！"

布鲁克斯仍在熟睡中，没人回答他。

特里费劲地睁开眼，伸手扒开头上的两只小栗鼠。他爬起来，揉了揉生疼的双眼。篝火不知何时已经熄灭了，只剩下一缕残留的青烟。天还没亮，密林仍旧笼罩在一片静谧之中。特里正要躺下补眠，外面忽然传来微弱的一声"咚"，像是谁在远处打翻了一个盘子。

特里的困意一扫而空，他看了一眼毫无反应的布鲁克斯，独自爬出了树洞。

声音是从西北角传来的，很轻，但清晰可辨。特里爬上一棵大树，朝西北方向望去。很快，他便看到远处的林子中冒出一缕黑烟，夜色中那黑烟显得极其鬼魅，丝丝的风刮过来，树冠开始轻轻地晃动，那烟也飘忽起来。

特里爬下树，慢慢地朝那黑烟摸了过去。

很快他就摸到了黑烟附近，渐渐地，一些嘈杂的声响传到耳朵里，似乎那黑烟处聚集了不少人，正激烈地争论着什么。特里摸到一簇藤蔓处藏好，扒开浓密的叶子，隐约看到五个身形魁梧的男人围坐在一堆篝火旁，正烤着一只山地羊。他们争辩的声响清晰了许多，但仍旧听不懂。特里疑惑地皱起眉头，忽然意识到，他们说的并不是切洛斯的语言。

他们不是切洛斯人。

天色不知何时又昏暗起来，黎明要到了。

烤羊肉的香味飘进特里的鼻子里，馋得他直咽口水。想着布鲁克斯也快醒了，特里不敢多做停留，他猫起身子正欲离开，忽然听到篝火旁传来一句熟悉的切洛斯的俚语，那是句脏话。

特里身躯一震，强烈的好奇心驱使他又折返回去，扒开叶子继续偷窥的时候，眼前的一切瞬间让他浑身的汗毛都竖了起来。

天色仍是很暗，但他终于看清了——围坐在篝火旁的人不是别人，正是林场的守林人们！但这不是恐怖的地方，恐怖的是，他们的身上，都泛着一层淡蓝色的火光，看上去就像……就像几个游荡的魂灵！

爷爷坐在他们中间，那句脏话就是出自他的嘴。而爷爷的身旁坐着的，竟然是……竟然是林场的邮差！

怎么回事……爷爷不是说他去世了吗?!

空气瞬间变得凝重起来，无数的疑惑涌上特里的心头。他很想走出去问个究竟，但有一个发现让他忍住了冲动，他发现，篝火旁没有恩里克的踪影。中午与爷爷分别的时候，恩里克是跟爷爷一起离开的，他是匹异常忠诚的狼，与爷爷相依为命多年，绝不会离开爷爷半步。所以眼下唯一的解释便是，那个人并不是爷爷。

但如果不是爷爷，又是谁跟爷爷长得如此相像呢?

特里觉得不能再耽搁了，黎明很快就会过去，一旦天亮，再走就来不及了。下定决心后，他转过身，悄悄地离开了那里。

特里回到树洞，叫醒布鲁克斯，把情况大致地跟他说了一遍。布鲁克斯瞬间紧张起来，他抓住特里的手，惊讶地问道："真的是爷爷吗?"

特里摇摇头："我不能确定。"

"那邮差呢?"布鲁克斯紧张得声音都颤抖了，"爷爷不是说……"

特里拍拍他的头，让他冷静下来。他吹了声口哨，把两匹自贡马唤回身边。"我觉得，我们应该找爷爷问清楚。"

"你不是说，那不一定是……"

"不。"特里打断了他，"我是指，我们要去长堰河。"

布鲁克斯不再说话了，他低下头，用力地咬着下嘴唇。这一天里发生的事情，已经完全超出了他的承受范围。他还只是个十一岁的小孩，还没能学会特里的冷静跟睿智。特里伸出手捋了捋他额前的头发，安抚道："别担心，哥哥会照顾你的。"

特里迅速地在心里制定了一个计划。自贡马要喝水，它们一定能找到附近的小溪，林场里的水流网络很是复杂，但所有的小溪小河最终都会汇入长堰河，只要找到小溪，沿着小溪往下走，一路顺藤摸瓜，就一定能找得到长堰河。

兄弟俩没有再作过多逗留，跨上马后，便跟着自贡马往密林深处走去。

六

正午时分，他们找到了第一条小溪。

小溪不大，水流很是平缓。兄弟俩把随身的水囊灌满水，又饱喝了一顿，稍做休整后，便沿着小溪往下游走。两人都心事重重，一路无话，直到第一条河出现在眼前。

密林中的白昼总是极其短暂，两人在河边休憩半晌后，天色就开始暗淡了。林子中的飞禽走兽会在傍晚来河边汲水，在地面上扎营不太安全，特里就近找了一棵大树，用藤蔓在树枝间编了一张网，姑且将就一晚。

但这个夜晚，特里最担心的事情还是发生了。

两匹自贡马出去觅食许久都不见返回，按道理说，它们都是训练有素的豢养马，并不会离开主人太久，饱食之后必然会回到主人身边。但特里躺在藤蔓上，看着河边的走兽来了一批又一批，直到密林中最后一丝光线消失掉，都没有看到两匹马归来的踪影。

没有了马，在密林中行进会困难得多，靠徒步走到长堰河，不知要走到何年何月。特里再三思忖，决定把布鲁克斯留在藤蔓上，自己到周围去找一找。

等到特里四处搜寻无果，再回到藤蔓上的时候，布鲁克斯却不见了。

特里的心立马揪了起来，他飞快地打量了一下四周，发现兄弟俩的行囊还留在藤蔓上，固定藤蔓的几根粗壮树杈上也没有猛兽尖爪划过的伤痕，四处都很祥和，找不到打斗过后的痕迹。"难道他是自己离开的吗？"特里暗暗想道。

就在此时，大树下忽然响起一阵骚动声，像是上千只动物在奔跑。特里转过身，借着微弱的月光，很快便看到河边出现了异动。大群先前在河边栖息的果狸、秃头斑鸠以及体态臃肿的荒野牛群，此刻都正仓皇地往密林里飞奔，河岸上扬起大片的沙尘，各种喊叫声此起彼伏，那景象就像是末日降临。

但这都不是让特里觉得恐惧的地方。

原本平缓的河面，不知何时卷起了一个黝黑的漩涡，惨淡的月光照耀下，那漩涡仍在不断地扩大，大片的水花飞溅到半空中，再重重地跌落回去，发出哗哗的响声。很快，一个体型巨大的东西，从漩涡下钻了出来。

特里很快便辨认出，那是只外形神似蝎子的动物，只是体型要比蝎子大上无数倍。这只巨型"蝎子"钻出水面后，没作过多停留，就开始往岸边飞速移动，大片大片的浪花被搅动起来，巨型"蝎子"就像一座移动的水上小山，不出半晌，就游到了岸边。

一切发生得太快，特里还没来得及作出反应，巨型"蝎子"已经上了岸。它粗暴地抖落浑身的水珠，仰起头，长啸了一声，尖厉的声音刺激得特里耳膜生疼。特里捂住耳朵，只觉得胸口跃动得厉害，心脏像是要从胸腔里跳出来。他转身想逃，慌乱间右腿却被藤蔓绊了一下，整个人朝前踉跄了两步，竟从树上摔了下去。

那一瞬间，他觉得自己死定了。

好在下落的过程很快就结束了，那根绊倒他的藤蔓钩住了他的腿，把他悬挂在半空中。特里惊魂未定，剧烈的震荡感使他脑袋开始嗡嗡作响，四肢仿佛也失去了力气，整个人像一株成熟的麦穗在空中摆荡。

河岸上的动物们早就逃之夭夭，这一动静让巨型"蝎子"立马发现了他。巨型"蝎子"没有片刻犹豫，撒开长长的腿，朝他飞奔过来。特里暗叫不妙，奋力挣扎，想从藤蔓上脱身，无奈那株藤蔓像是长在了腿上，任他怎样努力，都没有丝毫动摇。

就在此时，特里的牙床一阵吃痛，慌乱间像是有什么砸进了他的嘴里。

他很快就反应过来，是那颗早前揣在兜里的黑鸟的石子，挣扎的动作太大，它从兜里滑落出来，又不偏不倚地，砸进了他的嘴里。

奇怪的是，石子进入口腔后，像是马上融化了，一阵冰凉的感觉瞬间在喉咙里蔓延开来，那股浓烈的凉意顺着喉咙往下涌动，像是血液般开始在身体里奔流。很快，特里觉得背后一阵瘙痒，像是有什么东西正从皮下破土而出。

那株藤蔓忽然就松开了，特里惊叫一声，整个人朝地面飞速坠落。

耳边响起呼呼的风声，不时有横生的枝丫刮过他的脸，几行温热的液体在脸上流淌，特里紧紧地闭上眼睛，他觉得死亡近在咫尺，甚至都闻到了巨型"蝎子"口中呼出的腥臭气味。但奇怪的是，风声很快就停止了，耳边开始响起飞鸟扑棱翅膀的"呼呼"声，特里不解地睁开眼，伸手试探性地往后背一摸。

温润的触感抚上指尖，他惊讶地发现，自己摸到了一对翅膀。

但是事态紧迫得不容他细细端详，巨型"蝎子"仍在朝自己飞奔，它八条长长的腿将满地落叶搅得粉碎，灯笼大的双眼在夜色中闪烁着瘆人的红光。

特里咬咬牙，奋力扇动翅膀，一阵急促的风声再度响起，他飞了起来。

特里猛地钻出茂密的树冠，停在高空上，他俯身朝下望去，那只"蝎子"此刻正暴怒地围着那棵大树打转，尖利的嘶吼声经久不息，在密林中传出很远很远。

七

特里在空中盘旋了许久，直到天边开始泛白，才敢降落到一棵树上，稍做休憩。

直到现在，他才有时间看一眼这对救了自己一命的翅膀。

这对巨大的翅膀确实是从自己的肩胛骨上长出来的，翅膀上覆盖着层层墨色的羽毛，在阳光下泛着跃动的光芒，像一袭华美的袍子。特里将翅膀合拢，重重地叹了一口气。

他的心里很乱，从抵达林场的第一天起，就接连发生了许多稀奇古怪的事情，爷爷不在身边，布鲁克斯又下落不明，他觉得彷徨，汹涌的孤独感一下子就攥住了他。那一瞬间，他好想大哭一场。

好在太阳很快就升了起来，和煦的光线打在他的脸上，让他渐渐平复了下来。他迎着太阳，分辨清了方向，便一跃飞到空中，朝着长堰河所在的北方飞去。

他要去找到爷爷，问个明白。

拥有了飞翔的能力，赶路显得异常轻松。特里不知疲倦地飞了许久，待到夜幕重新降临之前，他终于看到了在绵延的密林背后，长堰河那模糊但壮阔的模样。

特里的心跳开始加速，扇动翅膀的频率变得更快，渐渐地，长堰河终于揭开了它神秘的面纱，月亮升了起来，皎洁的月光照耀下，长堰河蜿蜒地盘流在崇山峻岭之间，像一条随风飘扬的长丝带，将切洛斯与塞外完整地隔绝开来。

但很快，特里就皱起了眉。

随着距离越来越近，他惊讶地发现，长堰河在月光照耀下，竟然是灰色的。

特里朝下飞行，开始贴着树冠前进，飞到距离长堰河不过百米的时候，他终于确认了，长堰河断流了。大片大片龟裂的河床暴露在眼前，像是猛兽张开的口中那嶙峋的獠牙，道道深不见底的沟壑纵横交错，如同脉络一般，将长堰河原有的恢宏面貌分割得支离破碎。

特里看着眼前的一切出神，他觉得胸口很闷，一种不祥的预感涌上了心头。长堰河断流了，切洛斯失去了最原始也是最有效的屏障，无异于卸下了满身的盔甲，将鲜活的血肉暴露在塞外生物的面前。

特里没法作出更多的联想，但他很清楚地意识到，切洛斯平和静谧的生活，即将结束了。

胡思乱想的时候，远处忽然传来一声凌厉的狼啸，广袤的河岸上，那声音显得极其苍凉。"恩里克！"特里马上反应过来，他循声飞去，焦急地四处张望，不出两里路，便看到恩里克从一处草丛中冲了出来。

紧随其后的，是骑着自贡马的爷爷。

见到爷爷，特里的眼泪瞬间涌了出来。他急忙俯冲下去，但紧跟着爷爷从草丛里钻出来的东西，却又让他吓了一跳。

惨白的月光下，那群东西的身上全都泛着悠悠的绿光。那是一群身形颀长、状如荒原鹿豹的动物，尾巴奇长，因而奔跑起来相当轻盈，自贡马显然不是它们的对手。

特里没再犹豫，一个急冲飞到爷爷身旁。"爷爷！"他大喊一声，扑棱的翅膀卷动得大地一阵沙石弥漫。爷爷终于发现了他，脸上露出惊讶的神情，"特里……"

"抓住我的手！"特里喊道，伸出手一把拉住爷爷的手，猛一发力，爷爷就从自贡马上被拽了起来。特里没敢懈怠，奋力地扇动翅膀，直往高空冲去，确保安全之后，才稳住身子，朝下望去的时候，自贡马已经被那群"鹿豹"撕成了碎片。

特里紧紧地拉着爷爷的手，飞到一处断壁上，才将爷爷放下。

爷爷跌坐在地上，大口地喘着粗气，特里站在一旁，惊魂未定地搓着两手。他有好多的话想要问个究竟，但是又不知从何问起。爷爷的呼吸渐渐恢复平静之后，他才后知后觉地抱住他，号啕大哭起来。

"特里，你听我说……"爷爷也紧紧地抱住他，他的声音很是沙哑，"快告诉爷爷，发生了什么？"

特里抹了一把眼泪，啜泣着把一路上的遭遇说了一遍，但隐瞒了在密林中碰到神似爷爷的人那件事，听到布鲁克斯在密林中失踪的时候，爷爷皱起了眉头。

"爷爷……布鲁克斯他……失踪了，长……长堰河也断流了……"特里终于平复下来，"爷爷我好害怕，现在该怎么办呀？"

"别怕。"爷爷拍了拍特里的背，呼吸顺过来之后，他又恢复了那个精干的老头子模样，"先告诉爷爷，你的翅膀是吞了那黑石子之后长出来的吗？"

特里点点头。

爷爷的眼内闪过一丝不易察觉的疑虑，很快，他陷入了沉思。不知道过了多久，直到半空中的月亮被云彩掩盖，爷爷才回过神来。"快！带我去找恩里克！"他盯着特里，坚定地说道。

直到黎明降临，爷孙俩才在一块裸岩上找到奄奄一息的恩里克。它受了很重的伤，腹部被划开了一条深深的口子，猩红的血流了一地，见到爷孙俩靠近，它挣扎着想要爬起来，但努力了几次都无果。特里心疼地抱住它的头，湿了眼眶。

爷爷也很伤心，他摸了摸恩里克的背，嘴里喃喃道："老伙计啊……"恩里克的喉咙里发出低低的呜咽声，渐渐地没了呼吸。

爷爷瘦削的脸上滑落一行浊泪，他伸手从兜里摸出一把小钳子，拔下了恩里克的一颗獠牙，递给特里。"拿好。"爷爷低声道，"来不及了，我们该走了。"

特里拉着爷爷飞在半空中的时候，爷爷终于开口，跟特里讲了一个故事。

"在兰达尔大陆还没有分割成三个国家的时候……"爷爷的声音很疲惫，带着苍老的无力感，"那时候，大陆上生活着两派势力，分别是由尤库尔金带领的光明派，和刚铎带领的黑暗派。他们都是精灵的后代，智力超群又骁勇善战，唯一不同的是，尤库尔金推崇善良和包容，而刚铎崇尚战争与暴力。他们谁也说服不了谁，终于在一次百年不遇的旱灾中，爆发了战争。"

"战争持续了数月，兰达尔大陆上每一寸土地都不可幸免地卷入其中，最终，尤库尔金击败了刚铎，将黑暗派驱逐到大陆的北部。但刚铎是精灵的后代，并不能被彻底摧毁，尤库尔金联合身边的得力干将，商讨了数日，终于找到了压制刚铎与其残党的良计。他们将蒂亚戈鸟体内的晶石、荒原狼的獠牙和雪原花的花瓣结合，用精灵之火萃取，练出了一粒种子。尤库尔金把种子种在大陆北部，种出了一株生命树。生命树拥有强大的力量，它纵横交错的脉络将大陆北方的土地割裂，形成了长堰河，它随风飘落的叶子落地生根，长成了绵延的树群。刚铎就这样被隔绝在长堰河外，终生不能在踏上内陆一步。"

"但是……"爷爷叹了一口气，"特里，你还记得小时候我跟你说过的故事吗？"

特里点点头。

"生命树的力量不是永恒的，它的力量每时每刻都在被尤库尔金的后代消耗着。人们砍伐树林，猎杀动物，往河流里倾注肮脏的污水——光明派的后代已经不再善良了。"爷爷的脸上露出痛苦的表情，"特里啊……切洛斯的灾难要降临了……"

特里没有说话，他昂起头迎着呼啸的风，觉得整颗心都沉了下去。

八

特里不知疲倦地飞了很久，直到太阳升起，又落下，夜幕重新笼罩大地，爷爷才示意他停下。两人降落到一处山崖上，稍做休整。习习凉风吹过来，特里的心终于舒缓了些。爷爷告诉他，生命树就在不远处了。

爷爷的计划是，找到生命树，将它唤醒。但是具体怎样做，爷爷没有告诉特里，他忧郁的眼睛里似乎还藏了不少的秘密，特里知道那些秘密是自己还不能承受的，所以他也没问。

小憩片刻，两人继续赶路。

远远地，特里一眼就认出了生命树。它生长在一座高耸的山峰上，是那样的庄严且磅礴，巨大的树冠遮天蔽日，静谧安详的模样叫人肃然起敬。但随着距离越来越近，特里发现爷爷的眉头也越皱越深。他细细打量了一番，终于知道爷爷的忧虑从何而来。

生命树恢宏的架势仍在，但它的叶子却在死去。大片大片残缺的黄叶在风里飘荡，场面既壮丽又绝望。特里降落到生命树前，忧心忡忡地盯着它出神。

"爷爷，怎么办？"特里轻轻地问道。

爷爷没有回答。他径直地走向树下，在树干前扑通跪下，张开双手抱住大树突出地面的粗糙的树根，把头深深地埋了下去。这个动作一直持续了很久，爷爷才抬起头来，回过头悲伤地看了特里一眼。

"来不及了。"爷爷哽咽着说道。

特里飞到生命树的树冠上，抬头眺望远处。

他看到眼前广袤的密林北方开始蔓延起熊熊火焰，无数被惊扰的飞鸟慌忙地扑到半空中，不时有全身着火的灰毛狐狸从林子里钻出来，扑进河水中，但河水也是滚烫的。惨烈的哀号声响彻天际。唯独月亮尚还冷静，它高高地悬挂在空中，静谧地散发着温柔的光芒。

密林的火焰一路蔓延，很快，整片天空都被火光映红。特里默默地流下两行热泪，他很想放声痛哭，但是张张嘴，却发不出一丝声响。

一片墨色忽然从火光中冲了出来，它们飞快地掠过正在湮灭的树群，朝高山上飞来。特里认得，那就是赠予自己翅膀的黑鸟。他努努嘴唇，惊讶地发现自己发出了一阵奇怪的"呀呀"声，声音不大，但是那群黑鸟却听见了。它们加快了速度，很快就飞到特里跟前。

"特里！"爷爷忽然大喊道，"跟它们走，去寻找雪原花！"

特里一下子便明白了，眼前这群通体墨色的大鸟，就是蒂亚戈鸟，此刻它们正盘旋在自己的头顶上，哀伤地鸣叫。一个微弱但清晰的声音飘进了特里耳朵里，它说："别怕。"

特里张开翅膀，奋力飞向空中，熟悉的风声灌进耳朵里，他竟感受到了前所未有的踏实感。那群大鸟改变了阵营，将特里团团围住，裹挟着他一同朝北飞去。特里回过头看了一眼山崖上，爷爷此刻正站在那里，脸被火光映得通红，但却露出了一个笑容。

"别怕。"爷爷用唇语说道。

特里随着蒂亚戈鸟群飞到半空中，俯瞰着地下这片正在湮灭的密林。他的心里清楚地知道，大火把密林摧毁之后，邪恶的刚铎余党就会蜂拥着冲破长堰河的阻挡，踏上这片平静地存活了无数个世纪的大陆。那个时候，战争是无法避免的。残忍的历史将会再一次重演，大地将会遭受再一次的毁灭，没有人能够幸免。特里忽然很怀念爷爷的小木屋，想必此时此刻，它也葬身于茫茫火海之中了；还有布鲁克斯，聪明如他，应该能够躲过一劫吧；还有爷爷，他耗尽一生心血想要守护好的密林，就这样轻易地被彻底摧毁，化为无数的灰烬，他的心里肯定很不好受吧……

特里抹了一把眼泪。

他将要去拯救世界，但此时此刻，他不过是个十四岁的少年而已。

天桥

◎
梅
诗
煜

　　天是灰青的，如一条浓浓的绸带，从这头到那头，直至墨一般的昏黑。陈椿身穿红白条纹的校服，与街上形形色色的黑灰相比是那么显眼。他漫不经心，走到街的另一头，那是一座连接两条公路的天桥。

　　许是冬日与秋日的风融合了，树上的叶子止不住地落，有的竟套上了人为的用麻绳包的"棉袄"。陈椿踏上台阶，靠左侧公路的大商场的反光镜上，他清楚地看见了自己。不足一寸的头发，下颚顶尖的脸，红白的校服被星星点点的沾上了墨水，这是周青他们那伙干的，在厕所里把作业本团成团，再沾上墨水，甩了他一身。不过，陈椿倒是没吱声，他将头埋得低低的，不正眼去看周青，其实他也知道自己没这个义务去帮他做作业，可是他不敢反抗，他紧握着拳头，尽量让自己放松。终于，周青说放他了，他便低着头走了。他还看见自己那双破烂的鞋子，前端磨得消了光辉，黑色的皮已经少了好几块，就连鞋带也因为过度的清理而起了球。"不过，它至少是干净的"，陈椿想。其实，这个问题他已经告诉了母亲很多遍，每次母亲都将头从那张仅有半米高的由两条板凳搭成的灶台上抬起头来，满眼憔悴却带着关怀地说："将就吧，妈就快发工资了。发了工资还要给你买资料，还要交房租、水电费……"他不想再问母亲什么，就这样了吧，一家人住在一个租来的两居室，仅有墙壁刷上了白浆，两张床、一张书桌并放在一起，厨厕相连的同时，又与房间相连，仅隔一层布便是了，生活又能怎样呢？不过牛屎棚一样的房子罢了。

　　陈椿怔住了一会，继续往天桥上走，雾蒙蒙的天遮住了灯的闪耀，立在路旁的灯也是那么的无精打采。走到了天桥的平台上，陈椿看了一眼时间，还早，心想晚一点回去，便杵在天桥的一侧，怔怔地，还是发呆。

　　这是一座露天的天桥，透明的玻璃围成的挡板，上面的磨痕很重，不像是新修的，架在两条公路之间，是行人来往的必经之路。

陈椿立在一角，重复着他个人的独特喜好——看鞋。通过看鞋，他可以知道人的身份高低，比他过得更好或是还差。他从来没有和穷人交过朋友，即使对方对他很好。他妈教他："遇到有钱人即使人家当你是个屁，你也得认为自己在他身边是个香屁。"陈椿老实的遵循这一席话，因为周青满身都是名牌，他愿意为他做作业。即使他朝自己吐口水，他也愿意。

潮湿的地面上映着地板反射的阴冷的光，顶上的灰雾一层层向地面逼近，压得人有点透不过气，墙角的蛛网在阴暗处渐渐扩大，中心的蜘蛛张着它那瘆人的眼睛。

陈椿的眼睛也发了亮，他看见了一双精妙的鞋，错综的泥色将鞋面涂得很鲜明，纯白的鞋底，不管从前面还是后面都能看见那个大大的"钩"。陈椿直勾着眼，他的直觉告诉他这是这个季节耐克才出的新款。他并没有呆住了，反而是贼样地跟在那个人的身后，心想："这双新款一定很贵，这个人一定是个有钱人。希望有机会成为他的朋友，希望他也送他一双。"终于希望在被那个人察觉的白眼给打破了。那个人下了天桥，略微高傲的擦掉了洁白鞋边的污渍，走了。

陈椿倒没放弃，他仍然立在一边，等待下一个耐克。

阴冷的空气从身体钻到脊骨里，陈椿打了个寒战，这世道穷啊，这衣服都穿了好几年了。

一个白苍苍的老人隐隐地从天桥楼梯口冒上来，他拄着拐杖，敲在楼梯板上发动"咚咚"的声音，外表朴素，对了，一双破鞋。陈椿望了一眼便没再去看了，他将目光移去别处，那里有一面屏幕，上面流动着红色的大字——富强民主，文明和谐……

老人将手无力地放在衣袋里，他步伐很慢，过悠悠的天桥见了不少行人，他们有的面到愁容，提着繁重的公文包，迈着沉重的步伐；有的神色高冷，浑身名牌穿搭好似等着别人的艳羡，步伐更是轻盈……他们都是芸芸众生中的一生，或喜或怒，或骄或恼。老人慢慢地，走过了天桥。

突然，他在一对沿天桥乞讨的兄妹面前停了下来，将那只颤抖的手伸向大衣内包，摸索钱来——五十人民币，不多不少，却明亮亮地刺着陈椿的眼。他想："这傻老头！只有你傻得给那么多！"他冷眼看着老头，内心不禁一番嘲笑。不过，很快，他又悲观起来，阴郁浇了一脸，是的，我连那对兄妹都比不上，有什么嘲笑的资格。

他盯着自己那双破鞋，看见老人蹒跚的步伐，尽量不去想吧，社会是公平的，穷人与有钱人上一个学校，穷人是有钱人的跟班。

渐渐地，周围的路灯都亮了，他看了不下十个人的鞋，有平价舒适的布鞋，有似乎踩在软垫上的"高档鞋"，还有泥泞不堪的破鞋。他看着天桥，人来人往，这个世界又是这么的平凡与不平凡，也许下一秒，他就能榜上大款，进入有钱人的行列，他想。

天色暗了，像是随手打翻了墨水瓶，渲染这片乱哄哄的天，月亮在这个季节是不敢出来的，天上冷，周遭更冷。陈椿走过了那对兄妹，哥哥看着妹妹，将才送来的饭一点点喂进她嘴里，继而嘴角又开出了满意的笑容。

天桥像个孤独的人，每天被人骑任人踩，它不在乎上面走的是富人还是穷人，现在它只是看着正在上面走着的那个小伙子，他的脸是阴郁的，随即，他又吐了一口痰。

陈椿下了天桥，他的步伐越加急促。今天回得晚了一点，母亲一定还将头埋在那油腻不堪的半米灶台上煮菜，厨房昏黄的，厕所那瘆人的味道还会顺着步帘飘进来，覆盖在白墙上，阴郁积盖。

陈椿回头望了一眼，离天桥远了，天空像一条浓浓的墨绿绸带，人影稀疏，他听见有人在喊他。

饿

◎罗晨

饿，真的很饿。他从饿中惊醒。

有多久没听到那该死的铃声了，一天？两天？他到底睡了多久。

有些吃力地坐了起来后。他先是摸了摸空荡荡的肚子，从床上吊下腿，揉着眼睛迷蒙地看到床下的拖鞋，正盖着一只快餐盒。

他一脚踢开。快餐盒，这个狭窄的房间哪里都是塞满了吃得干净不剩的快餐盒。残缺的白色塑料泡沫像阴森的尸骨一样，覆满整片行走的荒地。

插上拖鞋后，他走了两步，随意在一处曲着膝，半蹲着，扒拉着那些地上的快餐盒，果然，他没有找到吃的。

于是又悻悻然拖着身子，来到了唯一的心灵寄所——那是一张工作桌，台面上装着笨重的老式的台式电脑，电脑的周边还有些干瘪的零食瓶袋。

那张小寸的显示屏，黑漆漆的，彼时正挂满了一个恐怖的庞大毛球，走近一看，才发现原来那是一张脸。

他盯着那黑屏半晌，那面部有些凹陷得违和又胡子拉碴的人到底是谁呢？他从混沌中生出些许疑惑。

按开了电脑的开关，一个熟悉的界面印入眼前，方才还有些紧张不安的心情顿时松懈了下来，他瘫痪在了背靠椅上。

"宅男A"，以前从来没有人这么称呼过他，现在他有时也会想不起自己名字，就在界面上那么介绍自己。以前他在学习上是一把好手，当然也会时常闷着头低低的，但这在以往都算是优点，是从什么时候改变的呢？他开始泯为众人，丢掉了他的唯一。

他无神的眼里透着蓝光的屏幕，随着鼠标啪嗒声，闪烁着五颜六色，不用说，他又开始了游戏。

正在沉浸"屠龙少年，油腻世界"的大型社交游戏网站的时候，不期而至的"咚咚"声穿过他的脑中。轻微一声，似乎从门那边传来，像是让时间停止一样的魔法，他愣了神，呆滞了所有的动作，微妙地僵着。

他轻轻地摘下了耳机，像是不想吵到这声响一般，又偏过些耳朵，伸着脖子，盯着门，仔细地盯着，像是要是把门穿透一样。竖起耳朵，仔细听着，那静悄悄的世界被他听得毛骨悚然。

但的确没在有过声音了。无论如何，都不再有过声音了。

想到这些，宅男A像叠汉堡一样，将肥腻的肉块黏合在了一起，用双臂抱住了头，和他凹扁的肚子一块，发出了如啜泣般的呜呼。

这个房间，原来是有敲门声的，而且太频繁了，以至于他一气之下紧锁了房门。将所有来之者拒之门外。

也难怪，任谁也不希望自己的求职失败后，还天天接二连三收到称之为朋友的喜帖。之所以这样说。是因为他实在没交什么有交情的朋友，来探上他的门，若不是有喜讯来礼节性发一张充充场面的，就是作推销员的老同学如获珍宝地新发现自己居然还有这样一个老同学。

他还记得那个他唯一认为的朋友，那个三年以来总是组队后，被剩下和他迫不得已结对的那个男孩，有一天也来敲门了，他在门的猫眼后，如同大学一般，默契地你盯我盯你的游戏，双方僵持了不久，他破天荒地开了门。

那人依稀看出大学的时候模样，但垮下的眼皮和枯燥的唇角却无情地显露了中年人的前兆。

他最难以理解的还是那个不善言语的人，在一口闷茶后居然开始滔滔不绝地说话了，言语尽是替这个待在房间不出门的家伙多些寒暄与关照：用一些小钱可以换来多样好的工作，通过他的熟人的介绍。

他瘦削的身子装着不贴身的西装领带，眼神紧张得在口唇抖索时向这个普通的家四周乱瞟，没有看向对方的脸。在等来的一阵沉默后。他烦人的老母亲开始了热情的招待。

他那个喋喋不休的老母亲，也是饶不过他的，总环绕在他耳边。是该像那个谁家的老李那样娶媳妇啦，还是像那个谁那样出门找工作了，所以对这个上门的儿子朋友很是热情的招待。并为他心爱的儿子掏钱。

他仍是没有举动，只是木然地看着两人的寒暄和交易。

后来，那个友人再也没登门上来了，剩下了那个烦人的母亲不停地开始询问。

他去了哪里？他去了哪里。

一声"扑通"，宅男A只感觉屁股挨了结实的一记痛，眼前飞舞着塑料袋甚至直接盖上了他的脸，他龇牙地喊痛，凭着感觉摸上了那个让他滑落的罪魁祸首的腿角，很是费力地一点点扶爬了起来，待扫开眼前的塑料袋，还有些细碎的薯片残羹挂在他过长的刘海。

他拨开他们，那不体贴的肚子还咕噜叫着，他已经懒得再去安慰那个小可怜。爬上床，开始不经意地看起墙上地钟表和房门，几次过后，他心里落了空。他有些疲倦地看向正对面——那个肩已经塌了一块的靠椅。大概年事已高，这个老靠椅再也经不住每天的压力，像个老顽童，这下似乎是自己对这个主人的报复。

他不知怎的突发奇思妙想，就想起了他大学时期引以为豪的手艺。别的不说，会修东西可是个加分项。但和传说中帮女神修电脑的传闻不同，从来没有过那样一个美丽的女子，会在雨天的伞下，半嗲着声音，拖得老长的媚尾，请他替自己修电脑。

但硬要说他没替女生修过电脑，这也是不对的。模模糊糊中，好像是有一个女生。很抱歉的是，只是简单地修电脑而已，两人之间很是客气，没有产生过多引人联想的情愫，像是一个维修工和普通的客人而已。估计那女生也大概率不是什么美人，不然他怎么连她的脸和名字都没记住。

这样想来，他好像明白了，那个曾来敲门的陌生女人是谁。他只在门后看一眼，就认定自己不认识那个人，残忍地将一位女子留在门外，可怜地按着门铃。

还是那个多管闲事的老太开了门。因为实在不记得那个女生的脸了，他只记下那个淡淡的百合花香，和那个微卷的发尾。没错，似乎那个女生，那位顾客，也曾留着那样的发尾，微微卷着，像是一个俏皮的月牙。

被母亲叫出来后，那女生很是谨慎腼腆，在沙发微微缩着，不自然地用着温柔的语调，撇开他，歪着头去与老太太聊天。

健谈的母亲显然很喜欢这个孩子，与她聊了很多很多。而他晾在一边，自讨没趣，一声招呼后又进了门。

当他"喀拉"一声闷响后，锁住的门外似乎像是受到打击了一样，骤然停止了方才的声音。

后来几日，那个女生都有来过。偶尔穿些不同的衣裳，嘴唇涂抹着不同的颜色，但他都只记得那个淡淡的百合芬芳，和那如同孩童的笑容一样的小卷。有时候是上门与老太交谈，有时候是请教他些电脑问题，总有着不同的理由，而他，总是在完成任务后，果断地扔门而进，留下尴尬的女子一人。

他与女生之间的记忆实在单调乏味，要是找来那爱听的故事的孩童，听到一半也无趣地扭头走开了。不过对那个女生再少的记忆，他也总忘不了那一天，也就是故事的结尾，留下的一些空白。

头天晚上他兴致勃勃地开游戏到了半夜，换来的后果，就是第二天一天的沉睡，待到醒来后翻开手机后，竟看到一则消息。消息的号码没被记名字，只曾有过一两句问候，短信的内容很长，结尾却是简短的一声告别，他有些着急地反复看着短信的内容，发现除了最后一句，别的无论看多少遍，那些字像是突然变了不认识的模样，凑不出一句完整的话。几次过后，他终于放弃了，赫然看见那寄来的时间，不知道为什么，他的心一阵抽搐，不自主地开始痛了起来。

他害怕地安抚或锤炼着胸口，但没有效果，他的心还是无法挽回地坠落着，抽搐着，一阵一阵，愈演愈烈，像是一个已经长大的孩子，逃脱了他的控制，他的心已经不再是自己的了。

这片天空很大，能在天空上飞着，鸟儿，白云，和风。

宅男 A 望着窗外的天空，这间房间很小，却看得到之前所看不到的窗外风景。这样想来，也许他来到这个地方已经很久了，他的头发都是给家里的母亲剪的，现在他的毛发除了蓬乱外，已经长到他的肩胛。

但他没顾及这些了，迎着心里的慌乱，凭着那一点点仅有可无的可能，趴在房门前那片干净的空地上，贴着门墙，眼睛借着那细小缝隙的一点光，屏住呼吸，似乎把所有的希望都加在那一点视力上，那唯一的"咚咚"声，是从他的肚子传来，抑或者从他最深的心底，将那片黑暗却一点点点亮了起来，那"咚咚"声越来越清晰，直到他看清了门外，一片陌生的灰色水泥楼道。

果然，楼道，楼道，没有灯的楼道。他直接靠着房门占地而坐，昂着头，尽可能让自己身体的每一部分都紧贴在禁锢得透凉的铁门上。

这扇铁门现在不可能敲开的，再也不可能了。

他曾与母亲很激烈地争吵着，就是因为这扇门，准确来说，不是这扇，是那扇，或是那扇。在有一天他的昏睡中，母亲敲开了门，小小的木门，看得出曾遭受那样暴力，七零八落的，壮烈地牺牲了。理由就是他的母亲以为他猝死在了房间。

他无数次地数落着母亲的愚蠢，因为这不是第一次了，那母亲低着头，像个挨批的孩子，偶尔对着她的小大人进行犟嘴，回以一句"为你好"。然后在这之后，总会被他再安上了一扇木门，他没有安装铁门的权利，因为这是母亲——这间房子主人让步过后的要求。

若是说两人没再多的矛盾，也是不可能的。那个孩子似的母亲总会委屈抱怨着自己的孩子不肯像那个谁谁家的孩子那样为自己帮忙，孩子则弄不懂自己的母亲愚蠢又叨人的大脑是如何构造的，房门总是响起不停歇的敲门声，不合时宜的，慢慢越积越多。慢慢汇聚成一座红得透顶的火山，一触即发，越来越红，越来越薄。

最后"哐当"一下，爆发了。

那饭碗在他与母亲争执吃不吃中失重掉地，卷着白色的米饭的碎片，摔在了门里门外的交界线上，碎裂为白花花的大洋，溅出了水花——正割在他用来游戏的右手。

想到这几天还曾承诺与人的比赛游戏，他很激烈地生起气来，发出一声野兽的怒吼，妇人只觉自己的委屈涌上心头，一想到脚下全是待会她的工作也涨起火势来，两人开始史无前例地争吵起来，开始翻理数不清的旧账，梗着脖子红着脸，势必要争个输赢，最后那妇人居然一下气得哭出声来。

那个老太，那个母亲，那个女人，从来没有在他面前哭过，像眼下这个样子，眼泪将红色的脸黏合在一块，露出残缺的牙齿。他被震撼住了，傻立在了那，惶恐与害怕漫上他的全部，逃离，逃离，只要逃离这。他从来没有让母亲哭，从来没有与母亲争执，从来没有出生。

抛弃，抛弃一切，原本，本真的，生而孤独地，他逃离了那个令人恐惧的地方，到了一个谁也找不到，谁也寻不到的地方，他的新的生活。

那钟表还在转，他匍匐在地上，能听到那本无声的钟表，走动发出的轻微的震动声。冰凉的地面，和他那缺少热度的身体，融合为了一体。

本该这样的。

但他太饿了，于是他打开了房门。

藏宝洞

　　我听过许许多多的故事，但是没有一个故事能比这一个故事离奇古怪。

　　那是某一年的暑假，我回到了乡下，一个位于深山里的村子。待在那儿可真难受，没有信号，也没有 wifi，想打一盘游戏也不行。就算是有电视，也是整天循环播放着同一个电视剧，可真是无趣！整天游荡在山间的小路，无所事事。

　　晚上，我和爷爷坐在门口乘凉。也许是见我无聊，爷爷给我讲了几个有关山林鬼怪的故事，我也在一旁津津有味地听着。不过这些故事在小说上都能够看到。我问爷爷："爷爷，还有别的什么故事吗？我们这山里有没有什么狐仙这之类的妖怪？"爷爷听到后，身子颤抖了一下，抬起头看着远处的小山丘，久久不说话。我也随着他的目光看去，呆坐在那儿。突然，爷爷长叹一声，接着慢慢说道："那是发生在上个世纪的事情了，当时我还是一个小孩子，这件事还是我的二叔告诉我的……"

　　当年，我只有六岁。那时候，政府还没有下令禁止打猎，村里的人除了种田，就是跑到山里去打猎，村里有几户人家就是靠打猎发财的，我家隔壁的老王家就是一个例子。正因为是邻居，我经常跟着老王家的儿子去打猎。但是，唯独那一次的打猎经历让我难以忘怀。

　　那天，天阴沉沉的。一大早，我便跟着王二哥去到山林里打猎。"二哥，今天这天色不太好啊！"我抬头看了看天空，咽了咽口水，"总有种不太好的感觉。""我说你这人，都跟我出来那么多天了，害怕啥呢！不就是阴天嘛。等一下下雨了就回家呗！"王二哥瞥了我一眼，冷哼一声，继续说道："要是害怕了，你就回去。""不不不！"我摇了摇头，"我们继续走吧。"说罢，我们二人朝着山林走去。

　　"呼呼！看来今天的收成不行啊！"王二哥看着在一旁忙乎的我说道，"只有几只小兔子和野鸡，今天是怎么了？没见狐狸出来的？"我正在收拾着地上被打死的兔子和野鸡，娴熟地把它们扎在一起，然后丢进背后的篓子里，接着站了起来，看着王二哥，问道："二哥，我们还要继续吗？感觉今天也没啥了。""不行！明天就要交货了，今天必须要打到！"王二哥仔细地观察着周围的环境，还不时弯下腰查看地上的痕迹。"交货？二哥，你是要打什么啊？"我挠了挠头。"嘻嘻！"王二哥一脸奸笑地说："这可是个大买卖，有个城里人出高价，要狐狸皮，而且还是要雪白的。"看着王二哥那副贪婪的模样，我停了下来，说："雪白的狐狸？这里会有吗？我倒是没见过。""没见过又怎么样，只是你找不到而已。来吧！咱们往里走，准能见到。"我们继续向着山林深处走去。"你走路小声点，可别吓跑我的猎物了。还有别说话，别弄出点什么声响！"我点了点头。王二哥的脚步变得轻盈起来，一直低伏着身子，小心翼翼地往前走，两只眼睛四处张望着，生怕会看漏什么东西。此时，山林里静悄悄的，连呼吸声都可以听见。突然，有一道白色的身影从我们左侧快速跑过。王二哥停了下来，用手势告诉我做好捕猎的准备，然后他小心翼翼地用猎枪拨开面前的树叶树枝，蹲在了小灌木丛后。我和王二哥小心地探出了头，我们看到了一只浑身雪白的狐狸站在那儿，那只狐狸也一直看着我们。王二哥屏住呼吸，慢慢地抬起他手中的猎枪，将枪口对准了那只狐狸，我的心跳也随之加快，我从来都没有那么紧张过。我也一直盯着那只狐狸，那只狐狸也一直盯着我们。它的眼睛好像有一种穿透力，仿佛要将我俩看穿。

忽然，一阵冷风吹过我脖子后面，好像是有人朝我吹了一口气，我颤抖了一下，快速转过头，可是却没有看见一个人。我心里觉得这一切都很邪门，应该是从今天早上开始就很邪门！我拍了拍二哥的肩膀，他也颤抖了一下，转过头来狠狠地瞪了我一眼。我对他做口型，叫他快点离开，可是他不听我的，继续瞄准那只狐狸。那一刻，我从他的眼睛里看到了贪婪。由于害怕，我不敢一个人离开，只好在一旁看着他"行凶"。"砰！"我还没反应过来，二哥已经开枪了，那只狐狸也没躲，一动不动地站在那儿，等待着死亡的到来。子弹穿过它的身体，它颤抖了一下，而后趴在了地上，嘴里还发出"呜呜呜"的声音。但是它还一直看着我们，看得我毛骨悚然。我不敢走上前去，可二哥早已跑到狐狸的身旁，手轻轻抚摸着狐狸的皮毛，他像是疯了一样，瞪大了眼睛，脸上还挂着邪恶的笑容，嘴里还念念有词道："发财了！发财了！"接着，他从他的腰间拔出一把刀，用刀割开了狐狸的身体，小心翼翼地把狐狸皮扒下来，狐狸的血染红了地上的草，也染红了二哥的手。看到这血淋淋的一幕，我忍不住就吐了，我觉得我都要把我昨晚吃的东西全都吐出来了。我后悔了，后悔跟着他出来。吐完之后，我颤抖着问："二、二哥，我们要走了吗？"可是他好像没有听见我说话，依旧捧着那张沾满血的狐狸皮，虔诚地跪在地上，看也不看我一眼。"这是？中邪了？"我心里这样想着，小心翼翼地向他走去。可他却突然趴在了地上，耳朵紧贴着地面，还时不时抬起头来四处张望。后来，他好像是找到了什么，从地上站了起来，拿起他的猎枪，另一只手还紧紧拽着那张狐狸皮，向前走去。出于好奇，我也跟在他的后面，想看看他到底找到了什么。

二哥在前面走着，我在后面跟着。走了大概五分钟左右，我看到了一个山洞，里面还时不时传来几声狐狸的叫声。二哥转过了头，把那张狐狸皮丢给我。虽然觉得很恶心，但是我还是拿着，害怕这个疯子一个不高兴就请我吃子弹，然后像扒狐狸皮一样也把我给扒了，想想都觉得可怕。可二哥却一直盯着洞口，一动不动。突然，他好像想到了什么，又走了回去。回来的时候，手里还拿着那个狐狸的尸体。二哥捡起地上的一块石头，奋力地朝洞口丢去。没过多久，洞口里伸出一只小小的白色的脑袋，朝外看了看，叫了几声，后来又躲了回去。"那是！小狐狸？莫非……"我看了看二哥丢在地上的狐狸尸体，"这是狐狸爸爸！"我立马跑到二哥身边，"二哥，我们还是快走吧。你已经拿到狐狸皮了，还是走吧！""嘿嘿嘿！走？当然不行。你没看到吗？里面还有一窝狐狸啊！说不定里面是它们的大本营，把它们都搞定了，就不愁吃不愁穿的啦！"二哥贪婪地笑着，突然又变了脸，说道："你敢拦我，我就一枪崩了你！"我被他推倒在地，嘴里念叨着："着魔了！二哥，你着魔了！""闭嘴！"二哥小声说。接着，他就把狐狸尸体丢在洞口，"嘿嘿！请你们吃大餐了！"之后他躲在灌木丛里，抬起枪，枪口对准洞口，时刻准备着开枪。血腥味传进山洞内，里面有一些窸窸窣窣的声音。没一会，从山洞里走出来一只成年狐狸。它先是"呜呜呜"叫了几声，右看看左瞧瞧，觉得没什么危险了，它才走近那血淋淋的尸体。当时我想大叫一声，把狐狸给吓回去，可是看到二哥的眼神，我不敢动。成年狐狸嗅了嗅尸体，可能是觉得有点不对劲，连忙朝洞里跑去。可是已经晚了，二哥早已扳动扳机，子弹快速地朝成年狐狸飞去，子弹穿过了它身体，它摔倒在地。兴许是洞里的小狐狸听到了动静，一个个把头探了出来，我数了数，大概有六只左右。成年狐狸对着那些小狐狸叫，应该是想让它们快点躲回山洞里，那些小狐狸也在叫，叫了几声后就又躲回去了。看到这一幕，我的心揪着揪着疼，无奈当时的我胆小怕事，没有勇气上前去，只能在一旁看着。二哥笑嘻嘻地走上前去，用刀碰了碰成年狐狸的身体，接着像对待前一只狐狸一样，割开了它的身体，扒下它的皮。"二哥，已经够了，快离开吧！""不！不行！还不够，这远远还不够！"说完，他向着山洞里走去。"不！不要！"话音刚落，山洞里就传来几声枪声，以及人的狂笑声。"疯了，他一定是疯了！"我从地上爬了起来，刚想要离开。"怎么，你还想去哪？"我转过头一看，一个沾满鲜血的男人站在洞口，手里还拿着几张小小的狐狸皮。我别过了头，闭上眼睛，努力不让泪水流下来，颤抖着说道："没，没想去哪。只是想去树底下坐着。""别坐着了。快过来帮我的忙。帮我把这些狐狸皮收起来，我再进去看看。"我接过他丢过来的狐狸皮，用清水将它们洗干净。突然，洞里传来一声尖叫声。"二哥，你、你怎么了？"我紧张地问道。"小、小弟，金子！是金子啊！"二哥从山洞里冲了出来，手舞足蹈地喊着，他笑得嘴巴都快咧到耳朵那里了。"二哥，你先冷静一下。"听到"金子"二字，我的眼睛亮了亮，瞬间精神起来了。二哥深呼吸一下，平复好自己的心情，可还是颤抖着说道："我在山洞里看见了金子！金光闪闪的，而且满地都是！""快！快带我进去看看！"我急着说，一边推着二哥进山洞。进了山洞之后，空气中有一股浓郁的血腥味，想必是刚刚二哥杀了那堆小狐狸留下来的味道。一直往前走，快要走到山洞尽头的时候，眼前是金光闪闪的一片。我很是震惊，我从来都没有看见过这么多的金子，满地的金子啊！我急忙跪在地上，用手捧起一堆金子。"天啊！天啊！这么多金子，这回真的是发财了！哈哈哈！"我看着眼前这堆金子，高兴得快要疯掉。"行了，小弟。快起来吧！我们先收拾收拾，等一下回村把大家都叫来搬金子。"说完，我们两人离开了山洞。

在回去的路上，我仔细地想了想，觉得我们搬金子的举动实是不好，毕竟二哥还把住在山洞里的狐狸一家都给杀了。可是，二哥这种牛脾气，劝也劝不听。唉！也不知如何是好！这般走着走着，很快就走回村子里了。

"唉！大家快过来快过来！我有事要跟大家讲。"二哥站在石墩子上大喊。"发生什么事了？"村里的一些年轻小伙纷纷走上前来。"嘿嘿！等所有人都来了在跟大家伙说。"二哥还一脸神秘地说道。等到村里的人都过来了，二哥才开始慢慢地说道："大家伙们，以后，我们可以享福了！""享福？""大家肯定都很疑惑吧！"二哥眨了眨眼睛，继续说道："今天我和小弟上山打猎的时候，发现了一个宝贝……"还没等二哥说完，就有人插嘴问："宝贝？是什么宝贝？""唉！那么着急干嘛！我都还没说完呢！咳咳，我发现的那个宝贝就是……"二哥还故意拖长了声音，吊着村民们的胃口，"就是一个山洞！""切！就一个山洞，有啥好稀罕的，还宝贝呢。"有些人不屑地说道。"唉！你们可别这样说，那可是个大宝贝，这山洞里面可是有着遍地黄金啊！""黄、黄金！真是真的吗？""这当然是真的了！若不信，我们一起去山洞里头看看。""好！咱们一起去看看。"说完，村子里的几个健壮小伙背上竹篓，跟着二哥上山。而我则是回到家中，跟我父亲母亲谈及此事。虽然他们心中也甚是欢喜，也想去讨几块金子，可是想到狐狸一家，总觉得有些怪异。"儿啊！要不，我写封信给你大伯父看他对这件事有何看法。"父亲说。大伯父，精通五行八卦学说。"这样也好。那就快去写信吧！"说完，我便和父亲写了封信寄给大伯父。

临近傍晚，二哥他们回来了，个个脸上都挂着诡异的笑容。"唉！我们回来咯！快来分金子吧！"二哥喊道。这时，在家里忙活着的，在吃着饭的，都跑了出来。"唉呦！还真的有金子啊！""当然是真的，我还能骗你不成！""这么多金子，怎么分啊？""每人三块，不够，洞里还有！"听到二哥这话，村民们都冲上前去。"快！给我！""还，还有我。"只是，村主任在一旁担忧地看着眼前的一幕。我走了过去，问道："村主任，您老人家是在担心什么吗？"村主任摸了摸他那长长的胡须，说道："唉！不知怎的，老是觉得心里有点难受。"他抬起头看着我，"这样，小二，过来我家，仔细给我讲讲你们是怎么发现那个洞的。"说完，他就转身离开了，我也紧跟在他的身后。

到了村主任家中，我便跟他讲述了今天发生的事情，包括二哥杀了狐狸一家的事。"混账！他、他怎么能如此残忍！竟然，竟然做出这样的事！造孽啊！"村主任立马跪在了地上，"还请神仙饶命啊！那孩子无知，得罪了您，请您高抬贵手，放过我们村子吧！"说完，村主任还在地上磕了几个响头。"快！小二，快扶我出去。"我扶起村主任，带着他走出门外。二哥还在派金子。"都给我住手！"村主任大声地喊道。所有人都停下手中的工作。村主任走到二哥身旁，"无知小儿！快给我下去！"二哥从石墩子上跳了下来，狠狠瞪了村主任一眼。"各位，这金子我们不能要啊……"还没等村主任说完，二哥就插嘴说："为什么不能要啊！村主任。""你给我闭嘴！我都还没说你，你竟敢碰狐狸仙的东西，你是活腻了吗？""狐狸仙？"二哥笑了笑，"村主任，这都什么年代了？还说这些有的没的东西，那几只狐狸也叫狐狸仙？那我岂不就是天帝？真是可笑！""糊涂啊！糊涂！老祖宗说过的话怎敢不信呢？我们这个村子就是狐狸仙守护的，你现在还杀了它们，真是糊涂啊！""够了，村主任！这些金子，还有可能是祖宗留给我们的，给我们享福。大家说对不对！"其他村民都被金子给昏了头脑，哪还想那么多，都支持二哥的说法，村主任也说不过他们，只好摇头叹气离开了。看到村主任离开了，我也没理由待在这里，也只好回家了。

第二天一大早，二哥过来找我了。"小弟啊，昨晚怎么不来领金子？喏，给你。"二哥递了个小包裹给我，"这是哥给你留的，够意思吧！""我……""接着啊！还愣着干嘛？"说完，他把包裹硬塞给我。"谢谢哥了。"我生硬地扯了一个微笑。"对了，今天还跟我上山吗？""不！不了！我今天，有点不舒服。"我连忙摇了摇头。"那好吧！我先走了。"说完他就离开了。我把金子放进屋里，打算出去走走，父亲看见了，也说要和我一起出去。路上，看到有好几个村民在忙活着建房、买车。我忍不住问父亲："父亲，大伯可说几时来我们这里？""他说城里有些事要做，可能还要好几天。而且他还叫我们要小心一点，可别再得罪狐狸仙了。"我点了点头。傍晚，二哥回来的时候，请我去喝杯酒，我推不得，只好跟着去。酒席上，二哥一直吹捧着他杀狐狸时的英姿。我鄙视了他一下，心中想着像个疯子一般。见他过来了，我便拉了拉他的衣服，示意他坐下来。"二哥，那狐狸皮，你放哪儿了？""狐狸皮？"他想了想，"哦，不早就卖给了城里的大富翁了。听说，他是买给他的姨太太做披肩用的。""卖了！你应该把狐狸皮还回去，然后埋葬那些死去的狐狸，避免那些脏东西来找你。""小弟啊！什么脏东西，我才不怕呢！我才不信那一套东西。要来就来，我见神杀神，见鬼杀鬼！""那，那些狐狸的尸体呢？你把它们搁哪儿呢？""那些东西？"二哥托腮想了想，"哦，我烧了。""什么！烧，烧了？""对啊！你都不知道，那股味道贼臭了。"我的胃在翻滚，想象那个画面，真的是很恶心啊！"二哥，我喝多了，走了。你也快回去休息吧，你也喝多了。"说罢，起身离开。

隔天早上，噩耗来了。我刚走出家门口，就看到村主任朝着老王家走去。我心中有疑惑，便跟着村主任一起去。刚到二哥家门口，就听到里面传来的哭声。村主任推门进去，我也随之进去。在二哥家的客厅里，二哥的父亲和母亲站在一旁哭泣我走上前去，问："王叔，王姨，这里发生了什么事情？"王姨抹了抹眼泪，抽咽着说道："你、你二哥他，死了！""死，死了！"我很震惊，"这到底发生了什么？昨晚不是好好的吗？怎么一觉醒来就……""昨晚，他在酒馆里喝完了酒，就回家了。可是就在路上，他突然大叫，然后就像疯了一样往前跑。因为太黑了，他失足掉进了湖里，等我们救起他的时候，他就已经……"说完，王姨又哭了。"唉！报应啊！早就跟这孩子说了，可是他又不听。这下，狐狸仙来报仇了。"村主任摇了摇头说。听到村主任的话，王姨哭得更凶了。我拍了拍村主任的手臂，示意他不要再说下去了。"我看，当务之急是要安葬好二哥，其他的事，以后再说吧。"我对王叔说道。"是，小二说得没错。孩子他妈，我们先把儿子安葬好吧。"王姨也点了点头。

安葬好二哥后，村主任把村民都叫到一起。"我今天跟大家说一件事，老王家的儿子死了，我们大家都很悲伤。但是我想说的并不是这件事，我想说的，是想让拿了金子的村民把金子还给狐狸仙，不然，可能大家的下场会像老王家的儿子那样，死于非命！""行了吧，村主任！二哥他的死是意外，怎么还跟金子扯上关系？""哼！无知小儿！这孩子的死就是一个例子！""切！我们才不怕呢！我才不信鬼神这一套。"几个跟着二哥上山的年轻人说道。"对啊对啊！我也觉得没关系。""村主任，你多虑了吧！"下面的村民议论纷纷，可是却没有一个人想要把金子拿出来。"行行行！既然你们不怕，那我也无话可讲了。"村主任头也不回地离开了。"这村主任真的是太杞人忧天了吧！"有些人不屑地说道。

可是后来，他们后悔了当初没有听村主任的话。就在二哥离世的一个星期内，村里有好几个年轻人患病在床，还有几个也相继离去。村里也有很多奇怪的事情发生，比如说：有人新建的房子塌了；新买的车着火了；地面突然塌陷，出现一个大坑；还有家里养的牛发疯撞人等等。村里的人实在是受不了了，决定邀请一位道士过来驱鬼。正巧，我大伯赶了回来，村民都上我家请大伯施法。大伯答应了他们的请求，约定了三天后做法事。

三天后。大伯穿上了他那套道士服，提着一箱做法事用的东西，跟着村主任和我们上山了。我走在前面，带领着他们去到山洞那边。我们到达山洞附近的时候，有一股浓郁的烧焦的味道扑鼻而来，很是刺鼻，众人纷纷捂住鼻子。村主任还在一旁感叹道："造孽啊！"大伯则在山洞口处摆好了桌子，点燃了蜡烛，准备好一切驱鬼的工具后，就跟村主任说："村主任，现在已经准备好一切，待会你们只需跪在地上，朝着洞口磕头，即可。"接着，走到村民面前，说："之前，我让你们把从洞里拿走的金子都带来了吗？"村民点了点头，"还没有花掉的金子我们都带来了。是不是待会还回去就好了？妖怪就不会纠缠我们了吧？""这，就要看你们够不够诚心了。"说完，大伯又走回到桌子前，掐指一算，大喊道："时辰已到，开始做法。"说完，就在一旁念着咒语，手里拿着拂尘甩来甩去。村民都跪在了地上，朝着洞口磕头。我也不例外，毕竟，我也是拿了金子的人。然后大伯从碗里拾起一把米，朝着蜡烛扔去，瞬间蜡烛的火势变大。大伯一边念咒，一边绕着桌子走。大概绕了六圈左右，他就拿起放在桌子上的桃木剑，粘起一张符，放在蜡烛上方点燃，接着他就拿着桃木剑在空中划了划。等到符燃烧完后，大伯便向村主任说："现在可以了。"村民都站了起来，拿起自己去的金子，一个接着一个地走进山洞内。我是最后一个进去的，是大伯说我还没用过金子，同时我也是跟着二哥上山打猎的人，狐狸仙见过我，所以要我最后一个进去。临走前，大伯还嘱咐我说千万不能东张西望，破坏他的阵法。我瞥了他一眼，就走了进去。走进山洞里，觉得很是恶心，空气中有一股烧焦味和血腥味的混合味道，真是令人作呕！我一直走一直走，走到了尽头，就把二哥给我的金子放在那堆金子上，诚心地拜了拜，就离开了。出来后，大伯就叫几个力气大的男子用石头堵住山洞口，然后，他拿出几张道符，贴在石头上，嘴里还念着咒语。过一会，他笑着走过来，说："好了。已经可以了，大家下山吧！"

回到村子后，村主任就开了宴席，招待大伯，同时也是感谢大伯帮了村子的一个大忙。在大伯施法后的几年里，村里再也没有发生什么奇怪的事情。倒是村主任，每年都会在大伯施法的日子里组织大家上山祭拜。按他的说法，就是祈求狐狸仙能继续保佑村子。

"好了！故事讲完了！"爷爷从藤椅上站了起来，走回房间里。"爷爷！等一下。"我急忙站了起来。"嗯，怎么了？""爷爷，明天您可以带我去那个山洞瞧瞧吗？""嗯。当然可以，不过你答应我，真的只是看看。""行！爷爷，我保证。"第二天，爷爷果真带我去山洞那边看看。我站在山洞口，果真像爷爷说的那样，洞口被一块大石头堵住了，石头上还贴着几张符，可是已经掉色，而且还有点破损了。我仔细嗅了嗅，感觉还有一股残留的烧焦味。

威斯敏斯特

一

阳光在灰色的车厢地面明晃晃地割出一块金白的车窗型辖区，绿树葱茏中的城郊住宅区已经被抛到了车身后。

7:30A.M.

英国上班时间普遍偏晚，这个点车厢里几乎没有乘客，只有几个和他一样要赶早班的白领，便利店早餐咖啡的香味争相弥漫。地铁缓慢摇晃，有规律地在铁轨上哐唧作响。

他没有选择坐下，而是抓着吊环，盯着车厢壁上贴的一张外国移民求职APP广告，广告上的非裔黑人女孩穿着蓝色工作服，笑得一脸灿烂。

"I FOUND A JOB IN 24h！"

若是换在两个月以前，有人对他说他某天会在整个伦敦都还没睡醒的清晨闻着这个廉价咖啡味搭上将近40分钟的地铁去赶一份3000英镑月薪的工作，他可能会觉得这个人需要去看看医生。

但如今事实如此，而且这个工资的一部分还要拿去付一间城郊小房间的房租。

闭上眼睛，脑海里又浮现出大哥昨晚给他发来的邮件，一如既往得体温和又不容置疑的语气，劝他不要再任性，赶紧回家。

他并不是不想回家，只是他这次真的不愿意再向父母妥协了。他的家庭给予了他与生俱来的优渥生活、优质教育、优势地位和优先机会，他一直以来也都是父母最听话懂事的孩子。优秀，毋庸置疑的优秀，他仿佛是按照富二代精英的模子刻出来的人。但当某一天他父亲突然表示要他和大哥接手家里的全盘生意，条件是他必须和一个素未谋面的富家千金结婚以拓展家族产业范围时，他忽然间就觉得不能接受了。

当然，他知道父亲虽然也算为人温和，但向来决定了什么就没有更改和协商的余地，于是他选择了退避式抗议。很快，几乎 I 国所有人都知道某个地产大亨家族最为优秀谦恭的三公子离家出走了。

他所受到的高等教育使他能够在移民高速增长而就业问题日益凸显的伦敦找到一份过得去的工作，但与过去锦衣玉食的生活仍是实在相形见绌。他并不是觉得自己一下子变得有多不堪，只是还没有从生活的剧变中缓过劲来。

地铁进入城区后钻入了地下，抑扬顿挫的英式女声里，车厢门开开闭闭，待到他回过神来，面前的一排座位上已经人满为患。

现在他的左边站着一个矮壮的老人，西装革履，戴着一顶非常英伦范的毡帽，眯着老花眼在看《泰晤士报》。右边站在一个中年女人，满身肥肉，拎着购物袋，唰啦作响地翻着花花绿绿的商场优惠广告单。正对面坐着一个非常有不良青年气息的视觉系小哥，肤色相当白皙，下眼睑夸张地画着朱红的眼线。黑色 v 领针织衫外套短黑皮衣，修身的黑皮裤配一双系带长靴，金色耳坠和皮带上的金扣遥相呼应。

视觉系小哥腿上支着一个笔记本电脑包，双肘随意地搭在包上。脸上面无表情，一副沉思状。

连不良青年也能这么深沉了？他有些纳闷地想。

"Welcome to Westminster……"

地铁门应声而开，视觉系小哥站了起来。他下意识地侧身让开些许，对方提着电脑包消失在了门外的人山人海里。

第二天，他又遇到了这个视觉系小哥，这次就坐在他身边。如出一辙的黑皮衣，如出一辙的金色饰物，如出一辙的朴实无华的电脑包，以及如出一辙的面无表情的脸。

数天过去，他渐渐发现这个小哥总是和他在同一时间段的某个站上车，再在威斯敏斯特站下车，每次都带着一台笔记本，然后沉默地坐着。

不过，也有例外。

清晨的地铁从城郊开出，安静非常，某个品牌手机滥大街的默认铃声悠然响起。

"喂。"

与他想象中几无二致，异常清冷沉着的声音。

然而下一秒电话里就钻出了一个非常可爱的女声。隔着对方的电话他并不能听清任何内容，只能勉强判断出电话那端的女孩在叽叽喳喳地说个不停。

女朋友？他想。下一秒旋即在心里哐笑，与我何干。

将近两个月的时间过去，他每天都会在清晨的地铁上遇见这个视觉系小哥。他不知道对方的名字，不知道对方的身份、经历、家庭背景、人生履历……他们可以说是彼此毫不相干，但每天在地铁门打开的瞬间看到那个修长的身影走进来，他会感到一种难以名状的安心。

太没出息了……他如是对自己说。

他当然不会承认这种生活的孤独，但他却明白也许就是这份孤独使他对这个他几乎一无所知的人产生了些许亲切感。

亲切感，对。仅此而已。仅仅是亲切感就已经超出了他的接受范围了，不可能再有任何在此以上的东西了，即便有他也不会相信。

不相信不接受不承认任何出格的事，无时无刻优秀地活出每个人都会称赞的样子，这是他的人生信条。

二

公司的休息区有一台电视挂在墙上，从来没有人发现过遥控器到底在哪，也从来没有人知道放哪个台是谁调的，有时是歌舞节目，有时是 BBC 当下热播的电视剧，有时是新闻……而今天他拿着地铁便利店买的三英镑的鸡肉卷和两英镑的咖啡走进休息区的时候，看见电视上在播一个大学生建筑设计比赛。

今天上班的地铁上，好像没有遇到那个视觉系小哥。

……想这个干什么？

他剥开晚餐的包装纸，转头看着窗外沉下去的夜色。

"我们惊讶地看到，这支由留学研究生组成的队伍在本次比赛中取得的成就是令人瞩目的……"

只消一抬眼就看见了。瘦削的身形，平时一直悲喜不露的脸上罕见地见了些许欣慰舒心的神色，平时那一身炫酷的黑皮衣也变成了规规矩矩的白衬衣黑西装。身边站着一个长相甜美的女孩，亚洲人的面孔，他猜想这应该就是之前他在电话里听见的那个声音的主人；还有两个高大的青年，二人皆是威风凛凛，器宇轩昂。

"让我们为他们送上热烈的掌声和诚挚的赞美，他们是：K，来自 I 国……"

K，来自 I 国。

他心下沉沉地一惊。

一方面他此前丝毫没有看出对方身上有 I 国人的外貌特征，另一方面他无可避免地似乎感到对方与自己的距离一下子拉近了。

与他人拉近距离，从来不是他喜欢的事情。爱着父母，被父母爱着；爱着兄弟，被兄弟爱着；爱着朋友们，被朋友们爱着……但他从不想向他们中的任何人完全袒露心扉，只要能活成让他们感到骄傲的样子就够了，唯独他的一位挚友，还算是可以了解他内心的人。

大概本质上，他就是一个如此孤独的人。

见到会觉得安心，见不到则会挂记，以及所谓亲切感，所谓距离的缩短……对于一个习惯了内心孤独的人而言，绝不是一个好兆头。

他一直在公司待到将近十点才下班回公寓，一进地铁车厢，看见了三个小时前刚在电视上见到过的人。对方坐在座椅上，仍然穿着那身一丝不苟的西装，抱着电脑……睡着了。

在一旁坐下，隐隐可以闻到对方身上的酒气，不难想象在荣获了这样的荣誉之后，对方一定是被三个欢天喜地的队友拉去庆祝了一番。只是从一脸倦容的样子来看，这种狂欢对其而言恐怕比熬夜备战比赛还劳累。

他暗暗咀嚼着他目前所了解到的身旁人的信息。

K，I国人，建筑设计专业的研究生，在英国留学，与另外三个好友组成的小队在比赛中获了奖，然后被拉去喝庆功酒，然后上了地铁，然后靠在自己的肩头上睡着了。

等等？靠在哪？

是的，靠在自己的肩头上。他想得太入神，甚至一时间没有意识到。先前地铁稍一个刹车，身旁人的头便轻轻靠在了他的肩上。他的目光悄悄瞄过去，能看见对方闭合的双眼下长长的眼睫，一抹淡而薄的唇，隐没在衬衣领子里的锁骨随着呼吸微微一起一伏。

太大意了……不知道是觉得K不经意间就靠在了一个陌生人的肩上太大意了，还是觉得被倚靠的自己太大意了，这种时候正确的做法就该是把对方轻轻推开然后把注意力转移到别处。

而不是一直静静地看着靠在肩上的人，过了自己的目的地都浑然未觉。

地铁一站站向前开去，自动门一开一合间，无数人们上上下下，世间的人群向来是如此川流不息。愈往郊区，车内便越空旷，不知不觉整个车厢只剩下了他们二人，空荡荡的车厢明亮的光，车窗外铁轨哐哐作响之间，车窗里的世界过分地安静着。

地铁缓缓停下，终点站到了。靠在肩上的人正好也醒了过来，慢慢抬起头的过程中，他毫无防备地撞见那一双睡意迷蒙的眸子。

"哦……对不起，我失礼了，请原谅。"可能是由于劳累，声音略有一点沙哑。

"没关系。"他稍微动了动有些酸痛的肩头，"这里已经是终点站了，你看上去不太舒服，我送你回去吧。"

他不知道自己为什么会说这种话，话音未落他自己先愣了。

"麻烦你了，谢谢。"

但他听到了这样的回答。

于是他只好把醉得有一点踉跄的K扶出地铁，随手拦了一辆出租车，英国的出租车计费以贵闻名，在车上的时候他心里不停地想着这一趟路要花掉他多少钱。

出租车在一片公寓区停下，他按着K报出的门牌号把他扶上楼。楼道很狭小，黄色灯泡发出的光很昏暗，倚在自己身上的人略显沉重的呼吸声和两个人的脚步声便混杂在一起。

3楼A户，到了。

"钥匙，在裤子右边口袋里，谢谢。"

于是他又只好伸手从对方的口袋里把钥匙掏出来，西裤是修身的版型，他的手指无可避免地从K的大腿上擦过。

不妙。他下意识地想。

三下两下开了门，屋内的设施和他想象中的一样干净整洁，除了生活必需品和几株小盆栽之外别无他物。

"好好休息吧。"推开卧室的门，把对方安顿在床上，他打算马上离开。

"太晚了，地铁停运了，你不如留下吧。"

他有些愕然地回头，K躺在床上望着他，眼中的神色已经清醒了不少，"我知道你心疼出租车的钱，肯定不会打车回去的。"

他不知道K怎么看出来他在心疼钱，但他不得不承认这种直言不讳实在有点戳到了他的痛处，他一时觉得相当没面子。

可是如果留下……之前一直暗自存在的那些他无法拎清的暧昧念头一时间又一齐翻涌，他立刻本能地想要拒绝。

但K爬起来从衣柜里拿出了一套宽松的居家便服，"我前两天刚买的，还没有穿过，你去洗个澡吧，不早了，总不能从这里走路回去。"

四十分钟后，他们俩背对背躺在了小卧室里同一张不大的床上。

枕头和被子都是另一个人的味道，更何况那个人就睡在自己不到十厘米远的地方。他完全没办法合眼。

他们是朋友吗？不是。是亲人吗？当然不是。是……恋人吗？绝对不是。

他们只是陌生人，对方根本不认识他，他也只不过是因为非常偶然的契机才知道了对方的名字，那为什么，为什么要对一个这样素昧平生的人表现出这样的善意？如果换了是他，他宁愿花自己的钱帮对方叫车把人送回去，选择最得体而恰当的方式处理事情，是他的风格。就在方才还不知是有意还是无意地刺了他的痛处，转头又毫无防备地请他留宿，他实在搞不懂 K 的逻辑。若是从这个角度来看，他与 K 恐怕怎么都没办法是一类人。

他悄声叹了一口气，眨眨眼，不知道为什么有种觉得自己这回栽了的感觉。

窗外，树影摇曳，月色正清明。

三

"首相特蕾莎·梅近日表示，政府将致力于给产业工人提供更优质的社会保障……"

他翻到下一张。

"南威尔士铁路新线工程于今日竣工，专访总工程师……"

再下一张。

"Taylor Swift 新专辑 Reputation 发布！"

他合上报纸。地铁报一如既往地无聊。

一个多月过去，他再也没有在地铁上见过 K。

当然，他可以给自己合理的解释。很可能 K 前段时间搭那段固定线路的地铁只是为了去他们建筑设计小队的工作室之类的地方给比赛做准备。比赛结束了，自然不用再天天去了。明明这对他的生活合该没有任何影响才对，他还是一个人搭着地铁，上着班，逃着不回家。

仿佛那次向父亲的反抗已经用尽了他毕生的叛逆因子，他已经不想再有任何可能让生活脱轨的事情发生了。

似乎他在从家里出逃的同时也就把自己和以前认识的那些与他家境相当的朋友们划了界限似的，在他来到英国之后，他们谁都没再联系过他。只有那位挚友仍然时不时在 Facebook 上给他发消息，对他离家出走的事情不闻不问，只给他分享一些没什么实质内容却很积极快乐的小事。比如吃到了女朋友给他精心做的点心，比如和大哥去尼泊尔登山了风景很好，比如买到了特别出版的泰戈尔纪念诗集……

又比如今天那位友人跟他说："我查天气看到今天伦敦难得是晴天，你不如去公园之类的地方走走，散散心嘛。"他虽然没在回复消息时透露过任何负面情绪，不过一直以来他也确实从来没搞懂过为什么友人总是跟神仙似的知道他在想什么，但与友人多年相处的经验告诉他，这种建议的背后一般都会有点什么让他意想不到的事情在等着他。

于是下午下班后他没有回公寓，转线去了海德公园。

友人没说错，阳光很好，是雾都伦敦不甚常见的金黄。海德公园辽阔的绿茵地上，休闲的人群三三两两。父母带着四处乱跑的孩子来野餐；白发苍苍的老夫妇靠在一起，捧着书慢慢在读；年轻人身边摆着啤酒或汽水的瓶子，笑得恣意……

像他这样独自一人还拎着公文包的上班族，似乎显得有点格格不入。他努力克服了这种略微的不适感，在软软的草坪上坐下来。他今天穿了一身浅米色的小西服，里面衬着一件薄薄的褐色高领毛衣，非常小心地确认了草地上没有任何可能会弄脏衣服的东西，他缓缓躺了下去。

闭着眼，可以感受到微风吹拂中树荫在眼皮上游移投下的光斑，眼前的光亮模糊了，时明时暗。

是的，这样就好。渐渐袭来的睡意中，他对自己说。不去在意不该在意的事，不去想不该想的人。这样他就仍然能认为，他还是那个原来的自己，那个优秀的自己，那个注定活在旁人认可羡慕的目光里的自己，那个明明一直在舐舐孤独也不需要向任何人敞开心扉的自己。

这样就好，他不自觉地微微蹙眉，没错，这样就好。

……

有人在叫他的名字。

谁？

他睁开眼睛，仿佛只是一分钟前还阳光灿烂的世界已经完全沉入了夜幕里。

面前，绝不会承认却实实在在挂念着的容颜撞入视线，还是如出一辙的黑皮衣，如出一辙的金色饰物，不同的是脸上不甚浓烈但一清二楚地写着关切，看见他醒来，似是微微松了一口气。

"你……认识我？"他脑子仿佛要宕机，愕然半天只憋出这一句。

"举国知名的地产大亨家的三公子，我以前在国内的电视上见过你，"K 神色恢复了往常的淡然，"第一次见到你我就认出来了。"

他不知道他是该称赞 K 过目不忘还是问 K 为什么会出现在这里，或是先想清楚为什么自己竟然在草地上睡着了而且睡到天都黑透了。

其实他真正想问的，是"你这一个月过得好吗"。

但他还是，什么都没说。

"我出来兜风，正好看见你，觉得有点担心。"K 递给他一个头盔，"走吧，这次该我送你回家了。"

他不明所以。然后对方向十几米以外一指，一辆非常帅气的黑色机车停在草坪外的路上。

"……你真的明白这里是英国，对吧？"

"我明白，这么晚了不会被交警发现的。"

"那也不行啊！"他哭笑不得，"还有道路监控录像，路人也可能会举报你。"

"我在这里一年多了，"K甚至显得有点纳闷，"时不时就会骑出来兜风，不会有事的。"

太过难以置信，他实在不知道K这到底是走了什么运。

他只好戴好头盔跨上机车，坐上K身后的一半位置。

"搂紧我的腰。"

他闻言暗暗吓了一跳。

"会开得比较快。"K平平地补充道。

他伸手环住前面那人修身的皮衣外套下的腰身，难以置信地纤细，手指触及的地方能感受到对方腰腹紧实的肌肉。

"你住哪？"

他报出一个地址。机车飞驰向前。

K说的"比较快"一点都不准确。机车开起来快得他的眼睛被风吹得只能半眯着，眼前只有路灯一明一暗的模糊影子，和面前人的背影。他倒不至于怕，只是不由得将双手搂得更紧了，如此一来整个身子都无可避免地贴到了对方背上。

不妙，他咬了咬嘴唇，第二次这样想。

"到了。"十几分钟后，机车戛然停下。

环顾四周，确实已经回到了他租的公寓楼下。

然后摘下头盔，然后道谢，然后转身，然后分别，然后一切又回到原点。原本就是萍水相逢的陌生人，究竟又是为什么非要产生这些不能延续的牵绊？

他一步步穿过低矮栅栏围起的小花园，向门口走去。他走得很慢，不知道自己到底在留恋什么。

他忽然像是察觉到了什么一样地站住了，回头。K果然是一动没动地仍然站在原地，只定定地望着他。

动了动喉头，张嘴却只说出一句"晚安。"

"晚安。"

如水倾泻的灯和月光，深不见底的眼眸。从未有过的心悸疯狂奔涌。

他逃也似的上楼，开门，走进卧室，却又打开窗，看见K在马路旁的路灯下又站了一小会儿，然后跨上机车，绝尘而去。

那静立的一分多钟，K低着头，灯光笼罩着修长的身形，投下剪影，似乎与自己一样形单影只。有那么一刻他恍惚觉得他应该冲下楼去，拥抱对方，或是更进一步的什么，但只是下一刻，他便否定了这个想法。

错觉。他告诉自己。

四

最安静的公共场所有哪些？

图书馆，没有仪式举行的教堂，以及机场候机厅。

落地玻璃窗外，一架架飞机缓缓前进，起飞，滑翔。他坐在候机厅舒适的椅子上，攥着手机和登机牌。手机屏幕上，是大哥三天前给他发来的邮件。身子一向硬朗的父亲，突然病危。

一时因叛逆心而出逃的他，终于还是不得不回家去。他闭上眼睛，觉得在英国的小半年，仿佛做了一场甚至都不算有什么精彩之处的梦，并没改变什么，并没得到什么，便要匆匆梦醒，仓皇而去。

只有K，算得这个梦里唯一难以放下的部分。

难以放下，那又如何？

一贯的思维再次说服他，一次次告诉他这与他优秀人生的信条是背道而驰的，因此他必须再复按照所谓正确的期望做出选择。

不是不想，只是不能，于是干脆告诉自己，就是不想。

真是奇怪，明明什么都力求做到最优秀，却常常被这种无能为力和身不由己侵袭。

他细细地想着，如果要选择K，就意味着他要再一次与家人的期待背道而驰，意味着他曾经引以为豪的优秀人生要从此彻底脱离正轨，意味着他要接受他的兄弟们惊疑的目光洗礼，意味着他会让一直觉得他是最不用担心的孩子的母亲伤心难过，意味着他要让那些曾经对他敬羡交加的友人对他指指点点，意味着他将公开成为社会少数人群体的一员，意味着他从此不再是那个无可挑剔的精英，不再是永远会为了身边所有人的利益而只选择正确的事情的崇高者，不再是那个曾经能让自己心安理得接受的自己。

不再是以前的自己，那又如何？

这个想法突然撞了出来，他猛地睁开眼睛。

夜间地铁车厢里的光、熟睡的脸庞、狭小的楼道、洒进小房间里的月色、公园树荫里细碎的阳光、机车的轰鸣声、路灯下瘦长的影子……那个与从前的自己格格不入的世界渐渐占据他的脑海，是那么令人向往。

K沉默而耿直、不羁而善良，活得充实，活得淡然，活得跟他截然不同。从这个层面上讲，他们确实永远也不是同一类人。他们正好是对方的镜面，但镜面之下未必不能是一对归同的灵魂。可能也正是如此，才会让他隐隐感到他坚冰般的孤独似乎可以被渐渐融化。

一周前的那个夜晚，藏在那双眼睛里如日光一般的炽热，那一刻的月色，那一刻的灯光，那一刻的风，那一刻面前的容颜，那一刻他心中再也无法压抑的悸动。

一切，全部，所有，是他以前不曾拥有，不曾体会，而且现在也行将再度失去的真实。

他此前的整个人生一直束缚于别人希望他活成什么样子，却独独没有关注过自己真正想要活成什么样子；他一直在告诉自己选择直面自己对 K 的感情就会失去什么，却独独没有想过如果义无反顾地回应一次自己的感情就能得到什么。

明明已经抓住了最真实的内心，以往的自己又有什么理由再让他桎梏不前？

"乘坐 K8673 次航班从伦敦飞往 B 市的旅客，请注意，您乘坐的航班已经开始检票登机了，请持登机牌到 D3 号登机口检票登机……"

他起身，把登机牌扔在了座位上，向着候机厅的出口飞奔。

离开机场，奔上地铁。

Piccadilly Line，希斯罗机场站，地铁一站站地向城中心靠近，换乘 District Line，经过南肯辛顿，经过圣詹姆斯公园，经过威斯敏斯特，再换乘……

出站，继续奔跑。拐过起着精致古典的楼房，飘着面包、咖啡和热狗的香气，种着五颜六色的鲜花，摆着琳琅满目的商品，走着形形色色的人群的那些大街小巷。

险些撞到下楼购物的家庭主妇，扒开公寓楼的前门，奔上狭小的楼梯，一楼，二楼，三楼，3 楼 A 户。

敲门，迫不及待。

没有人应门。

他气喘吁吁，有点迟疑地后退了一步，确认了一下门牌号。3 楼 A 户。

他不灰心，再次敲门，手上的力度加大了些许。

仍然没有人应门。对面一家却开了门，一个年轻女孩探出身子来。

"你好，你需要帮助吗？"

"请……请问他出门了吗？"他上气不接下气，指指面前那扇门。

"他前两天搬走了。"女孩耸了耸肩，"搬去哪里了我也不清楚，抱歉哦。"

对面的门嗒的一声轻轻关上，他仿佛是应着声坐到了地上。

鼓起勇气，幡然醒悟，放手一搏，却原来已是来不及了。

他终于决定去敲响那扇门，终于决定要告诉对方，我知道你的名字，我知道你学的专业，我看见你在重要的比赛里得了奖，我也为你感到高兴；我从第一天在地铁上见到你我就开始留意你了，我还有很多很多关于我的事情想要告诉你，也想更多更多地去了解你，所以……

为时已晚，他现在正无力地倚靠着的那扇门，已经再不会为他打开了。

低头，把脸埋进臂弯里。

万人景仰的富家精英，竟还有此般脆弱的样子，倒是幸而无人撞见。

耳边响起了自己的名字。

他猛然抬头。

K站在他的面前，脚边放着一个空的纸箱，可能是回来拿没搬完的生活用品。

就在离他不到两米远的地方，真真切切。

他几乎是跳起来，一把将K拉进怀里，双手捧起对方的脸，毫不犹豫地吻下去。就在这个狭小、昏暗又不浪漫的空间里，他一路跑得自己狼狈不堪，丢了登机牌，丢了行李，丢了他原先所属的整个世界，肆意妄为地吻着他不想放弃的人。

十几米的楼下，几个街区外，光怪陆离的市中心地下，伦敦地铁仍在一刻不停地默然运行。它从不知道市中心地上的景色有多么精彩，只是日复一日按着既定的轨道，将人世众生准时准点地送到每一个属于他们站点，但即便是这样，它也会有脱离轨道的一天。

它会抬起一节节长长的车厢，把生锈的轮子从轨道上提起，从威斯敏斯特的站口飞出地面。在它不曾触及的站口外，是大教堂的宏伟，伦敦眼的浪漫，泰晤士河的温柔，塔桥的华丽，大本钟钟声的雄浑……那是不能被任何自我欺骗所瞒过的精彩。

那时，它的速度将提得更快，身躯也将更加轻盈，然后向上，飞向笃定的某处——总会有那样一个晴朗的早晨。

无尽的梦

寂静的夜，无月，无风。小区里，供人行走的小道两旁的树被笼罩在夜色中，像军人般笔直地扎根于地。惨白的灯光，在暗夜中更显寂寥。寂静，渲染出了肃穆。

小小的房间里，灯光明亮，隔绝了外面的黑暗，但气氛却并没有丝毫轻松。

只见那摆放于小小房间里的大大的书桌上，堆满了各类的书籍，厚薄不一，似山高，似海阔，而埋身于其中的女生便似世间的一粒浮尘，显得何其渺小。灯光自她头顶倾泻而下，照亮了她眼中的唯一世界——试卷。安静的房间，响起笔划过纸的声音，那声音就像庙里和尚敲打木鱼的声音，连续不断而庄严肃穆。

女生名叫晓悠，是一名准高三学生。还有一个月她便是真真正正的高三学子了，所以她的妈妈买了一堆的参考书和试卷给她看和写，美其名曰要她比别的学生提前走几步，那么到时就不会那么辛苦了！

晓悠无奈，只能按照她妈妈的意思"提前准备"。别人家的孩子在享受暑假的美好时光，而她只能缩在一间小小的房间里奋笔疾书，面对书山题海。

夜色依旧，晓悠眼中的清晰世界逐渐模糊，试卷上的字歪歪扭扭，手逐渐无力执笔。终于，她的头一歪，眼睛一闭，世界陷入了黑暗……

"叮——"，一声消息通知铃声，吵醒了进入梦乡的晓悠。她一下子从迷糊中清醒过来，把搁在桌旁的手机拿来看，原来是她的好朋友兼同学风玲给她发的信息，叫她出去陪她玩。她马上回了一条，说她在写试卷，没空。

几秒后，晓悠的手机来电铃声响了，一看便是风玲打来的。

"小悠啊！夜色如此迷人，朕诚邀你去赏夜你怎么能拒绝呢？该当何罪啊——"一道铃音般的声音响起。

"阿玲，不是我不想去，但是我妈在呢！哪能出去啊！"深知她的性格，晓悠对她的说话风格毫不在意。

"那就趁她不注意偷偷溜出来呗！反正你妈在你学习的时候不会来打扰你。"

"不行啊，这怎么溜得出去呢？"

"没事的啦！告诉你哦，在曲梦路那里新建了个游乐场，听说很好玩哦！"风玲用诱惑的语气说道。

"曲梦路？那里什么时候建了游乐场？"晓悠搜刮了一下脑子，对此并没有印象。

"你整天待在家里怎么可能知道！快点出来啦！"

"额……"

内心像绳索一样纠结着，耳边响起风玲的游说，再看看眼前的书与试卷，晓悠心里生起了一股烦躁和叛逆的心理，最后决定挑战一次她妈妈的"权威"。

下定决心之后，晓悠轻手轻脚地走出房门，灵动的眸子一扫，马上就获知了她妈妈在房间做美容的信息，这就说明她今晚不会再来"打扰"她了。

"晓悠，你可以的，快点走吧！"她不断地给自己心里暗示，企图平复一下上蹿下跳的心，但却似乎没什么作用。

最后，她看向了那最终通往"天堂"的大门，迈出了不回头的一步……

灯光努力抗击着黑暗，夜静，但其实还不深。

当风玲笑着小跑过来跟她打招呼时，看着周围熟悉的环境，她简直不敢相信此刻她能站在除了家以外的地方！她就像冲出鸟笼的囚鸟，对突如其来的自由不知所措。

"嗨，你怎么了？看到我傻了？"看着有点愣的晓悠，风玲忍不住笑了。

"啊？不是！没有！"晓悠终于确认了她现在在外面的事实。

"好啦好啦，走吧！"

两人手拉着手，欢笑着往曲梦路走去。愉悦渲染了周围的肃穆，暗夜多了一点色彩。

……

"哇——！"两人看着眼前灯光璀璨夺目的宽大场景，心里的惊叹忍不住自口中表达出来。

只见眼前海盗船、山车、旋转木马等被灯光点缀着，青年、小孩在其中徜徉，似是身处于世外桃源般无忧无虑，尽情肆意放纵。而坐落于游乐场中央的摩天轮最引人注目。缓缓转动的摩天轮在夜空中划出一个绚丽的圈，就像细水长流的爱情，最终得到圆满。

两个朝气蓬勃的女生此刻抛开一切烦恼，奔向快乐的源泉，奔向自由的天地。

她们坐在旋转木马上追忆往昔美好童年，在海盗船上体验着刺激……欢乐占据了她们的脑海，疯狂是她们此刻最好的诠释。

最后，她们坐在摩天轮上，静静地感受此刻的幸福。

渐渐地，她们远离地面，升向高空。

俯视地上，事物都在渐渐缩小，盛大的游乐场毫无保留地展现在她们眼前，构成一幅绚烂多彩的画卷；仰望夜空，此刻她们离天空是如此的近，仿佛伸手就能触碰到那墨蓝的天幕。

"看那里！"风玲兴奋地指向某一边的天际。

不知什么时候，那里升起了数以百计的孔明灯。点点灯光，代替了了星光成为今夜的星星，让无彩的夜空顿时生动亮丽了起来。

晓悠专注地看着远处的灯海，内心得到了平静。墨色的眸子被染上"星光"，灵动而美丽。此刻她眼中的世界是如此多彩！没有试卷，没有书海。

眼里的"星光"逐渐变大，渐渐地，她们身处于满天星海中，就像身处于辽阔的宇宙中，被周围的星球包围着，感受着宇宙的浩瀚。

晓悠和风玲眸子所含的笑意和幸福越来越深。

突然，晓悠的眼睁大，惊讶的样子似乎是看到什么不可思议的事。

空中的灯海不知什么时候突然变成了一本本巨大的书，诡异地漂浮着。她想问风玲是怎么回事，却还没来得及说就被突然往下掉的书吓了一跳。

"啊！"巨大的书砸到了她们这里，剧烈的晃动使晓悠不敢移动半分。

"风玲！"她忍着害怕转头看向风玲，"……你是什么东西！"

只见原本的风玲此时的脖子上顶着一本厚厚书，向她展开，密密麻麻的文字像蚂蚁一样让她头皮发麻。

突然，文字动了起来，以漩涡的形式向两个点汇聚，形成了两个诡异的眼睛。

看到这里，晓悠内心的恐惧支配着她的身体远离这个怪物。她努力往她自己这边缩，希望能距离她远一点，但于事无补。

"砰！"又一本书砸向她这边，她的身体顿时歪向一边，而后就像一个断了线的风筝，身体不断往下坠。

不知什么时候，晓悠已经毫无庇护地身处于空中。摩天轮消失了，游乐场消失了，她被无尽的书包围着，与书一起下坠。她以为下一秒她就会与大地亲密接触而失去意识，但是她一直都没等到这一刻，仿佛坠入无尽的深渊。

风刺痛着她的皮肤。她看到了，一本书在她上空逐渐接近她，越来越近，越来越近！阴影笼罩了她的全身……

"啊——"她猛地闭上眼。

预想的剧烈疼痛并没有来到。晓悠感觉到自己似乎处在一个温暖的怀抱里，那温暖赶走了刚刚下坠时风带给她的刺痛，就像一个保护罩一样给她安全感。

她慢慢地睁开眼睛，出现在她眼前的一张很好看的脸。该怎样形容那张脸呢？说是绝世美颜也不为过吧！皮肤白如温润的玉，略薄的嘴唇，挺拔的鼻子，深邃的湛蓝的眼睛，柔顺的墨发，和谐地构成一张精致的脸。

当两人的目光撞在一起时，晓悠的脸不由自主地红了。她转过头，才想起此时她们两个人的姿势不太合适，她便轻轻动了下身体。

轻微的动让俊美的男子好像察觉到她的尴尬，把她放了下来。

脚接触到地面，悬空感消失，晓悠这时才发现周围的环境已经变了。此刻她身处于一片辽阔的草原上，天朗风清，一切的一切都充满祥和，刚刚经历的一切恍如是一场噩梦。

"那个，请问你是谁？我为什么会在这里？"她小心翼翼地问这里唯一的一个人。

"你不记得了吗？刚才可是我救了你哦！至于我吗，你可以叫我梦熠。"男子轻声笑了笑，笑起来的他更显得不平凡，温和而优雅。

晓悠被他那美得不似凡间的脸吸引住了，仿佛失去了自我，脑海里只剩下眼前这个人。

"呵呵。"

迷人的笑声把晓悠拉回了现实。她此刻才意识到自己这样随便盯着一个人看是多么的失礼！窘迫使她的小脸涨得通红，她低头看着脚下那绿油油的草地，不敢再面对那个不似凡间的人。

耳边响起鞋子踩过草地的声音，越来越近，不一会儿，晓悠感觉到身前已经站着了一个人，两个人离得是如此近！

"你叫晓悠？是吗？"富有磁性的声音传入她的耳朵。

"嗯……不对！你是怎么知道我的名字的？"是啊，我又没告诉他，他怎么知道的？

"这个你不需要知道，你只要知道，我叫梦熠，就好了。"男子拒绝回答她的问题，这让她感到疑惑。怀疑的种子一旦种下，就会生根发芽。

"请问这里是哪里？我想回家了！"感觉到这人的神秘，晓悠不想追问刚才那个问题，但是当她注意到天早已是白天，她才猛地想起来她好像是一夜未归。天啊！这是多么糟糕的事啊！她的妈妈肯定会骂死她的！

"这么快就想回家了吗？"

"嗯，我怕我妈妈担心我。"

"胡说吧？你应该是不想回去的吧？难道你想回去继续过那种枯燥无味的生活吗？"梦熠说话的时候一直保持温柔的微笑，像是漫不经心，又像是温柔体贴。

对于梦熠如何知道她要写试卷，晓悠没有过多地去追究，她陷入沉默，只是因为梦熠说对了她心中所期盼的，她的确不想回去，不想回到那个压抑的家。

梦熠看到了她的犹豫，过来牵起她的手，说道："我带你去玩吧！"不由分说拉起她就走。

晓悠被他这突如其来的动作惊地愣住了。作为一个从小到大只知学习的三好学生，她从未被一个陌生的异性牵过手，自然也不知道该怎么处理这种事。她感受着手上传来的温度，心里莫名地感受到了一种温暖。此刻，她只需跟着眼前这个人走，无须多加思考，无须考虑太多。

慢慢在草地上走着，感受着微风轻柔地拂过她的脸庞，一如梦熠对她的温柔。纯真的少女，似乎品尝到了情之滋味，而她却不清楚这种感觉是什么。

"嗯？"梦熠突然停了下来，她发出了疑惑的声音。

他转过头来，看着这个任由他牵着走的少女，嘴唇轻启："闭上眼睛。"

"啊？"她有点无法理解了。

"闭上眼睛。"他又重复了一次。

晓悠听话地闭上了眼睛，毫无察觉到她对他的话是如此服从。

任由黑暗在她的世界里停留了一会儿，而后晓悠听到一声"好了"，她想了一会儿才明白应该是可以睁开眼睛了的意思。

灵动的眸子再次睁开，惊讶与惊喜顿时浮现在她的眼睛里。

"喜欢这里吗？"梦熠将她的神情看在眼里。

"喜欢！很喜欢！"这是她一直想来的地方，是她幻想了许多年的地方！

草原早已不见踪影，深蓝、辽阔无际的大海展现在她眼前。

翻涌的浪拍打着露出海面的岩石，那是对生命的呐喊；海鸟在海上恣意飞翔，那是对自由的追求。

脱下鞋子，小脚踩在柔软的沙滩上，晓悠感受着大自然神奇。此刻的她，才真正感受到了自由！

自由解放了一个少女的天性，她热情地拉着梦熠的手，拉着他一直到走到海水里，感受着水的清凉。

"谢谢你！"她笑得如此自由，如此开心。

"嗯，你喜欢就好。"他也笑着，淡淡地不失优雅地笑着。

晓悠已不是天真烂漫的年纪了，即使这里只有她们两个人，即使面对她喜欢的地方，她也已经不会毫无顾忌地嬉笑玩耍，静静地享受对她来说已是感受快乐的最好方式，不过她也的确是一个喜欢安静的女孩。

耳边是海浪的声音，眼前是壮阔的景色，晓悠看向坐在她旁边的梦熠，少女心再次泛滥。与他相处的这些时光里，晓悠的脸红了又红，已不知有多少次了。

感觉到停留在自己身上的视线，梦熠想也不用想也知道是谁在看他，但是他并没有转过头，而是任由她看。

一个人在看另一个人，另一个人装作不知，时间就这样缓缓流过。岁月静好。

不知过了多久，天已经黑了，乌云滚滚，风渐渐地变大了。

"梦熠。"少女察觉到了天气的异样，第一次叫出了这两个字。

"嗯，怎么了？"梦熠像是什么也没有感受到。

"天气好像不太好，我们是不是该走了？"

"哦！是吗？"回了这三个字，梦熠抬头看了看天，"是有点不好，不好意思，扫了你的兴。"

"没有，我已经很开心了！"

"那好，我们就走吧。"说着便起来，晓悠也跟着他起来。但是……

"梦熠，你往哪里走？"梦熠怎么往海那边走呢？

"就是往这走啊！"梦熠手牵着她的手，拉着她继续走。

"等等，你先等一下！"她竟然无法挣脱他的手。

"怎么了？我带你去更好玩的地方啊！"声音还是那样有磁性，笑容还是那样温柔，但是晓悠就是感到有点瘆人。

"不了，我出来很久了，我妈妈肯定很担心我，我得回去了。"

"回去了，你就又得继续过那种只有试卷和书的生活了。"

"额……不管怎么样，我还是得走了，谢谢你陪我这么久！"她想把她的手从他手里拿出来，却还是不行，晓悠感觉有点慌。

步伐继续前进，丝毫不减速。"既然要谢谢我，那你就应该陪着我不要走。"温柔的语气此刻变得有点冷。

"不行！你放开我！"晓悠都要哭了，她感觉自从她走出家门，什么事都变得很奇怪，偏偏自己现在才意识到。这个人一点都不正常！

海浪翻涌着，卷起的高度似是达到了天。只见一个滔天巨浪朝他们袭来，人类在这个浪前是显得何其渺小！

晓悠惊恐万分，死命地与梦熠对抗。

在浪即将打过来的时候，梦熠终于不再走了。正当晓悠以为有了希望时，她叫了一声"梦熠"，却看到了更恐怖的东西。只见梦熠转过头来，俊美的脸早已不复存在，那张脸是风玲！

"你到底是谁！"晓悠的声音都染上了哭腔。

"呵呵。"脸是风玲的脸，声音却是梦熠的！"你觉得呢？"

下一秒，她的头又变成了那本恶心的书，但这时晓悠没有在喊出声了，因为那浪已经将她卷进海里了！

剧烈的冲撞让她浑身都疼，窒息感涌上脑海，在这一刻，她已经顾不得那究竟是什么东西了，因为她可能会死在这里了。

不行，她不能死！她怎么可以就这样死去！

意识逐渐模糊，黑暗席卷而来……

晓悠猛地睁开眼，她的额头布满了细细密密的汗珠。眼前没有游乐场，没有海，只有那仍旧堆得很高的书和试卷。

"是梦吗？"晓悠喃喃自语。她轻摇了摇头，把那荒唐怪异的梦甩出脑海，眼睛继续看着此刻她的唯一——试卷。

夜色依旧……

第二天，阳光明媚，驱走了昨夜的黑暗。

一大早，晓悠就接到了风玲的电话。

"晓悠，我知道下学期的分班情况了！"

"哦。"

"你怎么什么反应也没有？"风玲顿时有点丧气。

"知道就知道了啊！早知道晚知道不还是一样吗？"

"话是这样说没错，但是……算了，每次和你说都这么无聊。这不是我们班转来了个新生吗？听说还长得很好看，所以就来告诉你咯！哦，对了，我和你还是一个班。"

"嗯，好的知道了。"

"你就不关心那个新来的是男是女？胖的瘦的？高的矮的？配合一下嘛！"

"好啦，请问我们的万事通大小姐，新来的同学是男的还是女的啊？"

"我告诉你啊，听说是一位小帅哥哦！"

"哦。"

"还是这么扫兴……哦，对了，他的名字也很好听，叫梦熠哦！"

"梦熠！"这个名字对晓悠来说是既熟悉又陌生，那个被她遗忘的俊美的脸，此刻又浮现出来。

她现在，究竟还是不是在梦里呢……

出逃

◎ 李少琪

一定是天气的关系！

我在信息大厦一楼的垃圾桶前停了下来。

一定是因为这个四月份就闷热得跟蒸笼一样的鬼天气！浑身都不得劲。

一股阴寒的冷风从天花板上的空调口吹出，轻轻地飘落在光滑的瓷砖地板上，蔓延开，顺着我的脚、腿、脊背、脖子一点一点往上爬。接触到冷气的汗水直接变得冰冷，黏糊糊地粘在皮肤上，激起一层鸡皮疙瘩。"嘶——"我抱着双臂，用力地揉搓了几下，试图产生些微弱的热量驱散这瘆人的寒气。空调依旧呼哧呼哧地往外吐着冷气还有灰尘，尽管这里面冷得怕人，但这股带着大厦独特气息的冷风倒是暂时把我从闷热的蒸炉里拯救出来，顺带帮忙把在人堆子闷出来的汗丝擦得干干凉凉的。

亮得发白的太阳和蓝得发白的天幕高挂在大厦上方，就像是个彩光被白光驱逐的电子屏幕，暗淡、朦胧、却刺得人眼睛发疼。信息大厦外墙上尽是明晃晃的镜面，它被同样镶着镜片的大厦包围着。白色的阳光就在这层层镜片的围困中东奔西突，从信息大楼跳到双子塔，从双子塔上一个漂亮地俯冲撞在了政府大楼的外墙上。有时还会一个不防闯进路人的视网膜，让人猝不及防直飙泪。

别问我，现在是什么时候了，这个问题我决计是答不出来的。时间？呵，时间不过就是大厦里的电子钟、电子钟里的一根分针或者秒针、分针上的一个小零件罢了。世界不会因为时间而有什么改变，最多就是东奔西突的太阳光变成了璀璨的灯光，从灯光又转回了惨白的阳光。不过，我倒是知道现在是大厦的电脑屏幕该亮起来的时候，信息大厦一楼右区办公室刚亮起来几团幽蓝的光团来，跟着左区、中区、二楼、三楼，各处接二连三，一台又一台，一层又一层，像千千万万只眼睛，统统都睁开了。红的屏、绿的屏、蓝的屏……哦，跳动闪烁的页面晃得我头晕了，滴滴答答的鼠标声像密密麻麻的蜂群扑面而来。

呕，更晕了，我想逃，要逃，一定要逃！可是逃去哪呢？

我记得刚才从街上一路跟跄地走过来时的狼狈。我跌跌撞撞地在大街上走着，马路、榕树、被枝叶切割成稀碎白块的阳光在我的视角膜上晃啊晃，一条路两条路三条路，四棵树五棵树六棵树，乱七八糟堆在一起的阳光碎块……我的视网膜都被这些亮得发白的景物占据了，不自觉地眯了眯眼，眼球一阵涩痛，刺激得头部神经也跟着疼。整个世界仿佛都是白色的，一种会旋转跳跃的，感到一阵阵天旋地转的我慌忙地在大街上搜寻垃圾桶，迈着沉重的腿翘趄地搜寻着，昏沉沉的脑子里的思维却在放风筝：啊，刚刚好像撞到了三四个人了，三个？还是四个？三个吧，一次是肩膀直接磕在了一个男人的手机上，嘶，真疼，那手机绝对是诺基亚！一次是手背和一个女白领手里握着的手机在空中相遇了，啪的一声，那个女白领画着黑粗眼线的双眼狠狠地刺了我的手一下，吓得我一激灵，脊梁骨直冒冷汗，脑袋倒是清醒了些。还有一次……嘶，是啥来着？啊，想起来了，膝盖，膝盖，没错，就是膝盖了！一个背着鼓鼓囊囊的青绿色书包的小男生捧着一个比他的脸都大的平板在敲敲敲，结果把平板敲到我膝盖上了，可真疼啊。街上的人像一窝蜂一样，一个人影，两个人影，三四五六七八个人影；华为、苹果、小米……三个光屏，四个光屏，五六七八九十个光屏，光屏、人影、碎块的阳光挤成一团，混成红的绿的蓝的的光影，我的视网膜隐隐作痛，我只觉到处都是一条条一块块的光团，晃来，晃去。哦——不行，我得吐了，垃圾桶在哪？

我双手撑在垃圾桶上面，顾不得什么形象，一阵阵地干呕起来，胃里翻江倒海，但什么也没吐出来。睁眼闭眼都是在视网膜上闪烁的光影，蓝的、绿的、白的……一闪一闪，一晃一晃。

出去走走，走走就好了，逃吧，这里不能留。

可是走去哪里？自己从朋友饭局中逃出来不也是因为蓝的白的屏幕晃得眼睛疼。原本多年不见的朋友齐聚一堂，坐在舒适清凉的包厢里，品尝着热气腾腾的精致菜肴，喝着自酿的醇香美酒，是一件难得畅快事。可是除了筷子碗和杯碰撞的声音，就只剩下恼人的"嘀嘀嘀"的提示音。聊得正欢时，许许多多蓝色白色的屏幕不停地在闪烁，一句又一句的"抱歉"，一台又一台的手机荣登餐桌，气氛渐渐冷淡。然而我没想到的是我一拿出手机，就看到聚会群中的消息已经变成了一个红点，连99+都已经表示不出她们聊天的热烈程度。唉——要是知道会是这样子，自己又何苦走出家门。忍无可忍，道一声"抱歉"，我就逃似的跑了。

冷的烟雾，空虚的热闹，冷淡的热情。

包厢里微白的雾气依旧从菜肴上袅袅升起，灯影与屏幕光影依旧交错闪烁，每只被举起的酒杯的背后都有一只被藏在桌下的手机，闪闪烁烁，躲躲藏藏，却又乐此不疲。彼此都是位尽职尽责的演员，只有我，落荒而逃！

也许是包厢里太热了吧，我毕竟是不耐热的。但是四月天底下的地方有哪是不热的？

信息大楼位于CBD的中心区域，有高楼怀抱拱让之势，似乎是象征着它所代表的极高的经济地位。工作的白领、参观的游客、送餐的快递小哥……人来人往。火热的太阳炙烤着大地，隔着玻璃大门，外面的景物似乎有融化的趋势，热气蒸腾，朦朦胧胧。想接着出去走走的我，在推开大门，迈出第一步之后就后悔了。全球变暖之下，原本怡人和煦的暖风变得更像是锅炉里的蒸汽，带着不容阻挡的热度，蛮横地横冲乱撞。

我的左脚刚迈出大门，一个坚硬的物体裹挟着热浪从鼻尖刮过，蹭出了一层薄汗。刚抬起的右脚顿在半空，又默默地收了回去。一位快递小哥骑着粉嫩嫩的电动车，后座搭着一个臃肿的箱子，逆着阳光逆着风向远处疾驰，外套顺着风呼呼飞起，乍一看宛若神人，潇洒至极。如果他的外套链头没有亲吻我的鼻尖的话，我还真得高赞一声"高手！竟能从如此逼仄的夹缝中擦着人的脸庞飞驰而过，而不伤分毫，真的高！"

停顿在门口的我没一会就被热浪熏出一身汗来，粘腻腻的汗从毛孔里渗出，沾满每一寸的皮肤，还黏上了厚重的棉布衣服。背后执着的空调仍一阵一阵地吐着寒气，将背后刚冒出的汗变得冰冷，毛孔也不自觉地收缩。一前一后，一热一冷，我仿佛前胸靠上了炙热的火炉，后背贴上了冰寒的雪柜，我踌躇了，是该把左脚收回来，还是把右脚迈出去？出逃也许真的不是那么容易。

"小姐，请问您需要办信用卡吗？现在办卡有优惠，您可以成为我们的黑卡 VIP 客户，每个月都会有相关的优惠。我们这边现在在搞活动，您可以过来看一下，现在办卡真的很优惠，您考虑一下。您这边请，我们有专人问您提供服务……"哦，完了，我忘了，一楼这里有一家银行，我默默地把热得直冒汗的左脚收了回来，想了想，还是伸了回去，然后悄悄地把右脚也抬了起来，往前走了一步。刺眼的白光裹挟着热浪席卷过来，我被它扑了个满怀，往后退了几步，重新回到了阴冷寒气的领地。我的皮肤像是被热懵了一样忘了反应，我也说不清现在到底是热还是冷了。不过身后的声音一直在锲而不舍地响着，嗡嗡嗡，吵得人头皮发麻。

奇了怪了，我上身是公司统一发的白色 T 恤，下身是一条前年买的刚好赶上今年潮流的破洞牛仔裤，一双淘宝上淘的听说是百搭的运动鞋，这都能看起来像是要办信用卡的？我觉得浑身实在有点不对劲，缓缓转头看过去，是一个头上顶着白色圆球，下肢就是一个圆柱形移动器的机器人，细长的金属手臂伸得直直地将一份文件夹递到面前。

黑色的文件夹，略显厚重的磨砂质感的封皮，内页好像还夹着不少的纸张。印象中的黑色的文件夹、蓝色的文件夹、灰色的文件夹……温顺地翻开，一支笔、一张纸、一捧蜜糖、一些小玩意儿曾经把人迷得团团转，刷刷地填上了联系方式、兴趣爱好还填了各式各样的问卷调查。一串串的数字与一些逗人心喜的礼物相比，在当时轻狂的我看来实在是有些微不足道。明明是成长在数字时代的一代人，却往往更容易轻视这些数字。直到"嘀嘀嘀"的消息充斥手机薄薄的芯片，直到被各类的营销电话狂轰滥炸，一点一滴消磨耐心，甚至想顺着电话线爬到扰人的另一端狠狠地骂一通。但更多的时候是无奈，而后猛然清醒意识到那一串串的数字真的不可小觑。

我摆了摆手，将文件夹退了回去，带着点决绝地投入热浪之中。从信息大楼往前就一百多米，有一个进入地下商城的入口，张着黑漆漆的大嘴吞吐着各色的匆匆行人。黑色的柏油路还有灰白的水泥路上热气蒸腾，胶底的鞋踩在路上的时候还微微有些融化，一抬脚，一落脚，鞋似乎和路面依依不舍，黏糊糊的，宛如热恋中情人。这闷热的天气熏着、蒸着、驱赶着人，脱离了冷气的行人皱眉弯腰步履匆匆，似乎是想极力地挣脱这湿热粘人的光、风、甚至是空气。即将步入喷涌着冷气的洞口的人则在眉眼之下藏着难以抑制的欣喜，紧皱的眉头缓缓松开，嘴角绷紧的肌肉微微松动，步伐也从容了起来。

炸鸡店、奶茶店、服装店……应有尽有，我一边享受着空气中飘来的食物的诱人香气，一边走马灯似的看着一家又一家店的橱窗，步伐迈得越来越小，一小段路都走了十来分钟。"嘶——"我感觉左边的肩膀被一个坚硬的物体狠狠地碰了一下，一转过头，就和一道愤怒的目光撞在一起——一位光鲜亮丽的都市女郎捧着她的手机狠狠地瞪着我。"喂！你走路不看路的吗？你差点把我的手机撞掉了，摔坏了你赔啊。这都什么人啊，这么大条路，非得撞过来。"这位女郎率先向我发起进攻，像是拿着机关枪一样，对着我一通扫射，一连串的话都不带停顿的。看了眼女郎那几乎要喷火的双眼，我默默地低头摸了摸我的左肩，嗯，能撞在这个位置，估计她当时是玩手机，没看到前方有我这么个缓慢移动的大型障碍物。看我不说话，那个女郎倒也不做过多的纠缠，狠狠地白了我一眼就低着头走了。

都怪这个天气，都把我给热昏头了，不然我怎么就这么想不开地拿左肩去碰人家的手机了呢？

有了这么个小插曲，我也不敢再东张西望了，要是真撞得别人摔手机了那可不得了，那可是要了人家的命的事。不能东张西望的我就只能认真看路，看着来来往往擦肩而过的行人了。也许因为现在是信息时代？大家好像都有特异功能，低着头走路，尽管行动缓慢，但都能相互之间完美避开，就我一个人傻傻地跟别人相撞。他们头上仿佛长着两根无形的触角，缓慢地摇摆着，东晃晃西晃晃汲取空气中传播的信息，距离障碍物一米左右的时候，他们会缓慢绕行，而眼神则一直黏在手机屏幕上，连一丝余光都不舍得匀出来分到这些无关紧要的事情上面。无论男女老少，都低着头，脸上映着荧荧的白光，缓慢地在街上走着。他们自有他们宁静的天地，完全不受外物的干扰，屏蔽了吆喝声、广播声、喇叭声……嗯——这份如入无人之境的淡定自若的功力，真是了不得。

走在我前面的一中年男子在低着头缓慢前进着，旁边又有同样的来来往往行动迟缓的人，又不好越过那中年男子，走到他前面去。我也就放缓脚步，一边打量着路上的人，一边琢磨着他们这份功力究竟是如何修炼出来的。或许是因为我盯着他们看的时间太久了，一个男人似乎发现了我在看着他，很不情愿地将视线从手机屏幕上撕开，抬起头来瞪了我一眼。那眼神就像是外面湿腻、闷热的天气一样，饱含着被人打扰的恼怒，还带着点莫名其妙，似乎是在奇怪或者说是责怪我为什么不去看自己的手机，却要来打扰他。这眼神就像是条冰冷的蛇缠上了我的视线，顺着我的视线爬到了我的脊背上。此时此刻，我明明知道自己是身处在繁华热闹的地下商城，却莫名地觉得自己是处在一个杳无人烟荒凉的空城里，而我只是一个多出来的人。空调里吐出的一股股冷气，混杂着灰尘、奶茶香、炸鸡的味道，环绕在周围，黏在了汗湿的皮肤上，激起一层层的鸡皮疙瘩。

头顶上的空调还在呼呼地吹，吐出一股又一股的冷气，好似千斤顶一层一层地压下来，挤走空气中没一丝的氧气。我不自觉地大口呼吸着，奶茶、炸鸡、灰尘的气息涌入我的鼻腔，这股混杂的味道在我的胃里不住地翻滚。逃！逃！得离开这里！我的双腿被冷气冻得有点僵了，趔趔趄趄地转身按原来的路往回走。一路上是喧嚣的死寂，广播里的音乐、店员漫不经心的吆喝声、手机信息的嘀嘀声……泛着白光的脸、或痴笑或木然的神情、呆滞的目光……苹果、华为、小米……比起游客和店员，这些数不尽的手机才更像是这里的主人，操控着人类的行动、影响着人们的喜怒哀乐。明明是人来人往、灯光璀璨的地下商城，手机里传出的"嘀嘀嘀"的消息提示声我都能听得一清二楚。我突然想起那几个小时前的聚会，明明在现实中已经面对面的人们，却在手机上聊得热火朝天，还不忘为自己辩解一声："啊呀，当面聊这多尴尬啊，话都说不出口。"逃！逃！怎么还是逃不出去？

原本慢悠悠地走，虽然走的时间长，但也统共没走多远，现在两步并作一步地往回走，一路上闪避着被手机占据全部心神的人，没一会就到了出口。外面的天气依旧闷热，天上高挂的太阳都被热得发白，变成一个惨白色的圆饼贴在同样被晒得发白的天空上，一阵阵热气像发热的锅盖一样劈头盖脸地压下来，热得让人直发晕。前胸贴着蒸腾的热气，后背附着冰冷的空调风，前面越热，后面越冷，冷热交替的边界踌躇了好一会，还是找不到"我该去哪"这个问题的答案。

衣服口袋里的手机"嘀嘀"地震动了一下，我拿出来打开来看，是老同学发来的微信："嘿，你跑哪去了？我们差不多吃完了，要转场啦，你赶紧回来！大家聊得都很开心，你赶紧回来参与一下话题，这么安静干嘛呢。"我看了眼聚会同学群的消息显示，的确聊得很热闹，短短几个小时就有几百条甚至上千条的消息。算了，我还是回去吧……

惨白的阳光下，我走在黏脚的柏油路上，一步一步慢慢地往我最开始来的地方走回去。刺眼的阳光晃得眼睛疼，后背慢慢渗出些汗来，浸湿了衣服。

棋客

◎张煦

白雾蒙蒙袅袅。

春夏之交，隔夜凝滞在荷叶上的雨珠汪成剔透的露，不时有合抱成团者柔缓地滑下去，泛起一串串涟漪。偶尔有鱼尾拍击水面的"哗哗"声，复又是很长一段时间的阒寂。

"宗平，再快一点儿！"像扑棱棱的鸟，一个声音咋咋呼呼剪开缭绕的水烟幕。一只不大的渔舟冒冒失失地撞散规整的荷塘，木桨下的汩汩水声惊动了一池清波。

"少爷，我看我们还是回去吧！"略微带着点粗喘的嗓音憨憨的，沉落在碎裂开来的湖面上。

"喂宗平，我带你出来可不是来扫兴的！"少年特有的鼻音淡淡附在清亮的声腔上，簇着点江南的朦胧，"好不容易才偷出了三叔的船，又恰好碰上大雾天才这么顺利的，不然早就被我爹捉回去了！"

清俊面白的少年仰躺在船首，一想到请来的塾师拖着长音一咏三叹的之乎者也，便是浑身一个激灵。复而翻身，伸手摘了莲荡边的一枝苇秆，衔了去逗弄水影，一摇一晃好不惬意。

被叫少爷的年轻男子是抚州府最大的镖局——和武镖局的少东家，高总镖头的老来子。随父高姓，单名一个忧；年后方满十六，正是随心纵意的年纪。享尽父兄宠爱的高忧自然不愿受到束缚，打小自由自在，过惯了放养式的生活。年近花甲的高老爷对他也是宝贝得紧，向来有求必应；两个大儿子早已继业，和武镖局威名远扬，倒是不劳费自己一个挂名总镖头顾虑什么江湖人情纷争，转而退居幕后，玩鱼逗鸟，品茗会友，只是在门面上打点多年积淀的人脉关系，大有引退让位年轻一辈之意。不过自高忧在吟诗作文上表现出两个大哥所没有的天赋以后，高太爷对他的日常课业愈加关注，还几番换请了教书先生，颇有一心助其走上科举仕途之感。

这可为难坏了自幼便定不住身形的高忧，在每日固定温课的时辰里总是坐立难安，变着法儿往外跑，气得老师摇着花白脑袋吹胡子瞪眼。

大多数时候，高忱的"出走计划"都是以失败告终的——高老爷的镖师可都是些看着这位滑头少爷长大的"老滑头"。脾气也古怪的少东家没有什么年龄相仿的玩伴，只有一个镖局里都唤作宗平的、约莫比他大上几个月的木匠的儿子，成了他的"跑腿"。虽说像是个跟班的角色，但高忱也确实只有这个亲近点的朋友。

老木匠跟在高老爷身边几十年，镖局上上下下百来号人的住行都离不了他的一手灵妙的木工活。遇上重要人物的走镖，当家的也只放心托付其做制箱卯柜的事。宗平继承了祖上传下来的好手艺，也像极了他父亲的忠厚老实。宗平一张长时间淌着汗水的黝黑脸庞，健硕的身形和这位养尊处优的少爷对比鲜明；人虽高大，心地却也单纯，被鬼灵精怪的高忱支使着"干坏事"，所幸从未过火，老爷子也睁一只眼闭一只眼由着去了。只是在逃课去玩这事上，两人从未成功过，高老爷一门心思惦记下来，他们也插翅难飞。巧就巧在今日天公作美，浓雾团绕了整座府邸；又恰逢高老爷和两位日后的掌门人同请设宴，款待走镖路上结交的新知故友，镖局人多眼杂忙碌不已，谁也没留意这两位密谋出游的事儿。

那边高府宴飨推杯换盏正到高潮，青衣水袖一台好戏开锣；这边两人乘船晃晃悠悠划出了郁郁荷绿，交界的窄水道深深没进外湖。水面开阔起来，雾气随着渐高的日头弥散开去，独留下薄薄一层敷挂在脸上、衣饰上。两人都有一种陌生的感觉，很是沉迷甚至是沉溺在这种自在的快意中，一时无话。小船路过一户又一户不甚熟悉的普通人家，捣衣声声夹杂浣洗吆喝日常，市井嘈杂迷人。

"少爷，我们往哪儿去？"宗平终是忍不住问趴在船头似睡非睡的慵懒少年，收了几分使桨的气力。

"爱上哪上哪儿去……"带着几分模糊的气音，分明是准备要到周公那里去弈棋了。

"……可少爷，我们已经不在镇上了……"

"瞎说！"一个鲤鱼打挺，少年瞪大的眸子还有一点迷蒙的影子，"宗平，这是哪儿？"

"不，不知道……"

水乡蛛网般的水道密络着每一爿高高低低的村庄，错落有致，都是典型的小桥流水人家。然而眼下，过了这座古色桥头后的建筑显然不是两人熟悉的。青瓦，白墙；浓密翠竹，肃穆石狮。仍是江淮水岸常见景象，然这连片的高大屋所却让见惯了和武镖局大排场的两人也吃了一惊。顺水流慢慢靠近，飞檐走翘起细腻做工的边角，滴瓦拢着水珠圆润的精致，隐隐可见不比普通人家的院落布局，好似乘舟进入一幅工笔细描的水墨画。绵延的风火墙远远并入河道尽头，模糊看不真切。

到底不是寻常出身，震撼后更多的是一探究竟的好奇，高忱当机立断，指挥宗平靠岸泊下小船，便急匆匆地甩着大步跃上汇着一溜儿青苔的石阶，"噔噔"地在凹凸不平的石板路上踏出声音。

倒也稀奇，临街一面的马头墙高高耸起，一片柳绿浓荫里却没有任何阻拦，敞开着一览无余。高忱忽略了宗平打道回府的劝告，大咧咧地闯进去。

里面也是清幽的景象。一弯溪水被曲曲折折地引到庭院里的浅浅莲池中，修竹碧树杂而有序地分化格局，石子路边蔓草玲珑。潺潺水流里裹着画眉或远或近的婉转歌喉，听不见一点人声。

高忱也没作声，四下望望，举步向房屋深处走去，"嘘"一声制止了宗平欲言又止的唠叨，又轻声嘱咐他在外候着。绕过一座假山水榭，视野变得明亮宽敞，细叶榕下的亭台古色古香。

"喔——"高忱眯眼细看，蓦地眼前一亮，惊喜地奔上前去。

撑臂在亭台中央的石桌上，高忱才发现这本就是刻录十九路网格的棋桌，上面摆着一局残棋，随意置放黑白子二色木盒。晶莹玉润的棋子把玩在手里温凉平滑，在日头丝丝金线里折射着上好石料才会有的淡淡光晕。他定神略略思索，便执一黑子放在一点星位上，片刻复又拿起一白棋落子，一时间黑白二色在棋局上交错厮杀，难解难分。

"妙！妙！"正当高忱一人分饰二角专注于变幻棋局时，一个苍劲而洪亮的男声如铜钟震开安静的空气，轻微回响在走廊上，竟像是荡起了层层声浪，气势不凡。

高忱手腕一抖，迅速抬头，起身，但见一位青衫长者缓步从身侧走进。这亭台或本为纳凉饮茶对弈而作，四面通透均有漆木栏杆引导的台阶可步入亭内。许是陷入了对棋势的深度思索中，高忱竟未能发现有人走进自己，还驻足于几步远处观察棋局。

猛然回神，高忱再大胆也只是不谙世事的少年，清俊脸庞泛起红潮，正欲开口道歉，却见他摆了摆手阻了他说话，笑吟吟走进来。这才发现来者是一位披发白须的老者，脚步稳健，身姿硬朗。一抖长摆坐下，略略捋起衣袖，执一枚白棋，招手示意高忱坐下与他对弈。棋局重新展开，却变为一老一少的博弈。高忱渐入棋境，鼻尖沁出点点汗粒。局势一步一子不同，黑子由起初步步紧逼，到中盘时被不知何时无处不在的白子围困腹地，才惊觉看似漫不经心的白色散军早已布下天罗地网，原本势如破竹的黑子霎时间进退维谷。

正当高忱苦苦挣扎、谋求应对之策时，突然一声棋子落入棋盒所发出的脆响惊扰了他的思绪。抬眸只见长者微微一笑，宽大衣袖轻轻一拂，黑白二色棋子便散乱错杂成一片，好似一场酣战忽而偃旗息鼓。

未待高忱回神，长者便开口道："这局棋，判和。"

高忱虽暗恼技逊于人，却从不惧输棋，当即反驳到："棋品即人品，我高忱向来不畏败势。刚才那局棋分明是我黑方局势不利，本就是大师您胜出，不必让子。"

闻言长者笑意更甚。他随意拿起两枚棋子把玩，问道："高忱？和武镖局少东家？"

高忱一惊，"您认得我？"

长者不应，复又落子，缓声道："这残局本就是我一人对弈时做的复盘，自然明了棋局变化走势。如此一来，倒是我占据先机了。"

高忱惊叹，拱手道："方才我见这棋双方布局如此精巧，妙手连连，本以为是有人一时兴起摆开的古谱，未曾想是大师之作，佩服佩服！"

长者大笑，直立，转身竟是要离去。高忱赶忙起身，欲追上去却又像被那飘逸如仙的背影阻了脚步，开口急呼："大师留步！可否……"话音未落，那长者"哗"一声抖开硬面折扇打断其追问，轻倚在朱红色的亭柱上，眼含笑意："你若想与我对弈，次日此时，老夫在此恭候高公子。"

书房，伽蓝香幽幽杳杳，在书卷前清浅地浮一层淡雅的暗香。前院石质水滴漏传来远远近近的"嗒嗒"声，一两声鸟鸣婉转在湿漉漉的空气里。

高忱并没有像高老爷叮嘱的那样摹习王临川的集子，上好的歙砚墨星浓浓郁结在案头，竹竿狼毫毫尖还是根根分明，淡白无一丝杂色。宽袖长衣的少年心不在焉，捧着一本随意打开的卷册，悄悄探头一次又一次看出书房的木格窗，坐卧不宁。

昨日那一次对弈恍然如梦，高忱不知自己是如何又与宗平乘船回到高府。人声鼎沸，跑堂穿梭忙碌，盛大宴会有条不紊地进行着，仿佛谁也没有心神留意到溜出去的高忱。高忱迷迷糊糊，唯有那未完成的棋局在脑海里愈发清晰，第二天再会一次的念头灼烧着他的心。

高忱绝不是一个能听话坐得住的孩子，会走路时就把镖局的马骑了个遍；但让镖局上上下下的人都感到费解的是，他自打接触围棋以后，一、两个时辰端坐在棋桌前不是什么少见的事。高老爷难得清静，也给他请过几个名师指点。可眼下父亲辞退棋师，一心让自己读经、做八股，这让一直盼望成年后和兄长们一起走镖的高忱很是不满。

"宗平，怎么才来？都快晌午了！"

宗平满额汗珠，无暇顾及其他，"走吧少爷！守门的秦爷喝酒去了。"

两人匆匆赶往后院联通外河的数亩莲池，近岸密密莲叶下泊着一只宗平早些时候备好的小船。跳上船，高忱迫不及待地催促宗平快点儿划出去。

仍是那些错综复杂的水道，幸而宗平识路记性过人，兜兜绕绕，小船又停在了那巷口前。高忱急切地奔上巷道，熟门熟路，穿过别有洞天的院落。

急促呼吸尚未平息，高忱惊喜看到那琉璃瓦做顶的亭台里分明坐有一人。三步并作两步，他心悦唤道："大师！"拱手让礼。

那长者仍是衣袂飘飘的出世之态，开口声如洪钟："高公子不必多礼，请。"

又是一番激战对决，高忱仅以两目之差落败。他蹙眉道："大师无须退让。方才弈局中我有好几处明显破绽，您却视若不见，反去伤些小兵小卒。"

长者执棋，捋须笑道："攻彼顾我。围棋落一子如石击水面千层浪，非一边一角的缠斗而已。你说的几处破绽，老夫眼见，却不急拆招，为着是你黑子一方在我白子旁侧都有伏手，一招不慎便有可能被切断联络。"抚掌叹，"只可惜高公子错失良机啊。"

高忱惭愧。虽说上次两人对弈自己落了下风，却也不以为然。自恃棋力颇有天赋，再次拜访更多是想证明自己的实力，不想暴露出自身未曾关注到的问题，才知古人云"人外有人"诚不欺人。

沉吟片刻，高忱略有些羞赧，讷讷开口："不知大师……可否赐教？"

长者爽朗，笑，"和武镖局高总镖头舞枪弄棍，江湖游走一生，能得你一棋痴小儿，妙！妙！"

最近和武镖局的人都发现少东家的不对劲儿。

明明向来都不肯安安分分听下一堂课，现在他却能在书房里待上一整天，还不时跑去藏书阁搬回重重一摞竹卷古籍，拉上宗平给他"侍读"——就是端个茶燃个香而已。

老师告状少了，还常常称赞其功课；高老爷自然很高兴，镖局交接事务巨细烦琐，对他的管束更宽了许多。似乎从没有发现高忱乘船偷跑出去的事，每次他都和宗平掩人耳目地离开，又在半天内悄无声息地回来。

"围棋布局讲究入界宜缓。你尚算是初入门者，要紧的应是通透每一局棋的变化、每一招式的进退，切不可操之过急、一味求多。你隔两日后再来与我对弈，我再为你指点。"

高忱每每思及前次告辞时那位长者的话语，心中翻涌情绪还是难以平息。现在他唤他作"师父"，颇有一种名门生徒之感。他谨遵师诲，每日温习所学，再拜访时讨教新招。同时，师父"不得贪胜"的教导也铭记于心，不过于追求灵招妙手，而是在藏书古谱中学习他人行棋全局策略，获得启发。又有"动须相和"，高忱潜心钻研古圣贤讲学经典，其中哲思奥义令他沉淀不少年少轻狂的傲气；偶得一悟，颇感思绪贯通、心神清畅，仿佛从中亦习得棋路棋思。

这一日，高忱照例携了几日的思索困惑踏进亭台。他师父——未曾透露姓名——亦摆开棋局待其而来。收官复盘，长者问起高忱："你可是想学棋艺、为棋师？"

高忱一愣，轻嘲："围棋是心头好，平时也是我能在镖局里唯一能有的消遣，算是有瘾了。"

又道："我爹近来对我稍是松懈了些。他已为我设定好将来的人生，一心盼我考科举、做官。"落寞袭上心头，"可我从来只想和我大哥二哥一起做大和武镖局，那才是我真正想做的事情。"

长者带着欣赏的目光打量高忱，"年轻人，应是有自己的考量。"轻点棋桌，问："你可知道这一局棋里，有多少你日后走镖的规矩？"不待高忱回答，他又说到："我可以带你前去一地，体会你所要的生活，你可愿意？"

树头浓荫翠色逼人，蝉声阵阵俨然成为人群来往的衬托。已是盛夏，晴明天气下江湖走动愈发频繁。驿站乡道上熙来攘往，不大的小镇因为车马人声喧杂，竟也有几分大通衢的繁华。

"宗平，快去套马！"

"好嘞少爷！"

高忱系好帽绳，急步走出。正午耀目日头下定睛一看，这哪还是那个高府的文弱书生样的少东家，长身阔步，气宇轩昂，脸面早已换上健硕的麦色；背手沉静而立，半眯着眼，丝毫不避骄阳。不时有拉车挑担的货贩子顿足恭敬唤一声"高掌柜"，间或一两个驱马而行的富商高声招呼，他都一一笑过。

高忱来到这个山洼小镇已三月有余。那日他毫不犹豫肯定回应师父后，却犹疑如何向父亲交代。待师父称他自会前去通融后，三日后清晨，高忱便随师父乘马车来到这里。路上，师父告诉他这小镇本因循自然物候，四季的丰盈物产源源不断地由农人运送出山。然而周边的城镇自镖局车马通行普及后，山中路途遥远驱使客商寻找便利之地，而农人也无力包办贩售，这个地方便日渐衰落下去，与外界沟通愈加稀少。

"你说你想要走镖行江湖，那么就此开始，你如何通达交通，救活这个山镇？"

一路颠簸到达镇上时，未经过度开发的淳朴山野让见惯水乡繁盛景象的高忱新奇不已。同时他却也感受到，这个小镇冷清得在街道上难见一辆马车路过，让人疑心其从前是否真的盛极一时。

师父领他在镇上绕了一圈后便离去，约定一周后在城门相见。高忱初次离家远游且被寄予如此厚望，内心自然激动不已，却也带有些紧张忧虑。他与宗平继续在街头游走观察，寻找可能的突破口。在城中心，一块斑驳脱漆的木板吸引二人全部注意——那竟是一处镖局！原来，这城镇本就有自己的镖局，却早已是人去楼空。

"不如，就以此处为起步吧？"

车马队伍二十有余；小至脚夫挑头大到账房管事，几乎占了全镇男丁的一半——大部分都是出外谋生，听到高忧有意传出的风闻回来的后生人。"势孤取和。"在两人合力重置一新的镖局里落座，师父开口说了第一句话，"围棋动一子而牵全局，既是易被破解的要害之处，却也是联通全脉、谋篇设局的良机。天时地利，要紧是人于其中。你说这镇上没有人气、没有商贸往来，首要讲究个'人'字。缺人手，镇上流失的就是人口；缺人脉，寻回原来的居民，自然也会打通你想要的渠道。"

高忧明了于心，开始到镇上有影响力的人家走动，才知大家并非不愿做好这利人利己的陆运，只是耗费太大、劳心费神，镇上有点门路的年轻人都想着外出谋求发展。他挨家询问时巧遇上一白姓青年男子，提着铺盖卷正准备趁着爽利天气赶路到外县去。了解完高忧的来意后，这个七尺男子直言不讳，吐露心声："谁都不想一辈子困在这山路十八弯的小地方啊。"听罢，高忧更觉师父所言极是，首要是凝聚起全镇人的力量，方能真正让大家合力重振这里的商业交通，复现曾经的繁荣。

高忧以这位颇为热心肠的白姓青年为突破口，请他来帮忙打理这个新开张的镖局的日常账务——他是镇上为数不多读过几年私塾、受过教育的年轻人。这个说服的过程自然费了高忧一番口舌，连宗平都吃惊于他家少爷从来没有过的热情和耐心。有了镇上人做帮手，高忧的计划也推进得比较顺利，大概是也抱着想要看到自己家乡繁盛起来的想法，陆陆续续有些原是打定主意要外出的人留了下来，成为新镖局中的一员。也不乏一些冷眼村民，等着看热闹："一个毛头小子，能做出什么花样！""想的总是很好的……"

高忧倒是没怎么受干扰。一方面不想辜负师父对自己的期望；二来他心里也是堵了口气儿，想着要做出点成绩给父亲看，自己到底是不是块走江湖的料子。心里有股劲头，事情自然也很快就绪妥当，镖局风风火火地开办起来。

孰料烦心事也随之而来。高忧渐渐发现，一开始乐意到镖局请镖师的乡民商贩，慢慢都不再来了，连对当地优质货源赞不绝口的东海客商也在两次交易后没了音讯。高忧百思不得其解，好歹自幼耳濡目染自家镖局周转运营之道，也有坊邻三四长于待客者热心打点提携；扪心自问，自己并无任何待人不周、行商不诚之处。他觉得自己的才算是真正遇上困难了。

开口向父亲这个老江湖求助，高忧自然不愿。可人生地不熟，师父探过几次后便不见踪影。虽说师诲"慎勿轻速"，可思前想后，他和宗平看着门庭日渐清冷是急火攻心。

这日宗平牵马外出替他少爷办事。一星期未见日头的马儿一出马厩便野了性子，力大如宗平都勉力没被拽走。

"呦哈——"正当他满头大汗控制缰绳时，有些浑浊的吆喝声震进空气里，把他吓了一大跳，连马也被慑住了，一时有些微微紧绷的安静。

街对面，缓缓走来一位盘着利索发髻的大娘，挽着有些陈色的竹篮，笑："小伙子还不如我这个老婆子一嗓子啰！"

宗平早对此地老一辈人熟知的驯马技术有所耳闻，却是头一遭亲眼看见，心下叹服。简单交流后，宗平得知大娘就住在隔壁深巷，每日来去也是看着他们的镖局忙碌。几分好奇，几分欲言又止，宗平急着赶路送信，便匆匆告别。

日落山头，最后一抹霞挥开彩岫，宗平牵着奔忙一天的马慢慢踱进门，疲态尽显。柜台边的太师椅上，高忱百无聊赖，撑着头昏昏欲睡。

汇报完一日奔波所得，宗平长舒一口气，伸手拿起茶碗想痛饮一气。忽而就想起今早短短照面的大娘，便跟高忱提起。

"这位大娘，一直住在这镖局旁？"

"是啊少爷，临走她还想跟我说这里原主子的事儿呢。"

高忱沉吟片刻，拍案："明日一早，去拜访看看！"

次日，高忱二人前脚刚踏出镖局门口，就望见街口扛菜担急促拐出来的大娘。高忱急忙迎上去，"大娘！"宗平手快，利索接过有些分量的竹竿，朝她又是憨憨一笑。

"你就是新开镖局那小伙吧！"大娘眯眼，笑着拿起草帽煽风。

"正是晚辈。晚辈想请您到镖局里头坐坐，不知大娘您是否方便？"

毕恭毕敬让座，高忱亲自给大娘斟茶。水灵紫胖的茄子、翠玉青嫩的菜苗依偎在菜担子里，靠在脚边，和一身朴素布衣的大娘十分契合。大娘自道人称其"容嫂"，开口说的话也是简单明了，年岁给予的见闻让她能事无巨细地叙起这座小镇、这个镖局。当大娘还是高忱这般年纪时，镖局也正热热闹闹地由一群后生办了起来，却也是没出半年便门前冷落鞍马稀，重置者也都无一例外吃了个"闭门羹"，这里便日渐萧条下去，无人打理。

"你这般原样鼓弄，这儿的人当然都不乐意帮手啦！"

高忱陷入沉思。大娘提到自己原本做些山货买卖的儿子也不愿意继续靠这镖局的运力干些小本生意了，"出山口绕城大半圈，还只能占街市道儿过，车夫又不麻利，生意没开张呢就先耗上一大笔！"

他心头一动，问道："大娘，您能和我说说这城里头的位置、各条街巷具体是什么样的吗？"

大娘条例明晰的话语给高忱展开了一张地图。他猛然发现，自己虽然来时第一日便和师父在车上慢慢逡巡一周，但毕竟是走马观花，自己根本没了解这座山城的面貌地势。山洼里的小镇，并不是团块而围，沟通外界的要道顺着古河道蜿蜒出去，当地人沿袭祖辈傍水而居的旧时基底在大路两旁发展起一片片错杂的村居，整个小镇大致显示出一个长柄茶壶的形态，而镖局正坐落在茶壶肚子中心。

"靠山地少人多，哪有专修一条道让给车马！只好人、马一起乱跑一气。"

大娘还有声有色地描绘当年建成的盛况："所有人啊，都说这是利了全镇人的事——坐在正中心，哪哪都是行方便，商贩也多呀！"

高忱却不这么看。他想："虽说是在中央大、小道都通达方便，但这却没有料到外运时的情景。看似是能引来镇上客源，但忽略了更为繁重的运输任务。人马同行在往来集市上，距出城驿道又有不少距离，加之镖局统一出镖的规矩让车队更是混乱无比，根本无法保障运送。"

忽而一念又起："那日师父让棋九子，我仍旧落败，正是因我贪图一块中盘空地，'金角银边草肚皮'，我因此放弃官子失掉一角，满盘皆输。'弃子争先'，'舍小就大'，如若这镖局只为'方便客商'而不顾交通继续据在城中央，这不就成了那个不必要的'子'和'小'吗？"

思及此，高忱不曾犹豫，即刻拍案："宗平，明日我们便去驿道口看看罢！"

两年后。

当年的村落依靠发达的商贸早已成了一个四通八达的城镇，迎着各方商旅，还有慕名前来讨生活的或年轻或年长的人。初始高忱带着热心镇民在驿道旁夯地基、起镖局的时候，不解声、嘲弄声舆论喧哗。但在镖局生意日渐兴旺、城镇居民生意渐好以后，尝到甜头的乡民们都又惊又喜，一改之前抱怨高忱两人浪费人力财力的口吻，见面无不心悦诚服，道声"高掌柜"。各色人等把这里经营得有声有色，恰如交错相通的山路，密密麻麻、来来往往都是鲜活滚烫的生命，和不断创新镖局经营的高忱一样，永远沸腾在路上。

高忱已从稚嫩少年长成一个成熟稳重、独当一面的镖局掌门人，高老爷欣慰不已。在高忱带着重振一地镖局的自豪感回到和武镖局后，父亲才告诉他真相：他的师父其实本是高老爷给他找的授课老师，其人行踪成谜，当地人只知其来自京城，学识渊博。高父与他只是偶然结缘，诚邀其训导自家顽劣成性的小儿子；不想两人巧遇，先前就在外见过一面，便如此顺水推舟。

"爹，那我师父究竟是何人？"

"唉，这就是你爹我的心头憾了。他提点你做好镖局，想来是看你能独立之后，就来过我们高府一次，饮一壶茶的功夫便走了。我原只当是告知我你的情况，不想……你师父他再也没来过，我便无从得知。"

"真的没有人知道他是谁吗？"

"坊间传言很多，唯有一言最为可信。"

"是什么？"

"你师父，复姓公孙。"

　　临湖的茶楼底座人声喧哗，热闹非凡。不同的口音错杂在一起，恰如好戏上演，演绎着各异的人生。

　　顶层视野开阔处却离闹市杂音很远，断续还有山林鸟鸣阵阵，远望则是山城独有的翠色起伏，连缀成一幅画卷。凭栏而立，极目远眺也颇有一番"更上一层楼"的感慨。容嫂和千里迢迢返乡归来的儿子在镖局旁开了这家茶楼，生意蒸蒸日上。长衫短褂，罗缎麻衣，来者是客，一盅盅精细茶食里盛放着疏通血脉后的小镇的包容热情。高忱也是常客，容嫂总会在他固定帮衬的日子里给他留下风景最佳的顶楼雅座，答谢他为此地乡民所做之事。

　　这日也如寻常。谢过堂倌小二，高忱独自一人斟了一壶茶。淡淡褐色的滚水携着幽幽茶香倾入一个青瓷盖碗，一炷香丝丝缕缕。不急用点心，高忱脸色淡然沉毅，临着雨后黛色青空，似看非看。

　　……

　　京城。

　　宫内，大殿外。

　　诵经声笃笃庄重，文武百官无不肃立，面带哀容。

　　一袭黄色龙袍走近，天子沉默走到老住持前，不语。悼词至逝者生平时，一片寂静中传来一阵碎碎珠玉碰撞响，竟是皇上当着朝臣、当着万民跪在中央，满朝震动。

　　"皇上，使不得，这可万万使不得呀！"

　　"寡人跪送恩师，有谁敢拦！"

　　皇上情绪激动，掩不住的是满腔深沉哀思。无人再敢上前劝阻。只听得主持法事人的平平语调。

　　"……公孙止，当朝帝师，辅佐天朝三代……'围棋七诀'为其所独创，集其平生棋学之大成……盛世之师，实乃其人。"

　　挽词声声低回，缅怀。

　　……

　　青山苍翠连绵。

　　案头仍是那简单的黑白二色，从未改变。

　　高忱垂眸执棋，摆开一局。向着万里长空，对着无穷远景，他微微抬手，示意做请。

酱园

酱园是一个隐于山林的小村庄。这里没有四通八达的街道，只有村民们走出来的窄窄的小路。这个村庄四周被一座座小山环绕着。虽然远离城市，没有霓虹灯，没有高楼大厦，可这里一点也不荒凉，反而充满了生机。山包上原本斑驳的土地都被这里的村民用花草树木装点起来了。这个村子有水有电，可就是没有市场。他们每天的食物，都可以从小山包上获取。这个小村子名叫"酱园"。他们世世代代居住在这里，以制作酱为生。他们这个村子也因酱而闻名。

这附近的小山包啊，可是种满了各种食物。春天，小山包的平地上都染上了桃花的粉白。微风轻轻吹过，落下一树繁花。粉白色与青草地交相辉映着，远处黛青色的山峦在远方若隐若现。洒脱得爬山桃树的枝丫，折下三五枝梅花，放在桌前。桃树的枝干上还留有许多美味——桃胶。桃胶是深黄色的，附着在深黑色的枝干上，在阳光的照耀下，泛着淡淡的光泽。把桃胶从树上摘下，洗净，放在罐子中储存。桃胶可用来煮糖水。在锅中放入桃胶，银耳，和红枣，一起烹煮。等到桃胶融化，成为糊状，再加入枸杞和果干一起炖煮。没过多久，一碗"桃花泪"便煮好了。一勺喝下，桃胶的厚重、银耳的清甜与红枣枸杞的甜味融合在一起。春天的味道就是带着香甜的吧。

初夏时节，山里依然凉快。大雾之中，辛夷花开了。小山包上的辛夷花并不多，不过三四棵而已。辛夷花开花时，叶子全部落下，只剩下粉紫色的花朵。辛夷花的树枝并不高，伸手便可够到。用手折下花朵，放在背篓之中。骑上一匹小马驹，踏着铃铛声回家。采下花瓣，洗净。把花瓣和冰糖放在锅里一起熬煮。同时，揉上一团面粉，把煮好的馅料紧紧包裹在面粉中，一些个辛夷花饼便做好了。辛夷花还可直接食用。配上香葱，青瓜，萝卜丝，卷上一层辛夷花瓣，沾上些许的辣椒，一份辛夷花卷便完成了。将辛夷花切丝，配上香葱，鸡蛋，下锅去炒。一份辛夷花煎蛋便出炉了。花的清香可以解初夏时节蕴藏的闷热。辛夷花还可烘干，用作泡茶。花的清香正好可以解夏天的窒息般的炎热。

秋天，是属于柿子的季节。从树枝上剪下一串柿子。鲜艳的橙黄色点缀着墨绿的枝头。拿上一把小刀，小心地把柿子薄薄的皮削去，但不要把柿子柄摘去。把柿子像小灯笼似的拴在一条长长的绳子上。再把绳子悬于房梁之上晾晒，这被当地人叫作晾柿。被削下来的柿皮也要晒干，另做他用。晾柿子最重要的便是等待。等待柿子慢慢被大自然所改变，创造出新的口感。村民们在晾柿子的时候时常要去捏柿子，看看柿子是否具有了韧性。晾完柿子后，村民们把风干了的柿饼取下，去柄。在事先准备好的木桶中放入一层风干了的柿子，再铺上一层晒干的柿皮，密封存放一个冬天。这个步骤被当地人称之为"梧霜"。经过一冬的霜冻，吊柿饼就做好了。轻轻咬上一口，柿子丝丝缕缕的果肉在齿间辗转。软绵的柿子被赋予了韧劲。

寒冬腊月里，总少不了吃点滚烫的和热辣的去暖暖身子。平常被人们忽视的红薯有了用武之地。在深秋时节挖上一箩筐的红薯，背到河边去洗涤。红薯在冷冽的小溪中褪去了身上的泥衣裳，露出了暗红的颜色。把一两个红薯扔进自制的面包窑中烘熟。红薯自带的天然的香气扑面而来。把红薯放在桌面上滚上一滚，皮和肉就分离了。鲜黄的红薯肉急切地挣破皮的桎梏，探寻外面的空气。在雪中吃上香甜软糯又热气腾腾的红薯，是何等的幸福啊。多余的红薯还可以用来做红薯凉粉。用一个大的姜擦去磨红薯。原本大块的红薯被擦成丝，在水中泛出了奶白色的涟漪。之后，村民们要不断地进行洗粉，滤粉和沉淀。两次之后，将成糊状的物体放入锅中，进行水煮。等糊状物逐渐黏稠，便将它放入盆子中晾干。在食用之时，把成型的凉粉切成条状，拌上辣椒酱，花生米，香葱和香菜，一碗红薯凉粉便做好了。爽滑弹牙的凉粉和着细碎的辣椒籽，香脆的花生米放入口中，一股热流迅速传遍全身，寒冷便不复存在了。

村里有两户人家做的酱是最受欢迎的，一户是陈家，一户是李家。李家擅长用花做酱。李家有女，名叫子珊。子珊长得如门前的玫瑰花一般娇艳，她被村里人称为"玫瑰西施"。陈家养鸭，擅长做蛋黄酱。陈家有一个儿子，名叫"祺鸿"。陈家和李家是世交。子珊和祺鸿从小便在一起长大。据村民们说啊，子珊和祺鸿可是订了娃娃亲的。每次村民们看待子珊和祺鸿走在一起，都会起哄似的说一句："你什么时候娶媳妇啊？"两人都羞红了脸，匆匆忙忙低下头，往不同方向去了。子珊和祺鸿的父母都外出工作了，家里只留下爷爷奶奶。家里的作坊就留给年轻一辈去打理了。陈家和李家的作坊是靠在一起的，两人在作坊里工作的时候常常能遇上。

这年五月，玫瑰花开了。这里的玫瑰与外面艳红的玫瑰不同。这里种植的多是食用玫瑰，颜色虽然没有大红色的鲜艳，却也显得柔和不少，少了些带刺玫瑰的尖锐。子珊看着门外的玫瑰花开得正盛，想到了祺鸿。家里的花园里玫瑰花多，要不要邀请祺鸿一起来家里吃花呢？祺鸿的家就在不远处。初夏的微风似乎有种神力，莫名地推着子珊往祺鸿家的方向走去。

"扣扣扣，阿鸿，你在家吗？家里的玫瑰花开了，要不要一起来做点心啊！"子珊熟练地叩了叩门环，站在门口说道。"哎！好啊，我稍后就到！"祺鸿的声音从门里面传出，似乎带着些激动。子珊听到祺鸿肯定的回答后，偷偷在门后面笑了。她得赶紧回家去准备些食材，不然一会该手忙脚乱了。蹦着跳着走进自家的花园里，嘴角的溢出的笑意浇灌着花园里沐浴阳光的花朵。将头上的帽子摘下，帽子里有个深深地凹槽，正好可以用来盛花。粉色的花朵映着子珊粉红色的脸颊。把篮中的花朵放在池子中，柔软的花瓣在水中舒展着身躯，抖落身上尘埃。水流的力道偶尔会带走一片花瓣。粉红的花瓣顺水漂流，带去似有若无的清香。洗好花朵后，准备上些红糖、蜂蜜、糯米，准备工作就做好了。这时看到祺鸿的身影出现在小路上，子珊连忙把厨房收拾干净，准备迎客。

"扣扣"，是祺鸿敲门的声音。"来啦来啦！"子珊整理了一下头发，赶紧过去开门。"阿鸿，你来得正好，我已经准备好啦！可以一起做好吃的了！"祺鸿把带来的两罐蜂蜜放在桌子上，熟门熟路地走进厨房。"上次来的时候看着你家的蜂蜜不多了，给你带了些来，用得上。"祺鸿看着看着桌上铺满的玫瑰花，若有所思。

"阿鸿，你想做些什么吃的呀！要不我们做玫瑰花酱吧，做好了你就拿回家和着面包吃，怎么样？我还想做点玫瑰花酒，可香了。""好！那我帮你去洗糯米，蒸糯米。""好嘞！"子珊望着桌面的玫瑰花，匆匆跑到客厅，拎回了祺鸿带来的蜂蜜，"用你家的蜂蜜做玫瑰花酱，一定可香了！"

子珊把玫瑰花的花瓣摘下，放入陶缸中。再从储物柜上找出一罐红糖，洒在玫瑰花瓣上。花瓣沾上了些许红糖的红棕色，多了些深沉。要想花香与甜香结合，还需一个重要的步骤——揉花。把缸中的花瓣和红糖搅拌均匀，用手去揉花，抓花。花瓣在红糖和手的摩擦下，变得皱巴巴的。花瓣紧贴着红糖，渗出些许紫红色汁液。等到花朵和红糖不再分离，就可以倒下蜂蜜了。在嫩黄色的蜂蜜的浇灌下，缸中的花瓣显得十分香甜。有一两只小蜜蜂受到了香甜味的蛊惑，飞进厨房，想要探寻香味的来源。这时，整缸的玫瑰花酱就要密封起来了。"阿鸿，这个刚做的玫瑰花酱你拿回家去吧，要记得等上三个月才能吃哦。""嗯"祺鸿正准备把蒸好的糯米和玫瑰花瓣混合。"我帮你弄些酒曲吧，你先忙着。"子珊看着在厨房忙着的祺鸿，感觉屋子里有了温度。平常一个人在家忙着，虽算不上无聊，但终究还是有些孤单。把酒曲捏碎，装在小碗中，按比例加入纯净水。现在就等祺鸿把花瓣和糯米混合了。子珊走进厨房，看到原本装着糯米饭的蒸笼上多出了一座用花瓣堆起来的粉红色的小山。子珊赶忙把酒曲递过去。酒曲撒下后，就需要把糯米和花瓣进行混合。偌大的蒸屉显得人的手如此渺小，这小山似的花瓣不知何时才能混合完。子珊看着祺鸿的汗水顺着黝黑的脸颊流下，帮着他一起把玫瑰花瓣搅拌进米饭里。一黑一白两双手在蒸屉中上下翻动，此时的厨房只剩下微弱的风声和昆虫们扇动翅膀的声音。米饭很快就拌好了，花瓣密密麻麻地点缀在糯米上，散发着独特的香味。祺鸿把混合好的糯米放入缸中，把米饭摆成圆环状，再用筷子去戳密实的糯米饭，给米饭留下呼吸的空隙。最后，往缸中加入水，密封。等上三到五日，便有香甜的玫瑰酒可以喝了。"玫瑰酒做好了，让它发酵个三五天就好了！"祺鸿用衣袖擦拭着脸上的汗水，露出了开心的笑容。不知不觉，太阳已经偏西了，忙活了一天，肚子也饿了。子珊有些愧疚，祺鸿来了这么久，却忘了给他准备些吃的。

"阿鸿，你先去客厅坐会，我去给你做点吃的！"子珊把多余的玫瑰花收拾出来，淋上奶油。把家里的油锅烧热，把花放下去炸。没一会，炸玫瑰花就做好了。一阵浓郁的奶香冲出了厨房，传到祺鸿的鼻间。子珊把炸好的花端出来，放在祺鸿面前。拿筷子夹起一朵，放在嘴中。酥脆的奶油和花瓣散落在舌尖，花香解了奶香的油腻。"好吃吗？"子珊期待地问。"嗯，好吃。你真的很会做花哎。什么都可以拿花来做原料。"祺鸿一边吃，一边点头。子珊看祺鸿埋头吃的样子，很想把一朵花放在他头上。

"那我走了。"祺鸿吃上几朵花，起身就要离开了。"这就走啦！你要是过几天闲着记得来我这喝点玫瑰花酒，哎，对了，玫瑰花酱记得拿，别忘了。"子珊椅子上站了起来，搓了搓手，有些局促地对祺鸿说。

夕阳炽热的余晖把人影拉得老长。子珊站在自家木门前目送祺鸿离开。夏日的风总带着恼人的闷热，小村庄经过一天的劳动又进入了休息的状态，一切都是柔软又宁静。

到了夏末，嘴巴总感觉少了些味道。夏日里，吃肉过于油腻，多吃了些蔬菜瓜果。天气渐凉，吃清淡的食物反而觉得孤寡无味。这时正缺一勺甜甜的，沙沙的蛋黄酱。这时，祺鸿家也差不多该做蛋黄酱了吧。正想着，祺鸿便来敲门了。

"家里做蛋黄酱了，过来一起吃吧。"祺鸿的脸上染上了两片红霞。"好，我现在就去，我可想你们家的蛋黄酱了。"子珊循着声音飞快跑过去，赶上祺鸿的步伐。清晨的阳光还是那么热烈。盛开的花上总少不了蜜蜂蝴蝶的盘旋，明净的天空上偶尔划过一只飞鸟。拥有这样的早晨，真好！

"家里这时候不是应该在孵鸭蛋吗？"子珊在园子里四处寻找着鸭蛋的踪影。"上一年的鸭蛋腌的时间比较长，所以现在才开始做。今年的鸭蛋刚刚开始孵呢！"祺鸿走进屋子里，给子珊递了杯水。"今年的鸭蛋是不是也是母鸡孵的呀？那只母鸡在哪呢？我想去看看。"子珊想到上一年来祺鸿家时，那只母鸡委屈地蹲在雪白的鸭蛋上。那只母鸡知不知道它孵的是鸭子呢？每每想到这，子珊就情不自禁笑出了声。"母鸡在后头的院子里呢！"祺鸿说完后，子珊便好奇地向后院跑去。

母鸡乖乖地蹲在草垛上，身上沾了些稻草，身下整整齐齐摆满了鸭蛋。母鸡的眼神呆滞地望着前方，有些凄凉。见到有人来了，也不动，只是眨了眨它圆圆的眼睛。子珊摸了摸母鸡身上羽毛，便笑着离开了。这只母鸡或许觉得在孵自己的孩子吧。

熟练地走进厨房，便看到祺鸿正在洗鸭蛋。刚刚腌好的鸭蛋身上都糊上了一层厚厚的"泥巴"。可做这泥巴是有讲究的。先去山上收集一些泥土。拿个大木盆子把泥土装起来，加水混合，搅拌一会后，往盆子中加入盐。雪白的盐的撒入丝毫没有使泥土变白。有了盐的干预，泥土变成了坨坨的形状。之后再往泥土中加入草木灰和白酒，这样，腌制鸭蛋的"泥巴"便做好了。子珊过去帮祺鸿把大缸里面的鸭蛋一一拿出来，洗干净。在水流的按摩下，泥土从蛋壳上滑落，又露出了雪白的皮肤。祺鸿从厨房里找出了一个稍大的锅，准备用来盛放鸭蛋。轻轻敲开蛋壳，呈半透明状的蛋白散落在铁锅中，油亮的金黄的蛋黄悬浮在半透明的蛋白上，显得格外诱人。太阳逐渐爬上天空，鸭蛋黄在太阳光的照射下显出了波光粼粼的样子。子珊用筷子小心翼翼地把蛋黄从蛋白中夹出来，放在瓷盘中。在蛋黄上喷洒上白酒，就可以放在烤炉里面烤。祺鸿家的烤炉是自己搭建的，是个小熊的形状。祺鸿把子珊挑出来的蛋黄放在烤炉里面烤。烤炉里还有木头燃烧的热度，祺鸿的手一下子被烫到了。"阿鸿，手怎么样了？没事吧？我去给你找点冰块吧。"子珊看着祺鸿的手被灼热的灰烫红了，有些焦急。"没事没事，习惯了。等个15分钟，蛋黄就好了。去屋里喝口水吧，忙活了这么久，歇歇吧。"祺鸿看了一眼被微微烫红的手，便把手插进了口袋里，并没有太在意。夏末的风带了些秋天的清凉，风卷起了子珊铺在背上的长发，显得慵懒而自然。两人坐在沙发上，有一句没一句地聊着家常。

十五分钟就在指缝间悄悄溜走了。两人一前一后出了房间走向烤炉。祺鸿拿来一个小铲子，拿开烤炉的木板，一股浓郁的蛋香便涌了出来。用小铲子把装有蛋黄的小盘子抬出，上面的鸭蛋黄变得更加鲜亮，橙黄的外皮变得透亮，仿佛能窥见蛋黄里面的样子。

祺鸿找来两个小木勺，和子珊一起把鸭蛋外层的硬皮去除。小小的木勺在鸭蛋的外皮上旋转，仿佛在舞蹈。两人相对坐着，挨得很近，偶尔额头会在不经意之间撞上，两人相视一笑，便继续做着手上的活。把鸭蛋外面的硬皮一层层刮下，用木碗装着。原本带着光泽的鸭蛋变成了粉末状，少了些油腻多了些细腻。用勺子不断摩擦碾压碗中的蛋黄粉，直至看不见块状的蛋黄。做到这，蛋黄酱就快做好了。子珊看着碗里细细的蛋黄粉，仿佛遇见了蛋黄酱做好的样子。往木碗中加入剪碎了的海苔，芝麻和黑胡椒，然后搅拌均匀。这时祺鸿走进厨房，烧了些滚烫的热油，浇在搅拌好的蛋黄粉上。热油在碗中嗞嗞地冒着热气，泛起了一层厚厚的白色泡沫。芝麻的咸香，黑胡椒的微辣，蛋黄的鲜香在这一刻迸发出来。用小木勺把油和蛋黄粉搅拌均匀，一碗下饭的蛋黄酱便做好了。

"太棒了，今天可以换换口味了，有蛋黄酱吃了。"子珊看着碗里油亮金黄的蛋黄酱，兴奋不已。"我去外面摘些菜，等炒好了，我们就可以吃饭了。你先歇歇吧。"祺鸿去外面的园子里摘下几颗青菜和拔了一些土豆，等着一会炒菜用。把土豆放在锅里蒸熟，然后在锅里倒入刚刚做好的蛋黄酱。淡黄色的土豆在锅里穿上了新衣，土豆本身的味道和蛋黄的香味融合在了一起。等到芝麻，海苔都粘在土豆上的时候，这道菜便做好了。

蛋黄酱的灵魂在金沙拌饭中才能完全体现出来。在热好的米饭中浇上一勺蛋黄酱，成糊状的蛋黄酱顺着米饭间的空隙往下流，用勺子稍做搅拌，嫩白的米饭就染上了诱人的金黄的。单调的白米饭上又附着着紫色的海苔，米白的芝麻，可香了。等到每一粒米都均匀的沾染上蛋黄的颜色，一碗香气逼人的金沙拌饭就做好了。

祺鸿把做好的饭菜端出去，摆在子珊面前。稍显黏稠的米饭，炒至金黄的土豆以及嫩绿的青菜，在桌上稍显单调，却又不是精致。舀上一勺金沙拌饭，微咸的口感刺激着已经有些麻木了的味蕾，紫菜的柔韧和芝麻的香脆在舌尖交融。夏末正是缺一碗这样的米饭啊！

"子珊，我这个冬天可能不在酱园过了，我爸妈叫我出去看看。"祺鸿纠结着把心里的话说了出来，手指不安地搅动着衣袖。子珊正打算夹菜的手顿了一下。牙齿缓慢地摩擦着香甜的米饭，想让这香味停留得久一些。"你……什么时候回来呀？"子珊低着头，喃喃地说。

"我春天就回来。"

"那今年冬天就不能一起吃牛肉面了，我还想着冬天来了可以和你一起吃面呢。"

"那……"

"那你春天回来陪我做桃花泪吧，你去摘桃胶，怎么样？"

"好，等春天来了，我陪你一起做桃花泪。"

"夏天我还要喝玫瑰酒。秋天我想吃柿饼。"

"好。"

祺鸿鼓足了勇气，抬眼看子珊。子珊的眼睛里有一层金金亮亮的东西，在光的照射下，像星星。

"那走的时候，我送你。"子珊笑着对祺鸿说，眼里的光亮越来越多了。

"好。"

第四辑

言辞凿凿

一座孤岛　一出好戏

◎
李

洋

在暑气未散的夏末时节，一部备受关注的喜剧片终于上映了。这部影片就是由著名的演员黄渤自导自演的处女作《一出好戏》。

这部影片尚未上映便受到人们的广泛关注，上映之后更是票房可喜，成为2018年第12部票房"破十"的影片。导演黄渤没有辜负我们的期待，他以一种新颖的创作形式来编导这部作品，在影视界开了一条前人未走之道，让人为之眼前一亮。

同时，这部影片的主题也很耐人寻味，不少人在观影之后纷纷围绕这部影片展开了讨论。一开始，许多人都单纯认为这是一部商业喜剧片，可观看以后，他们表示，这并不是一部简简单单的喜剧片，而是一部具有批判精神、值得反思的影视作品。

这部影片以一个世界毁灭的背景引出了一群人在荒无人烟的孤岛上重建社会等级和社会秩序的过程，通过影片中引人入胜的故事发展，给人一种重走社会历史发展的感受。

影片的开始，一群人正在进行团工旅游的时候遭遇巨大的海难，被迫流落到孤岛。这时几乎所有人都以为世界真的灭亡了，他们是这次灾难的幸存者，他们要肩负起重建人类社会的责任。但是，在这群人中，有一个人一直都不相信世界真的毁灭了，他就是由黄渤扮演的"马进"。这一天可以算是马进的人生转折点，从来时运不济的马进，像往常一样核对中奖号码时突然发现自己中了6000万，想想自己在公司奋斗了这么多年都只是一个小小的员工，没有人瞧得起他，就连喜欢的人自己也从不敢去奢想。一想到拥有这6000万的奖金，自己就可以正式追求喜欢的人，可以出人头地，还可以咸鱼翻身，成为有钱人。

可是命运像是跟他开了一场天大的玩笑，一日悲喜的荒诞成为影片引人入胜的原因。就在马进高兴得在车上唱歌跳舞时，突如其来的灾难瞬间击碎马进的梦。影片中，彩票一直就是马进的一个心理支撑，在所有人都已经对外面的世界感到绝望，只想在这个荒僻的孤岛上生活的时候，马进没有放弃出岛的希望，一直在孤岛上寻找出路。有一回马进因为寻路而耽搁了采集野果，遭受了小王的毒打，而坚强的马进并没有因此退缩，他不甘心留在岛上，开始了自制木筏逃离小岛的计划。当他逃出岛在海里飘摇时，突然在辽阔的海洋里发现死亡的北极熊尸体，他开始怀疑这个世界是否真的毁灭了。回到岛上后，小王对他们进行了严酷的惩罚，即便如此，马进也不放弃出岛的希望。其中影片也以彩票兑奖日期作为影片的时间线索，串起了身份不同的人在岛上生活的点点滴滴。同时影片中还有一个重要的人物，他就是与马进同病相怜的表弟"小兴"。和马进一样，小兴也是公司里不起眼的小人物，其他人经常把他们两个作为开玩笑的对象。一开始的小兴呆呆傻傻的，很单纯，但是随着剧情的推进，我们能感受到这两个人物性格和心理活动的复杂变化。

这部影片是现实主义与魔幻主义的结合，在世界毁灭的魔幻色彩下真实讲述了一群人在孤岛上的生活，它将两种完全不同的写作手法结合起来，使得影片的内容不仅充满了传奇神秘的色彩，而且展现了现实社会中不同身份人的生活，让人们真的是看了一出好戏。

在这部影片中，我们最能感受到的是在孤岛上，一个群体中人际关系的复杂。要分析这种现象产生的原因，我们当然还得从社会层面去寻求答案。在荒僻的孤岛上，我们重回大自然，在这里没有便利的电器，没有所谓的购物超市，一切东西的获取都需要依靠自身的努力，没有劳动就没有收获。我们能感受到社会突然倒退，人们重新回到了原始社会的生活方式，在人们物质资料没有得到满足的社会背景下，生存能力强的人就能成为一个群体的领袖，带领人们获取生活中必需的物质资料。但是这个社会的生产方式是落后的、生产力是低下的，从影片中我们可以发现原始生活方式的不足，这种社会生活方式充斥着暴力和野蛮，很难产生出现代文明。

于是，在社会矛盾激化的时候，另外一种生活方式又产生了，这种生活方式就是"张总"所代表的资产阶级生活方式。他在物质资料充足的情况下制定了一套严谨有序的社会秩序，在这种秩序的指引下，人们可以在生活中享有充分的自由和乐趣。那么两种不同的社会制度同时存在会引起许多的矛盾冲突，在影片的后半段，两种不同制度的人群发生了多次的斗争，打得你死我活、不可开交。而我们的主角马进和小兴用自己的智慧和长处，先是用食物换取人们以为已经没有用的电子产品，再通过手动发电将人们的手机充满电，利用人们对家人的想念，通过交换卡牌来见一见自己的亲人。马进两人获取象征权力的卡牌，权力一下扩大，成为另一个有能力的群体，但是他们不与另外两个群体正面交锋。

　　而就在另外两个组织斗得两败俱伤的时候，他们迅速站起来，在巨大的旧轮上发表了一番激情的演说，获得了众人的支持。他们建立了一种理想社会的社会生活方式，这种乌托邦的生活方式给人们带来了幸福和自由，两人通过这件事获得了所有人的尊重和爱戴。

　　也就是在这时，影片发展到达高潮阶段。从前一无是处的马进两人，如今在这个孤岛上拥有极高的地位和权力，但是当他们发现经过的邮轮时，他们意识到外面的世界依然存在，这意味着他们可以重新回到原来的社会，不过对于马进两人来说这却是个极难的选择。出于良知，他们可以告诉大家有机会离开这个孤岛，然后就可以回去和家人团聚；但从个人利益出发，他们也可以不告诉大家外面世界依然存在的消息，这样他们就可以继续享受在这个岛上所拥有的荣誉和权力。在复杂、激烈的心理斗争下，战胜私欲的马进决定通过大火让大家离开孤岛，重新回到原本的生活。

　　这是人性之间差异的拉大以及人类道德和自私本性之间进行的博弈。

　　在这部影片中我们能够感受到导演黄渤对于人性、欲望和权力的拷问。影片从三种不同的社会形式的交锋中、从各个来自不同社会阶级的人们的互动中、从极限环境下人性的变化中，反复展露人性的丑恶与美好，使我们不由进行反思，并最后有所感悟。

　　作为一个资深的实力派演员，为了拍好这部电影，黄渤花了超过三年的时间进行电影创作，在演员服饰和拍摄场景的选择上花了很多心思，对其中的电影细节也是格外注意。黄渤的刻苦用心让这部影片没有辜负我们的期待。他凭着自己的经验和坚守，利用125分钟的时间给我们展现了一部带着强烈批判意识、让人印象深刻的作品。

　　这样与众不同的构思，这样用心良苦的导演，利用一座孤岛和一群人展现人性的美丑，使得这部电影不失为一出精彩绝伦的好戏。

悲悯之光　照亮浩渺星河

——读宫泽贤治《银河铁道之夜》

◎ 朱俊洁

　　小说《银河铁道之夜》是日本童话作家宫泽贤治的代表作。身处动荡时代的日本，宫泽贤治对劳动人民怀着沉痛的怜悯之心，以诗意的语言讲述了一个绮幻、瑰丽而又饱含孤独与悲痛的幻想故事。

　　《银河铁道之夜》创作于昭和时代。此时的日本政府出于对外扩张的野心对内疯狂压榨剥削，国内一片民不聊生的局面。身为一名农业指导家，宫泽贤治近距离了解到了底层劳动人民凄惨的生存境况，再加上其本人的佛教信仰，使其作品《银河铁道之夜》呈现着强烈的现实色彩——将作者在创作时所怀有的"面对苦难牺牲自我、救赎他人"的情感内核深刻展现，成了《银河铁道之夜》诞生的使命。

　　故事的主人公乔班尼是一个出身贫苦、天真善良的小男孩。在镇子庆祝银河祭的当晚，乔班尼偶然坠入一个神奇的梦境：在梦里，他和自己最好的朋友康贝聂拉一同乘上行驶于星河之间的火车，展开了一场游览银河的旅途。在旅途中，他们遇见了孤独的捕鸟人、告别了奔赴天堂的青年与姐弟、跟随众乘客虔诚咏唱圣歌……这些神奇的见闻或新奇有趣、或悲伤凄婉，两名男孩时而兴奋欢笑、时而默默流泪。

　　两名孩童游览于灿烂星河之间，这本该是令人欢喜的展开，忧伤与孤寂却是整个故事的基调。男孩们的惊奇与兴奋固然充满童真的欢快色彩，深不可测的孤独感却紧紧伴随着他们，某些耐人寻味的暗示透露着令人痛心的真相。故事到达了尾声，神秘的孤独感终于结束了隐伏，直白残忍地道清了一切：康贝聂拉突然从火车座位上消失不见，紧接着是独自一人惊醒在山坡上的乔班尼。回忆着梦中的景象，乔班尼抬头行走在满天星河之下，返回镇子，却得知康贝聂拉为挽救溺水的同学已淹死在河中——梦境结束之际，康贝聂拉正是去了天堂，童话般浪漫的星河列车竟是连接生死两端的桥梁。为拯救他人，康贝聂拉凄惨又伟大的丧生鲜明地诠释了小说"自我牺牲"的主题，整个故事在思想深度上就此实现质变。宫泽对黑暗现实的强烈不满以及"实现全体人类共同幸福"的终极理想目标，为一代又一代读者带去精神的抚慰与震撼。

凭借高超的幻想力与丰富的自然科学知识，宫泽对宇宙星河的梦幻描写令读者心驰神往、浮想联翩。宫泽富于童话气息的笔触如同儿童玩耍的七彩弹珠——澄澈透亮如梦一般空灵、流光溢彩如彩虹般炫目，最重要的是融合了孩童特有的纯真与灵动。宫泽对银河幻境的建构融合了自然科学、神话传说、宗教哲学等多个领域，呈现出强烈的浪漫色彩：熠熠生辉的天上原野、在银河河岸上挖掘化石、双子座神殿与天蝎之火、南十字星站的巨大十字架以及对其祷告的乘客。诸如此类的绮丽幻想色彩斑斓、光影交加，却又始终保持着宁静和谐的主基调。在具体的描写手法上，宫泽善于运用生物学、矿物学等自然科学知识，并且充分描写光与影的变幻，从而贴切地展现出了银河宇宙的色彩斑斓、光辉四溢，以及幻想世界的超现实氛围：将耀眼白光比作亿万只荧光乌贼的光芒；"比玻璃更通透、比氢气更透明"的银河水；若隐若现的龙胆花如同黑夜中温柔的磷火……

上述梦中幻境并非仅仅展现美好，而是与惨淡的现实形成鲜明对照，二者构成一个有机整体，阐释着《银河铁道之夜》所具有的强烈现实意义。在乔班尼坠入梦境之前，宫泽有意刻画了他凄苦的生活：母亲病倒卧床，父亲在外不归，在学校受到同龄人的嘲笑，作为童工辛苦劳动，唯一的快乐便是挚友康贝聂拉的关怀。身为孩子的乔班尼本应在无忧无虑中释放童年的活力，却终日徘徊在生活的困顿中。终于，这个孤独的灵魂在银河列车上体验了安逸与快乐，仿若受到了救赎，事实却并非如此。梦境的短暂虚幻已足够残忍，醒来后的乔班尼还面临着康贝聂拉的永逝。整个故事如月夜中无波澜的海面一般宁静，诗意平和的表象下却隐伏着深不见底的孤寂与失落，宫泽隐秘而又刻骨地展现了底层劳动人民生活于水深火热之中的尖锐事实。

尽管如此，乔班尼与康贝聂拉并未被现实生活的无情抹去天生的善意。面对因无法进入天堂而流露失落的捕鸟人，乔班尼希望他能得到真正的幸福，甚至愿意成为站在银河河滩上的白鹭任他捕捉，哪怕站上一百年。听完天蝎之火的故事，乔班尼与康贝聂拉约定，二人要像小天蝎那样，只要能为大家觅得真正的幸福，浴火千百次也在所不辞。

两名男孩代表了纯粹无杂质的真善美，他们通透的灵魂易为他人的忧愁不幸所感染，从而被唤醒了至真至诚的同情悲悯之心，面对上帝倾诉了自己为他人谋幸福的至高心愿，这正是《银河铁道之夜》的情感内核：企图为全人类谋取幸福，就算牺牲自我也在所不辞的悲悯之心。面对着苦难和困顿，倘若被怨怼与不满支配，人必将滑向险恶的深渊。怀着悲悯之心互相扶持、互相鼓励，方能支撑人类走出黑暗，迎来光明与幸福。康贝聂拉在梦中暗示过自己并不后悔舍身救人，并于旅途结束之际去往天堂。而乔班尼返回现实后虽承受着友人离去的哀恸，却也听说了父亲归来的好消息。宫泽将隐痛铺满整个故事，却分别赐予两名男孩永恒的安逸与未来的希望，这正是他们选择悲悯、选择奉献后换来的救赎。

在自己的精神世界里，宫泽借最纯洁天真的孩童之口，于神圣的璀璨星河间一次次述说他始终践行着的"为全人类谋幸福"的理想信念，并将两名男孩由苦难引向最为崇高的精神幸福。这一历程庄严肃穆，充满理想主义色彩的宫泽将他的理想信念视为至高无上的存在，如同虔诚教徒对教义的崇奉。除此以外，在现实生活中，宫泽同样以辛勤无私的奉献践行着自己的信念。在短暂的人生里，他全心投身于无私的奉献，致力于农业改革与土壤改良，在农村任教、开办农业技术讲习所，后来又参与进扶贫救灾的工作中。出身于地主家庭的宫泽本可选择安逸，却毅然决然地走上了与农民同行的道路。于是，他因过劳而早逝于 37 岁。宫泽这令人钦佩的奉献精神与伟大人格，正是《银河铁道之夜》灵魂的根源。

无论时代如何变迁，《银河铁道之夜》所表达的对全体人类的悲悯关怀之心都具有永恒的价值意义。这份悲悯之怀在亘古不变的灿烂星空中闪烁着人性的璀璨光辉，足以照亮浩渺星河。

食之欲

◎ 刘
合

　　《绿化树》作为张贤亮的代表作之一，叙述了 20 世纪 50 年代末知识分子被误判右派后配发西北，在西北劳改营里接受劳动改造的故事。两则故事的背景皆为物质条件极不丰富，且政治斗争四起的年代。《绿化树》中着重描写了章永璘在饥饿的驱使下形成了对食物的强烈渴求，并在极端饥饿中被激发出动物性本能，不惜一切代价去占有食物。而《男人的一半是女人》中长期的政治斗争压抑了章永璘的情欲，激发他对女人的无尽幻想与欲望，同样表现了另一种形式的饥饿与动物性的占有欲。在这种极端"饥饿"下两位女人的出现似乎是"应运而生"，马缨花与黄香久分别以不同形式与程度的奉献精神满足了章永璘对于食物与情欲的欲求。

　　《绿化树》中的马缨花以能干淳朴且年轻漂亮的形象初次登场，镐粪时她对主人翁章永璘一声悠长婉转的"傻——瓜——瓜"或可以折射这个时期马缨花对这个面黄肌瘦脸色发灰的主人翁章永璘的怜悯与怜爱。这也博得了"我"对马缨花的好感，顿觉倍感亲切。尔后不久她便用"打炕"的借口邀章永璘在自己家里吃饭，并对主人翁的惊愕表态："你就款款地把心放到肚子里。"对于章永璘这个曾为饥饿绞尽脑汁乃至形同枯槁的知识分子而言，马缨花的举动无疑极大地满足了他的食物需求，同时马缨花也是"食之欲"的一种象征。

　　何谓"食之欲"？欲望是需求的另一种表达，食之欲不仅仅是作为食物的提供者满足人对食物的需求，更是一种女性为男性所占有式的满足需求，是男性的食物提供者与附属品一般的存在。章永璘对马缨花情窦初开正是源于印在白面馍馍上的那枚宝石般的指纹，以至于章永璘日后一见到白面馍馍就联想起指纹进而联想到马缨花。

　　作为食物提供者的马缨花不仅满足了章永璘的食物需求，也在很大程度上满足了他作为男人的尊严需求。从一定意义上来说，健康开朗又温柔淳朴的马缨花是传统中国女性的代表，也是满足男权社会下男性想象的一种存在。马缨花对知识分子的景仰心态，对相夫教子这一传统家庭模式的想象都正中章永璘的下怀，而在竞争中战胜海喜喜更是让他赢得了一种占有的快感。但，知识分子章永璘却能清晰地意识到自己的行为不过是一种占有，是男性对食物与尊严，被爱的渴求。原文借章永璘之口说出了他与马缨花的关系就像是落难知识分子想要霸占搭救他的善良女性。与此同时主人翁能意识到他们俩之间难以逾越的鸿沟，这种鸿沟来源于他强烈的知识分子观念，知识让他在马缨花心目中有了"家长"的地位。借用《人的境况》观点，知识让人有权利从家庭这一私人领域上升到政治领域，一个家庭里的大家长同样享受这一特殊的权力，这二者在无形中等同。因此这种类比让知识分子章永璘感受到了自己在马缨花那儿的地位，同时这种强烈的优越感让他心目中对一辈子扎根农村心怀一种特殊的芥蒂。爱是一种复杂且双方的情感，而非单纯的索取，依赖于需要。而他对马缨花的承诺似乎不是情到浓时立下坚贞不渝的海誓山盟，而是在谢队长和海喜喜甚至是更多人期盼的"理所应当"下，不得不对马缨花的示好做出回应的一种负责，是一种"施舍""给予"与"接受""回应"的关系。

而在《绿化树》中马缨花则以一种绝对宽容与奉献的姿态向章永璘奉献了自己，面对章永璘对结婚的执着，马缨花尽管疲惫却仍然答应章永璘可以现在就把自己的第一次拿去，并立下钢刀断头这般如此刚烈的海誓山盟。这种女性的献身精神与知识分子对女性的占有，或可以类比《乌泥湖年谱》中水兰与工程师洪佐沁的关系，甘愿献身的水兰哪怕在洪佐沁被组织批评时也主动提出"我去和组织解释，我是自愿的"。

正是这种无边的宽容与爱怜让马缨花具备了一种强烈的、理想式的母性光辉。主人翁"我"在她的身上不仅获取了食物的满足，也获得了爱的满足，男性尊严的满足。"我"在马缨花的爱抚与滋养下最终融入了劳动者的大家庭，成为他们中的一员。因此马缨花不仅仅是章永璘欲望与需求的满足者，她间接使主人翁获得了新生，也是"新的人"的塑造者。这或许可以解释为什么于离别黄香久相比，章永璘在离别马缨花后更多的是感受到一种怀念，并发自肺腑地感慨："人不能失去记忆，失去记忆也就失去了自己。"不过，马缨花的离别最终也只是换得了主人翁的缅怀与感谢，好比《小芳》的歌词，歌词中尽管表达了主人翁对小芳的无限爱慕与欣赏，然而最终也仍旧只能以"谢谢你给我的温柔，伴我度过那个年代"这种感谢与缅怀收场。

相比于对马缨花的怀念，章永璘对黄香久的态度则更为决绝。如果说章永璘对马缨花的感情发端于"食物"，那么他对黄香久的渴求则源于五年前一次洗澡的偷窥，这一次偷窥在章永璘心目中播下了情欲的种子，似乎也暗示了黄香久在章永璘心目中成为"性之欲"的代表。

满足了章永璘情欲的黄香久为章永璘恢复了身为男人的尊严。过去马缨花用爱的滋润与尊重同样唤醒了章永璘的自尊，然而这种尊严很快就在政治风云中被压抑，使章永璘一度为自己成为失去能力的"骟马"而怯懦。与黄香久的交合让章永璘恢复了自己的能力，也恢复了男人"占有"并"支配"女人的权利。然而占有对应着抛弃，抛弃这一举动被付诸实践似乎再一次反面论证了占有的存在。从占有到抛弃，章永璘似乎都是有理有据的。黄香久和曹学义的情欲不仅极大地触动了他的内心，也成了他与黄香久诀别的第一理由。

如果说与马缨花相处，章永璘为自己占有和索取行为开脱的理由是阶级差异，是阶级让他只能接受马缨花的馈赠，而自己无从报答，哪怕最后他下定了决心也因时代风云而不能如愿。那么与同阶级的黄香久相处时，章永璘则在撞破奸情后以一个弱势者的姿态立足于道德制高点，理所应当地向黄香久索取肉欲与温存。在诀别前夕更是用"正因为我爱你，所以我不能爱你。我必须伤害你，伤害到使你完全忘记我的程度"来替自己辩护。这样的宣言看似属于一个人在犯下无可饶恕的罪孽后不奢求原谅，只希望通过让对方憎恨自己来寻求心理上的解脱，然而结合全书中章永璘想要决裂的真正缘由来看，这一理由无比虚伪。而黄香久尽管在初遇主人公时图谋不轨，最终却期待以一颗真诚的内心奉献自己，挽回他的初心。尽管如此，她却仍然无可避免地成了章永璘超越自我的一把阶梯，在章永璘的心目中黄香久几乎从始至终都是作为"性之欲"的代表，这个漂亮的女人对于他如同商店里陈设的商品，以至于章永璘在结婚之初就曾用"购买者的眼光"将她上上下下审视了一遍。比起理想化了的马缨花，章永璘更偏向用现实眼光看待黄香久。从被打成右派时仍心存理想到经历人情冷漠，以相互告密为常态的文革，这种转变虽然进一步体现了章永璘的自私，却或可以反映出小人物在政治风云中的心态变化与成长。

在这两篇作品中我们可以看到，在特殊且极端的历史背景环境下身体上的饥饿与心灵上的饥饿从始至终都纠缠且支配着章永璘。饥饿诱发了他的动物性，动物性又鞭挞他寻求食物不断地满足自己。从一定程度上来说，章永璘的每一次满足都让他得到了崭新的自我的超越，尽管其背后潜藏的是男权主义与女性自我不同程度的缺失……

不再流浪的中国科技

◎ 于冰娴

地球在太空流浪，中国的科技却不再流浪。

近日，一部中国出品的科幻片《流浪地球》在各个地区上映，一时间，引起了国内外的巨大反响。原本我对国产科幻片并不看好，对这部影片也并不期待；可当凌晨时分我坐在电影院看完整个影片之后，不得不说这确实是春节档的第一黑马，确实是中国电影的一大突破，确实令不少观众深深动容。

看完电影后的第二天拿到《人民日报》，《流浪地球》以正面的评价登上报纸——"将中国独特的思想和价值观念融入对人类未来的畅想与探讨，拓展了人类憧憬美好未来的视野"。

曾几何时，中国的科幻是一个很不切合实际的概念，是只能出现在漫画书和少年单纯的梦中的东西，是被父母批倒、不屑一顾的东西。而实际上，科学这位"赛先生"却给了中国无限的希望。只要你的想法经得住实践的检验，他就能带你去看普朗克尺度的未来，去看光年尺度的浩渺。他是一个慈祥的老人，却又拥有年轻热情的头脑。不管你是什么人，无论出身、年龄、地位，只要你掌握证据，配合以严谨的逻辑，他就认同你。

人类登上月球，成为地球上第一个前往别的星球的物种；人类去往月球背面，放下属于人类的探测器；人类走向未来，抬头仰望星空。

"有一天太阳会熄灭，人类会变成另一种东西"。

很感谢刘慈欣为我们展现的中国的科幻世界，让我重拾童年那些触不可及的想法。

问了一下身边看过这部电影的朋友，"震撼""让我对国产电影又充满希望了""看到中国科技真的很自豪"……诸如此类的评论体现了观众对这部影片的喜爱。即使豆瓣对《流浪地球》只有 7.9 分的评分，但是对于大多观众，这绝不代表大家心里对它喜爱的真实分数。

这部国产科幻影片，并不同于以往的好莱坞大片，不是某一个英雄凭一己之力挽救狂澜，而是靠每一个人在生死存亡面前的坚持，不放弃一丝一毫的希望，正所谓"饱和式援救"，是那种真正充满大爱的拯救。"希望，是这个时代像钻石一样珍贵的东西"，影片中的地球，是一个近乎支离破碎的星球，人类的生存每一分每一秒都是一种考验，但正因是在这种环境下，希望才显得如此珍贵，充满希望的人才会如此迷人。

知乎上有人评价："片中表达了最中国的内容，不是舞狮，不是麻将，不是烤串，这些肤浅的表皮并不能完整地代表我们的文化。团结，进取，永不言弃，这些才是我们文化真正的内核"。不得不说这样的评价真的是一语中的，一部好的影片打动人心的往往使它与观众产生的情感上的共鸣之处。当观众看到这些灾难、囹圄的发生地正是自己所生活的城市上海、杭州等，便更能够感同身受了。

我们都知道《流浪地球》是由小说改编来的，但是电影在小说的基础上又进行了合理的延伸，甚至是升华。电影的科学主义内核的凸显处理得十分得当，科技概念的设定和展现，都符合一部好的科幻片应有的处理。相对于文本艺术，影视更多的是一种是视觉的表达，一切设定都是需要具象化的，而又不能封闭了观众想象的空间。实际上电影处理得十分得当，"领航员"空间站，这是一个令人信服且又充满未来感的设定，让这个地外飞行器保护地球的剧情是贴合逻辑的；影片中从头到尾都在被保护的"火种"，也是一部科幻小说的核心设定；而影片中刘培强和其队友马卡洛夫的出舱活动，又让观众瞠目结舌；另外，在空间站中刘培强和人工智能"Moss"的情理之争也让人感受到科技的强大；再者，地下城的设定也是一个伟大的创新，与原著的呈现有所不同，在读文本时我们联想到地下城，可能只是一个冷冰冰的地下紧急避难所，而在影片中，地下城则是一个具象化、十分具有生活气息的北京胡同……一切诸如此类的现实与超现实、生活与科技的碰撞，在电影中起到了令人震撼的视听效果。不同于好莱坞大片，这部电影中最大的反派不是什么古怪的博士，也不是什么外来星球的生物，最大的反派竟然是"木星"，这样的设定是先前科幻片中不曾出现的，也正是因为这样的设定，才能够发动全人类进行对地球的"饱和式援救"。

电影中对人文主义内核的表达，更是将原著的境界提升到一个质的层面。从个人的喜怒哀乐和身世命运，到各个国家和民族的兴衰，再到整个人类和地球的共同价值，电影都无一不进行了人文主义的思考和关怀，这也正迎合了中国领导人习近平主席提出的"人类命运共同体"的理念。用艺术照亮国家，《流浪地球》在不断努力。在这样一部科技元素霸屏、重工业硬核的科幻电影中，能够将人文情怀表现得如此细致，这样的艺术作品屈指可数。电影中几个主角的个性塑造是令我印象极其深刻的。刘启是一个在成长中受到心灵创痛的大男孩，他有一个被世人敬仰的父亲，可他却不肯承认这样的父亲；在妹妹和祖父面前，他尽量表现出自信和勇敢，表现出能够保护他们的样子，可是这个守护亲人、拯救地球的人也只是一个需要人陪伴的男孩。当他的"小爱"成长为"大爱"，他也从一个狂傲、不可一世的人变为一个有责任心、有原则、有能力的男子汉。而韩朵朵也是影片中一个非常讨喜的人物，那个不是很聪明却对世界充满好奇、有些胆小却又不断勇敢的女孩，让无数观众想到了平凡的自己。原本失去亲生父母的她是有一些叛逆和自我封闭的，可是刘启和祖父的爱不断地感化她，最后让一个普通的她也承担了拯救地球的责任，让她明白"希望"是那个时代最最珍贵的东西。吴京出演的刘培强也是一个充满正能量的形象，他对家人的爱不是出于自私的个人利益，而是经过理性的分析决定的，在决定牺牲空间站去拯救地球时，他说了一句十分经典台词"没有人类的文明毫无意义"，这是一个充满哲学智慧的结论，在这个物欲纵横的时代，这个结论回归了人本身，显得无比珍贵。在影片的最后，刘培强对儿子十几年的思念和爱，在宇宙失重的环境下化作了缓缓漂浮的泪珠，寄给了儿子全宇宙的爱和自太古至永劫的思念，令人动容。影片中的李一一、老何等人虽然不是镜头最多的主角，甚至显得普通呆板，但正是这样的人，在面对全人类生死存亡时也能将自己的热忱与坚持发挥到极致。我们的现实生活中有许多像老何和李一一这样的"理工男""理工女"，他们总是被人们贴上"呆板""不知变通""与现实生活格格不入"这样的标签，但实际上他们所做的工作与我们的生活息息相关；他们或许看起来没有那么高的情商，一点也不酷，实则现代科技的进步正是他们付出的结果。而伟大又卑微的人，只能在电影中才会被人们想起，被人们敬佩，这也引起观众的思考：在一颗大智若愚的大脑里，也是具有个性及情感的灵魂。电影中还有许多人物，他们有自己的个性，却因为拯救地球而成为团队，平凡而又伟大着。影片不仅仅考虑到整个地球的安危，更有对边缘人物的关怀，这是以往科幻片很容易就忽略的人文情怀。

除去这些，这部影片最让人称赞的地方在于它超越一般科幻片的格局，它的意义不仅仅在于科幻界，更在于它以一种文化传播的方式呼吁人们对未来充满渴望，对不可能的事产生希冀，而不仅仅是对于乡土、历史的不断反思。

脚踏大地，我就敢去仰望星空。致敬《流浪地球》，致敬伟大，也致敬平凡。

戏痴

◎吴志

被誉为中国电影的巅峰之作——1993年的《霸王别姬》，至今仍是中国唯一一部获得戛纳电影节最高奖项——金棕榈奖的华语电影。地位之高自然不消说，无论是它的思想内核、剧本内容、剧组阵容抑或拍摄技巧，前人都已解析颇具。但今天想就自己的切身感受，去谈谈影片主角之一的程蝶衣——对戏不疯魔不成活的程蝶衣。

这部以京剧名段命名的电影讲述了打小一起长大的一对师兄弟段小楼与程蝶衣两人的故事。两人一个演生，一个饰旦，小楼是戏中的楚霸王，而程蝶衣便是戏中的虞姬。二人的《霸王别姬》配合天衣无缝，誉满京城。但恰恰是透过一出《霸王别姬》的戏里戏外，伴随着时代风云的变迁，电影一幕幕呈现了大小人物的戏与人生。

我读出的程蝶衣，是一个为戏疯魔的人。正如其师兄段小楼所说的，程蝶衣就是个戏痴、戏迷、戏疯子。在戏园子，在台上，他只唱好他的戏。无论台下他的戏迷，是日本人，还是国民党、共产党，他都是只管唱戏，使劲地唱，卖力地唱，玩命地唱。在戏外，他乞求师兄和自己唱一辈子的戏，而少一年，一个月，一天，一个时辰都不能算一辈子。北平解放后，坚持内心京剧的样子，拒绝加入建设新中国的劳动人民的形象和布景，而被排斥在"文明戏"外。这是他对于戏的执念，对于从小到大接受了的信仰的坚守，之于日本投降后在法庭上的"青木如果没死，京戏早就传到日本国去了"的"大逆不道"的一番话，之于被批斗时"霸王"段小楼低头妥协"揭发"的"连你楚霸王都跪地求饶了，京戏它还能活吗"的痛心和崩溃。程蝶衣，他在戏里戏外，已然是化境中的虞姬，从一而终的虞姬，自个成全自个的程蝶衣。

电影采取了插叙的手法，片头接片尾是程蝶衣和段小楼两人在"文革"后的再次同台唱戏，偌大的舞台空无一人，漆黑的周遭只有聚光灯始终不渝地跟着二人。这是电影的最后一幕，他们唱的也恰恰是《霸王别姬》的最后一折。"汉兵已略地，四方楚歌声，君王意气尽，贱妾何聊生。"垓下一战罢，楚霸王风云一世，临到头，就只剩下一匹马和一个女人跟着他。那是虞姬最后一次为霸王斟酒，最后一回为霸王舞剑。尔后拔剑自刎，从一而终！人生几经大起大落，许多人和事渐渐退潮也渐渐习惯乃至模糊不清。段小楼忽然唱起《思凡》："小尼姑年方二八"，程蝶衣愣神了一会，接上"正青春，被师父削去了头发"。

"我本是男儿郎。"

"又不是女娇娥。"

段小楼笑道，错了！又错了！

程蝶衣独自喃喃道，我本是男儿郎，又不是女娇娥。这一段恍若是现实给程蝶衣的当头一棒。多年的沉迷于戏角，或者说，他已经分不清哪个是现实，哪个是戏。自年少出逃科班又回来之后，他一直把从一而终奉若信条，转瞬已经大半辈子。可是，几番辗转，起起落落，到头来，什么是戏，什么是现实。他不懂，戏是戏，人生是人生，影片中蝶衣曾经质问小楼，"你忘记我们是怎么唱红的了吗？从一而终啊！"戏，难道不需要从一而终吗，难道不需要整个人生去演绎吗。戏，它不就是人生吗？可是我是虞姬啊，可是我是程蝶衣啊，可是我本是男儿郎，又不是女娇娥。我相信，那么多年去经历，去找寻，他本以为自己已经得到答案。蓦然师哥的偶然点醒，他才发现，原来他一直是那个程蝶衣，眼前的这个人也不是自己的楚霸王，而他也永远不可能成为真正意义上的虞姬。残酷现实和美好理想之间的巨大落差终于在心头缠绕不清，变成死结。影片中剧院经理那坤曾说，这虞姬无论怎么演，到最后也要一死不是？最后的最后，程蝶衣趁段小楼不注意，抽出他身上的，自己送给他的宝剑，在冰冷的现实舞台中真实地演绎了戏中虞姬的最后一幕……

他只是想做好霸王身边的那个虞姬。

一部好的电影，就在于讲述故事时毫不突兀，无论插叙倒叙，情节推进都顺理成章。我看电影的时候，会有一个坏习惯，经常喜欢跳出电影外，去揣测演员演到这里的时候心里在想些什么，旁边的剧组人员又在做些什么，整个拍电影的场景又是怎么样的。但是，在这部电影，我一帧都不肯错过地，全程地在看故事的发生、递进、结果，看人物低潮高潮，像节日的烟火升到最高峰又狠狠坠落。所以，为什么唱错一段短短的《思凡》，我本是男儿郎，又不是女娇娥，会让已经阅历无数的程蝶衣神情迷惘，最终拔剑自刎呢。

为什么？因为他是个戏痴。

为什么？我想，要从少年程蝶衣说起。蝶衣长在妓院，所接触的尽是妓女和嫖客，很大可能以后他要么成为追逐玩弄女性的嫖客一类的人，譬如同样在妓院长大的韦小宝，无论日后经历如何传奇，但他最后还是与多年前所见的流连在娼寮场所的嫖客无异；要么潜意识认为自己是和妓女一般的人，柔弱而屈从和依附于男性。而程蝶衣，是后者。从扭曲的环境长大开始，就已经开始出现性别认知障碍。电影中蝶衣的首次出场，打扮，脸蛋，举止和气质都极像一个女孩。蝶衣的妈妈恳求科班关老爷收下"男大不中留"的蝶衣，为了能留下，她切掉了蝶衣的第六指。切割！阉割！蝶衣的性别认知障碍并非与生俱来的，而是在成长中一步步地出现和加重。

进入科班学戏，《思凡》的那一段，他明知道尼姑是女的，但也坚持"我本是男儿郎，又不是女娇娥"，哪怕是冒着被师父打死的风险。他，是男儿郎。但少年的坚持实在太微不足道了。戏院经理过来为张公公堂会挑选戏班的时候，蝶衣的《思凡》仍然唱错，师父说，人要自个成全自个。经理作势要走，小楼气不过，用烟杆捅进蝶衣的口腔"让你错，让你错"。蝶衣嘴角带血，喃喃唱起："我本是女娇娥，又不是男儿郎……"无论原著或小说，这都代表蝶衣第一次精神上的"破处"。烟杆代表男性阳具，而蝶衣嘴角的血，则是处女的血。更甚的是，蝶衣和小楼第一次在张公公堂会上同台演出《霸王别姬》之后，蝶衣一个人被送往张公公私房，在扭曲的性启示和张公公猥亵中的身体上的"破处"下，蝶衣完成了错误性别认知的最后一步。

而从张公公府上回来的时候，母性充斥下的蝶衣抱养了被遗弃在路边的婴儿。电影中他们回去时候的画面耐人寻味，蝶衣怀抱婴儿，而小楼在一旁挑逗"刚得到"的小生命，像极了无数家庭在孩子刚出生时父母双亲的行为。小楼无疑是那个"父亲"，而蝶衣，是那个"母亲"。

你本是男儿郎，又不是女娇娥。

我本是女娇娥，又不是男儿郎。

少年的坚持又实在太执拗了。因为他开始是那个随大王东征西战，受风霜与劳碌的虞姬。因为他已经是那个人戏不分、雌雄同在的程蝶衣。

人戏不分么，而唯一还能让蝶衣去区分人和戏的，我认为大抵是冰糖葫芦。成角儿后在戏院门口准备进去的时候，小贩吆喝着"冰糖葫芦"走过，还是让蝶衣迟疑了一下。或者他，或者我们，或者大家都想起了少年时他和科班的另一个学徒小癞子背班出逃的情节。两人逃出科班大院，买上小癞子认为的天下第一好吃的冰糖葫芦，跟着人流到戏院看角儿演的《霸王别姬》。小癞子的梦想无非有二，一是吃上冰糖葫芦，二是成为角儿。看台上的霸王的时候小癞子泪流满面，"他们是怎么成的角儿啊，得挨多少打啊"，带着蝶衣一起眼角噙满泪水。未待戏演罢，蝶衣拽着小癞子重新回到科班。而大院里小楼把二人出逃的事情扛到自己身上，正在遭受师父的毒打。蝶衣主动受罚，师父也是动了真怒"让你背班逃跑,让你跑,打死你,打死你我们散伙"。另一边,小癞子已经完成了人生的第一个愿望,看戏的时候自觉永不可能成角儿而哭得稀里哗啦的。在大院里听到小楼和蝶衣被打,边走边从口袋中掏出一颗颗冰糖葫芦往嘴里塞,最后,选择上吊自杀……

影片中在吊唁小癞子的时候,师父给众人讲《霸王别姬》的戏,演戏和做人的道理——人就得自个成全自个,从一而终!电影到了这里,可以说,小癞子的第二个梦想,已经托付到了蝶衣的身上,于是有了后面的张公公堂会,有了慢慢唱红,最后成角儿,誉满京城。电影中冰糖葫芦让蝶衣第二次迟疑的镜头,出现在蝶衣已经染上大烟的时候。大烟之于戏子,无异于洪水猛兽,从后面的北平解放,蝶衣为解放军唱戏跟不上趟可以得知,大烟能毁了任何一个有天赋有才能的人。蝶衣当时抽着烟,"冰糖葫芦"的吆喝同样由近及远,他也许想到继续抽大烟,继续和小楼分道扬镳,小癞子的梦想也就慢慢破灭,虞姬也会慢慢重新褪成程蝶衣……他,迟疑了一下,吸了一口烟,却被呛了一鼻子。冰糖葫芦,既提醒他做人和唱戏的区别,同时亦提醒他用心去唱好程蝶衣的虞姬,唱好虞姬的程蝶衣。

唱好虞姬,唱好虞姬,唱好虞姬!是从张公公的堂会开始,从那把剑开始。堂会后,少年小楼拿起作为道具的宝剑,不屑地道:"霸王要有这把剑,早就把刘邦给宰了。当上了皇上,你就是正宫娘娘。"只是年少的戏言,却被一旁的蝶衣牢牢记在心里。这是他段小楼的承诺,这是他西楚霸王对虞姬的承诺!后来,名扬京师之后,蝶衣还一直孜孜不倦地寻找这把联系着他们的剑,因为有了这把剑,霸王就不会死,就能当上皇上,虞姬也不会死,也就能一直陪伴在霸王左右。

当这把剑再次出场的时候,却也是小楼的大婚日子。蝶衣因为小楼即将要和突然闯入的"第三者"——小楼的新娘菊仙成婚而大发醋意,三人你来我往一番挤兑之后,小楼携菊仙愤然离去,只留下一句"我是假霸王,你是真虞姬"。也恰逢懂戏且欣赏蝶衣的权贵袁四爷邀请,已经心灰意冷的蝶衣无处消愁,颓然赴会。在袁府蝶衣见到了那把特意挂出来的、自己一直在苦苦找寻的宝剑!可剑是袁四爷的,要得到必须付出代价——做他的红颜知己。

代价很大。可是,这算得了什么。他说过,有了这把剑,他就能当上皇上,我就是正宫娘娘。我是虞姬,我才是正宫娘娘,那个莫名其妙多出来的女人怎么能和霸王成亲,又怎么能长留霸王身边?可是,段小楼他只是台上的霸王,对于他,那真的就只是年少戏言而已。从袁家回来,适逢日军攻占北平。衣冠不整的蝶衣辛辛苦苦把剑带回来,扔在小楼身上,可是,他不是霸王,只有你自己是虞姬。小楼醉醺醺道,又不上台,要剑做什么。原来多年前的承诺他早已忘却，原来我牺牲一切换来的这把剑也只是徒劳，原来都是假的，原来眼前的这个人究也是凡夫俗子。终于，蝶衣彻底心灰意冷，面无表情离开，语气依旧温柔但坚决，"小楼，从今往后，你唱你的，我唱我的！"

电影中程蝶衣和段小楼几次分分合合，大抵牵扯进来两个"第三者"。其一是之前说到的，小楼的妻子——花满楼的头牌妓女菊仙。婊子无情，戏子无义。小楼在花满楼英雄救美帮菊仙解围之后，消息传到了蝶衣的耳里。大概这是二十多年来，蝶衣第一次害怕会失去小楼。人会长大，男大当婚女大当嫁，可是，霸王不会，可是霸王已经有了他虞姬。蝶衣乞求小楼，让我跟你好好唱一辈子的戏，不行吗？霸王虞姬，霸王虞姬！永远是你的霸王，我的虞姬。一辈子！一辈子，差一年，一个月，一天，一个时辰都不算一辈子！

后来，蝶衣拒绝当小楼和菊仙的证婚人。

"黄天霸和妓女的戏，不会演，师父没教过。"

原来你错了，原来他不是霸王。

"我是假霸王，你是真虞姬。"

"第三者"其二，是追求蝶衣的袁世卿袁四爷。小楼已经不再是蝶衣的霸王，那么袁四爷，"文武昆乱不挡，六场通透"的"梨园大拿"袁四爷呢？电影中小楼的霸王花脸也慢慢出现在袁的脸上，蝶衣另外找到了一个欣赏自己、肯精心为自己付出的，可以屈从和依附的新霸王。袁四爷是懂戏的，知道霸王威而重，回营亮相见虞姬须走七步；法庭上义正词严为蝶衣反驳，所唱的国粹如何被谬为淫词艳曲？可是，他终也不是蝶衣心中渴求的真霸王。从一开始，接受了赠剑，在袁家中庭两人合唱《霸王别姬》最后一折，虞姬拔剑欲自刎，袁四爷瞬间出戏，"那可是真家伙"。蝶衣从戏中惊醒，他慢慢放下剑，他看着眼前半个花脸的霸王，他哭了。

其实啊，再没人都像蝶衣一般活在戏中，他们都只是巨大时代车轮下的小人物。无论台下是北洋军阀，是日本人，是国军，是共军，蝶衣都在唱，只要台下还有懂戏的人，蝶衣的虞姬就还能活在台上，活在他身上。可是，新中国要求文明戏和京剧融合的美好幻想毁掉了蝶衣，毁掉了虞姬。"京剧讲究的是个情境，唱、念、做、打都在这个情境里面"。因为台下的人不懂戏，所以虞姬唱呲了没有人砸场子，反而响起热烈的掌声，并齐齐整整开始大合唱。因为不懂戏，所以反对融合现代戏的蝶衣被排除在戏剧之外，只听得玩意儿完全不对等的"次品"虞姬和小楼的霸王博得掌声阵阵。

时代的车轮太快太快了，蝶衣的虞姬被远远抛在了后头。

"我是假霸王，你是真虞姬。"

我记得，自己小时候的作文抄袭别人的话，批评不肯向现实低头的嵇康，空留一曲《广陵散》云云，到现在写起这篇影评，才发现有时候虞姬的程蝶衣也很像《广陵散》的嵇康，从一而终自己的信仰，真的错了吗？我自认自己做不到，尤其是大学之后发现并不比高中轻松，自由了，事情多了，我们要怎样去折中四年的自由里他们要求我们的样子和自己想要成为的样子？又或者，我们看戏中的程蝶衣，何尝又不是蝶衣在审视我们呢？

选择做霸王或是虞姬，又或者做几分的霸王，做几分的虞姬，这是个问题。

梦里花落知多少

◎ 马丽亚娜

　　很小的时候读过三毛的《梦里花落知多少》，只认为书中讲的是三毛在国外的故事，幸福，自由，快乐。长大后再次读了《梦里花落知多少》却发现有着不一样的意味。心酸，苦楚，疯狂就这么涌上心头。或许是我成长了，再或许是更加了解三毛了。

　　三毛在我看来永远是一个浪漫的人。"三毛她既有歇斯底里的疯狂，又有她作为女人的温柔"，旅行和读书是她生命中的两颗一级星，最快乐和最痛苦都夹在其中。她没有数字观念，不肯为金钱工作，写作之初就是为了讨父母开心。只因为看到了一张撒哈拉沙漠的照片就认定自己属于那里，有前世的乡愁，苦恋她的荷西二话不说跟着他来到了撒哈拉。在婚后，三毛写了一系列风靡无数地区的散文集，"三毛热"也席卷全球，就这样她创办了流浪文学。本是幸福安定的生活，却一场意外让她的生活急转直下。她最爱的荷西就这样离开了她，年轻的生命就这样消失。因为悲伤过度，他们唯一的联系——肚子里还未出生的孩子就这样失去了。她本想放弃自己的生命，但刚强的她去了中南美，重拾写作，写下了这样令人动容的篇章。

　　散文的第一篇写的是《背影》。看到标题，不免想到朱自清写的父亲的背影，却发现他们的文字有异曲同工之妙，开篇就写了荷西的去世，为整篇文章奠定了一种心酸，悲凉的气氛。

　　那片墓园是她和荷西经常去的地方，他们喜欢在长长的纯白厚墙上看着墓园中特有的丝杉和一扇古老的镶花大铁门。可现在的一切都已物是人非。荷西永远地睡在了这里，这是她怎么也没有想到的，她早已无心看着那曾经令她喜爱的丝杉和铁门。现在的她看那扇铁门，更多的是生与死的隔阂。她的文章变得沉郁，字里行间都流露出她的悲伤。失去挚爱的她像是在冰窖里行走，没有光，没有氧气，只有无尽的寒冷和黑暗。即便生活如此痛苦，她还要勇敢地活着，这更像是一种责任，更是为了荷西为了父母一夜白了头的责任。

离开荷西后，她更加地明白，自己要做什么。对于别人致哀的话语，她早已麻木。手中紧紧地攥着自己要去做的事情，去葬仪社结账，去法医看解剖结果，去警察局拿荷西的东西。一件又一件刺心而又无奈的琐事。做坟也由她一手操办，用手指挖开埋着荷西的黄土搬着沉重的十字架和木栅栏，用自己喜欢的方式去打造一个属于荷西的寝园。去搬，去挖，去钉，去围，去做着爱荷西的最后两件事。爱他的最后一件事，就是好好地爱自己，好好地爱父母。为了荷西的死，父母几乎是一夜白了头，夜夜的悲伤让三毛忘却了对父母的关心，突然间发现父母竟如此的苍老，正如他父亲所说："如果你走了，我永远都不会原谅你，因为你杀死了我最爱的女儿"，三毛必须学会坚强必须学会勇敢，即使自己已经遍体鳞伤，但还要爬起来继续的生活。三毛将带着荷西的爱继续热爱这个世界。

窗外的海，白日里平静无波，在夜间一轮明月的照耀下，将这拿走荷西生命的海洋爱抚得更加温柔。

荷西还在的时候，三毛在撒哈拉写过一篇《荒山之夜》，同样的夜间，同样的荒山，但是人物不同，情感不同。

这次的荒山没有了荷西，陪三毛的是三个不同性别，不同年龄，不同经历的人。其实很难以想象三毛的交友就是这么的自由，不论身份，地位，只要和她有相同的爱好，他们始终能走到一起。拉蒙，木工。一个矮矮胖胖性子平和的人，头发如刨花一般卷曲，颜色也像极了松木，不爱讲话，浓厚的乡下人的气息，但在三毛眼里土气却是一种健康的气息。巧诺，拉蒙的学徒，一个刚刚服完兵役回来的人，正直刚强到和三毛有几分相像。奥克塔维沃，拉蒙的学徒，是一个修长而优美的少年，没有服过兵役的他，脸上多了一份稚嫩。三毛还有些不相同的朋友，律师，工程师听起来都是如此体面的人，但三年却经常说他们的活动和她的生活不相符。不难看出三毛自己的生活态度，她喜欢追求一切随心所欲的生活。

在三毛还未上山之前，和巧诺、奥克塔维沃，并不相识，只因拉蒙说了一句"自己人"，三毛就将自己的性命全然交给他们。或许看来是如此可笑，但对于三毛来讲何尝不是种自由和洒脱。三毛喜欢乡下的感觉，她迫切需要大自然的一切，迫切地呼吸着旷野的气息，迫切地踩着厚实的泥土，这就是她回归的感动。她对乡下有着家一般的感觉，她认为他们就是大自然的石头，最单纯的石头。

上荒山之前的准备也是那么的随心所欲。没有背包，没有帐篷和睡袋，她就是为自然而生，以天为被，地为床，石为枕，无拘无束。但谁又何尝不想拥有一个温暖的家，一个可以遮风挡雨，有依靠的家。离开小屋前的三毛将卧室的小台灯一直亮着，虽然只有她一个人住。

穿过田野，从午后寂静的市镇向群山奔去，面向大山的三毛欣喜得不知所措。她想做一个实实在在的乡下人。化作泥土，最符合她的本性。山洞的破烂不堪让她无奈。但作为同行中唯一的一个女人，想将山洞装饰一番。听闻山洞要出售的消息，让她欣喜若狂，丝毫没有犹豫地想将山洞买下来。在外人眼里她像是疯了，孤身一人住在山洞里真的不是一个一般女子所做的事情。但三毛有她自己的想法，只是想安静，躲到一个没有他人的地方，自己都承认自己对于宁静的渴求到了不可救药的地步。荒山的一夜，没有举酒畅饮，他们的关系淡得像空气一般，只有享受这地合一的寂静。

月光清明如水，星星很淡很疏。

《似曾相识燕归来》中，在三毛眼里她就是一只燕子，一只可以漂泊无依的燕子。当她从中国回到她的第二故乡，转机期间却想在巴塞罗那驻足。大概这就是三毛，自由，无拘无束，潇洒，永远是她的代名词。离开西班牙不过几个月，却恍如隔世，因为这里有她爱的人，她的荷西长眠于此。原本的行程没有巴塞罗那的计划，但她突然想去游乐园看看，荷西生前没有完成的愿望。三毛独自一人坐在长条椅上，不停地有人问她要不要一起游玩，三毛都一一拒绝，一句："我和我先生结伴来的"包含了多少的心酸往事。虽然荷西去世了，但他依旧在，三毛的心里依旧认为荷西是她的唯一。三毛买了棉花糖和气球，像个小孩子，像荷西在的时候那样，依赖他，爱戴他，仰慕他。她坚信荷西就在她的身边，永远陪着她。而快乐，真实的快乐又虚无缥缈。在外人眼中三毛像水，勇敢，温柔，潇洒，奔腾。三毛像山，坚毅，刚强，无畏。可三毛自己又经历了什么，熬过了多少的日夜，没有荷西的日夜。荷西去了一年了，她来到生荷西养荷西的父母家，一眼就是一年。失去儿子的父母是何等的伤心和难过，曾经优雅的婆婆，威风的公公，现在看来只是失去儿子的可怜老人。公公看到三毛却哭了，一位威风了一辈子的人永远接受不了白发人送黑发人的痛苦，三毛说道：能哭就是一件好事，是活着人的好事，起码人还活着。当我读到这里的时候一阵的心酸，三毛对于生活已没有了任何的想法和向往，他简简单单的认为，人活着就好。荷西的去世带给她太多的痛苦和心酸，她也进入了炼狱般的生活，对荷西的爱和思念，只增不减，在这个世界上，能懂她的又有几个？荷西的手足都来了，没有荷西的家庭，是没有一顿温馨美好的团圆饭的。三毛仅仅希望虽然荷西不在了，但可以在他从小生活得家庭中得到一丝的慰藉。事与愿违，亲情总是那么的不尽如人意，所谓的亲人们始终惦记着荷西的房产。姐夫不顾老人的感受在饭桌上吵架，婆婆抱怨着荷西没有管过这个家，吃饭一向关了助听器的公公此时也拍桌子说道荷西的房产都是我的。三毛只能笑，她只能大笑，笑这个家庭的冷漠，这个所谓的亲情，这个世界的不公。但自己又能做什么呢？生气，无奈，委屈。在这个西班牙的家庭是没有用的，他们是荷西的父母，荷西的血肉来自他们，心里的委屈只能憋着，不能决裂，不能和在这个世界上唯一和荷西有血缘关系的人决裂。以前的三毛是个潇洒的人，叛逆，爱旅行，心中永远都有一股的热情，但这种热情随着荷西一并消失了。为了荷西她穿了一年的黑衣服，总开玩笑地说自己的衣服丑，不愿意穿别的衣服，但何尝不是舍不得荷西，不相信他走的事实，这个令她一生都不愿意相信的事实。在荷西的手足中她最爱的是伊丝贴，荷西的妹妹，善良，大方，单纯。是这个家唯一和三毛能有话题的人，她认为伊丝贴还小，永远不懂大人的悲哀和无奈。但她又喜欢和伊丝贴在一起玩秋千，只有那时候，她才能真真切切地感受到活着的意义，活着的价值，活着的感觉，只有那时她才能感受到和荷西在一起的幸福。

"你知道吗？这身黑衣服。"

"什么？"

"我是说这身黑衣服，明天就可以脱掉了。"

黑色包含了太多痛苦，无奈，心酸，隐忍。三毛为了荷西付出她一生的眷恋。三毛之前说过："爱到底是什么东西？为什么那么心酸，那么痛苦，只要还能握住它，到死还是不肯放弃，到死也是甘心。"爱就是在你的爱人离去的时候，你仍然能够平淡坚强地活下去。殊不知三毛明天就可以脱下这身黑衣释放了自己太大的压力，殊不知失去挚爱的她又如何走出这阴影。一年前多么透彻的疼痛，在三毛的这几句话中散尽，因为他想有一个更加美好的明天了。

在书中出现了《梦里花落知多少》的篇章，作者没有将它放在开头和结尾，而是放在了中间，就像荷西在三毛的生命中是个重要的角色。篇章运用倒叙的手法，前一篇讲述了荷西去世的一年后，这一篇章又回到了荷西在世的时候。本以为三毛走出了荷西去世的痛苦，却不知三毛的痛苦在她的思念中日益加深，所有的幸福都是转瞬即逝的，所有的痛苦却是永恒的。

在荷西去世后三毛还在回忆和他的点点滴滴似乎是一种残忍的事实，他们在美丽的加纳利岛度过了快乐的几年。快乐总和痛苦相伴，岛上的三毛总感觉一切的不真实，总感觉自己将要和荷西分离，感觉自己是抛弃荷西的那个人，但最后是荷西离开了他"抛弃"了三毛。三毛都没有和他好好地道别，爱人便天人永隔。在一起的十三年间，没有说句我爱你，却在荷西的墓前说了无数的我爱你，真是悲惨凄凉。在一起六年的相守，最后却变成黄土下的枯骨，生前最爱穿锦绣彩衣，生后却只能穿黑布素衣。带来的是鲜活的人，带走的却是一袋的黄土。三毛不能想象五年后迁坟是怎样的场景,看着荷西从坟墓中出来,只剩下几根凌乱的骨头。几根骨头又能代表什么呢?没有有血,没有肉,没有她爱的荷西!荷西走后的三年,三毛一直穿着黑色的衣服,对她来说黑色不是一种形式,而是对荷西确确实实的纪念。她是个坚强女人,但面对荷西的坟墓却坚强不起来,胆小,懦弱不敢面对,甚至不敢走过去。她想好好照顾荷西,可换来的是照顾荷西的墓碑。买了油漆,刷子,金粉步履沉重地走向荷西的坟墓,她不想承认荷西已经走了这么久,久到连墓碑都褪了色,在阳光下,她一遍又一遍的刷着几个大字——荷西·马利安·葛罗,安息。你的妻子纪念你。短短的几个字包含了三毛太多的悲凉。妻子,一句妻子又承受了多少的痛苦和无尽的黑夜。累了,倦了,乏了,却只能在荷西的墓碑上休息,停留。

在我眼中三毛真的是一个完美的女人,温柔,大方体贴,但勇敢潇洒一直是她的代名词。我一直在想荷西的去世,她承受了太多,终究能练就她强大的内心世界,但却不曾想到,她还是痛苦了一辈子,荷西的去世就是压迫他的最后一根稻草。本就有抑郁症的她,默默承受了所有的一切,在《似曾相识燕归来》中,三毛说道:"神啊,你给我勇气吧,给我信心,给我期待和爱,给我喜乐,给我坚强,你拿去了荷西,我的生命没有了意义,自杀是不可能的,求你放荷西常常回来吧"最后却抵不住内心的呼唤,她自杀了,就这样结束了自己传奇的一生,最美丽的一生。她一定是想荷西了,想去那个无忧无虑的世界流浪,一家人团聚。

《梦里花落知多少》是三毛最美好的世界,遇见荷西就是三毛这辈子最美丽的梦,在这个世界里面,没有烦恼,只有她想要的安静与自在。她写下这个最美丽的梦,就是在回忆,在纪念。我们只需慢慢地聆听她讲述她的故事,她的感情世界。她也是一个至情至性的人,对待父母孝顺,对待公婆尊敬,对待朋友真诚,对待荷西执着。她对金钱,名利,吃饭都毫不在乎,听到三毛这个名字都让她感受到陌生,她更喜爱别人叫她"Echo",她的西班牙名字。将这本书慢慢拨开你就会发现,在最本质的地方藏着三毛的伤口,巨大的伤口。这世间什么都能熬过去,唯独熬不过去的是相思。三毛并不认为死亡是件可怕的事情,或许在内心深处还在呼唤:"荷西,等我。"

虽然佳人已逝,但她依旧存在于这个世间。她的所有美好都包含在了书中,等待我们慢慢发现。喜欢三毛的性情,潇洒,无畏,自由自在。三毛也活出了所有人心中的向往,人生已满足,没有遗憾,在天堂的日子里,她也许和荷西在一起轻轻吟唱:

记得当时年纪小 / 你爱谈天 / 我爱笑 / 有一回并肩坐在桃树下 / 风在林梢鸟在叫 / 我们不知怎样睡着了 / 梦里花落知多少

怀念生命中的吉光片羽

◎ 雷敏怡

《最好的时光》讲述了三个时间段的爱情故事，没有跌宕起伏的故事情节，没有撕心裂肺的爱情宣言。导演仿佛一个历经沧桑的故事人平静地讲述着三段不同时空的爱情。1966 年的昏黄的台球室、1911 年古色古香的台北酒家，在 2005 年光怪陆离的酒吧里，曾经封存着三对恋人最好的时光。这些故事在导演的镜头下，被舒淇和张震演绎成了三段梦。

影片的第一段名为恋爱梦，发生在 1966 年的高雄。影片一开始，台球室里放着 the platters 的《Smoke Gets In your Eyes》。沙哑低沉的歌声中，女招待员秀美陪着陌生的格子衫少年打着桌球。一个撞球的镜头过去，交代两人相遇的缘分。少年即将入伍，给台球室的女招待员春子小姐写了一封信，信里写道："时间飞逝，想想自己这两年大学没考上，母亲去世，未来的日子茫茫不可知，跟你说这些是想谢谢你。"迷茫的少年希望可以得到春子小姐的回信，但是即将要离开此地的春子小姐没有理会，只是轻轻地把信放在了抽屉。替代春子小姐的秀美来到这家台球室，恰巧看到了少年的这封信。

少年再次来到台球室，面对春子小姐的离开，他显得很平静，默默地抽起了烟。秀美一边好奇地看着这个询问春子小姐消息的少年，一边和他打起桌球来。打球过程中，秀美几次没打进洞，可爱地皱鼻子。"认真一点好不好？""我只是想说打那边，它会不会滑过去""那也差太多了，好不好"秀美不好意思地笑了笑，就算每次没进洞，也会咧开嘴露出明媚的笑容。

夜深了，少年明天要回到台北继续服兵役。就在秀美关上台球室的门后，少年又回来了。他对秀美说："我写信给你，寄到这里"秀美应了一声。后来，秀美收到了少年的信。

"秀美小姐，还记得我吗？入伍前和你撞球的那个人。时间过得飞快，转眼已经三个月了。春雨绵绵，此刻，营区正放着披头士的歌《RAIN AND

TEARS》，就像我的心情，期待能再见到你，祝福，永远美丽。"少年这次的信还是没有得到回应，因为秀美由于工作的调动又得再次离开。秀美也许以为这只是一次萍水相逢，和春子的遭遇一样。两个人都像候鸟，在一个地方停留，休息够了，继续飞向下一站。

少年放假后去找秀美，可是佳人已离去。这种相遇又离别的桥段在我们的生活中每天都在上演，有的人连声招呼都还没打就离开，把故事当作有缘无分。

看到这，我以为故事会无疾而终。毕竟，前奏一直很平缓。用长镜头展现着日常。台球室里的谈话，背景音乐是文夏的《恋歌》和《星星知我心》。悠长的闽南歌加上来来往往于台球室的人们，让人似乎回到了1966年的高雄。年轻男女的故事不过是恋恋风尘里的一个片段。

但是，少年没有放弃。从高雄到冈山，台南，再到嘉义，一间间的台球室找过去，还是没有意中人的身影。少年抽了一支烟，做了一个大胆的决定。他找到秀美的家乡和妈妈，通过秀美寄回家的信件，来到了虎尾。

几个多月来的思念和找寻，再次相见会是怎么样的光景？就像少年在信中写得那样"期待能再见到你"，少年满怀着希望再次靠近秀美。

意中人一如既往的美丽，她穿着白衬衫和绿色的长裙，带着恬静的笑，站在那里记分。少年没马上上前打招呼，只背着手呆呆地看着秀美的背，等她偶然地转过身来。

两个人再次相遇，交谈甚欢。少年的语气中没有一丝对秀美不告而别的埋怨。随口吐出一句"你几点下班？"秀美像天底下正常的受到爱慕的女孩一样，带着一丝喜悦和羞涩，告诉他九点下班，让他再等一下。从秀美开心得说不出话，不停对着少年笑得直不起腰的动作看得出来，她动心了。所以招呼少年坐下喝茶，急急地跑到女伴身边要烟，拿去给少年。两个人相顾无言，女孩傻傻地笑着。

其实，少年要搭晚上九点的班车回台北。但他慢慢地陪秀美吃夜宵。坐在台湾夜市的排挡里，食物的烟气缓缓升起，围绕着两个人，而外面的雨淅淅沥沥地下着。这一刻没有兵役和生活的漂泊，少年也许还有迷茫，却在寻找爱情的过程中一步步坚定自己的心。在这美好的一刻，《RAIN AND TEAR》的配乐再次响起。

来到车站，车已经走光。两人撑着一把伞在公路上等车。少年右手撑着伞，慢慢向秀美倾斜。突然换了左手，放下右手，去找身旁人的左手。于是，两人十指紧握，恋爱梦到这里就结束了。

最初两人相见时，是在两条渡轮上的擦肩而过。少年离开台球室去往台北当兵,秀美提着行李来到高雄。三个月后,秀美又是坐着渡轮离开高雄,紧接着是少年的追寻。在渡轮上的来来往往好似恋爱的追寻。就像《诗经》中吟唱的那样"蒹葭苍苍,白露为霜。所谓伊人,在水一方。""我愿逆流而上,依偎在她身旁,无奈前有险滩,道路又远又长。"

这段恋爱梦朦胧中带着青涩,情不知所起,一往而深。有意思的是从少年的情书表白后,《RAIN AND TEARS》就在第一段中反复出现,结合它的歌词就更能体会到追寻的情节。"LOVE/OH/I NEED AN ANSWER/LOVE/OH/RAIN AND TEARS IN THE SUN/BUT IN YOUR HEART/YOU FEEL THE RAIN/THE WAVES"

少年和秀美邂逅,出寻,寻不到,不懈寻找,终于找到,于是牵手的故事是我们每个人都曾做过的恋爱梦。"年轻时我爱敲杆,撞球间里老放着歌《SMOKE GETS IN YOUR EYES》。如今我已经 60 岁,这些东西在那里太久了,变成像是我欠的,必须偿还,于是我只有把它们拍出来"恋爱梦是侯孝贤导演对过往生命中美好记忆的一种缅怀,恋爱梦在三个梦中显得格外青春美好。

第二个梦是自由梦,故事发生在武昌起义前的台北。故事从哀怨的南音,预告着艺旦姐和诗人震宇的有缘无分。特别的是第二段全程采用默片形式,更加注重两个主角的表情和动作,似乎在观看原汁原味的中国古代生活。

诗人震宇熟稔地来到艺旦姐的闺房,洗手净面。艺旦姐为他穿衣梳头,在梳妆镜前亲密地交谈。两人如胶似漆,举案齐眉。从艺旦姐的那句问候"年前你小孩发寒热,可痊愈了?"我惊醒,诗人震宇有家有子,艺旦姐只是流落酒家的艺妓。

第二段同样采用了倒叙的手法,到了这里再介绍两人的相识。在一次酒会上,流落在台北的震宇被艺旦姐唱的南腔所打动。那时,艺旦姐留着薄薄的刘海,很是稚嫩。一个是零落飘摇,无依无靠的青楼倌人,一个是晚岛遗奴,无根无基的进步文人,因着昆曲的哀怨,偏偏触发了惺惺相惜之感。

是谁说"商女亡国恨,隔江犹唱后庭花"的?身逢乱世,一纸卖身契把艺旦姐的大好青春都付与恩客,小小的女子却尝遍了世间的身不由己。"天下兴亡,匹夫有责",更何况震宇是一个有良知的文人。但是侵略者的凶残,国家的弱小,让爱国心切的他内心十分痛苦。这样的两个人,相遇即是温暖。直至有一天。

——阿妹有身孕,是茶庄小开姓苏的,愿娶阿妹为妾。苏家出两百两,阿婆要三百,谈不成。

——不足之数,我可以负担。

——你多次在报纸撰文,反对蓄妾,如今可好违背?

——我反对纳妾已木木已成舟，为阿妹终身有托，只能成全。

女子回过头摆弄手上的珠花，没有再说话。是呀，一个青楼的女子要终生有托，只能等待一个愿意娶她的良人，哪怕是为妾也好。可是，她的良人什么时候来呢？她知道震宇有了家室，又反对蓄妾，她终究是不想让他为难的。那日震宇走后，她看着他的背影于是更加地痴了。

艺旦姐如果为人妇，想必一定是十分善解人意的。从她嘱咐出嫁的阿妹就知道了。"你明日嫁人，不必在家，须早起，送水侍茶侍奉公婆。与夫相待要知礼，不可任性"艺旦姐活脱脱一个封建社会的产物，也是一个可悲的受害者。

诗人震宇却是从旧时代走出来的新人。他虽扎着辫子，穿着长袍马褂，但是心里无时无刻不在牵挂着中国的命运。"梁先生说三十年内，中国绝无能力援救吾民脱离日人的统治。"在国仇家恨下，个人的感情是否不足为奇？

又过了几日，震宇带着一百两来了。"谢谢，阿妹有福气，嫁得好人家。"阿妹嫁人了，酒楼的妈妈少了养女，艺旦姐还要在酒楼多留些时日。可是你看新来的养女不过十岁，等她长大能够当家，艺旦姐恐怕青春已逝。

"原先妈妈答应，待阿妹当家，即放我赎身嫁人。"震宇的好心却让艺旦姐的希望落空。震宇又离开，艺旦姐日日在煎熬中度过。

第二段的高潮在艺旦姐和震宇的最后一段对话。艺旦姐走到震宇的身后，问"前次你说为阿妹终身有托，只能成全。如今妈妈求我多留些时日，你可曾想过我的终生？"震宇长长的沉默，他不能给她任何承诺。两个身在牢笼的人，怎敢想自由？

在自由梦中，男子也给女子写了信，不是情书，而是自己对时事的感伤。"明知此是伤心地，亦到维舟首重回，十七年中多少事，春帆楼下晚涛哀"。自由梦过于压抑了，将国家的生死存亡映射在一对男女的爱而不得上来，看来满是心酸。这怎么能叫作最好的时光呢？恋爱梦美在对爱的追寻，自由梦凄美在时代的风云下，个人的渺小。每个故事都是那个时代特定的记忆。一个不能娶，一个走不了。但是在遇见彼此的时候，就像冰山上的雪水融了，在内心化开一个天地，一起向往自由。

《镜中》写道：望着窗外，只要想起一生中后悔的事，梅花便落满了南山。日后震宇想起 1911 年在台北为他唱过《与君结托》的红衣女子，是否会后悔？

求自由而不得，是自由梦的悲剧美。

第三段是青春梦，发生在 2005 年的台北市。靖是一个早产儿，患有心脏病，右眼渐盲，慢慢地只能看见大概的色块，每天需要服用癫痫药才能保证不发病。也许是活着太不容易了，靖把每天活得那么叛逆和疯狂。她绝望地写下"太早破出的自我，代价是昂贵的""没有过去……和将来只有饥饿的现在。"

靖和震都喜欢玩 LOME 相机，喜欢那种随意，自由的拍摄。震对靖产生了兴趣，去听靖的演唱。在酒吧的舞台上，靖孤独地唱着低沉的英文歌。震走上前去，从各种角度拍摄靖。每一个镜头，都是两人眼神无声的交流。靖笑了，因为震的爱意表现得或许刻意了。以至于台下震的正牌女友气得转身离开。两人的故事就此开始。

那时，台湾快速发展，都市繁华，钢筋水泥间充斥着灯红酒绿的味道。年轻男女的情爱少了传统的含蓄，变得热烈而又奔放，就像震和靖。那一晚，他们放纵自己的欲望。激情来得这么汹涌，好像飞蛾扑火。一时分不出这是出于爱情还是冲动。

靖不小心把自己的癫痫卡落在了震家。卡片上写着：我是癫痫症患者，请不要帮我叫救护车，请把我转移到安静的角落，请给我一块布咬着……每个字都在透露着靖被病魔折磨的痛苦。震对卡片很感兴趣，把癫痫卡挂在脖子上，用 LOMO 相机拍了下来。照片上的他，痞痞地笑着。

与此同时，靖被女友盘问着昨晚的去向。靖显得很不耐烦，敷衍地用一个拥抱去安抚女友。回到家，收到了震的信息：你的癫痫卡落在我家了，我还没睡，我在想你。

第三段青春梦的语言表达更加露骨，没有恋爱梦的清纯，也没有自由梦绵长的忧伤。但是这种直接却让人感到那个时代的孤独感。这个故事不想一个爱情故事，更像是从摄影师震的角度去窥视特立独行的靖的内心世界。

靖和家人住在一起，有可爱的女友陪伴。身体的独特让她的世界围成了一个圈，她出不出去，别人也进不来。女友质问她，震说想她，她也只是弹自己的钢琴曲。女友忍受不了靖的冷漠，在电子留言中大声控诉："你是故意的!!"其实靖也不知道自己想要的是什么。

第三段有大片的镜头，是靖和震骑着摩托车在台北的街头疾驰。靖坐在后座紧紧地抱着震，脸色惨白，紧咬着双唇，双手止不住地颤抖。靖是在和身体中的病魔斗争。一出生就伴有可怕的疾病，和震的这段相遇是最好的时光吗？

青春梦是从特殊的人群切入，展现青春中的孤独和迷茫。它不能套进很多人的青春剧场，那种青春伤痛的感觉却感同身受。黑暗撕裂的画风引起我们的思考：如果活着本身是一种痛苦，你去哪里寻找最好的时光？

靖最后躺在床上，无声地哭泣。我也想不明白青春痛为什么是最好的时光。也许，对靖来说，活在这世上多一天都是最好的时光。

三段故事在都市的飞驰中戛然而止，平缓的叙事手法和少得恰到好处的对白让人思考什么是最好的时光？

是青春正当时，还是功成名就时？是追忆似水流年，还是嗟叹逝者如斯？

或许正如狄更斯所说的那样，当我们偶然想起那时的光阴，会感叹那是最好的时光，那也是最坏的时光；那是希望的春天，那也是绝望的冬天。就像在恋爱梦中，是在未来茫茫不可期时，男女之间朦胧的爱恋和执着；在自由梦中，是"身世浮沉雨打萍"时两人的相知相守；是在青春梦中，震不在乎我的另类，为靖拍的照片。时光没有好坏之分，只是你更喜欢哪一段。

在个人的时空记忆中，我最喜欢恋爱梦。侯孝贤导演总是喜欢固定某个画面，利用台球室淡绿色的门和从外面透光的窗框，为秀美和少年形成鲜明的背景。色调一直是淡淡的，没有刻意的滤镜，看上去很舒服。狭窄，招牌林立的高雄街道，骑车飞奔的少年，古老的渡口，把时光拉回到从前，感受那个时代的爱情慢回忆。"记得早先少年时/大家诚诚恳恳/说一句说一句/清早上火车/长街黑暗无行人/卖豆浆的小店冒着热气/从前的日色变得很慢/车马邮件都慢/一生只爱一个人"恋爱梦是侯孝贤导演记忆中最纯净的回忆。

"生命中有许多吉光片羽，无从名之，也不构成什么重要意义，但就是在我心中萦绕不去。"那段回不去的时光余味最长，也让人最怀念。